観想 平家物語

美濃部重克 著

三弥井書店

目次

凡例（著者にかわって編集者が）

一　本書は、著者美濃部重克氏が構想し執筆されていた『平家物語』論であるが、完成することができなかったので、我々ができるかぎり著者の遺志を尊重し、本文の体裁を整えて出版するものである。著者の原稿は二種類（章段によっては一種ないし三種）あり、これらを参観しながら本文を作った。二種類とは、（A）紙に印刷されたものと、（B）電子媒体に保存されたものである。章段によっては（B）がないものと、（A）が複数あるものとがある。（A）は氏による書き込みがあるものがいくつかある。本書は基本的には（A）に従っており、（B）を参照している。

二　書名について。「僧都死去」の印刷原稿（A―2）（この章段の印刷原稿は二種あり、その改訂版と思われるもの）の最後の方に「『平家物語』の領分」という書名が書かれている。これが著者の考えていた書名と思われるが、それは未完の大著のために残し、本書においてはあらたに『観想　平家物語』とした。

三　もとの原稿には、人名や年号の表記においてすべての箇所で、たとえば「信西入道（藤原通憲）」、「寿永元年（一一八二年）」のように表記されるが、読み進めるうえではわずらわしいので、同じ段落の中では最初のものを除いて「信西」、「寿永元年」のように表記した。

四　古記録または先行研究からの引用などについて。著者が利用したであろうと思われるものによって、できる限り確認した。著者の引用、要約に疑問がある場合は編集者において訂正したものがある。文脈によっては訂正できないものがあるが、それらは「補注」において記した。また著者が入院してからは、新しく出版された論文や資料などを見ることができなかった。たとえば、高橋昌明・樋口健太郎『国立歴史民俗博物館蔵『顕広王記』承安四年・安元二年・安元三年・治承二年巻』（『国立歴史民俗博物館研究報告』第153集、二〇〇九年一二月）、高橋昌明『平家の群像—物語から史実へ』（岩波新書、二〇〇九年一〇月）などがそれである。

五　『平家物語』の引用本文、章段について。本書の骨格は著者が長年行ってきた南山大学コミュニティカレッジでの講義がもとになっている。そこで使用されたテキストは（a）高橋貞一校注『平家物語　上・下』（講談社文庫、一九七二年）であった。簡便で、注も適切で、小さなバッグに入るテキストはこれしかなかったからだと、生前にうかがった。したがって、本書のもとになった原稿にもこれが引用されている箇所がある。また『平家物語』に関する論文を学術誌に執筆する時には、（b）日本古典文学大系『平家物語　上・下』（岩波書店、一九五九・六〇年）が、覚一本としてもっとも信頼できるテキストと考えておられ、これを利用しておられた。最後には最も利用しやすく、ポピュラーなテキストとして（C）新日本古典文学大系『平家物語　上・下』（岩波書店、一九九一・九三年）を使用されることもあった。本書の元になった美濃部氏原稿においては、おおむね（b）に基づいて本文が記されているが、もとの本文が改変されていたり、脱落があったり、漢字・仮名が適宜変えられたりしている部分がある。著者による意図的な改変かと思われるものもあるが、その場合には「補注」で指摘した。本書においては原則として（b）に基づき、（b）に付されたルビを生かした（これは（b）の底本にはほとんどない）。したがって『平家物語』の引用文については、著者の原稿を全面的に改めている。章段名・章段分割についても（b）の本文のそれに従った。

六　「補注」とあるのはすべて編集者が新たにつけたものである。

01　巻一　祇園精舎　「祇園精舎の鐘の声、諸行無常の響きあり。」

一　劈頭の響き

「祇園精舎の鐘の声、諸行無常の響あり」という最初の一文は、混沌の闇を裂いて、平家の滅亡の顚末を作品世界の内に引き出す第一声の役割を担っている。その意味で『平家物語』の劈頭の一文と呼ぶのに相応しい。「劈」とは裂いて明るみに出す、「頭」とは始めを意味する。多くの優れた作品は最初の一文に作者の渾身のエネルギーが籠められている。『平家物語』は日本の文学を代表する巨大な作品であり、劈頭の一文が作品世界を生命あるものとして開示してゆく。

劈頭の一文全体が何を意味するのか、それを説くのが問題なのだが、その前に「諸行無常」という仏教語の持つ認識的な意味について確認する。「無常」とはすべての事物・現象の在り方の原理を示す術語である。すべての事物・現象は生・住・異・滅の永久運動のうちにある過程的なものであると説く。生とは生起すること、住とは一定の状態を示すこと、異とは状態が変化すること、滅とは無くなることを意味する。術語としての「無常」は、生で始まって滅で終わるという意味ではない。生・住・異・滅の四つのプロセスが片時も止まることなく輪廻することを意味する。滅はそこで終わるのではなく、直ちに生へと転変する。あらゆる事物・現象は生から住へ、住から異へ、異から滅へ、そして滅から生へと輪廻して、生・住・異・滅を永久に繰り返すというのである。それは原理的な認識を示す〈無常観〉である。

原理的な認識である〈無常観〉を、人生や世の中の移ろいと終焉といった経験世界に引き当てると、「無常」は別の意味を帯びてくる。経験世界では、生・住・異・滅のそれぞれのプロセスはぐるぐると輪廻するのではなくて、始めから終わりに向けての段階的なプロセスとして捉えられる。生で始まり、滅で終わる。「無常」は〈無常観〉を示す術語ではなく、亡びや死とそれに伴う感情を喚起する日常的な言葉となる。「無常」は亡びや死が喚起するところの悲しみ、儚さ、哀れさといった感情を伴う〈無常感〉を表現する言葉となる。日本の風土に根ざす日本人の感性が〈無常観〉を〈無常感〉に転位させる。中世に生きる人々の意識の中で感情としての〈無常感〉が原理としての〈無常観〉を侵食してゆく。

鴨長明の『方丈記』の冒頭の文章は、原理的な意味における〈無常観〉が、文章の流れの中で感情的な〈無常感〉に移ってゆく、その様相を如実に示している。「ゆく河の流れは絶えずして、しかも、もとの水にあらず。よどみに浮かぶうたかたは、かつ消え、かつ結びて、久しくとどまりたる例なし」という劈頭の文章は、河の流れと水の泡の生滅を、とめどない生・住・異・滅の転変とする、原理的な〈無常観〉によって捉えている。ところが筆が進むうち、事物・現象の捉え方に歪みが生じて、原理的な〈無常観〉が詠嘆的な〈無常感〉に置き換えられてゆく。段落の終わりは「或は露落ちて花残れり。残るといへども、朝日に枯れぬ。或は花しぼみて露なほ消えず。消えずといへども、夕を待つことなし」と結ばれるのである。生・住・異・滅のプロセスが滅によって終焉を迎えるとして、世の中の亡びと人の死を、枯れる花と消える露に喩える。何ものも、また誰も、露や花のように終焉の悲しみから逃れることはできないと言うのである。その悲しみの感情に美意識を纏わせると、そこに日本浪漫派的な解釈による〈無常美感〉が誕生する。人生を観照する詠嘆的な文章が『方丈記』に中世の〈無常美感〉を描出した作品としての趣きを与えており、それによって『方丈記』は中世文学を代表する傑作としての地位を得ている。もっとも、『方丈記』の思想は中世的あわれの美学としての〈無常美感〉とは次元を異にする究理性と普遍性を持つもので、その思想については構成と表現との分析を通して新たに説かれねばならない。『平家物語』もまた平家の栄華と亡びの壮大な歴史を〈無常美感〉によって描出した中世の最高傑作としての評価が与えられている。劈頭の一文とそれに続く「娑羅双樹の花の色、盛者必衰のことは《(わ)》りを表はす」の文章は、『平家物語』の作者が〈無常美感〉を生み出すところの〈無常感〉によって平家の栄華と滅びを描出することを宣言したものであると解釈されている。平家の滅亡は「諸行無常」「盛者必衰」の法則を如実に示す出来事であったと説くのである。森羅万象はすべて移ろいゆく。平家の栄華と滅びは、それを壮大な規模において、かつ際だった様相において現前させたところの出来事である。平家の運命はその意味で、「諸行無常」と「盛者必衰」の最も印象的なためしである、『平家物語』の作者は劈頭においてそのように宣言していると言うのである。その解釈は間違いではない。〈何故、平家は亡びなければならなかったのか〉、それが『平家物語』を貫く中心の主題である。物語は、どのようにして平家が亡びていったのかを辿るわけだが、それを収斂するのは平家の滅亡である。つまり「無常」は終焉としての滅において焦点化されている。「春の夜の夢」「風の前の塵」のように脆く危うい平家の栄華が、〈無常美感〉に裏打ちされてテキストの内に再現される。感情に傾斜しているとはいえ、劈頭の「諸行無常」という言葉が認識的な意味において作品の主題の根本を表明していることは紛れもないことである。

　今では馴染みになっているその解釈を認めた上で、なおかつ「諸行無常」ひいては劈頭の一文を認識的意味とは別の次元において新たに解釈し直してみなければならない。『平家物語』は小説ではない。近現代小説を読むようにして、我々に馴染みのパラダイムに当てはめて『平家物語』を解釈することだけでは、作品を貧しくしてしまう。我々の中ではもはや希薄になっている、自然と人間そして世界の在り方についての中世の人々の想念の探求、中世文学の作品解釈はその試みをなすことが求められる。その試みによって中世文学の豊饒さを今に蘇らせなければならない。『平家物語』のように総合性を持って時代を描出した壮大な作品においては、なおさらのことである。そのためには、作品をそれが著された時代に返してみなければならない。劈頭の一文は認識的な意味以上に、鎮魂の書としての『平家物語』の機能に関わる実践的な意味を担っているように思われる。人に宿る霊魂そして自然に宿る霊魂の活力が信じられていた時代、霊魂の働きを通して人と自然とが一体のものとして実感されていた時代、中世には言葉が思念の表出としての意味作用だけではなく、唱えごととして古代の言霊の残照をまだ残していた。「鐘」「声」「響」といった単語からも音声を強く感じさせる劈頭の一文は、文が表明する意味とともに、唱えごとの持つ呪術的な作用を企図されるものであったと考えられる。

二　日本に伝えられた祇園精舎の営み

劈頭の一文は、十世紀末ごろに比叡山横川《よかわ》の恵心僧都源信によって著された『往生要集』の文章を原拠にしている。

或イハ復、大経ノ偈ニ云ハク、諸行無常、是生滅法、生滅滅已、寂滅為楽。祇園寺ノ無常堂ノ四角に玻璃ノ鐘アリ。鐘ノ音ノ中ニ亦、此ノ偈ヲ説ク。病僧、音ヲ聞キ、苦悩即チ除コリテ、清涼ノ楽ヲ得ルコト、三禅ニ入ルガ如ク、浄土ニ乗リ生マレム。（青蓮院本『往生要集』大文第一ノ七）

この文章は祇園精舎の規模・結構そして営みを記した経典である『祇園寺図経』の文章とほぼ同じ内容である。『祇園寺図経』によると、広大な祇園精舎の施設の一つに無常院がある。無常院は死病に罹った病僧を収容し、安らかな死を迎えさせるための一種のホスピスである。その四隅には大きな人形が配置されてあり、人形は決まった時間にガラス製の鐘を自動的に鳴らす。鐘の音は病僧の耳に大経（『涅槃経』）の教えの中心である「諸行無常」で始まり「寂滅為楽」で結ぶ四句の偈を説くように聞こえる。病僧はその鐘の音によって苦悩から解放され、死後は浄土に生まれることができる。『祇園寺図経』はそのように記す。『往生要集』は極楽往生のための実践を勧める書で、専門の難解な仏教書というのではない。宗教的な読み物として人の心を捉えた、浄土信仰のすぐれた啓蒙書なのである。『往生要集』の影響によって、そして後に説く「二十五三昧会《ざんまいえ》」と名付けられた宗教的結社を結成して恵心僧都源信が展開した実践的活動を通して、平安朝の中期以後、祇園精舎の鐘と無常院（無常堂）とは日本のものとして実感され、実態性を帯びて、浄土信仰の実践そして臨終の行儀に関わっていくことになる。

『栄華物語』の「音楽」巻に、治安二年（一〇二二年）に藤原道長が建立した法成寺の御堂供養が行われた、その様子を描写する文章がある。午の刻ばかりに供養の始まりを報せる鐘の音が聞こえたとするところに、「かの天竺の祇園精舎の鐘の音、諸行無常、是生滅法、生滅滅已、寂滅為楽と聞こゆなれば、病の僧この鐘の声を聞きて、みな苦しみ失せ、あるいは浄土に生まるなり。その鐘の声に今日の鐘の音、劣らぬさまなり」と記す。法成寺の鐘に祇園精舎の無常院の鐘に等しい効能を認めようとするのである。そのように類比的に捉えられたばかりではない。祇園精舎の鐘そのものが日本に伝来したとする伝えまでが作られた。園城寺（三井寺）の洪鐘はそれである。園城寺は平安末から鎌倉時代にかけて、我が国の四箇大寺の一つとされた大寺だが、その広大な境内を描いた『園城寺境内図』の鎌倉時代の古図が園城寺に、また桃山時代のものが京都国立博物館に所蔵されている。その絵図の中の「鐘堂」の書き込みに「祇園精舎ノ寂滅為楽ノ鐘　竜宮ヨリコレヲ伝フ」と記す。「鐘堂」の鐘は園城寺の俵藤太伝説と結びついた有名な洪鐘で、その鐘は祇園精舎の鐘そのものであると言う。伝説や記録を編集して園城寺を優れた寺であると主張する『寺徳集』という書物の上巻に、

秀郷、竜神ノ請ヒヲ得テ、竜宮ニ行キシ時、此ノ鐘ヲ得タリ。竜王告ゲテ曰ハク、此ノ鐘ハ天竺ノ祇園精舎ノ艮ノ鐘ナリ。其ノ声、寂滅為楽ノコエヲ唱フ。釈尊ノ御鐘ナリト云々。誠ナルカナ、此ノ言。幸ヒニ祇

園図経ノ文ト合フナリ。

として、俵藤太秀郷が琵琶湖の湖底にある竜宮城から持ち帰ったとする園城寺の洪鐘を祇園精舎の丑寅の鐘そのものであると説くのである。

ところで中世に鋳造された鐘で四句の偈を銘に刻んだものが現存している。たとえば南山城の笠置寺に現在、重文に指定されている鐘がある。鎌倉初期を代表する興福寺の学僧で、南山城の笠置寺に遁世した解脱上人貞慶が寄進した鐘である。その銘は

諸行無常　是生滅法　生滅滅已　寂滅為楽　笠置山般若台　新鋳華鐘　遠振梵響　願令衆生　発菩提心

と刻まれている。新たに鋳造されて笠置寺の般若台に懸けられた梵鐘が、『涅槃経』の四句の偈を響きに載せ遠く伝えて、それを聞く人々に仏の世界を願う心を起こさせますように、と言うのである。また金沢の称名寺（横浜市金沢区）にも四句の偈を銘に刻んだ鐘がある。文永六年（一二六九年）に鋳造され、正安三年（一三〇一年）に改鋳された鐘である。その鐘は後で説くように称名寺の無常院の営みと関係を持つものであったと思われる。

祇園精舎の鐘は現在の音階で言うとイ音（Aの音）に当たる黄鐘の音程を持ったものであるという。『徒然草』には『平家物語』を念頭に置いて書かれたと推測される章段が幾つかある。第二二〇段もその一つだが、吉田兼好はそこで次のように述べる。まず、天王寺に所属する雅楽所の伶人の話として、六時堂の前の鐘が黄鐘の音程を持ち、天王寺では雅楽の楽器はすべてその鐘によって音合わせをする、と記す。それに続けて、一般に鐘の音は黄鐘であるべきで、それは祇園精舎の無常院の鐘の音に由来すること、また北山の西園寺（金閣寺の前身）で黄鐘の音を持つ鐘を鋳造しようとして失敗し、黄鐘の音を持つ鐘を遠くから入手したこと、後にその臨終について触れるところの後嵯峨院の建立になる浄金剛院の鐘が黄鐘の音色であることなどを記す。

祇園精舎もまた想像されるだけの寺院ではなく実見し実感できるものであった。奈良の大安寺は祇園精舎の結

構を模して作られた寺院とされている。『扶桑略記』聖武天皇の神亀六年（七二九年）の条に、

縁起ニ云ハク、中天竺ノ舎衛国ノ祇園精舎ハ兜率天ノ内院ヲモッテ規模トナス。大唐ノ西明寺ハ祇園精舎ヲモッテ規模トナス。本朝ノ大安寺ハ唐ノ西明寺ヲモッテ規模トナス。

と記す。弥勒の浄土である兜率天の内院の結構を模したのがインドの祇園精舎であり、祇園精舎の結構を模したのが唐の西明寺であり、西明寺の結構を模したのが奈良の大安寺であるという。その伝えは弘法大師空海の遺言書である「御遺告」でも触れられる。「御遺告」のその一節は鎌倉初期の奈良案内書の『建久御巡礼記』にも紹介されていて、広く知られていたらしい。そしてその伝えは『諸寺縁起集』や『伊呂波字類抄』に載せる大安寺の縁起に見え、その縁起は鎌倉初期の『七大寺巡礼私記』を始めとする奈良案内書の大安寺の項にも紹介されている。大安寺参詣が祇園精舎参詣の功徳を持つとして喧伝されていたことを推測し得るだろう。

三　二十五三昧会と臨終の行儀

祇園精舎も祇園精舎の鐘も日本において実態を持つものとして意識されていたわけだが、鐘や建物だけでなく、祇園精舎の無常院の営みもまた模倣され実践された。恵心僧都源信は、漢詩人として当代一の文学者の誉れ高い慶滋保胤とともに、僧俗の中から二十五人の根本結衆を募って、「二十五三昧会」という念仏結社を作った。彼らは毎月十五日の夜に参会して念仏三昧や死者を弔うための光明真言の加持土砂などを勤修する月例会を持ち、極楽往生を目的にした相互扶助の活動を行った。それは『往生要集』で説く阿弥陀信仰を実践するための結社活動である。その結社では無常院に見立てた施設が設けられ、重要な役割を果たしていた。その施設は人の臨終を看取るホスピスであった。永延二年（九八八年）六月十五日付けで恵心僧都源信撰と記す『横川《よかわ》首楞厳院《しゅりょうごんいん》二十五三昧起請』の一箇条に、

一、房舎一宇ヲ建立シテ、往生院ト号シ、病者ヲ移シ置クベキ事
右、人ハ金石ニ非ズ。遂ニ皆、憂ヒアリ。マサニ一房ヲ造リ、其ノ時ノ願ヒニ用フベシ。彼ノ祇洹精舎ノ無常院ノ風儀ヲ伝ヘ（中略）今、結衆ハ合力シテ一宇ノ草庵ヲ建立シ、弥陀如来ヲ安置シテ、マサニ一結終焉ノ処トナサム。（中略）仏像ハ西方ニ向ケ、病人モマタ後ニ従フ。仏像ノ右手ノ中ニ五色ノ幡ヲ繋ゲ、病者ノ左手ニ授ケテ幡ノ脚ヲ執ラシメ、マサニ仏ニ従ヒ往生スル思ヒヲ成サシメム。（後略）

と記す。また寛和二年（九八六年）九月十五日付けの慶滋保胤撰とする『起請八箇条』にも文章は異なるが、同じ趣意の条文が記されている。結衆は協同で往生院と名付ける房舎を建立する。規模の点ではるかに小さなものだが、往生院は祇園精舎の無常院に相当する建物である。死病に罹った結衆を収容して看取り、往生極楽を目的にした臨終の行儀を実践する施設なのである。

恵心僧都源信撰とされる『臨終行儀』も伝わるが、五箇条にわたって一般の人々のものとしての臨終の行儀を説いている。その第一条は、祇園精舎の無常院になずらえて、日頃の住処から離れた別所をしつらえて、そこに病人を移すべしとして、そこで行うべき臨終の行儀について記す。その内容は二十五三昧会の起請の前掲のものとほぼ同じである。それは『往生要集』大文第六の第二「臨終行儀」に『四分律行事抄』その他によるとして記す臨終の行儀を援用したものである。『栄華物語』の「鶴の林」「玉の台」に記される、重篤な病状に陥った藤原道長が、法成寺の阿弥陀堂の東廂の中の間に移されてから臨終に至るまでの様子は、まさに『往生要集』に、また『臨終行儀』に記す行儀の実際を示す事例である。その場合、法成寺の阿弥陀堂の東廂の中の間は、祇園精舎の無常院として意識されたのだろう。

二十五三昧会が根本結衆の最初の集まり以後も続いて営まれていたことは、「二十五三昧会結縁過去帳」によって推測される。平安末期から鎌倉初期にかけても二十五三昧会が毎月十五日に行われていたらしい。たとえ

ば天台座主にも就任し青蓮院の門跡ともなった慈円は、二十五三昧会を主催していた。兄の九条兼実の日記『玉葉』寿永二年（一一七三年）八月十五日の記事によると、平家都落ち直後の、京洛騒動の続くこの時期、慈円は九条兼実の邸である法性寺（今の東福寺の寺域）に来ていて、その御堂で弟子八人とともに二十五三昧念仏を行った。そこで、九条兼実は室家や女性達を同道して参加、子息の九条良通もまた参加したと記す。その慈円の承久三年（一二二一年）八月一日付けの「遺戒」に、没後の追善仏事について記す項目に、「二十五三昧ノ追善ノ趣キヲモツテ定メトナス」として、大規模な追善の仏事をせぬように、二十五三昧会の規定に従った弔いと門人の哀心からの廻向だけでよい、と記している。

『臨終行儀』にのっとった臨終の行儀は鎌倉中期の後嵯峨院の場合にもその実際を見ることが出来る。希少な事例なので、簡単に紹介しておこう。後嵯峨院の病気が重くなり、文永九年（一二七二年）正月十七日、洛中の御所である冷泉万里小路殿から嵯峨の地の亀山殿に御幸する。その御幸は盛儀で、しかも病気平癒の後は洛中の御所への還御も期待されるものであった。亀山殿には近臣をはじめ多くの人々が伺候していた。しかし病気が重篤になり、崩御を待つばかりの段階になって、後嵯峨院は同年二月七日に亀山殿から如来寿量院に移される。如来寿量院は亀山殿の西北の角に後嵯峨院が建立した小院で、そこを後嵯峨院が臨終を迎える建物としたのである。『五代帝王物語』の次の文章は、そのことを叙述したものである。

京御所より（亀山殿への）御出の有りし迄は、猶、もし立ち帰る御事もやと覚えしに、（如来寿量院への渡御は）今は限りの御幸なれば、申すもおろか也。今日よりは伺候の公卿・殿上人も人数を定められて、御点の人々少々の外は参りよらねば、いとどかきくれてこそ思ひ合はれつらめ。実伊法印〔南松院僧正〕、浄金剛院長老〔覚道上人〕、此の二人をめされて、臨終のご沙汰の他、他事なし。

亀山殿への御幸は療養のためであって、洛中への還御を期待されるものであった。しかし如来寿量院への渡御は還御を期待されていなかった。治療を止め、安楽な死を迎えることを目的とした渡御なのである。如来寿量院が後嵯峨院のための無常院とされたわけである。伺候する人々も限られた少数の人々である。「御点の人々」というのは、看護および臨終に立ち会うことを許すとして、公卿・殿上人の名簿に後嵯峨院が爪か墨で印をつけて選別した人々を言うのだろう。誦経と法談によって後嵯峨院を臨終正念に導くための二人の僧もまた昵懇の人々だったのだろう。阿弥陀像ないし絵像それに五色の幡のことは書かれていないが、それは当然のこととして書くのを省略されたのだろう。後嵯峨院は如来寿量院で二月十七日に崩御する。遺骸は荼毘に付され、一時、浄金剛院に安置された。浄金剛院もまた後嵯峨院の建立になる、如来寿量院に近接する寺院であった。吉田兼好の時代には四句の偈を銘に刻んだ鐘があったことは先に記した通りである。後嵯峨院の遺骨は浄金剛院に一時、安置され、納骨堂となる法華堂が建立されて後、そこに安置された。御仏事は亀山殿の寝殿で催行された。後嵯峨院の場合、如来寿量院が無常院とされ、そこで「臨終行儀」に従った臨終の儀式が行われたのである。

無常院は、中世の人々にとって想像上の祇園精舎の施設であるばかりではなく、自分たちの生活の場のものでもあった。近衛本「式目追加条々　弘長元年（一二六一年）二月二十日」に

病者、孤子等、路頭ニ捨テシムルノ時、見合フニ随ヒテ、殊ニ禁制ヲ加フベシ。若シマタ、偸カニ捨テ置カシムル事アラバ、保々ノ奉行人ノ沙汰トシテ無常堂ニ送ラシムベシ。

とある。本来の無常院の機能を社会的救済施設にまで拡大した無常院もしくは無常堂と呼ばれる施設が鎌倉中期には各地にあった。藤原良章氏（「中世前期の病者と救済―非人に関する一試論」『列島の文化史　3』日本エディタースクール、一九八六年）が鎌倉周縁地区あるいは京都の葬地である蓮台野において無常院・無常堂が営まれていたことを明らかにした。同氏はまた「金沢称名寺結界図」という称名寺の境内の絵図に、寺域のはずれに無常院と墨書された建物が描かれていることも指摘している。中世には、死病に罹った人々、また無縁の病人や孤児を収容する

無常院・無常堂と呼ばれる施設が営まれていたのである。そこは死や廃棄に関わるため、穢れた場所として忌避される気味があったことは否めない。ただ、その施設は、たとえば中世の百科事典である『塵添壒嚢鈔《じんてんあいのうしょう》』巻十三が「無常堂ト云ハ天竺ノ無常院也」と記すように祇園精舎の無常院に相当するという意識のもとに営まれていた。それ故、社会的施設としての無常院は、死後の救済の可能性を約束された場所とも見なされていたはずである。金沢称名寺には先に触れたように、四句の偈の銘を持つ鐘が現存している。それは金沢称名寺の無常院が一方では穢れた場所であるとして忌避感の働く場所であり、それと表裏の関係をなして、そこを死後の救済を約束する祇園精舎の無常院に見立てる意識の働く場所であったことを示している。

四　鎮魂の書としての『平家物語』

『平家物語』の作者が、作品の劈頭に「祇園精舎の無常院の鐘は、収容されているものの耳に四句の偈の響きを伝え、彼らを救済する」とする一文を置いたのは、中世におけるそうした無常院の営みを念頭に置いたものではなかったか。それでは何故、『平家物語』の作者がそのような機能的意味を劈頭の一文に籠めたのだろうか。そこで浮上するのは、筑土鈴寛氏が早くに主張した鎮魂の書としての『平家物語』の在り方である（筑土鈴寛『慈円―国家と歴史及文学』三省堂、一九四二年、同『復古と叙事詩―文学史の諸問題』「『平家物語』についての覚書」青磁社、一九四二年など）。平家が滅亡し源平の争乱が終わって平和が到来したのだろうか。いや決してそうではない。平家の滅亡は京都の公家と鎌倉の武家が政権を争う承久の乱（一二二一年）に向けての始まりに過ぎない。平家滅亡の後も危機的な状況が次々に起こる。霊的なものの活動を信じる当代の人々は、危機の背後に第六天の魔王や阿修羅などの魔界のものの働きとともに、怨霊の働きをも幻視していた。保元の乱から始まり源平の合戦において無念の最期を遂げた人々、とくに平家の怨霊が危機的状況を作り出していると想像したのである。それ故、危機発生の原動力となると見られた怨霊の慰撫は国家的また社会的な要望であった。そうした中で、慈円は青蓮院の境内に、怨霊の慰撫を目的にした法華大懺法院という宗教施設を作り、仏教の法力による怨霊鎮魂を企図した。それに対して『平家物語』は文学テキストの言霊《ことだま》的な力をもって平家の怨霊を鎮魂するものであった。『徒然草』（二二六段）が記す慈円の『平家物語』作成への関与は、慈円による平家怨霊の鎮魂事業との関連において理解することができる。筑土鈴寛氏はそのように説く。その説を私は是と見る。劈頭の一文は、『平家物語』が鎮魂の機能を担う書であることを宣言するものであると解釈するのである

五　弔われる者に向けて発せられるメッセージ

その際、前提となるべき問題がある。それは〈テキストは誰に向かって発信されているのか〉というメッセージの方向性の問題である。現代の我々は、読者あるいは聞き手に向けて発信されたものと考えるのが普通である。穿った見方をすれば、読者あるいは聞き手とともに作者自身あるいは語り手自身に向けても発信されているテキストがある。古典文学の女流日記や近現代小説とくに私小説のような内省的なテキストには、作者自身に向けても発信されているものがある。中世には、その二通りの他に、もう一つ、登場人物に向けても発信されているものがあった。第三の場合、登場人物はすでに鬼籍に入った人物であり、霊としての存在が社会的意識にまで上った人物である。成仏できないままに霊として冥界を苦しみながらさ迷っていると信じられている歴史上の人物たちである。第三のメッセージをもったテキストの場合、物語を作り、物語を語ることは、その人物をテキストの内に蘇らせる行為である。宗教民俗学の視界から多くの成果を上げてきた語り物の生成論また作品論は、《テキストは誰に向かって発信されているのか》という観点からすれば、メッセージの第三の方向性を具体的に検証した研究と言える。たとえば曾我兄弟の物語の生成に曾我兄弟の怨霊鎮魂の目的を推論する議論はほぼ定説

となっている。それは語り物の持つ機能的意味を重視するもので、テキストのメッセージの第三の方向性を問題にしたものなのである。怨霊は無念の最期を遂げた現地での供養或いは神社を造って神として祀る祭祀によって慰撫される。曾我兄弟の物語の生成は、祭祀と軌を一にするもので、物語の内に曾我兄弟を再生させ、読者あるいは聞き手の共感を手向けることによって、曾我兄弟の怨霊を慰撫する宗教的行為でもあった。その際、テキストは幽霊能の能舞台と同じ機能を持つと言ってよい。能舞台は成仏できずに無念な思いをもってさ迷っている歴史的人物の幽霊をシテとして蘇らせる空間である。幽霊能ではワキによって能舞台の上に誘い出されたシテが能舞台の上で舞いながら自らの物語を語り、観客の共感とワキの弔いを得て慰撫される。幽霊能を演じる行為は観客を楽しませるだけのものではなくて、本来、ワキの弔いと観客の共感をシテに手向けて怨霊となった幽霊を慰撫する宗教的行為なのであった。

　劈頭の一文の実践的な意味は、メッセージの第三の方向性に関連づけて解釈できる。劈頭の一文は、釈迦が説法した天竺舎衛国の祇樹給孤独園つまり祇園精舎にイメージの起源を持ち、恵心僧都源信の二十五三昧会の往生院を介して普及した当代における無常院ないし無常堂の現実的なイメージが重ねられて、その機能的意味が理解される。そのように霊に向かう第三のメッセージがそこに籠められているとするならば、われわれは劈頭の一文をどのように解釈すればよいのだろうか。建材をもってではなく、言葉をもって作り上げた無常院が『平家物語』であり、テキストに登場する人々は四句の偈を伝える鐘の響きによって救済を得る、そのことを宣言するのが、劈頭の一文である。そして『平家物語』のテキストを言葉で作った無常院であると宣言する劈頭の一文には言霊的な働きが期待されていた、そのように解釈してみるのである。

六　寂滅の響き

黄鐘の鐘の音が伝えるのは〈寂滅〉の響きである。森羅万象すべては〈寂滅〉の音に収斂される。それは、脱「本質」、無の感じ、私の計らいからの脱却、心の放下、意味づけや評価の無化、他力感覚など井筒俊彦氏（井筒俊彦『意識と本質』岩波書店、一九八三年。後に岩波文庫　一九九一年）の説く〈意識のゼロポイント〉に限りなく近づいたところで聞くことのできる音である。そこで感得される自然と一体となった心地よさ、法悦の音、〈寂滅〉の響きを私たちは現実のものとして、どこかに見つけることができるのだろうか。『平家物語』の世界を集束するところの「灌頂巻」の舞台となる大原を流れる律《りつ》川と呂《ろ》川の川音は（補1）完璧なまでに静寂を引きたてる。その地に立てば、吸い込まれるような、すべてを無化するような、その川音に〈寂滅〉の響きを聞くことが出来るだろう。『平家物語』の興趣は〈寂滅〉の響きを文学テキストにしたところにある。そのことは「灌頂巻」で説くことにする。

補注

1　三千院の東の音無滝から同院の北・南側を流れる川。

本稿は、美濃部重克「「祇園精舎の鐘の声　諸行無常の響あり」論」（『南山大学日本文学科　論集』二号、二〇〇二年三月）を元とするものである。

02 巻一 殿上闇討

一　承前

「祇園精舎」の句は、盛者としての平清盛に収斂する一連の本文を終えると、あらためて平清盛を系図のうえに位置付けて紹介する。その紹介の後に、ふたたび平家の系図をたどり、平清盛の祖父の平正盛に至って、「正盛にいたるまで、六代は諸国の受領たりしかども、殿上の仙籍をばいまだゆるされず」と結ぶ。平清盛の家は桓武天皇を先祖にするとはいえ、六代ものあいだ、地方の長官を勤める程度の家柄で、貴族の端くれでさえなかった、というのである。

以下、序章は系図を軸に叙述を展開するのだが、それは『平家物語』の主題が血統の問題に関係するからなのだろう。『平家物語』の第一義をなす根本主題は、〈何故、平家は亡びなければならなかったのか〉を説くところにあり、血統の問題は主題の根幹と関係する。『平家物語』の作者が平家の系譜を辿る中で、系譜上の大事な位置にある六波羅平家の開祖である平正盛ではなく、平忠盛を大きく取り上げたのは、その主題と関連するのだろう。

平清盛の家の系図をたどるとき、ひとつの節目の代をなすのが平清盛の祖父平正盛であり、平清盛一家の祖と見なしてよい人物なのである。平正盛は白河院の近臣である藤原顕季に仕え祇園女御に奉仕することを通して世に出るきっかけを得た（上横手雅敬『平家物語の虚構と真実』講談社、一九七三年）。そして京都の東、六波羅に屋敷を構えて、院政に加担することで在京の有力な武者として発展の基礎を築く。藤原顕季は彼を祖とする一門隆盛の

清盛の素性の系譜的記述

桓武天皇――葛原親王（第五皇子 一品式部卿）…（九代）…正盛（讃岐守）――忠盛（刑部卿）――清盛

平家の興隆の来歴と栄花の有様　（　）は『平家物語』にはない。

高視王（葛原親王御子 無位無官）――高望王（賜平姓 上総介）――良望（鎮守府将軍 後称国香）――（貞盛（受領）――維衡（受領）――正度（受領）――正衡（受領））――正盛（受領）――（忠盛）

端緒を作った人物で、巻一「鹿谷」で平家打倒のクーデターの音頭を取って破滅する藤原成親はその四代目の子孫である。平正盛は伊勢平氏の嫡流ではない。父平正衡は伊勢平氏にあっては庶流である。ところが京都での平正盛の出世が、新たに六波羅を拠点とする、いわば六波羅平家を作ったわけである。その意味で平正盛はいわば平清盛の家、六波羅平家の祖というべき位置にある人物なのである。『平家物語』巻十二の最後に置かれた「六代被斬」の句の主人公六代は平正盛から数えて六代目にあたるので「六代丸」と呼ばれた。またその父である平維盛は平正盛から数えて五代目なので幼いとき「五代丸」と呼ばれていた。平清盛一家の実質的な始まりは平正盛の代にあった。

序章はしかし平正盛のことを詳しく記さないで、次の代の平忠盛に移る。平忠盛については大きく記事を載せる。「殿上闇討」と「鱸」の最初の記事がそれで、「殿上闇打」を通して〈公家〉と〈武家〉の対立の構図そして「成り上がり」としての平家が印象付けられる。それらの話題は『平家物語』の第一義の主題に関係する。平正盛も話題には事欠かない人物であった。にもかかわらず、平正盛は名前を上げるにとどめ、平忠盛の話題を掲げたのは、平忠盛のときにはじめて〈武家〉である平家が〈公家〉の資格である「内の昇殿」を許されたからである。平正盛の事績を書かず、平忠盛の「内の昇殿」をいきなり語る、その書き方は主題を印象付ける表現のエコノミーと見てよいだろう。

二 「殿上闇討」の概説

備前守平忠盛は、鳥羽院が創建を思い立った得長寿院を備前国からの貢税をあてて建立し、それを鳥羽院に差し上げた。中心をなす建物は、柱の間が三十三ある細長い建物で、そこに千体の千手観音像と阿弥陀像一体が据えられた。その建物は後に、平家が滅びた年である文治元年（一一八五年）七月九日の真昼に起こった『方丈記』にもその惨状が活写されている、大地震で揺り倒される（『山槐記』）。現在の蓮華王院、通称三十三間堂はその結構を写したもので、得長寿院の面影は蓮華王院によって偲ぶことができる。蓮華王院は平忠盛の子である平清盛が鳥羽院の子である後白河院のために長寛二年（一一六四年）に建てた建物である。その時も備前国からの貢税があてられている（『愚管抄』巻五）。得長寿院と蓮華王院とは御願の主も親子、造進者も親子、そして結構も同じという因縁深い関係にある。

得長寿院の落慶法要は天承元年（一一三一年）三月十三日であったと覚一本は記すが間違いである。『平家物語』諸本のなかには天承二年（一一三二年）三月十三日とするものもあり、そちらが正しい。褒賞として忠盛は但馬国を賜わり、天皇の御所、清涼殿の殿上の間への昇殿、「内の昇殿」を許された。平忠盛が得長寿院供養の日に「内の昇殿」を許されたのは事実だったらしい。中御門右大臣藤原宗忠の日記『中右記』天承二年三月二十二日などの記事からそれが分かる。地下《じげ》のものとして〈武家〉を見ていた、殿上人や公卿はその措置に憤った。彼らは、その年の十一月二十三日、辰の日に行なわれる豊明《とよのあかり》の節会《せちえ》の夜に、平忠盛を闇討ちにしようと計画を立てた。豊明の節会は大嘗会の五節の最後の日である辰の日に行なわれる行事である。

その噂を聞いた平忠盛は悩む。武者の統領の家に生まれた自分が恥辱を忍ぶことはできない。我が身に武器を帯し、武器を携帯する家来を同道したいが、どちらも天皇の勅許を得たものにしか許されていない。そこで平忠盛は一計を案じ、木に銀箔を押したにせの短刀を束帯の下に差し、それを誇示して人々の暴挙を牽制しようとはかった。郎等の平家貞は平忠盛闇討ちの噂を知って武装して殿上の小庭に入りこみ、そこに控えた。殿上の間をとり仕切る天皇の秘書官である蔵人が、それを怪しみ、長官の蔵人頭が「うつほ柱よりうち、鈴の綱のへんに、布衣の者の候はなに者ぞ。狼藉なり」と言って追い出そうとする。平家貞は主人を護るためであると称して、動こうとしない。そうしたことがあって、闇討ちは実行されなかった。

清涼殿の東の広廂で「御前の召」が行なわれる。平忠盛は召されて舞を舞った。殿上人も公卿も平忠盛の舞に、「伊勢平氏はすがめなりけり」と囃す。平忠盛は伊勢の平氏《へいじ》であり、伊勢の産物に瓶子《へいじ》がある。平忠盛はやぶにらみ、つまり「すがめ」で、伊勢の瓶子は酒瓶に使えない、酢を入れる釉薬をかけない安物の素焼つまり「すがめ」である。安物の伊勢の酢瓶と平忠盛のやぶにらみの風貌とをごろ合わせにして揶揄しながら囃したのである。無念の思いを抱いた平忠盛はそっと途中退席する。その折り、節会の装束場所となっていた紫宸殿の北廂にある御後の間で（『禁秘抄考註』[注1]）、殿上人の目につくようにして短刀を寝殿係りの主殿司の女官に預ける。平家貞が待ち受けていたが、暴挙を恐れて平忠盛は、何事もなかったと伝える。

かつて藤原季仲が蔵人頭に就任した歳、豊明の節会で舞を舞った時、人々は「あなくろぐろ、くろき頭かな。いかなる人のうるしぬりけむ」と囃した。色黒の藤原季仲を揶揄する囃子をしたのである。また藤原家成が播磨守のときは「播磨よねはとくさか、むくの葉か、人のきらをみがくは」と囃された。藤原家成が上流貴族の花山院藤原忠雅を婿にとって華やかにもてなしていたのを揶揄した囃子であった。囃子というものはそういうもので、「貴族仲間だけのことなら問題はなかったんだが、こんどはなあ」と人々は言い合ったという。

五節が終わると殿上人はいっせいに、平忠盛が短刀を携帯して御所に入ったこと、武装した家来を殿上の小庭に同道したことの二か条を、宮中の禁制破りであると鳥羽上皇に訴えた。平忠盛は、闇討を防ぐための計略として木刀に銀箔を押したものを携帯したと言って、主殿司に預けた短刀を取り寄せてもらい、それを証明した。また郎等の殿上の小庭伺候のことは郎等の一存でしたことで自分はあずかり知らぬことであると陳弁した。鳥羽院は木刀の件は武士の計略として褒めるべきであるとし、殿上の小庭伺候の件は武士の郎等の慣習としてしかるべきであるとして、殿上人たちの訴えを退けた。

「殿上闇打」の内容はおおよそ以上のとおりである。次に「三　言葉によるモンタージュ」、「四　あな黒ぐろ黒き頭かな」、「五　忠盛の内の昇殿」、「六　表現のエコノミー」という三つの話題を立てて、この句の表現と内容について考えてみたい。

三　言葉によるモンタージュ「うつほ柱よりうち、鈴の綱のへん」

蔵人頭の言った「うつほ柱よりうち、鈴の綱のへん云々」というセリフである。覚一本のほかにも、たとえば屋代本や高野本などのいわゆる語り本系統の諸本はそのようになっている。ところが延慶本、長門本あるいは『源平盛衰記』などのいわゆる読み本系統の諸本は「うつほ柱よりうち」とだけあって「鈴の綱のへん云々」はない。その有無をどう考えればよいのか、それが問題である。

延慶本などでは単に、平家貞は「殿上の小庭」に伺候したとする。とすれば「殿上の小庭」の西門である神仙門を入ったあたりに蹲踞していたと想像できる。ところが覚一本では地の文に「殿上の小庭」としながら、蔵人頭のセリフでは「うつほ柱よりうち」「鈴の綱のへん」と言い換えている。それをどう解釈したらいいのか。

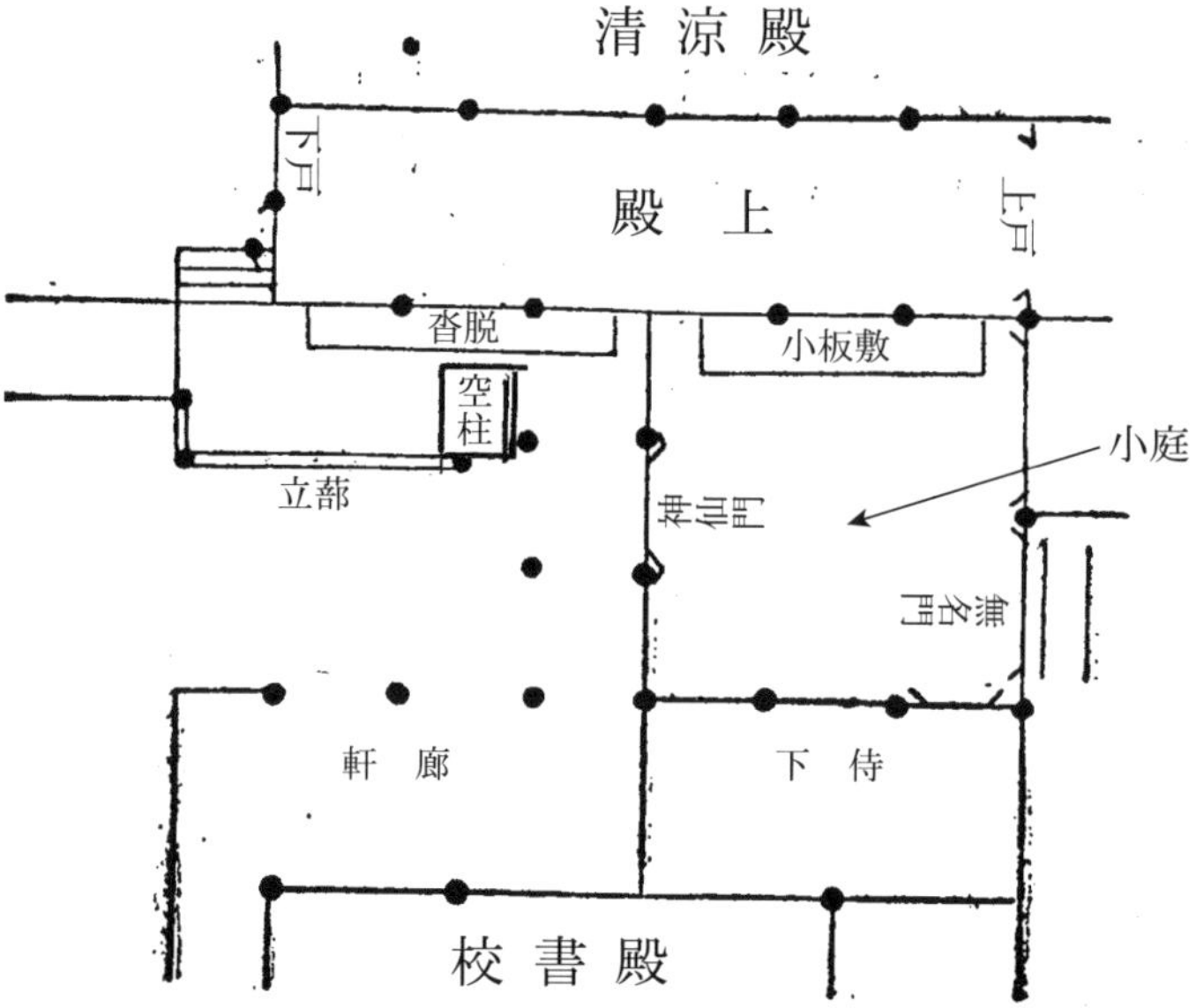

「殿上の小庭」（改訂増補　故実叢書　27「大内裏図考証　二」）

まず「うつほ柱」の位置についてだが、それは内裏のどのあたりなのか。「うつほ柱」の「うつほ」は「うつお」、つまり空洞の意味で「うつほ柱」は中が空洞で雨樋の働きをする柱である。ここに言う「うつほ柱」の位置を正確に知ることは難しい。事件が起こったのは長承元年（天承二年（一一三二年）八月に改元）十一月のことで、天皇は崇徳天皇で、御所は土御門烏丸殿（詫間直樹編『皇居行幸年表』続群書類従完成会、一九九七年）であった。しかしその内裏の見取り図はいまは分からない。大内裏にあった正式の内裏とは規模も建物の配置なども異なっていたとは思うのだが、便宜的に『大内裏図考証』の図を参考に掲げておこう。(補1) 問題の「うつほ柱」は挿図に見るように、清涼殿の西から南側に張り出した立て蔀の東端、殿上の小庭に入る神仙門側のものに相当するだろう。

「鈴の綱」は順徳天皇が承久三年（一二二一年）ごろに著したとされる有職故実の書『禁秘抄』（群書類従第二十六輯）に、

（殿上）横敷ノ坤ノ角ノ柱ニ蘇芳ノ綱ヲ付ケ、鈴ヲ付ケテ、小舎人ヲ召ス時、蔵人コレヲ引ク。コレ、二条院ノ御時ヨリノ事ナリ。始メハ馬寮ノ指シ縄ヲ用フ。近代、例トナル。

とある。清涼殿の南に殿上の小庭を隔てて校書殿《きょうしょでん》という建物があり、そこには歴代の文書や書籍が保管されている。殿上の間で行事が行なわれるとき、必要な書き物を校書殿から取り寄せる必要が生じる場合もあるだろう。その折り、用を言い付けるために校書殿から小舎人を呼び寄せるのに声を上げるわけにはいかない。蔵人が校書殿と往復するというのも不便である。小舎人を呼ぶには殿上の間から綱を渡し校書殿に垂らした綱の先に鈴を付けておいて、それを引けば用が足りる。小舎人を召す便宜のための仕掛けで、馬寮《まりょう》で使う馬の指し縄を利用した、黒みを帯びた赤紫色である蘇芳色の縄であるという。「鈴の綱」は「横敷」の「坤《ひつじさる》」、つまり西南に設けられているとある。「横敷」が問題だが、「鈴の綱」の用途から考えると蔵人が伺候する挿図の「小板敷」を指すと推測できる。小板敷の西南の角に端を垂らした綱が神仙門の上を渡して校書殿の下侍のどこかに垂らされていて、その先に鈴が付けられていたのだろう。とすれば「うつほ柱」より内側、「鈴の綱」のあたりというのは「小板敷」の西南の隅あたりと推測でき、「殿上の小庭」とするのと抵触はしない。殿上の小庭に入って右か左かは分からないが、さきに推測した神仙門のあたりということになる。

平家貞の伺候した場所は、単に「殿上の小庭」とするよりも「うつほ柱よりうち」「鈴の綱のへん」と具体的な位置を示すことばを重ねるほうが、〈それらしさ〉が増すだろう。ただし、事実面でいうならば、平家貞が「うつほ柱よりうち」の「殿上の小庭」に伺候する可能性はあったとしても、「鈴の綱のへん」に伺候することはありえなかった。というのは、平家貞が殿上の小庭に伺候したとする長承元年（一一三二年）のときに「鈴の綱」はなかったからである。「鈴の綱」は、前に掲げた『禁秘抄』に「二条院ノ御時ヨリノ事ナリ」とあって、平忠盛の事件より三十年ほども後の二条院の在位時代（一一五八年～一一六五年）にはじめて設けられたものらしい。院政期の出来事を取り上げることの多い、しかも順徳院の手になる『禁秘抄』が、この件で間違った事実を伝えた可能性は低い。だから「鈴の綱のへん」というのは、事実離れを起こした本文と見てよいのである。

事柄の上では、延慶本などの読み本系統の諸本が事実に近い本文であり、覚一本など語り本系統の諸本が事実離れを起こした本文である。どちらがもともとの本文なのかは判定できない。ただ、この箇所において語り本の本文は、事実かどうかよりも、〈それらしさ〉を第一義とした表現に傾斜した描写的なものであると言えるだろう。そこにはなかったかもしれない「鈴の綱のへん」という景物を持ち出すのはモンタージュ的な発想である。言語芸術としての『平家物語』の描写を支えるのは、〈言葉によるモンタージュ〉であり、この箇所では語り本にそれが見られるのである。

四　「あな黒ぐろ黒き頭かな」

イ　『貫首秘抄』の源雅兼

藤原季仲が蔵人頭に就任した歳、豊明の節会で舞ったときに、人々がしたとする囃子の言葉についてである。蔵人頭は貫首とも呼ばれるが、蔵人頭のための参考書となる『貫首秘抄』(補2)という本がある。奥書によると保元三年（一一五八年）から平治元年（一一五九年）のあいだに藤原俊憲が書いたもので、弟の藤原成範のもとに正本が伝来していたという。藤原成範は巻一「吾身栄花」に登場する人物で、巻六「小督」で語られる小督の父でもある。それに伝説では『平家物語』の作者のひとりとされる。その『貫首秘抄』に元蔵人頭らしい、ある人物が藤原俊憲に語ったという次のような談話が載る。

雅兼卿、頭ノ時、五節ノ殿上人、頻リニハヤス。（雅兼は）数刻、隠レ居テ舞ハズ。再三ハヤス。遂ニ遁ゲ去ル。ヨッテ、殿上人、追イ付キ、アナ黒グロ黒キ主カナノ曲ヲ歌フ。件ノ歌ノ間、黒キ頭ノ詞、アイ交ジフ。後日、（雅兼が）訴ヘ申ス。院（白河院）、コレヲ尋ネ問ハル。下官（わたしは）ソノ時、熊野ニ参リ、件ノ勘発ヲ免ルト云々。成通、張本ト云々。雅兼、天骨無キアイダ、固ク舞ヲ辞ス。頻リニ囃ス。腹立セシメ遁ゲ去ル。更ニ然ルベカラザル事ナリ。貫首ヲ饗応ノ時、殊ニハヤス事ナリ。ソノ骨無シトイヘドモ、尤モ、折リ返スベキナリ。コレ、殿上人ノ致ストコロニ随順セザルナリト云々。

『平家物語』が藤原季仲のこととしているのに近い出来事が、ここでは源雅兼が蔵人頭であったときの出来事となっている。

源雅兼は平忠盛とも、また「播磨米は木賊かむくの葉か」と囃された藤原家成ともほぼ同世代の人である。蔵人頭であったのは保安三年（一一二二年）十二月から大治五年（一一三〇年）十月のあいだで、その初めの頃のことだったのだろう。平忠盛の事件のあった長承元年（一一三二年）十一月とほとんど同じ時期のことである。

ロ　『承安五節絵』から

ところで、いまは模本しか知られていないが、『承安五節絵』という絵巻がある。平清盛の息女の建礼門院がその年の十二月に入内することになる承安元年（一一七一年）の十一月に行なわれた節会の様子を描いた絵巻である。平家の公達をはじめ『平家物語』に登場する公卿や殿上人が写実的に描かれていた可能性のある絵巻なのだが、残念なことに、いまは複数の模本しか知られていない。その節会の舞姫と童女を出した猫間清隆の一門が誂えて描かせたものかとされる。猫間清隆は巻八「猫間」で、木曾義仲の武骨な接待を受けて辟易する様子を語られる人物である。その子には『源氏物語絵巻』の画家として有名な藤原隆能がおり、孫には、『平家物語』の成立を考えるとき逸してはならない人物である深賢がいる。『承安五節絵』はそうした点でも重要な意味を持つ絵巻なのである。

『承安五節絵』によると、蔵人頭が囃されるのは辰の日の豊明節会においてである。殿上人が紫宸殿の露台で乱舞をしたあと、妻戸のところに集まって蔵人頭を囃す。蔵人頭は囃されると出てきて舞を舞う。『貫首秘抄』に言う源雅兼の場合も辰の日の豊明節会のときのことだったのだろう。

ハ「あな黒ぐろ黒き頭かな」の曲

早稲田大学図書館蔵『承安五節之図』

舞の不得手な源雅兼がなかなか出てこない。それどころか逃げだしてしまった。それで殿上人が追い掛けていって「アナ黒グロ黒キ主カナ」「黒キ頭カナ」と囃したという。『貫首秘抄』に、

五節ノ間、頭ハ慎ムベキナリ。殿上人、モシ持テ成サズハ、面目ナキ事ナリ。モシ意趣アラバ、囃シ止ム常ノ事ナリ。冷然ノ事ナリ。

ともあって、五節での殿上人の囃子は好意のもてなしであり、意趣を含む相手に対しては囃子を止めてしまうのが常であったらしい。源雅兼は上手下手にこだわらずに、好意に応じて囃子歌を折り返し、出て舞うべきであった。源雅兼がなかなか出ないので囃子の調子をあげ、催促が揶揄するような気味を帯びる。源雅兼はたまらず逃げ出したのを、殿上人は追い掛けて、件の歌を

もって囃したというわけである。殿上人たちをあおった張本人は藤原成通であった。藤原成通は源雅兼より十八歳年下で、かつて何年間かともに蔵人を勤めていた仲である。多芸で知られる宮廷の才子藤原成通は、何を思ってか彼らしい行きすぎをしでかしたようである。藤原成通たちは鳥羽院のお叱りを受けたが、藤原俊憲にこの出来事を語った人物はそのとき在京せず譴責を免れたという。

さて、件の歌だが、「……之曲」とする書きぶりからすると、綾小路俊量が記録した「五節間郢曲」（『綾小路俊量卿日記』群書類従　第七輯）には見えないが、成通たちが即興的に作った歌詞とも思えない。推測のほかはないが、「黒グロ黒キ主」とは、『貫首秘抄』が示す状況では相手の肌の色をやり玉にあげたものとは解釈しにくい。「黒」とはむしろ、悪い、汚い、けしからぬといった意味ではないか。わたしは「黒キ主」の曲というのは、乱舞の席で、囃されてもなかなか芸をしない者にたいして、しびれをきらした一座のものが「けしからぬぞ」といって囃す、そうした時の囃子歌ではなかったかと思うのである。そしてそれに付けた「黒キ頭」の囃子言葉は「蔵人頭」を囃すために、音の調子を合わせての即興的なものであったのかもしれない。そこに蔵人頭の源雅兼を揶揄する意味を見ることも不自然ではない。その場合の「黒」が「けしからぬ」という意味に加えて、源雅兼の肌の色をもいったものかどうか、それは分からない。

「殿上闇討」の藤原季仲は、源雅兼よりも約三十数年前、堀河天皇の蔵人頭で、彼もまた「黒キ主」「黒キ頭」とはやされたというのである。『今鏡』「すべらぎの中　第二」に、左大臣源俊房、参議大江匡房、おなじく藤原通俊、蔵人頭藤原季仲と四人が堀河朝を代表する廷臣として掲げられている。蔵人頭季仲は後の世にも知られた存在であった。蔵人頭藤原季仲の知名度が働いて、源雅兼のことを『平家物語』の作者が故意に、あるいは間違えて藤原季仲のことにしたのだろうか。また『貫首秘抄』が記す源雅兼の場合、藤原成通が藤原季仲のことを念頭に、遊び心と持て成し心で殿上人をあおって「黒キ主」「黒キ頭」と源雅兼を囃したのかもしれない。確かな答えはない。

二　平忠盛の囃されたのは辰の日

蔵人頭である源雅兼や藤原季仲が「黒キ主」「黒キ頭」と囃されたのは、大嘗会の最終日の辰の日に催される豊明節会と呼ばれる無礼講の宴においてであったが、殿上人になった平忠盛が舞ったとされる「御前の召」はどの日だったのか。清涼殿の広廂の間に殿上人が召されて舞を舞うのが「御前の召」である。五節の間に歌われる「五節間郢曲」を記していて貴重な『綾小路俊量卿記』では「御前の召」は寅の日となっている。『承安五節絵』では一度目が寅の日に、二度目が辰の日の豊明節会の終了後に行なわれている。長承元年（一一三二年）の五節でも「御前の召」は二回おこなわれて、忠盛が舞ったとされるのは闇討の計画されていた十一月二十三日辰の日の夜の「豊明節会」の終了後に行なわれた辰の日の「御前の召」においてだったのだろう。(注2)

そのおり、平忠盛のやぶにらみ、つまり「すがめ」を伊勢の酢瓶《すがめ》にかけて囃されたというのだが、その話題に関わる伝説が高橋昌明氏によって紹介されている（『清盛以前　伊勢平氏の興隆』平凡社、一九八四年。七九頁）。『多度大神本縁略記』下巻「神異」の追加の条の記事で、もともとは「安濃寺縁起」に載せるもので、それを北畠材親卿が写したものによるという。北畠材親は大納言まで至った人物で群書類従本『星合系図』によると永正八年（一五一一年）に四十四歳で薨じている。

北畠材親には、人並み以上に平家に興味を抱く理由があった。『勢州軍記』上巻や群書類従本「北畠系図」によると北畠材親の弟北畠具盛は関三家のひとつで、伊勢北部、現在の鈴鹿市あたり河曲郡に勢力を張った神戸家の婿となっている。また『勢州軍記』上巻によると北畠材親の伯母・叔母もまた神戸家に嫁入りしている。北畠材親は、とくに神戸の家督を継いだ弟北畠具盛を通じて神戸家と一味してその威勢を奮ったという。その神戸家は平清盛の孫の平資盛の子孫を名乗る一族である。これも『勢州軍記』によると、平資盛は『平家物語』巻一「殿下乗合」で語られる事件で父平重盛の勘当を受け伊勢国鈴鹿郡久我庄に蟄居した。六年間をその地で過ごしたのだが、その間に設けた子供が盛国と名乗る。盛国の子孫が関氏を称して後に伊勢北部で威勢を奮うことになり、その一家が神戸であるという。北畠材親が平忠盛伝説を写し留めたというのにも、真実味が感じられる。

さて、その伝説だが、高橋昌明氏が本文を紹介されているが、宣命書もどきの表記で読みにくいので、読みやすい表記に変えて記す。

昔、忠盛ノ平氏ナルハ、コノ国（伊勢国）ノ人ナリ。深ク多度ノ神ヲ信ジテ、一千度ノ参詣ヲハジメラレケル。ソノ願、満チナム夜ノ夢ニ一ツノ壺ヲ賜リケリ。嬉シキ事ニシテ酒ゾト思ヒケレバ、酢瓶ナリケリ。ソレヨリ目ヲ煩ヒ、一年ノ間ニ眇トナレドモ、官加階、心ニ任セ、昇殿マデ聴《ゆる》サレシトナム。サレドモ孫ニテ在ケル世ニ亡セケルトゾ。是ヨリ伊勢ノ習ヒトナリテ、目出度キ寿ギニハ、酢ヲ送ラヌ例トナリキ。此ノ事、安濃寺ノ縁起ニテ見シ。已上、伊勢国司北畠材親公卿ノ式ニアリ。

平忠盛は多度大社に千度詣でをした満願の夜、壺を授けられた。それは酢瓶でそれを飲んで平忠盛は眇つまり斜視になったが、どんどん出世を遂げ「内の昇殿」まで遂げた。しかし子孫の時代になって、その壺は消え失せてしまったという。それで、いまでも伊勢の国では目出度いときに（補3）酢を贈る風習があるという。

この文章の後に、平忠盛の誕生の地は今の三重県中部の津市の産品、安濃津の西二里にあり、多度大社は三重県北部の桑名郡にある、忠盛に千度詣でなどできるはずはない、という評が付けられている。距離の遠さを考えると確かに無理のある内容だが、多度大社は伊勢平氏との強い繋がりがあったらしく（高橋昌明「伊勢平氏の展開」『清盛以前　伊勢平氏の興隆』）、それを考えると伝説の下地は十分あったわけである。

五　忠盛の「内の昇殿」

イ「内の昇殿」の望み

上皇の御所や女院あるいは摂政・関白の御所に設けられた殿上の間への出入りを許されることも「昇殿」と呼ばれたが、天皇の御所の昇殿は「内の昇殿」と呼ばれた。『今鏡』「むかしがたり　第九」の村上天皇のころの藤原雅材の昇殿の話題で見ると、平安時代の中期ごろは「内の昇殿」が非常な重さを持っていたようにも思えない。しかし〈武家〉が侮りがたい力を見せ始めた院政期には対〈武家〉意識が働いていたのか、「内の昇殿」は格別のものになっていたらしい。「内の昇殿」を許されたものは「堂上人」「雲の上人」となる。その資格は貴族の証明である。少し前の時代までなら、〈武家〉である平忠盛には高嶺の花の資格であった。しかし白河院のとき以来、下り居の帝である院が治天の君として政治の実権を握る院政の時代に入っていた。院に重用されている平忠盛にも希望が生まれた。平忠盛の父平正盛は伊勢から出て京都の六波羅に屋敷を構え、院の北面に伺候して出世の階段を昇って行く。平正盛は諸国の守を歴任し上国の国司の地位をも得るにいたる。しかし所詮は地方豪族出身の〈武家〉である。平正盛が、出雲で反乱を起こした源義親を討った功績で但馬守に任命されたとき、中山宗忠はその日記『中右記』天仁元年（一一〇八年）正月二十四日の記事に

軍功アリトイヘドモ、下臈ノ身ニシテ、第一国ニ任ゼラル。世、甘心セズ。ナカンヅク、未ダ上洛セザル前ナリ。院ノ近辺ニ候スルニヨリテナリ。

と記している。下臈のくせに、白河院のひいきでと、中山宗忠は蔑みと嫉みの気持ちを日記に書き付けているのである。

父の平正盛とともに平忠盛もまた白河院の寵臣として活躍し実力を貯えてゆく。『今鏡』「ふじなみの上　第四

宇治の川瀬」によると、平正盛は下北面の身分のままであったが、平忠盛は白河院の「院の殿上人」にまで昇格する。武士にたいしても「院の昇殿」ならば白河院はすでに源義家に許している。平忠盛はさらに「内の昇殿」を切望したのである。『今鏡』は同じ箇所で、平忠盛の「内の昇殿」への切望について記している。ともに白河院に重用されていた藤原為忠が「内の昇殿」を許され、自分にその沙汰がなかったとき、平忠盛が嘆いて詠んだという和歌を『今鏡』は紹介する。それは第五番目の勅撰和歌集である『金葉和歌集』巻九「雑部上」にも入集していて、有名な和歌であったらしい。

思ひきや雲居の月をよそにみて心の闇にまよふべしとは

「内の昇殿」を許されたなら、さえぎる雲のない明るい月のおもてを見るように、「雲の上人」として天皇の尊顔を直接に拝することもできるのに。同輩の藤原為忠はその栄誉に浴し、自分はそれをよそに見るだけである。雲に遮られた闇の夜をさまようように、適えられない望み故にわたしは心の闇のなかで悶々としている。平忠盛は自分の気持ちをそのように和歌に託した。先を超した藤原為忠は寂念、寂然、寂超ら三人の有名な歌人、いわゆる大原三寂の父であり、自身も歌人であった。平忠盛もまた歌人として認められていた。平忠盛は和歌の付き合いをとおして〈公家〉の人々の世界の一員たるべく努めていたらしい。その交際の一端は異本『忠盛集』の詞書に見えていて、谷山茂氏は「平忠盛と異本忠盛集」（『谷山茂著作集六　平家の歌人たち』角川書店、一九八四年）という論文のなかで歌人としての平忠盛について説いておられる。平忠盛は歌人として名前をあげていたし、白河院への奉仕は藤原為忠におさおさ劣るものではなかったはずである。

ロ　白河院の処遇

しかし平忠盛はあくまで武力を持って院に奉仕する身分の人間であった。〈公家〉に使われ〈公家〉を警固する身分である〈武家〉なのである。そのことに関する話題で、九条伊通が二条院のために政治の心得を書き示した書である『大槐秘抄』（群書類従　第二十八輯）に載せる次の一節は面白い。

白河院の、世をむしろのごとくに巻きて、持たせおはしましたりしが、なを武者をたてて、おほよそ弛ませおはしまさざりしに候。（白河院が）仰せ候ひけるは、一条院は世の尾籠の人にて有りけると聞くに、（源）頼義を御身をはなたで持たれたりけるが、きはめて、うるせくおぼゆるなり。我まもれとこそ、忠盛には仰せさぶらひけれ。禁中は夜はひしひしとこそ候ひけれ。

「筵をくるくると巻いて持つように」日本を手中に握っていたというのは面白い表現だが、白河院が政治を完全に掌握していたことを比喩的に言っているのである。白河院の言葉のなかで、世評だとしつつも一条天皇を「尾籠（おこ、愚かの意）」と貶めているのは、院の側からの摂関政治への批判に出た物言いなのだろう。白河院は平忠盛に言ったという。愚かだといわれた一条院だが、源頼義の武力を利用していたのは賢明だ。同じように自分もお前を頼りにしている、と。この話題のなかでは、源頼義にしても平忠盛にしても、あくまで摂関あるいは院といった〈公家〉の身辺の警固役なのである。〈武家〉は重用しても、〈公家〉に仕える以外の何ものでもない。白河院の頭のなかでは、摂関時代におけると同様、〈公家〉に奉仕する身分としての〈武家〉という観念が厳然として存在していたにちがいない。九条伊通が二条院のために『大槐秘抄』にこの話題を書きつけたのは、後白河院の時代、平忠盛の子である平清盛が政治の場において台頭しつつある時代であった。〈公家〉の権威と権利が〈武家〉に侵食されてゆく危うい時代にさしかかっていた。その時代、この話題は筆者の九条伊通、読者の二条院そして〈公家〉の人々に平清盛の存在を意識させる生々しさを持っていたにちがいない。まだ昔語りとして風化されてはいなかっただろう。この話題は、後深草天皇の時代、建長六年（一二五四年）に橘成季の手になった大部の説話集『古今著聞集』巻九「武勇」にも載せられているが、その時は、〈公家〉と〈武家〉の立場は一転していた。この話題はもはや歴史のひとこまとなっていた。

摂関が武力として利用したのは源氏であり、院が武力として利用したのが平家であるという大まかな図式を描くことができる。白河院は摂関の勢力を退けて政権を掌握するに際し、摂関が利用した源氏に対抗するものとして、平家の武力を身近に置こうとしたのだろう。白河院は平忠盛を重用し、平忠盛の勢力は伸長していった。後のことだが、平忠盛は仁平三年（一一五三年）正月十五日に亡くなる。その訃報を日記に書き付けた藤原頼長は

数国ノ吏ヲ経テ富巨万ヲ重ネ、奴僕、国ニ満ツ。武威、人ニ軼《こ》エタリ。シカルニ人トナリ恭倹、イマダカツテ奢侈ノ行イアラズ。時ノ人、コレヲ惜シム。」

（『宇槐記抄』増補史料大成　25（台記三））

と記している。巨万の富を貯え、諸国に家来を持ち、武威が国中に鳴り響いていた。それでいて慎み深く、奢ってほしいままの振る舞いをすることはなかった。そんな彼を世人は高く評価していたらしいのである。悪左府とあだ名された、あの厳しい藤原頼長がそこまで褒めているのだから、平忠盛はたいへんな人物であったはずである。その上、次の句の「鱸」にも見られるように宮廷人の素養である和歌にも巧みであり、風雅な恋愛のすべを心得てもいた。そのように平忠盛は人としても勢力としても大きな成長を遂げてゆくのだが、白河院は〈武家〉を〈武家〉として処遇する方針を貫いたのだろう。平忠盛に「内の昇殿」を許さなかった。同輩の藤原為忠の後にとり残されたときの平忠盛の嘆きは先に見たとおりである。白河院が〈公家〉との間に一線を画して平忠盛を処遇したらしいことは『今鏡』「ふじなみの上　第四　宇治の川瀬」の次の文章からもうかがえる。

（鳥羽院の時代になって）その平氏（忠盛）の子ども二人ならびて（内の）蔵人になりなどせしも、白河の院の御ときは、清盛非蔵人などいひて、院の六位の殿上して、うるはしくはなさせ給はで、かうぶり（従五位下に除すこと）賜はで、兵衛の佐になりたりしも、（内の）蔵人はなほ難きことときこえ侍りき。

鳥羽院の時代になって平忠盛の子供二人がつぎつぎと蔵人として「内の昇殿」を許されたけれども、白河院の

ときにはそうではなかった。長男の平清盛でさえ、六位の非蔵人として院の殿上を許されたが、「殿上駆使」の下働きをする見習いの身分で、従五位下に除して正式の院の蔵人に昇格することは許されなかった。平清盛はまた従五位上相当官である兵衛佐に任命されるに至るが、内の蔵人となって「内の昇殿」を許されることはなかった、と言うのである。

ハ　鳥羽院の処遇

その一線を越えたのが鳥羽院であった。平忠盛が「内の昇殿」を許された天承二年（一一三二年）は鳥羽院の時代である。そのとき平忠盛は備前守であった。備前守は「内の昇殿」へのステップとなる地位である。しかし父の平正盛は備前守を経ても「院の殿上」さえ許されていない。〈武家〉の身分では、その慣例も意味を持たなかったのだろう。ところが鳥羽院は平忠盛に「内の昇殿」を許し、「内の殿上人」となる栄誉を与えた。白河院は大治四年（一一二九年）七月七日に崩御するが、その三年後の天承二年（一一三二年）三月十三日に鳥羽院のために平忠盛が建てた得長寿院の落慶供養が行なわれ、その日に平忠盛の「内の昇殿」が許された。平忠盛にとって積年の夢がかなえられたのである。「内の昇殿」を目前にする地位である備前守、得長寿院の造進という顕著な功績、そのタイミングを利用して鳥羽院は強引にことを運んだのだろう。結果的に見れば、平家という虎に翼を与えてしまったのである。平忠盛の「内の昇殿」が公家の人々にとって衝撃的なことであったことは藤原宗忠がその日記『中右記』天承二年（一一三二年）三月二十二日の記事に

備前守忠盛朝臣入リ来タルト云フ。内ノ昇殿ヲ聴《ゆる》サレテノ後、今日初メテ御膳ヲ供《くう》ズ。コノ人ノ昇殿、ナホ未曾有ノコトナルガゴトシ。（『中右記』増補史料大成 14）

と書きつけている。この日、「内の殿上人」になって初めて平忠盛が崇徳天皇に御膳を運ぶ役目を勤めた。平忠

盛の「内の昇殿」は前代未聞のことだ、と藤原宗忠は言う。藤原宗忠は早くから白河院や鳥羽院による平正盛・忠盛一家の厚遇ぶりを苦々しく思っていたらしい。そのことは『中右記』のいくつかの記事から窺えるが、それは有職を重んじる〈公家〉の人々に共通の思いだっただろう。鳥羽院はとうとう平忠盛に「内の昇殿」を許したのである。藤原宗忠はその時、七十一歳の内大臣であった。藤原宗忠は弁官を経て立身した人物で、〈公家〉の公事にたいへん詳しかった（松園斉『日記の家—中世国家の記録組織—』吉川弘文館、一九九七年。八四頁）。そのような人物の感想であることを考えると、平忠盛の「内の昇殿」に対する驚きは、単なる異数の出世に対する嫉妬や嫌悪感から出たものとばかりは思えない。〈公家〉の制度に大きな穴をあける制度破壊の危険性がそこにあることを敏感に感じ取ったからではなかったか。院政を推し進めるにあたって白河院は平正盛や平忠盛を利用はしたが、〈公家〉と〈武家〉の間に一線を引いて「内の昇殿」を許さなかった。鳥羽院はその一線を越えて平忠盛に〈公家〉のなかの席を与えたのである。鳥羽院があけた制度の穴を、後白河院がいっそう大きく広げてしまい、平清盛の平家一門を摂関の家さらには院自身にまで対抗するような政治勢力に育て上げる結果を生む。

二　殿上の闇討

豊明節会の夜に殿上で平忠盛を闇討にするというのは、平忠盛を殺そうというのではない。お産の赤不浄、死の黒不浄など不浄は天皇の聖域である御所のうちにあってはならない。たとえば狐や犬の死骸が御所のうちで発見されてもたいへんである。殿上の闇討を、平忠盛を殿上において殺そうとしたなどという解釈は論外である。五節の最後の日、豊明節会が夜に行なわれるが、その盛宴のおりの闇に紛れて平忠盛を打擲して辱めようという計画なのである。

平忠盛の側がそれに備えたことで闇討は実行されなかったのだが、五節が終わって後に殿上人たちが平忠盛の備えに禁制を犯す違法行為があったと鳥羽院に訴えたという。『平家物語』は「殿上人一同に申されけるは」として殿上人が皆、平忠盛を訴えたかのように書いている。しかし、そんなことがありえただろうか。平忠盛の「内の昇殿」の背景を考えると実際には考えにくいことである。いままで見たように平忠盛の昇殿は鳥羽院の強い意向による。だから平忠盛の闇討また平忠盛糾弾は、鳥羽院への反抗と言ってよい。平忠盛の闇討また平忠盛糾弾は公卿にも殿上人にも憚られることであり、とりわけ鳥羽院の近臣として院政に参与しているものにとっては無理なことではなかったか。「殿上人一同に」ということはありえない。それは当時の政治状況また実情を無視した結果の表現である。

六　〈表現のエコノミー〉

『平家物語』は後でも繰り返し説くように、作者は治承元年（一一七七年）正月から文治元年（一一八五年）十二月ないし文治二年（一一八六年）正月までの歴史的な出来事を対象に据えて、それを大小いくつかの主題のもとに統一して捉えようとする。その主題の根幹をなすアイデアは一過的また狭く時代を限定してのものではない。作品を書いている今の時期、その現在を理解し、さらに未来を見通すことの助けとなるようなアイデアである。そのアイデアはおいおい説くように、人間性に関わる主題、歴史認識に関わる普遍的な主題となって作品を貫いている。『平家物語』の作者は、事件を取り上げるとき、それを事件当時の状況のなかに埋没させることをしない。主題のもとに〈図〉としてくっきり浮かび上がらせようとする。そのために、主題に収斂させる方向で事件に意味を与えることを最優先にさせている。そこに〈表現のエコノミー〉と称してよい執筆の姿勢が生まれる。効果を上げるために夾雑物を切り捨てるのである。『平家物語』の作者が事件を主題的に表現する際にとった〈表現のエコノミー〉を、事件の実態をなすところのいわば〈地〉とそこから描きだされたいわば〈図〉との対比において具体的に炙り出す、その作業が『平家物語』の豊かな理解を生むことになる。そして〈表現のエコノミー〉を炙り出す作業を重ねることを通して、『平家物語』の主題もまた鮮やかに浮かび上がってくるはずである。

鳥羽院の院政がもたらした平忠盛の「内の昇殿」を描くのに、〈公家〉内部の対立と葛藤の政治的な実態を捨象した〈表現のエコノミー〉によって、〈公家〉対〈武家〉の対立の図式を浮かび上がらせるのが「殿上の闇討」なのである。その図式はたとえば「四　あな黒ぐろ黒き頭かな」にかかわる話題のなかでも見えている。藤原季仲と藤原家成が囃された時のことを記した後に、「上古にはか様にありしかども事いでこず。末代いかがあらむずらむ。おぼつかなし、とぞ人申しける」とする一文はそれだろう。先に記したように揶揄するようなものも含めて囃子は殿上人のもてなしであり、〈公家〉のものならば気恥ずかしさは覚えても、それは自分たちの習慣として許されることなのである。しかし〈武家〉の平忠盛はどう反応するか、不安だというのである。

「殿上闇討」が表現する〈公家〉対〈武家〉の対立の図式をもっとも鮮やかに浮かび上がらせるのが、殿上人による平忠盛の糾弾である。その内容は「概説」に書いておいたので繰り返すことはしない。ただ、奇妙に思うのは鳥羽院の裁定である。平忠盛が帯びた刀は銀箔を貼った木刀であった。だから天皇の勅許を得たものしか武器を帯びて宮中に出入りしてはいけない、という〈公家〉の禁制を犯してはいない。しかし武器を帯びた郎等平家貞の殿上の小庭伺候は明らかに〈公家〉の禁制を破っている。それを鳥羽院が「武士の郎等の習」として許したとする。〈公家〉の制度を〈武家〉の慣習が破ったわけで、それを許すというのは〈武家〉の慣習を〈公家〉の制度より優位に置いたことになる。鳥羽院が実際にそのような裁定を下したのかどうか。平忠盛事件が実際に起こったものとしても、その解決は『平家物語』が記すようなかたちの鳥羽院の裁定によるものかは疑わしい。「殿上の闇討」が描く〈公家〉と〈武家〉の対立の図式は、〈武家〉優位の時代の到来を示す象徴的な事件として、『平家物語』のはじめに置かれたものなのだろう。平正盛ではなく平忠盛に焦点を当てた理由をそこに見ることが出来るだろう。

注

1　『禁秘抄考註』新訂増補故実叢書22『禁秘抄考註　拾外抄』上巻「南殿」に「○御後ハ北庇ヲ云フ。節会ノ日ハ御後ヲ以テ御装所ト為。」とある。

2　『承安《じょうあんの》五節絵《ごせちえ》』に見る「五節」の次第

承安元年（一一七一）十一月（この年十二月には、清盛の娘徳子が入内する。）

十九日（己丑）　五節《ごせちの》参入《まいり》

　　帳台の試

二十日（庚寅）　御前の試

　　殿上の淵酔

　　御前の試

　　御前の召〔殿上庇間〕

二十一日（辛卯）童女御覧

二十二日（壬辰）節会（豊明《とよのあかり》）

　　節会　紫宸殿〔身舎と南庇〕　束帯

　　　舞姫参入

　　殿上人　露台乱舞　蔵人頭をはやす

　　節会果てて後、御前の召

二十三日（癸巳）（行事ナシ）　（美濃部氏の別稿「資料1」による。）

補注

1　美濃部氏稿には「図」がない。別に美濃部氏が作成された「資料1」には『大内裏図考証』のコピーに自筆で書き加えたものが示されているが、本書では故実叢書「大内裏図考証」の一部に手を加えたものを掲げた。なお「二代后　多子の悲しみ」の図「紫宸殿・清涼殿・校書殿」も参照されたい。

2　美濃部重克「穴黒々黒主哉の歌」（『中世伝承文学の諸相』和泉書院、一九八八年）には「広橋家文書中の鎌倉期写本による」とある。『貫首秘抄』は、群書類従　第七輯にも収める。

3　「贈らぬ」か。高橋氏引用には「酢乎送羅努例《タメシ》止那利幾」とある。

03 巻一 鱸

一 「鱸」の概説

「殿上闇討」が忠盛のエピソードの一つめで、「鱸」の句の前半はその続きである。風雅の人、平忠盛が紹介される。後半が次世代の平清盛の「鱸」の話題となる。間違いの多い内容だが、テキストのままに記す。

備前から帰洛した備前守平忠盛に鳥羽院は「明石の浦はどうだったか」と尋ねる。帰洛途次の月の名所の明石の浦を題に詠歌せよと命じたのである。平忠盛は即座に

あり明の月も明石の浦風に浪ばかりこそよるとみえしか

（明石の月は名前どおり、ひと夜明かして見た有明の月までも明るく「夜」はなくて、浦風に吹かれて寄せる波の「寄る」ことだけが「よる」だと思われました。）

と、言葉遊びの機知によって答えた。この和歌は勅撰和歌集『金葉和歌集』に入集した。

平忠盛は上皇の御所に仕える恋人のもとに山際の月を描いた扇を置き忘れた。同僚の女房たちが「どこからの月影なのか。正体を知りたい」と戯れを言うので、彼女は

雲井よりただもりきたる月なればおぼろけにてはいはじとぞおもふ

（雲の上から「内の殿上人」が通ってこられる、その月影だから、戯れに正体は明かせない。）

と詠んだ。彼女が歌人の薩摩守平忠度の母である。平忠盛に似合いの優雅な女性だった。ここまでが平忠盛の代

で、彼は仁平三年（一一五三年）正月十五日に没する。

平清盛の代に移る。平清盛が忠盛を継いで平家の統領となる。安芸守時代に出世の糸口をつかみ、保元の乱の勲功で播磨守になり、太宰大弐になる。平治の乱の勲功で正三位に叙し公卿となって後、速やかに内大臣に至り、右大臣、左大臣を超えて一挙に従一位太政大臣になる。武器を帯びた随身を宮中に召し連れる勅許、牛車に乗ったまま大内裏の十二門を出入りする勅許、輦車と呼ばれる手車に乗って宮中に出入りする勅許なども得た。その威勢はまるで摂政か関白のようであった。その異例の出世は偏に平清盛の掌中に権力が帰したことによる。

平清盛の栄華は熊野の神の利生による。安芸守時代、平清盛は現在の三重県津市の郊外、伊勢国の安濃津から船で熊野に向かう伊勢路をとって熊野詣でをした。その時、大きな鱸が船に飛び込んできた。熊野詣では精進潔斎の道である。肉食は避けなければならない。ところが案内役を勤める先達の修験者が、中国の周の武王の故事を持ち出して、幸先のよいことだからと清盛をはじめ一行のものに鱸を食べさせた。そのお陰なのだろう、清盛は子、孫ともに龍の空に昇るよりも速やかに栄達を遂げていった。

「鱸」の内容はおおよそ以上のとおりである。次に話題を二点、立てる。

二　物語の詐術　「あり明けの」の和歌

この和歌の面白さは、「明石の月」の明るいことを「よる」の同音異義語を使った言葉遊びの機知にある。それも独創的と言うほどのものではない。平安中期の漢学者で歌人でもあった源為憲も同じ発想の和歌を詠んでいる。『拾遺和歌集』巻八「雑上」・『拾遺抄』巻九「雑上」に載せる和歌で、

　夜とともにあかしの浦の松原は波をのみこそよると知るらめ

とある。月明かりの明るい明石の浦の松原は「夜」を知らず、波の「寄る」ことばかりを「よる」だと思ってる

んだろうな、という意味である。平忠盛の和歌は源為憲の和歌の焼直しにすぎないと、早くに岡田希雄氏（『国語と国文学』昭和十七年一月号）は述べている。

〈公家〉の仲間入りを果たすべく歌人として認められようと努めた平忠盛だから、『拾遺和歌集』に載る源為憲の和歌を知っていて、それに寄り掛かって詠んだ可能性は高い。しかし焼直しとする評価はちょっと厳しすぎる。源為憲の和歌は明石の月の明るさへの驚きを明石の浦の松原の感懐として間接的に詠む、捻りを利かせた表現である。それにたいして平忠盛の和歌は、明石の月の明るさへの驚きを「見えしか」と自身の体験であることを強調するかたちで強く言い切る。焼直し以上の面白さはあるだろう。それに、問うものと答えるものの双方が源為憲の和歌を念頭に置いたやりとりであったとすると、平忠盛の和歌の直接性はいっそう生きたものとして当座に働いたと思われる。

「鱸」の句は、この和歌について、平忠盛が備前守であった時期、鳥羽院のお尋ねを受けて、後に『金葉和歌集』に入れられた、と具体的なことを三点記している。そこには明らかに『平家物語』の作者による虚構がある。

『金葉和歌集』の三度にわたる編集作業が行なわれたのは大治元年（一一二六年）から三度本が撰進された大治二年（一一二七年）にいたる時期である。いっぽう平忠盛の備前守任官は『中右記』によれば大治二年十二月二十日のことである。時期の上で明らかな齟齬がある。『金葉和歌集』の詞書きには平忠盛の備前守時代のことも、下問者が鳥羽院であるともしていない。それ故、この和歌を平忠盛の備前守時代の詠歌とするのは明らかな虚構なのである。この和歌は異本『忠盛集』にも載せられるが、その詞書では伯耆国から帰京した平忠盛に殿上人たちが尋ねたので、と記す。平忠盛が伯耆守であったのは保安元年（一一二〇年）十一月二十五日まで（『中右記』同日条）なので、この和歌はそのころに詠まれたことになる。では、尋ねた「殿上の人々」というのは、どのような人々なのか。平忠盛が「内の昇殿」を許されたのは、「殿上闇討」の句で見たとおり天承二年（一一三二年）である。だから、尋ねたのは「内の殿上人」ではない。平忠盛は保安元年ごろに白河院の院の殿上への昇殿をゆるされている。とすると「殿上の人々」は白河院の「院の殿上人」だったのだろう。もし、院自身が尋ねたのだとしても、それは鳥羽院ではなく白河院であった可能性が高い。

覚一本のように、備前守時代に鳥羽院が、とするのは「殿上闇討」が鳥羽院の時代の話題であることに合わせた物語の詐術である。『平家物語』が平正盛の話題ではなくて平忠盛から話題を始めるのは、その代に〈公家〉の制度を破壊するような武者の「内の昇殿」が行なわれたこと、その背景に鳥羽院と平忠盛の格別な関係があったことを示す意図があったからなのだろう。覚一本がその後に実際とは異なる作歌事情のもとに、「鳥羽院の下問で備前守平忠盛が」とする和歌説話を置いたのも、鳥羽院と平忠盛の親密な関係を印象付ける一貫した意図によるのかもしれない。

三　安濃津からの熊野詣で

「鱸」の句が語る平清盛の熊野詣での話題は、平清盛の熊野信仰の面だけでなく安濃津からの船出という参詣経路の面でも注目すべきである。

院政期に入って熊野詣では盛んになる。院政時代の幕を開いた白河院の参詣に始まり、鳥羽院、後白河院、後鳥羽院、そして後嵯峨院、亀山院まで、熊野詣では院政時代を象徴する宗教上の一大行事の観があった。

熊野参詣には二つのルートがあった。大阪湾から紀伊水道ぞいに走る、いわゆる九十九王子をたどる紀伊路と、伊賀の山中を経て安濃津（現　三重県津市）に出て舟に乗り伊勢を廻って行く伊勢路である。二つのルートは『梁塵秘抄』〈巻第二〉に

熊野へ参るには紀路と伊勢路の　どれ近しどれ遠し
広大慈悲の道なれば　紀路も伊勢路も遠からず

と、どちらも遠い旅路だけれど、熊野の神様の限りない慈悲の手を思うと、紀伊路も伊勢路も遠く感じられないと謡う。

「鱸」では平清盛は伊勢路をとった。王子社をたどる紀伊路よりも伊勢路のほうが平清盛には馴染みの道であった。馴染みの道というだけでなく、平清盛が伊勢平氏の統領としての振る舞いをするべき場所が途中に点在していたのである。村井康彦氏は早くに次のような指摘をしている（「伊勢平氏の諸流」（『平家物語の世界』徳間書店、一九七三年）。平正盛と平忠盛は伊賀国から大和国にかけてあちこちに所領を獲得していた。その所領は伊勢街道を鈴鹿の関の東麓の関町に出、それを西南方面に柘植―伊賀上野―都介を経て（都介《つげ》は大和国の地）丹波市（現、天理市）に出る道筋に沿って点在していた。その道がかれらの京都往反路であったかもしれない。村井氏の卓見である。これは平清盛の安濃津からの舟出を語る「鱸」の句の意味を解釈し、それを評価する場合、重要な意味を持つだろう。

平忠盛が船出をした安濃津は伊勢街道の要衝であり、港であった。平清盛の父忠盛はその付近の地である産品《うぶしな》で生まれたとされ、伝承地がいまに残る。それに『尊卑分脈』に収められる「平氏系図」によると平正盛の伯父の平貞衡と従兄の平貞清は安濃津三郎と呼ばれていて、伊勢平氏の本貫ともいえる拠点がそのあたりにあったことを推測しえる。「鱸」が実際の出来事を背後に持っているとするなら、平清盛は参詣の目的のほかに、祖父以来の伊勢・伊賀の所領をめぐり、そして伊勢平氏の統領としての一族訪問を目的として伊勢路をとったということになろう。平清盛はあるいは北伊勢と伊賀にしばらく滞在して安濃津から出発したのかもしれない。安濃津からの船出の記事は、伊勢国を住国とする地方の武家としての平清盛の出自を印象付ける働きを負っていたのである。

04　巻一　禿髪

「鱸」の後半から系図は平清盛の代に入り、平清盛の栄華に関わる二つ目の説話が語られる。

一　「禿髪」の概説

平清盛は重病にかかり、仁安三年（一一六八年）十一月十一日に出家、法名を浄海とした。ところが生命力が人一倍強かったのか平清盛は回復する。出家して入道浄海となったにもかかわらず、平清盛の朝廷での権勢は著しく、草木が風になびくように人々が従いついた。平家一門の威勢もいや増しで、平家の公達には、花族《かしょく》あるいは英雄などと呼ばれる大臣家の公達さえも遠慮するほどとなった。

平時忠という人物がいる。平時忠は平清盛の正室の平時子の兄である。また建春門院平滋子の兄にもあたる。平滋子は後白河院の皇子を生み、その皇子が仁安三年（一一六八年）三月に天皇に即位したので国母になった。その閨閥を背景に横暴な振る舞いが多く、「平家の一門でないものは人ではない」とまで豪語した。人々は争って平家一門との交誼を得ようとする。衣装の着付けから烏帽子の折りようまで六波羅様、つまり六波羅スタイルと呼ばれるファッションが流行した。

どのように優れた天皇あるいは摂政関白の治世にも、時世にあわないあぶれ者がいて、かげで悪口を言うものだが、平清盛の政治には少しの批判をするものもいない。というのも、平清盛は十四歳から十五六歳の童子身分の若者を三百人集めて「禿髪童《かぶろわらわ》」にして、密偵として京の町に放ったからである。「禿髪童」は、長い髪をオカッパ頭に切り、揃いの赤い直垂を着て街を徘徊する。平家への悪口をすこしでも聞き付けると、徒党を組んでその家におしかけ、家中を荒らし財物を掠め取り、家人を縛り上げて六波羅に引立てる。「禿髪童」の蛮行を皆は見てみぬふりをし、「六波羅の禿髪童」を見ると身分のある人でも道を避けたほどである。宮中に勝手に出入りしても門衛は咎めることもしない。白楽天の『長恨歌伝』に「禁門を出入すといへども姓名を尋ねらるるに及ばず、京師の長吏、是が為に目を側《そば》む」と、楊貴妃一族の横暴を諷諫した一節さえ思わせるほどであった。以上が物語の梗概である。

人口に膾炙した「禿髪」については上掲の梗概の叙述に止めて、本書では『平家物語』では希釈されてしまっている後白河院と平清盛の蜜月時代の重要な動きを立ち上げてみよう。平清盛の重病が平家全盛の切っ掛けをなす高倉天皇の受禅を早めた、その状況を九条兼実の日記『玉葉』から垣間見るのである。

二　平清盛の重病・出家と高倉天皇の受禅

前太政大臣平清盛の出家は『平家物語』には仁安三年（一一六八年）十一月十一日とあるが、実際は同年二月十一日のことであった。戒師をつとめたのは天台座主明雲である。明雲は比叡山における親平家勢力の統領的存在であった。重病にかかると来世のために仏の慈悲を得ようと出家するのが習わしであった。「禿髪」の本文には「存命を願って」とあるので、平清盛には病気回復の意図もあったらしい。同じ日に正室の平時子も出家している。清盛の病気回復を仏菩薩に願っての出家だったのだろう。

清盛の重病と出家とは、平家が摂関家をも凌ぐ大勢力に成長するための扉を一挙に開くきっかけとなった。清盛は出家のちょうど一年前にあたる仁安二年（一一六七年）二月十一日に太政大臣に任命されている。上位の左右大臣を越階して内大臣から太政大臣になったのである。後白河院の強引な政略による。同じ十五日に、巻二「座主流」で言及する赤袴騒動によって明雲が時の天台座主快修を追い落とし自らが天台座主となる。快修は後白河院の厚い帰依を受けていた高僧で、後白河院の明雲への悪感情はこの時に始まり、それが治承元年（一一七七年）の座主流しに繋がる。平清盛は同じ年の五月十七日に太政大臣を辞める。前太政大臣の肩書きが得られればそれで十分で、名誉職的な太政大臣の地位は自由を束縛されるだけで何かと不便だったのだろう。太政大臣を辞めるとき播磨国の印南野《いなみの》ほかの地域を大功田として賜っている。それは子孫まで伝えることが許された領地であった。十余年後の治承四年（一一八〇年）に平清盛が遷都を図ったとき移転先の候補地として先ずあげられたのが印南野である。採用されずに終わったが、候補地としてあげられたのは、この時、大功田として平家の土地となっていたことによるのだろう。

　仁安二年（一一六七年）の十二月十日に摂政松殿基房は新造の邸である閑院に移っている。そこはやがて高倉天皇が六条天皇の譲りを受けて天皇となる受禅の儀式が行なわれ、そのまま高倉天皇の里内裏となる邸である。平清盛と後白河院との対立はもっと先のことで、この時期はまだ両者の蜜月時代であった。後に平家と敵対する松殿基房も後白河院と平清盛の間をつなぐ鎹《かすがい》となる高倉天皇の摂政を務める。

　仁安三年（一一六八年）正月十八日に後白河院は熊野参詣に出発する。もちろん遥拝所の諸王子を辿る紀伊路である。同三十日に本宮に着御、二月一日に奉幣、同二日に本宮に参籠している。平清盛の発病は後白河院の熊野参詣の折からであった。平清盛は同二日に発病している。その病は重く、ために同十一日に出家するのである。『玉葉』の仁安三年二月十一日前後の日々の記事は、当時における平清盛にたいする評価、後白河院と清盛の関係そして平清盛の重病と出家が高倉天皇即位の時期を早めたことなどを示すもので実に面白い。それで、『玉葉』の記事を追って具体的に見ることにする。

　九日。壬寅。晴。東宮（後の高倉天皇）ニ参ル。去ル二日ヨリ前大相国（清盛）、寸白《すばく》ニ悩ムト云々。一昨、スコブルモッテ減気。昨日ヨリマタ増気ト云々。コトノホカ六借《むつか》シト云々。天下ノ大事カ。上皇、来タル十六日、（熊野より）御下向アルベシト云々。

平清盛の病気は寄生虫による寸白と呼ばれる病気であったらしい。二日に発病して一昨日には治りかけていたのだが、昨日またぶりかえして危険な状態にある。この時、二十歳で右大臣の地位にあった九条兼実は、平清盛の病気を天下の一大事と記している。後白河院の熊野からの帰京が待たれるが、それは十六日に予定されているという。

十一日。甲辰。東宮ニ参ル。前大相国、申ノ時バカリニ出家スト云々。所悩、重キユエカ。今夜、八条女院（鳥羽天皇皇女）、新所ニ渡ラルベシト云々。シカルニ大相国ノ危急ニヨリテ延引シヲハンヌ。六条東洞院ト云々。ナホナホ大相国ノ所労、天下ノ大事、タダ、コノ事ニアルナリ。コノ人ノ夭亡ノ後、イヨイヨモッテ衰弊カ。

平清盛が出家する。病気が危険な状態にあるからなのだろう。八条女院の六条東洞院の新御所への移転も延期になった。平清盛の病気は天下の一大事である。この人が亡くなったら天下はますます傾いてゆくのじゃないか。

九条兼実の心配も杞憂ではない。保元の乱、平治の乱が終わり、永暦と応保年間の後白河院と二条院の対立の時代を経て、いまは五歳の六条天皇の時代である。天皇はいまだ幼稚である。政治・文化面での教導者でもあった近臣の藤原通憲（信西入道）を平治の乱で失った今、院政の主である後白河院は今様などの遊芸にうつつをぬかし、質のよくない近臣に取り巻かれている。九条兼実の従兄で摂政の松殿基房は二十五歳で、宮中の行事や決まりごとには詳しいが、人間があまりよくない。五十歳になる左大臣の藤原経宗は実直で有能なのだが、後白河院の言いなりになる弱い立場の人物である。内大臣は四十五歳の花山院忠雅だが、家柄だけの人間で何もできない。花山院忠雅はこの年の八月に左右大臣を飛び越えて太政大臣になるが、おそらくは子息の後花山院兼雅と平清盛の娘との政略結婚の結果だろう。問題は宮廷政治のうちにあるだけではない。もっと大きな問題が次第にその姿を現わしつつある。各地では地方の公領や荘園におけるもめごとが頻繁におこり、武士の勢力が著しく増大している。国家規模での変革期に入っているのである。それらに対処できる人間は平清盛をおいてほかにはない。すぐれた洞察力を持つ若い九条兼実の目にはそう映ったのだろう。

十五日。戊申。晴。東宮ニ参ル。今日、上皇、(熊野から)御下向。本ハ明日ノ由ヲ聞ク。シカルニ、ニハカニ御下向アルハ、相国(清盛)ノ危急ニヨリテカ。スナハチ密カニ六波羅第(清盛邸)ニ幸シタマフト云々。

今日二月十五日に後白河院は熊野から帰京された。十六日の予定であったはずである。平清盛重病の報によってなのだろう。帰京されると直ぐに後白河院は六波羅の平清盛邸に向かわれたという。平清盛の重病は後白河院の治世にとっても一大事であり、平清盛は個人的な意味でも大事な臣下であったのだろう。後白河院と平清盛との蜜月時代がこのときには、まだ続いていたことが推測できる。

十六日。己酉。亥ノ刻バカリニ(午後十時ごろ)、アル人告ゲ送リテ云ハク、来タル十九日ニ譲位ノコトアルベシ。閑院ニオイテ、ソノ事アルベシト云々。

この日の夜遅くに九条兼実のもとに、三日後の十九日に六条天皇から高倉天皇への譲位が行なわれることになったという報せが届いた。実に急な話である。永暦・応保年間の二条天皇と後白河院の対立の時期に、崩御間近の二条天皇がわずか二歳の息子にいそいで位を譲った。それが六条天皇だから、後白河院の寵愛深い建春門院腹の皇太子への譲位が早晩行なわれることは火を見るより明らかなことであった。それにしても急な決定であった。前日に平清盛を見舞った折りに二人の間で話し合われ、摂政の松殿基房の同意を取り付けて決定を見たのにちがいない。平清盛の重病と出家によって高倉天皇への譲位が急がれたのである。六条天皇の摂政である松殿基房の閑院邸で譲位の儀式が執り行われることになったという。松殿基房が高倉天皇の摂政に任ずることの了解もあったのだろう。

　十七日。庚戌。晴。未ノ刻バカリニ（午後二時ごろ）、東宮ニ参ル。女房ニ相ヒ合フテ譲位ノコトナドヲ談ズ。昨日、ニハカニ出来ノコトト云々。上皇、思シ食《め》スコトアリ〔御出家ノコトカ〕。且《か》ツウハ、コレニ因ツテ急ガシメタマフ。マタ前大相国入道ノ所悩スデニ危急、日ゴロニ増サズトイヘドモ、サラニ減気アルニアラズ。且ツウハ、彼ノヒト夭亡ノ後、天下乱ルベシ。カクノゴトキ事ナドニヨリテ、スコブルニ急ニ思シ食スコトカト云々。

九条兼実は皇太子に仕える女房に会って譲位のことの詳しい情報を得ている。それによると決定は昨日、急になされたとのこと。ひとつには後白河院が出家を考えていて、それ以前に皇太子への譲位を実現しておきたいこと、いまひとつには清盛の容体が思わしくなく、彼が亡くなると政治が迷走して皇太子への譲位の実現にも障りが出るかもしれないこと、そういった理由で、非常に急な決意をなさったという。

皇太子、つまり高倉天皇への後白河院の愛情は生母の平滋子への愛情から出たものだろうが、ずいぶん強いものであったことが分かる。また後白河院の平清盛を頼りにしていたことの大きさも、この記事から読み取ることができる。後白河院の出家は嘉応元年（一一六九年）六月十七日のことで一年数ヵ月の後のことになる。

高倉天皇への譲位は決められたとおり早々に、仁安三年二月十九日、松殿基房の閑院第で行なわれ、松殿基房が摂政となった。即位は一ヵ月後の三月二十日であった。高倉天皇を軸にした後白河院と平清盛の強力な協調体制が朝廷の人々にはっきりと示されることになった。平家一門の権力がそれに著しく増大し、誰憚るものもない一家となったのである。平清盛の重病と出家が平家全盛のきっかけを作ったのであった。

重病から回復して入道浄海となった平清盛が一層の権力を手に入れたと語る「禿髪」の始めの記事はそれを書

いたものである。しかし、そこには平清盛の重病と出家が高倉天皇の受禅のタイミングを決めたことについての言及はない。〈知るもの〉にしか分からない、表現のエコノミーなのかも知れない。

05 巻一 吾身栄花

系譜としては清盛の子の代、そして僅かに孫の代も言及される。平清盛一門の栄華を男子の官位、女子の婚家先、経済面、日常生活などの面での華やかさを通して述べ、それが過渡的な歴史状況であると語る。そこまでが『平家物語』の序章をなす。

一 「吾身栄花」の概説

平家一門は繁盛して、平清盛の嫡子平重盛は内大臣の左大将、次男平宗盛は中納言の右大将、三男平知盛は三位の中将、嫡孫平維盛は四位の少将、かれらをはじめ一門の公卿が十六人、殿上人が三十余人、諸国の受領、衛府、諸司、総計六十余人を数える。平家一門以外に人がいないかの有様であった。

なかでも問題なのは左右の近衛大将を平重盛・宗盛の兄弟が占めたことである。近衛大将はその華やかさにおいて格別のもので、ポストの創設いらい左右の大将を兄弟が占めるということは過去に三、四度しかない。すべて摂関家の御曹司に限られたことであった。にもかかわらず内の殿上の交わりをさえ嫌われた家の人間が兄弟で左右の大将を独占した。衰弊した時代とはいえ、普通では考えられないことである。

八人の姫君たちは、それぞれに幸せな結婚をしている。

一人は桜町の中納言とあだ名された藤原成範と子供時分に婚約していたのだが、平治の乱のときに破談になった。そして後花山院の左大臣藤原兼雅の正室となった。藤原成範が桜町の中納言とあだ名されたのは、彼が桜を愛して邸内一面に植えていたことによる。藤原成範は天照大神に祈って花を二十日あまりも咲かせ続けたとも言われている。

一人は高倉天皇の中宮で安徳天皇を生み建礼門院と呼ばれた。一人は六条の摂政藤原基実の正室、高倉天皇の代母で准三后となり白河殿と呼ばれた。一人は基実の子息で、普賢寺殿と呼ばれた基通の正室、一人は冷泉大納言藤原隆房の正室、一人は七条修理大夫藤原信隆の正室となった。また安芸国の厳島神社に仕える内侍と呼ばれる巫女が生んだ姫君は後白河院の愛人として差し出された。さらに九条院と号した皇太后藤原呈子に雑仕として奉仕した常磐が生んだ姫君は後花山院殿の上﨟女房となり廊の御方と呼ばれた。

日本六十六ヵ国のうち平家が知行する国は三十余カ国で半分を超える。荘園田畠は数えきれない。きらびやかな邸内は花のようである。訪問する人々の車馬が門前に群れている。中国からの舶来の品々に満ちて足りないものなど何一つない。邸内での歌舞のはなやぎ、庭上での大がかりな雑技の楽しみ、天皇や上皇の御所でも、これ以上ではないほどである。

「吾身栄花」はここまでだが、後の「二代后」の始めに置かれた本文は、内容のうえで以上の本文とセットをなすので、その本文もここで取り上げる。次のような内容である。

昔から今まで源氏と平氏は武力によって朝廷に奉仕する人々であった。源平両家は朝廷の権威に従わないものを追討することを役目とし、彼ら自身も相互に牽制しあって、国の安寧を乱すことはなかった。ところが保元の乱で源為義が切られ、平治の乱で源義朝が敗死してのち、源氏の一族は流罪にされたり殺されたりして、平家の一門のみが栄えている。平家の上にでて頭を押さえるものがない。当時は、その状態がいつまでも続くもののように見えていた。

ここまでが『平家物語』の構成のうえで序章と捉えてよい本文である。

「吾身栄花」の句およびそれと一体をなす本文の内容は以上のとおりである。この句は『平家物語』全般にわたる大事な句なので、二　桜町中納言成範、三　『平家物語』の構成、四　序章部のメッセージ、五　序章部の結びの表現性と意味、以上四点の話題を立てて論じてみる。

二　桜町中納言藤原成範

「吾身栄花」では清盛の子の代、それにひとり孫の代が加わる。男子の名前と官位が並び、次に女子の名前と嫁ぎ先とが述べられる。男子は全員ではなく選択的に掲示されている。女子は、最初に掲げられる後花山院の左大臣藤原兼雅の正室に関わる記事がいびつである。後花山院の左大臣藤原兼雅の北の方とだけ述べれば済むところを、婚約はしたが結婚に至らなかった相手である藤原成範のことにまで触れる。しかもこの箇所で述べる必要もない藤原成範の風雅の話題まで持ち出している。そうしたアンバランスな本文をどのように理解すればいいのだろうか。

まず桜町中納言成範の記事について考える。何故に彼をわざわざ登場させたのか、それが問題である。一つの理由としては、藤原成範の平清盛家との婚約が平治の乱に関わる話題性を持っていたことが上げられる。藤原成範は平治の乱で非業の死を遂げる少納言藤原通憲、出家して信西と名乗った歴史的人物の息子である。父の藤原通憲（信西入道）は保元の乱後、めきめきと頭角を現わし、さして高い地位でもない少納言の身で、後白河院の近臣として権力の中枢にいた。それに正室で藤原成範の母でもある紀伊二位朝子は後白河院の乳母で、その点でも信西は後白河院に重く用いられた権勢家であった。信西自身、優れた政治家であり大学者であったが、本書巻末（三九〇―三九一頁）に掲げた系譜でも見られるように息子たちの多くも後世にまで大きな業績を残した優れた一家であった。そうした信西の一家と姻戚関係を結ぼうとする人々は多かったはずである。

そのなかに保元の乱の合戦で抜群の勲功を上げた源義朝がいた。源義朝は藤原通憲（信西）の息子の藤原是憲を婿に取りたい旨、信西に申し入れた。ところが信西は息子の是憲は学問を修め官僚として出世をめざす身であって、武者の家には向かないと、すげない返事をしたらしい。その一方で、正室である紀伊二位朝子が生んだ藤原成範を、こともあろうに源義朝のライバルである平清盛の娘と婚約させた。信西は平清盛とその息子たちの将来のほうを買っていたのである。それが源義朝の怒りをいっそう掻き立てた。源義朝ほどの男が藤原信頼のような駄目な男から相談をもちかけられ平治の乱の張本となって、信西を死に追いやり自らをも破滅させた。それには婚姻にまつわる遺恨が大きな動機となっているという伝説ができあがっていたらしい。慈円が『愚管抄』巻五にそのように記している。面白い文章なので、読みやすくして次に掲げる。

信西は時にとりて（当時）左右なき（ならぶ者のない）者なれば、義朝・清盛とて並びたるに、信西が子に是憲とて（中略）盛りの折りふしにてありしを、ささへて（相手に）「婿にとらん」と義朝が云ひけるを、「我が子は学生なり。汝が婿にはあたはず」と云ふ荒きやうなる返事をして、聞かざりける程に、やがて程なく、当時の妻の紀伊の二位が腹なる成範を清盛が婿になしてけるなり。ここには、いかでか、その意趣こもらざらん。かやうの不覚を、（信西ほどの）いみじき（すぐれた）者もし出すなり。

藤原成範の清盛一家との関わりは平治の乱に関わる話題であった。平治の乱は、平清盛の京都不在のときを見計らって、藤原信頼と源義朝が藤原通憲（信西入道）と平清盛打倒の兵を挙げた時に始まる。その時、藤原成範は六波羅の平家一門のところに逃げ込んだらしい。『平治物語』（古活字本）上巻によると、平家の人々は藤原成範をかくまいきれずに平治の乱の首謀者たちの手に彼をひき渡してしまう。熊野参詣の途次でクーデターの報せを受け、また藤原成範をかくまいきれなかった一家の腰砕けの処置を聞いた清盛は、次のように憤慨したという。

無下に言ふかひなき事せられたる人々かな。当家をたのみて来たれる人を、敵の手へわたすといふ事やある。かくては御方（味方）に勢付きなんや。（『平治物語』（古活字本）上巻「六波羅より紀州へ早馬を立てらるる事」）

まさに敏腕政治家である平清盛の面目躍如の科白である。

藤原成範と娘の婚約はもちろん政略的なものである。平清盛はその婚約を破棄する。平清盛は娘を藤原成範ではなく花山院藤原忠雅の嫡子兼雅と結婚させる。藤原兼雅との結婚ももちろん政略的なものである。平清盛は、信西入道家の没落を見て、藤原成範を見限って上流貴族の花山院藤原忠雅の子に乗り換えたのだろう。花山院藤原忠雅は、平治の乱から九年後の仁安三年（一一六八年）八月十日に内大臣の地位から左右大臣を飛び越えて、いっきに太政大臣になっている。平清盛はその年の二月十一日に病気のために太政大臣を止めており、太政大臣は空席となっていた。花山院藤原忠雅は左右の大臣を越階して、その後を襲ったのである。娘婿が岳父の後を継いだような格好であり、平清盛との姻戚関係が作用した人事のように思われる。

『源平盛衰記』第二巻には平清盛の娘と藤原兼雅の結婚に関した異伝が載る。藤原成範は婚約を破棄されたのではなく、妻を後花山院兼雅に譲ったのだとする。平清盛の娘と藤原成範は結婚したのだが、藤原兼雅が藤原成範の妻を垣間見て、恋の病に陥った。藤原成範と藤原兼雅は親友で、友人の悩む姿に同情した藤原成範が妻を藤原兼雅に譲ったのだという。これは後世の作り話だろう。藤原成範は平治の乱で下野国に流されるが、やがて許されて帰京し朝廷に仕え、文治三年（一一八七年）に亡くなった時には中納言にまで昇っていた。後白河院の取り立てと平家の後押しもあり、かつ朝廷に精勤して官僚としての能力を発揮したこともあって、家格以上の出世を遂げたのである。藤原兼雅は家柄もあって左大臣にまで昇り後花山院左大臣と呼ばれるに至る。平家との関係を介して二人の間に『源平盛衰記』の言うような交友があったとしても変ではない。しかし平治の乱の時、藤原成範は二十五歳、藤原兼雅は十二歳である。年齢からして、藤原兼雅の横恋慕はそれよりずっと後の事ということになるのだろうが、『源平盛衰記』のいう恋物語を想像することは、難しい。

藤原成範と平清盛の娘の婚約は平清盛出頭の跳躍台をなした平治の乱に関わって、よく知られた話題であったために、平清盛の娘たちの結婚を取り上げるとき欠かすことのできない話題であったのかもしれない。

それにしても桜町中納言というあだ名の由来まで述べる必然性はないはずである。

桜町中納言と呼ばれた藤原成範の邸はどこにあったのか。長門本『平家物語』には姉小路室町とある。『源平盛衰記』には樋口町桜町とあって五条通りの南、六条坊門通りの北を東西に走る樋口小路沿いのどこかになっている。延慶本『平家物語』では東山とされていて、位置はさらに漠然としている。諸説があって実際のところは分からない。『八幡宮巡拝記』巻下と『八幡愚童訓』乙本の巻上「御体事」には藤原成範が桜本に住んでいたことが記されている。とすると東山の神楽岡の東側一帯、現在の浄土寺・鹿ヶ谷の辺りということになる。こちらがもっともらしく思われるのだが、やはり分からない。

平清盛の女婿でもない藤原成範を登場させた第二の理由を作品の内部に探ることも出来る。『平家物語』では藤原成範を含む藤原通憲（信西入道）の一家の存在と活躍が目立つ。この箇所で藤原成範を取り上げたのもその一環とも考えられる。『平家物語』での信西入道一家の人々の存在と活躍は、巻一「鹿谷」での鹿の谷事件の俊寛の邸での謀議の場面、巻三「法印問答」での清盛への諫言の場面、巻三「法皇被流」での鳥羽離宮の場面、それに巻六「小督」における小督と高倉天皇との悲恋物語などで語られる。藤原成範の兄弟そして彼の娘の小督がそれらの句の重要な登場人物となっている。それは実際の状況を反映したものと思われるのだが、その一家が『平家物語』のなかで格別な扱いを受けていることは間違いない。「吾身栄花」で藤原成範のあだ名の由来までが話題にされるのは、その格別な扱い方の一環なのかもしれない。

第三の理由は『平家物語』の制作事情に求められる。『平家物語』の作者については伝説と作品内部における徴証そして状況証拠しかないのだが、おおむね二つのグループが推測されている。ひとつは『徒然草』第二二六段にいう信濃前司行長の家である葉室家の流れを汲む人々であり、いまひとつは『普賢延命抄紙背文書』から推測される藤原成範の家である南家藤原氏の藤原通憲（信西入道）の子孫の人たちである。『平家物語』の成立については始めに述べたが、ここで簡単に繰り返しておく。

『平家物語』の成立に関わる事実についての一級資料は、ただ三つしか現在知られていない。『兵範記紙背文書』、『普賢延命鈔紙背文書』（横井清「『平家物語』成立過程の一考察―八帖本の存在を示す一史料―」『文学』、一九七四年一二月、後に横井清『中世日本文化史論考』平凡社、二〇〇一年に所収）、『白氏新楽府略意』の奥書（太田次男「釋信救とその著作について―附・新楽府略意二種の翻印―」『斯道文庫論集』第五、一九六七年七月）の三点である。『普賢延命鈔紙背文書』のなかに、醍醐寺の地蔵院の院主である深賢が、師にあたる成賢（肖像画あり）にあてた手紙が紙背消息として残っている。成賢から深賢に届いた「あなたのお手元にある『平家物語』を見せてほしい」という依頼の手紙に対する返事がそれである。その手紙は、十二巻本の『平家物語』で言えば、後半部に当たる巻七から巻十二にかけての物語がその時、制作の途中であり、深賢が制作現場に近い場所にいたことを推測させる。そのことを知っていた成賢が深賢に『平家物語』の閲覧を申し出たのである。成賢には『平家物語』に多大な興味を持つ理由があった。成賢は藤原成範の子であり、『平家物語』に登場して活躍してしかるべき藤原通憲（信西入道）一門の一人なのである。その成賢が父の藤原成範や叔父の静賢あるいは澄憲そして女兄弟の小督などが、『平家物語』でどのように描かれるかに興味を持つのは当然だろう。そして『平家物語』の前半部にあたる巻一から巻六に当たる本文の改稿に関与した、その跡の一つが「吾身栄花」における藤原成範の登場であったと見ることも強ち否定できまい。

桜町中納言藤原成範自身、伝説の世界では『平家物語』の作者のひとりに数えられている。『平家勘文録』という琵琶法師たちの『平家物語』に関する伝承を記録した書き物は六種類の『平家物語』の存在とそれぞれの作者について述べるが、そこに藤原成範の名前が掲げられているのである。いま我々の見る『平家物語』とは構想、内容、思想、構成そして表現など全体として大きくかけ離れた、平家を話題にした原平家物語が平家滅亡後まもなくの時期に幾つか作成されていた可能性を、『平家勘文録』の記事は示唆している。いま我々が見る『平家物語』がそれらを併呑し吸収している可能性は否めない。藤原成範自身がいま我々の見る『平家物語』の制作に間接的ながら関わっていたかもしれないのである。

「吾身栄花」における藤原成範についての、いびつでバランスを欠いた形での言及の背後には、『平家物語』の制作の事情が作用している可能性が高いのである。

三　『平家物語』の〈構成〉

「祇園精舎の鐘の声、諸行無常の響あり」から始まって、「吾身栄花」に続く「二代后」の冒頭の「今は平家の一類のみ繁昌して、頭をさし出す者なし。いかならむ末の代までも何事かあらむとぞみえし」という本文までが『平家物語』の序章部にあたる。それ故、ここで『平家物語』の〈構成〉について述べておかねばならない。わたしは、『平家物語』が作品としての個性と生命とをその〈構成〉に負っていると理解している。『平家物語』は歴史的記事や説話を横並べにして串でつらぬいた串団子のような単線的な〈構成〉の作品ではない。確固とした〈構成〉意識によって組織され、〈構成〉が作品の生命を保証しているという意味において、きわめて〈構成的な作品〉なのである。極端な言い方をするならば、登場人物が作品の生命であるような、たとえば『源氏物語』のような作品に比較して、『平家物語』は〈構成〉が作品の生命の源となっている。『平家物語』を十全に理解するには〈構成〉への目配りが常になされていなければならない。

『平家物語』の〈構成〉は歴史の大変革の時代を対象にした世界解釈、歴史解釈、人間解釈の原理的なものを投影している。それらの解釈の原理を表現するために『平家物語』の作者は編年的な時間の軸と血統を強く意識する系譜の軸とを骨組みにして、それ以前の文学作品では実現されたことのない〈構成的な作品〉を作り上げることに成功した。『平家物語』において〈構成〉はそこに盛り込まれる歴史記事や説話あるいは評論的な言辞を作品のなかで生きたものにするところの凝った容器である。『平家物語』の〈構成〉は作品を固定したものにするのではなく、そのなかで作品世界が自己増殖することを可能にする容器でもある。その実際については、本書のなかで要所ごとに具体的に示すが、ここでは『平家物語』の特質が〈構成的な作品〉にあることに注意を喚起しておきたいのである。

従来、〈構成的な作品〉であることはあまり強調されなかった。その理由はいろいろある。なかでも大きな理由と思われるものは次のようなものだろう。一つは『平家物語』の語り物としての性格を重視する見方による。語り物として伝承された単体の物語ないし説話が積み木のように積み重ねられることによって形を成し、それが作品にまで成長したと成立過程を考える見方である。また一つは、それに関連するもので、琵琶法師の演奏によって平家を聞くときの享受の仕方に影響されている。琵琶法師は聞く側の興味に合わせて『平家物語』の中から何句かを選び出して演奏する。琵琶法師の演奏では、『平家物語』は作品の全体像を見せぬままに、解体された部分だけが断片的に享受される。そうした享受の仕方に影響されて『平家物語』の全体像を積み木細工のように考える傾向が生じるのである。また一つは『平家物語』の諸本間の異同の大きさを重視することによる。テキストの流動と成長を理解するのに、異なりの面ばかりを強調した捉え方をする結果、〈構成〉という固定的な枠組みの機能を否定的に捉えて問題にしないのである。また一つは『平家物語』の成立過程の複雑さについての認識が〈構成〉を論じることを躊躇わせることによる。『平家物語』は複数段階の過程を経て成立したもので、直ちにいま見るような『平家物語』が制作されたわけではない。

本書の最初で論じたように、現存の諸本のちょうど半ばあたりまで、治承元年（一一七七年）から治承五年（一一八一年）までを扱った作品が作成され、多年を経て後に寿永・元暦年間の物語が制作され、それが統合されて、現存する『平家物語』の原本が成立した可能性が高いのである。そして現存する諸本の一つ一つが『平家物語』の形成の歴史をそれぞれの形で抱え込んでいる。従ってテキストの組成をなす章句の素性は一様ではないし、表現も過程的なものを含むと見なければならない。〈構成〉を論じることは慎重にならざるを得ないのである。

考察するのに躊躇すべき要件は多々あるのだが、〈構成〉は作品としての『平家物語』を理解するためには避けて通ることは出来ない。それ故、本書では次のような条件を設定して、『平家物語』の〈構成〉に踏み込んでみようと考えている。

・現存の諸本の示すテキストの枠組み、本書が扱っている覚一本で言えば巻一から巻十二そして灌頂巻という形のなかで
・テキストの組成の素性や新古の議論はひとまず措いて、ひいては成立過程の問題は捨象して
・伝本を覚一本に特定して
・しかしながら巻立て、章句の立て方、本文の表現の面で、現在のままではなくて、その下敷きになっていると思われるテキスト、理論的にはその系統の祖本と仮定されるテキストを想定して、『平家物語』の〈構成〉を考えてみようと思っている。考察の対象を単純化することで、全体像を掴むことを目指すわけなのだが、その前提には既に述べたように、『平家物語』が歴史記事や説話の緩い集合体ではなくて、大小の主題およびプロットによる緊密な統合性をもった構成的な作品であるとする私の作品理解がある。

『平家物語』の諸本には〈構成〉を示す形式面での指標となり得そうなものは巻立て以外にほとんどない。巻

立ては山田孝雄氏の説（国語調査委員会編『平家物語考』山田孝雄著、一九一一年。再版　勉誠社、一九六八年）を疑問として時枝誠記氏（「「平家物語はいかに読むべきか」に対する一試論」『国語と国文学』一九五八年七月号。「平家物語の異本成立の過程に対する一考察—表現における合作の理論に基づいて」『国語研究』8　一九五八年）が述べられたとおり、〈構成〉の一面を見せるにすぎない。章句立ては平曲演奏の便宜から出たもののようであり、それに拠ることは出来ない。しかも諸本が作られる過程において、章句意識は表現を決定するうえで〈構成〉よりも優先的に働いていて、物語の切れ目を著しく乱している。現存のテキストにあっては〈構成〉を知る手がかりは表現の下に埋もれてしまっているのである。それ故〈構成〉を知るには本文を掘り起こす発掘作業が必要となっている。わたしは本文を掘り起こす作業をテキストの全体像を念頭においた分析的な読みによって果たそうと考えている。本書においてその一々は、それぞれの箇所において具体的に述べるが、ここで前もって〈構成〉の大きな区切り目について示しておこう。

覚一本のテキストは五つの部分から構成されているとわたしは考える。それを仮に命名して示そう。

①序章部。物語の開幕に先立ち、主題を呈示しつつ述べる前口上。
②導入部。主題部が取り上げる物語の前史を語る物語の幕開き。
③主題部。主題を具体的に展開させる物語の本体。
④終結部。主題部のその後を語り、かつテキストを形式的な終焉に導いての閉幕。
⑤後章部。灌頂巻がそれで、建礼門院の六道語りに収斂する形での物語の閉幕。

覚一本『平家物語』は以上の五部〈構成〉になっている。

参考までにこの五部の〈構成〉の各部を、現在もっとも普及している岩波書店の「新　日本古典文学大系」のページによって示し、簡単に補足をしてみよう。

①の序章部は、巻頭の「祇園精舎の鐘の声」から始まって巻一「二代后」の始めのあたりの「何事かあらむとぞみえし」までで、②の「導入部」以後の編年的な展開の仕方と違って、系譜を骨格とした叙述の仕方になっている。その系譜は治承元年（一一七七年）正月の時点の平清盛に焦点を合わせたもので、③の主題部の最初の話題である「鹿谷」に向けて主題を暗示しつつ語る前口上である。

②の導入部は、巻一「二代后」の「されども、鳥羽院御晏駕の後は、兵革うちつづき」から始まり、巻一「鹿谷」の始めあたりの「入道相国の御娘、女御にまいらせ給ひけり。御年十五歳、法皇御猶子の儀なり」という文章で終わる。年次の上では永暦・応保の年（一一六〇年〜一一六三年）から嘉応三年（一一七一年）までの出来事である。構成は内容ばかりでなく形式的な面からも確認出来る。いつからいつまでの事件が固まりをなして、どの程度の分量の本文で語られているかを確認すればよい。導入部の文章は十年余りの出来事がわずか十数頁で語られている。主題部への導入となるその時期の出来事が大まかに辿られているのである。

③の主題部は、巻一「鹿谷」の「其頃、妙音院殿の太政のおほいどの、内大臣の左大将にてましましけるが」で始まり、巻十一の末尾の句である「重衡被斬」の末尾の文章である「北方もさまをかへ、かの後世菩提をとぶらはれけるこそ哀なり」で終わる。治承元年（一一七七年）正月から同五年および寿永二年（一一八三年）三月から元暦二年（一一八五年）六月までの計八年間の出来事が、六二〇頁余りの本文によって語られている。年次の上で大まかに出来事を辿る②の導入部の終わりと、密度濃く出来事を辿る③の主題部の始めとには六年間の空白があって、そこに構成上の区切りがあることは明らかである。主題部は、平家が王法を乱し、神の怒りを買うことによって、自らを亡びに向かわせる状況を描くもので、鹿谷事件に始まり平重衡の処刑をもって終わる。養和の飢饉の年である養和二年（一一八二年）の出来事はほとんど語られていないので、その年を中に挟んで足かけ九年間、実質的には八年間の出来事が取り上げられているのである。

④の終結部は、巻十二の最初の句である「大地震」の巻頭の「平家みなほろびはてて、西国もしづまりぬ」から始まり、巻十二の末尾の句である「六代被斬」の末尾の文章「それよりしてこそ平家の子孫はながくたえにけれ」で終わる。書き出しはそのようになっているのだが、実際に巻十二が取り上げるのは、動乱の様相であり、平家の遺児狩りと源義経の動向を中心に、元暦二年（一一八五年）七月からその年の終わりまでを限って叙述される。そして六代の物語がそこに組み込まれ、はるか後の時期、源頼朝没後の出来事である六代の処刑の記事をもって終わる。

⑤の後章部は灌頂巻で、大原を訪れた後白河院に建礼門院が語る六道語りを中心にした後日談である。平家の滅亡に至る一連の出来事が建礼門院の口を通して六道の世界に準えて再話され、最後に建礼門院の往生を語って閉じられる。祈りと救済の主題がそこに集約されているのである。

覚一本のテキストから読み取ることの出来る構成は以上の通りである。解釈する我々にとっては与えられたテキストがすべてであり、本書では覚一本を対象に選び取って分析的解釈によって、構成を割り出したのである。その構成は作者が選び取った構想と密接に関連しているはずである。『平家物語』の著作を企てた作者の頭の中では、構想の段階で終わり、テキストとして結晶化されなかった幾つものプレ『平家物語』が組み立てられたに違いない。歴史を揺るがした大事件と人々の多様な体験、その結果としての現在、それらが厳然として作者の前にあった。そこから何を切り出すか、そして作品世界としてどのように描くか、様々な可能性があった。その可能性の中から作者は主題を展開するのに年代記の形式を選び取ったのである。とは言え『平家物語』はけっして編年体の史書ではない。作者は年代記形式を基本として歴史と人間を語る物語を紡ぎ出したのである。『中世的世界の形成』の著者である石母田正氏は岩波新書『平家物語』の中で「年代記形式を文学にまで高めたところに、また高めざるを得ないような文学的要求を持った」ところに『平家物語』の文学としての新しさがあることを説かれた（『平家物語』岩波書店、一九五七年）。

年代記形式を取る時、主題部をいつから始め、いつで終わるかは極めて重要な問題となる。『平家物語』の最も大きな主題は、〈何故、平家は亡びなければならなかったのか〉、〈平家はどのようにして亡びていったのか〉という問題であったと考えられる。その主題を年代記形式のもとに展開するに際して、契機となった出来事をどこに見るか、どのようにその出来事を意味づけるか、それが作者にとっての大事であったと思われる。覚一本だけではなく現存する伝本では、その始めの時期を平重盛と平宗盛の兄弟が左右の大将を独占した治承元年（一一七七年）正月に設定している。その設定は、〈何故、平家は亡びなければならなかったのか〉、〈平家はどのように亡びていったのか〉という『平家物語』の根本主題をその時期のその出来事の上に探り当てたのだろう。作者は作品の根本主題に収斂する主題を語るものとして〈神の怒りを買った人々〉、〈神々との関係における罪と罰〉の物語を構想し、それを〈鹿谷のプロット〉によって展開することによって主題部を開き、その始まりに向けて序章部を著したのである。

四　序章部のメッセージ

序章部のメッセージはどのようなものなのだろうか。その問題を解く鍵は、序章部の紹介する平清盛とその一門の栄華がどの時点に設定されているかということにある。序章部冒頭の「祇園精舎」の句は極めて論理的に構成されていて、すべてが清盛のうえに収束するように書かれている。そしてそれ以後の句、「殿上闇討」・「鱸」・「禿髪」・「吾身栄花」は平家の系譜を軸にして、桓武天皇を先祖とするとされる平家の素性を辿りながら、栄華への道程での話題を開陳する。系譜を軸にした叙述は平清盛とその子そして孫の世代までを辿った末に、平清盛の時代を大写しに紹介する。序章部は、はじめに「盛者必衰」の命題のもとに平清盛を紹介し、しかる後に系譜を辿りながら平家の素性と平清盛の栄華への道行きを述べる内容となっている。系譜を軸にした叙述は全体として平清盛とその時代に焦点を合わせている。では焦点を当てられているのは、いつの時点の平清盛なのか、それが問題なのである。

「祇園精舎」の冒頭で平清盛は盛者必衰の体現者として紹介される。冒頭の本文だけからならば、平清盛が盛者必衰を体現した人物、あるいは体現するはずの人物、そのいずれとして紹介されているとも理解できる。後に続くテキストの文脈を考慮せず、平家滅亡という歴史的事実に照応させて理解すると、平清盛は盛者必衰を体現した人物として紹介されていることになる。『平家物語』のように歴史を題材にし、かつ過去形で語られる作品の場合、その解釈は必ずしも間違いとは言えない。しかし『平家物語』はテキストとして組織された作品である。テキストの中で事件は時間が巻き返され歴史的現在として構築的に再現される。過去形で表現されながら事件はテキストの文脈のなかで現在進行する物語として蘇りが図られるのである。それ故に、第一義的な意味はテキストの文脈が決定することになる。ここでの平清盛はテキストの文脈の中では、盛者必衰を体現するはずの人物として紹介されていると解釈しなければならない。それを決定するのは平清盛を紹介したすぐ後から始まる「その先祖を尋ぬれば」の本文から、序章部の最後の「いかならむ末の代までも何事かあらむとぞみえし」という本文に至るまでの文章である。

大まかに言えば「吾身栄花」は平家の栄華に二つの方向から光を当てている。一つは平清盛の子弟の官位、娘の嫁ぎ先そして支配地の広さ、天皇の内裏や院の御所さえ凌ぐほどの華やかな生活、それらを示す。それはある特定の時点の断面図ではなく、栄華の到達点の様相である。いま一つは、栄華の到達点ではなくて、特定の時期の様相を示す。それは平家一門の官位を列挙する中に現われる。

諸本によって異同があるが、主要な諸本では平家一門の人々とその官位がどのように示されているか、それを示しておこう。

覚一本と『源平盛衰記』では次の四人が括弧内の官位で列挙される。

Ⅰ①重盛（内大臣左大将）　②宗盛（中納言右大将）　③知盛（三位中将）

Ⅱ④維盛（四位少将）

屋代本では次の五人が括弧内の官位で列挙される。

ⅠとⅡのほかに

Ⅲ⑤重衡（蔵人頭）

延慶本と長門本と四部本では次の七人が括弧内の官位で列挙される。

ⅠとⅡとⅢのほかに

Ⅳ⑥頼盛（正二位大納言）　⑦教盛（中納言）

『源平闘諍録』には次の九人が括弧内の官位で列挙される。

ⅠとⅡとⅢとⅣのほかに

Ⅴ⑧知度（三河守）　⑨清房（淡路守）

諸本では以上の九人の名前と官位が列挙されている。しかし実際には、この九人以外にも平清盛の子弟また孫で公卿の地位にまで昇った人物がいるので、彼らを加えて清盛一門の系図を示してみる。

（　）は「吾身栄花」に掲示されていない人物である。官位表記の右側は安元三年（一一七七年）の時点、左側は極位極官つまりもっとも出世したときの官位である。傍線を付したのは「吾身栄花」が示す官位である。注目したいのは「吾身栄花」が二種類の官位を掲示していることである。すなわちⅣの平頼盛と平教盛そしてⅤの平知

「吾身栄花」による平家系図

- 清盛
  - ①清盛　内大臣左大将　正二位内大臣
    - ④維盛　四位少将　従三位右近衛中将
    - （資盛　正五位位下侍従　従三位右権中将）
  - ②宗盛　中納言右大将　従一位内大臣
  - ③知盛　三位中将　従二位権中納言
  - ⑤重衡　従四位下中宮亮左馬頭　蔵人頭　正三位左権中将
  - ⑧知度　従五位下三河守
  - ⑨清盛　従五位下淡路守
  - （通盛　従四位下越前守　従三位中宮亮）
- （経盛　正三位　正三位参議）
- ⑦教盛　正三位参議　従二位中納言
- ⑥頼盛　正三位権中納言　正二位大納言

（注）　官位表記の右側は安元三年の時点、傍線を付したのは『平家物語』の記事。（　）は『平家物語』に掲示されない人物。

度と平清房の官位は極位極官であり、Ⅰの平重盛、平宗盛、平知盛、Ⅱの平維盛そしてⅢの平重衡の官位は官途なかばのものである。しかもⅠとⅡの四人は安元三年の時点での官位に統一されている。Ⅲの平重衡の蔵人頭だけは極位極官でも安元三年の時の官職でもない。平重衡は安元三年の時には正四位で中宮亮であり、極位極官は正三位左中将である。彼が蔵人頭に任じられたのは治承四年（一一八〇年）のことである。平重衡は巻五〈奈良炎上〉で説くように奈良の諸大寺と大仏焼失の張本人として『平家物語』で特別に扱われる人物なのだが、奈良炎上の時の官職が頭中将つまり蔵人頭で中将なのである。中途半端な平重衡の場合はそのことに影響されているのかもしれない。

ここで確認できたことは、ただし平重衡を除いてだが、「吾身栄花」の官位の掲示が平家一門の官途における出世の到達点を示す一面と安元三年（一一七七年）に時期を特定する一面との二面を持つという点である。一門の官途における栄華をいうことに重心があるのならば極位極官を示すのが自然だろう。しかし安元三年という官途なかばの時点に時期を設定する点は問題で、特別な意図があってのことと考えなければなるまい。その時期設定は『平家物語』の作者が序章部に託したメッセージと関係するもののように思われる。

安元三年（一一七七年）つまり治承元年（八月四日に改元）は本格的に年代記に入る最初の年、つまり治承・寿永・元暦の年代記である主題部の第一年目にあたる。そしてその年に後白河院と清盛とのあいだの軋轢が表面化し、両者の対立を決定的なものとした最初の事件である鹿谷事件がおこる。『平家物語』の作者は鹿谷事件を、平家を滅亡に向かわせる第一歩となる事件として主題部の最初に配した。治承元年の年代記は鹿谷事件に関わる一連の事件で埋めつくされる。その事件のきっかけとして、治承元年記の始まり、つまり主題部の冒頭に配されたのが安元三年（治承元年）正月二十四日の除目における平重盛・宗盛兄弟の左右の近衛大将の任官に関わる記事である。序章部でⅠとⅡつまり平重盛・宗盛・知盛そして平維盛の四人を治承元年の官位で示したのは、主題部の冒頭の話題に呼応させるための措置なのではないか。

平重盛・宗盛兄弟の左右の近衛大将任官に関して「吾身栄花」は次のような批判を加える。

（兄弟が左右の近衛大将にならぶこと）是皆、摂禄の臣の御子息、凡人にとりては其例なし。殿上の交《まじはり》をだにきらはれし人の子孫にて、禁色雑袍をゆり、綾羅錦繍を身にまとひ、大臣の大将になッて兄弟左右に相並事、末代とはいひながら不思議なりし事どもなり。

「けしからん」「まずいことだ」などというべきところを「不思議なことであった」と述べるのには微妙な意味が籠められている。その表現は、平家の兄弟の左右の近衛大将任官とそのなりゆきには、人知をこえた〈何ものか〉の意志の介在があることを匂わす。この評言は平家滅亡の原因を解釈するための解釈の原理として働いている王法観を背後に持っていると考えられる。その王法観については、巻二「大塔建立」および巻五「物怪之沙汰」において詳しく説く予定にしている。その王法観によれば、平家の兄弟による左右の近衛大将の独占は単なる専横というだけでは済まされない。それは摂関の家の権威への冒瀆であり、王法創始の神々の怒りを買う行為なのである。それは次のような論理による。天皇家と摂関の家の権威は王法創始の神々によって王法の始まりの時期に与えられたものである。天皇家と摂関の家の権威は神授によるもので、いつの時代にあっても神々に保証された不可侵のものである。それ故、天皇家と摂関の家の権威の冒瀆は神々に対する冒瀆であり、神々に対して罪を作ったことになる。神々に対する罪は神々による罰を免れることは出来ない。

左右の近衛大将は摂関の家でさえ兄弟による独占は稀であった。ところが安元三年（一一七七年）正月には平重盛・宗盛という平家の兄弟が左右の近衛大将を独占した。それは摂関の家の権威の冒瀆であり、同時に王法創始の神々の冒瀆である。平家は当然、神々による罰を受けなければならない。平家の兄弟の左右の近衛大将任官は、摂関の家を凌駕するような栄華を示すと同時に、王法創始の神々による罰を受けることになる危ういものであった。そのような状況は人為に依るものではなく、人知を超えた〈何ものか〉の意志の介在によるものかもしれない。それは〈鹿谷のプロット〉が開く〈神の怒りを買った人々〉、〈神々との関係における罪と罰〉の主題の根幹にある〈何故、平家は亡びなければならなかったのか〉、〈平家はどのようにして亡びていったのか〉という『平家物語』の根本の主題に関わっている。後に巻三「大塔建立」および巻五「物怪之沙汰」で、平家の盛衰についての解釈原理としての王法観を説く中で論じるが、『平家物語』は平家の滅亡という歴史的大事件を運命悲劇として語ろうとしている。そこには人知を超えた〈何ものか〉の意志が大きく作用している。安元三年正月における重盛・宗盛兄弟の左右の近衛大将独占という政治的決定を「不思議なことであった」とする語りには、人知を超えた〈何ものか〉の意志の働きが暗示されている。

Iの平重盛・宗盛・知盛、そしてIIの平維盛の官位が安元三年（一一七七年）正月の時点の官位で示され、左右の大将任官に対する評言が付されたのは、序章部が『平家物語』の主題部の第一幕の第一場に向けて書かれたものであることを示している。序章部は系譜を叙述の軸にして平家の隆盛をたどり安元三年正月の時点における滅びを胚胎した清盛一門の栄花に焦点をあてて、主題部の第一幕第一場を開く働きを負ったものなのである。

五　序章部の結びの表現性と意味

序章部は「吾身栄花」の末尾の本文で序章が終わるのではない。覚一本では「吾身栄花」の直後に「祇王」が配置されているが、それは後にその位置に挿入されたものと考えられる。(補1)それ故、「祇王」を除外すると「吾身栄花」の直後にくる句は「二代后」である。次に（II）で示す「二代后」の冒頭の本文までが序章部である。次に示す（I）の本文は「吾身栄花」の末尾で、「二代后」の冒頭に置かれる（II）の本文はそれに続く本文であり、（II）の本文によって序章部が結ばれるのである。

六　序章部の末尾の本文

大事な箇所なので長くなるが、本文をそのまま掲示して、解釈をしてみよう。

（Ⅰ）日本秋津島は纔《わづか》に六十六箇国、平家知行の国卅余箇国、既に半国にこえたり。其外、庄園田畠いくらといふ数を知ず。綺羅充満して、堂上花の如し。軒騎群集して、門前市をなす。楊州の金、荊州の珠、呉郡の綾、蜀江の錦、七珍万宝一として闕《かけ》たる事なし。歌堂舞閣の基《もとゐ》、魚龍爵馬の翫《もてあそび》もの、恐くは帝闕も仙洞も是にはすぎじとぞみえし。（「吾身栄花」末尾）

（Ⅱ）昔より今に至るまで、源平両氏、朝家に召つかはれて、王化にしたがはず、をのづから朝権をかろむずる者には、互にいましめをくはへしかば、代のみだれもなかりしに、保元に為義きられ、平治に義朝誅せられて後は、すゑずゑの源氏ども或は流され、或はうしなはれ、今は平家の一類のみ繁昌して、頭をさし出す者なし。いかならむ末の代までも何事かあらむとぞみえし。（「二代后」冒頭）

この本文は序章部の冒頭から首尾一貫する内容、構成そして主張をもっている。さらに序章部の結びに相応しい表現であると言ってよい。この節ではそれらのことを確かめることになる。

まず（Ⅰ）の本文。この本文の直前には、平清盛の子や孫の官位の上での立身と娘たちの華やかな姻戚関係とが述べられる。（Ⅰ）の本文は、そうした面での平家の過分の栄華に重ねて、経済面と生活面でのこれも過分の栄華を語る文章である。それを①「綺羅充満」「堂上如花」「軒騎群集」「門前成市」の四字句と②「歌堂舞閣之基」「魚龍爵馬之翫」の六字句そして「楊州金」「荊州珠」「呉郡綾」「蜀江錦」などの物の名の列挙による文飾的な表現で印象づける。その四六騈儷体を装った表現は、「祇園精舎の鐘の声」で始まる「祇園精舎」の冒頭の本文と近いリズムをもっている。序章部の始まりと終わりとが文章のリズムの上で響きあっていると見てよい。

イ　引用と暗示　「河原院ノ賦」「直幹申文」

四字句の「軒騎群集」「綺羅充満」の類似の表現は平安中期の歌人で漢学者の源順の「源澄才子ノ河原院ノ賦ニ同ジ奉ル」と題する、いわゆる「河原院ノ賦」に見いだされる。この賦は『本朝文粋』巻一に載る有名なもので、朗詠という宴席の謡いものを集めた『和漢朗詠集』には「松」と「故宮」に取られていて、その一節は謡いものとして流布していた。源順の賦には「軒騎聚門」「綺羅照地」とある。この賦は、かつて清明の美を極め歓を尽くした河原院も、今は昔日の面影もない荒涼とした寺院となっていることを慨嘆したものである。先の文句は河原院が昔、貴顕の士女の訪れで華やいでいた時の様子を描写する箇所である。『平家物語』のこの四字句は単なる修辞だけではなく意味の上でも「河原院ノ賦」に世界を重ねている。平家の今の栄華はやがて荒廃無残の憂いを招く危うさを秘めたものであることを暗示するのである。

同じく「堂上如花」「門前成市」の四字句は橘直幹の「特ニ天恩ヲ蒙ツテ民部ノ大輔ノ闕ニ兼任セラレンコトヲ請フ状」（『本朝文粋』巻六「奏状中」）に典拠をもつ。この申し文は正五位下の儒官で文章博士の地位にあった橘直幹が、折りから欠員のできた民部大輔の兼任を請うた申し文で、「直幹申文」として著名な申し文であった。村上天皇がそれを国家の宝として尊重したという故事が有名で、その故事を題材にした「直幹申文絵詞」が現存する。『和漢朗詠集』には「草」と「述懐」に取られていて、その一節は謡いものとしても流布していた。『平家物語』は「直幹申文」のことをよく知っていて引用したに違いない。「直幹申文」の中に儒官としての我が身の貧窮を嘆き政経の実務官僚の富裕をうらやむ件りがある。その中の「朱紱ノ後、連城数国ノ脂膏ニ潤フ。堂上花ノ如シ。門前市ヲ成ス」とある箇所から二つの四字句を引用したのである。その引用は「直幹申文」の「連城数国ノ脂膏ニ潤フ」の句を響かせている。朱紱（シユフツは、朱の裳のこと。四位五位の官人の衣服。）を授けられる大夫の地位にも至ると、数国の人民の汗と脂の労働からの収奪による莫大な富を得る。ましてや日本の半国以上を支配する平家の富たるや推して知るべきである、ということになる。『太平記』巻五「持明院殿御即位事」などにも平家一門とは規模の点で大差があるけれども、持明院統に属する宮廷人たちが権勢を得た有様をいうのに「門前市を成し、堂上花の如し」とこの文句を使っている。『太平記』は『平家物語』を大々的に利用しているので、この箇所も「直幹申文」からというより『平家物語』によるものと考えてよい。

以上を踏まえて、参考までにこの四句を通釈すると、

「（日本の半分以上の国々からの貢ぎ物によって）平家一門の邸は女性の華やかな姿で溢れ、殿舎の中は花が咲いたよう。訪れる貴紳の車馬の混雑で門前は市のような賑わいである。（しかしその栄華も滅びの危うさを秘めていたとは。）」

といった意味になろうか。

ロ　引用と暗示「蕪城ノ賦」

次に六字句の「歌堂舞閣ノ基」「魚龍爵馬ノ翫」についてである。それらは中国の南朝時代の宋の鮑照（字は明遠）の代表作の「蕪城ノ賦」に典拠をもつ。「蕪城ノ賦」は『文選』巻十一に載っていて、よく知られていた。この二句は「蕪城賦」の「若夫藻扃黼帳。歌堂舞閣之基。琁淵碧樹。弋林釣渚之館。呉蔡斉秦之声。魚龍爵馬之玩。皆薫歇燼滅。光沈響絶」という箇所からとっている。この箇所を簡単に通釈すると「彩色をほどこした扉や黒白の斧の形を縫い取りした帳、立派な音楽堂や劇場、玉で作った池や樹木、鳥を射る林や魚釣りを楽しむ館、音楽に巧みな歌姫や楽人の歌声と箏瑟の音色、大がかりな雑戯の催し物、そうした豪奢な生活の芳香も華光も響

きも今はすべて消え失せてしまった」という意味である。『平家物語』ではその中から二つの六字句を選びとり、「軒騎群集」などの四字句と呼応して駢儷体風の修辞を持つ文章を構成したのである。

「魚龍」と「爵馬」とは昔から『平家物語』の「難語」とされてきた言葉である。本書でも正解はないが一言述べる。どちらも漢代から南北朝にかけて行なわれた百戯の一種と推定される。現代の中国雑技にあたるもので、それもずいぶん大がかりなものであったろう。「魚龍」は既に正解が出ている。「魚龍蔓延」あるいは「黄龍変」などとも呼ばれるものに当たる雑技だろう。「爵馬」はまだ正解はない。しかし古代中国の墳墓の内室の壁をなす画像石を見ると、「魚龍」の絵とともに「爵馬」も、それと思われる絵が描かれている。「魚龍」は長い棒の先に大きな魚の形の作り物を付けたものを持った人々がいて、それが大きな噴水の中に入る。そして噴水から出てくると魚がいつの間にか身体を大きくくねらせる龍に変化している。そのような大がかりな幻術めいた雑技だったのだろう。「爵馬」のほうもそれに類したものであったと思われるが、その内容を推測し難い。ただ『文選』にいうような、大がかりな「魚龍」や「爵馬」が平安末期の日本で実際に見られたとは思われない。「爵馬」については『平家物語』について実に手堅い考察を加えた後藤丹治氏が投壺のような遊びがそのように呼ばれていたことを指摘している。(補2)また「魚龍」は『洛陽田楽記』などを参考にすると、子供の遊びにしたようなものがあったらしい。しかし「吾身栄花」の本文は投壺や子供の遊びを念頭においているとは思われない。それ故、「魚龍」と「爵馬」は『文選』の「蕪城ノ賦」の詩句による、実態を伴わない修辞であると見てよいだろう。

　さて、『蕪城ノ賦』制作の目的については、次のように解釈されている。作者の鮑照は中国南北朝時代、宋の孝武帝の世の人である。臨海王劉子頊（頊トモ）が孝武帝の命令によって荊州を攻略したとき、鮑照は参謀として従軍した。ところが広陵まで来た時、劉子頊は孝武帝に対して反乱を企てようとする。広陵という都城は漢の時代、呉王濞《び》の都であったのだが、呉王濞が漢に反逆して滅ぼされて後、荒廃に帰していた。鮑照は荒れ果て蕪城となった広陵のありさまに感じ、劉子瑱の企ての危ういことを諷諌しようとして一篇の賦をつくった。それが「蕪城ノ賦」であるという。(補3)『六臣註文選』において李周翰が『宋書』を引いてそのように注している。そうした本説は日本でも「蕪城ノ賦」を引く作品、たとえば『和漢朗詠集』などの注を通してよく知られていたはずである。(Ⅰ)の文章は「蕪城ノ賦」の本説を含意し匂わせている。王法を軽んじる平清盛の行為はやがて平家の今の栄華を覆すことになる。平家の栄華も蕪城となった広陵の豪奢のようにやがては跡形もなくなるかもしれぬ、実に危ういものであった、と暗示するのである。

八　引用と暗示　巻七「聖主臨幸」の「河原院ノ賦」「蕪城ノ賦」

源順の「河原院ノ賦」も鮑照の「蕪城ノ賦」もどちらも過去の栄華が今は荒蕪に帰していることへの嗟歎で結ばれる。『平家物語』では平家の栄華の終焉を述べる場面もその賦の世界に重ねる。それは寿永二年（一一八三年）七月の平家の都落ちを述べる件り、その中心となる「聖主臨幸」の場面においてである。

「蕪城賦」の詩句を借りて「荘香翠帳のもとゐ、弋林釣渚《よくりんちょうしょ》の館、(中略)多日の経営をむなしうして、片時の灰燼となりはてぬ」と述べる。「弋林釣渚」は先にも記したように、鳥を射て遊ぶ林や釣をして遊ぶ建物のことである。「荘香翠帳」の「翠帳」は緑色のカーテンの意味なのだろうが、「荘香」は熟さない表現である。屋代本『平家物語』には「藻扃黼帳」とあって「蕪城ノ賦」の句に一致する。それならば先に記したように、彩色した扉や黒白の斧のかたちを刺繍した帳の意味となる。「蕪城ノ賦」ではその華やぎも今はないと慨嘆する。「聖主臨幸」もその詩句を利用する。都落ちをする平家が自分たちの邸宅に火をかけて落ちてゆく。その哀れを、蕪城と化した広陵のように平家が歓を尽くした栄華の館はただ灰燼を残すのみとなる、と慨嘆するのである。

「河原院ノ賦」からはその文句を借りて「強呉忽ちにほろびて、姑蘇台ノ露、荊棘にうつり、暴秦すでに衰へて、咸陽宮の煙睥睨《へいけい》をかくしけんも、かくやとおぼえて哀れなり」と平家の邸宅が灰燼に帰してゆく場景を詠嘆する。強大な呉の国は越の国のために滅ぼされ、荒廃した宮殿姑蘇台にはびこった茨には露がおりている。暴虐をふるった秦が敗れ、咸陽宮を焼く煙が睥睨（城壁にもうけた矢はざま）を隠すように立ちのぼる。「聖主臨幸」では、露が下りる、煙が隠すなどと、日本人好みのイメージを持ち込んで「河原院ノ賦」の姑蘇台や咸陽宮の荒廃と焼失を謳う詩句を引用する。姑蘇台や咸陽宮の終焉も、いま目のあたりに見る平家の都落ちの場景のようではなかったかと慨嘆するのである。

「吾身栄花」での「河原院ノ賦」と「蕪城ノ賦」の詩句に原拠を持つ美文調の文章は、治承元年（一一七七年）正月の時点における平家の栄華が滅びの危険を孕んだ危ういものであることを暗示的に示す表現性を帯びる。その表現は盛者必衰の命題を明示して盛者である平清盛一門の滅びを暗示した序章の冒頭の本文に響き合うのである。

七　鹿谷事件での平重盛の言葉

主題部の最初の話題である鹿谷事件で、平重盛は平清盛に教訓する。その教訓の言葉が巻二「教訓状」「烽火之沙汰」の二句にわたって記されている。それは序章の始めの本文そして末尾の（I）の本文が暗示する平家の栄華の孕む危機を明言する言葉となっている。そのこともまた序章部が鹿谷事件に照準をあわせて書かれたものであることを示すものなのである。

平重盛はいささか悲観論者の相貌を持ち、石母田正氏流に言えば運命予知の能力を持つ人物である。平重盛は平家の過分の栄華の中に滅亡への契機が孕まれていることを敏感に感知する。平清盛は鹿谷の謀議にたいする報復処置として、後白河院を幽閉するか配流するかと企む。平重盛はその父に自らの所信を述べて諫止する。諫言の最後のところで、「富貴の家には禄位重畳せり。ふたたび実なる木は、其根必《かならず》いたむとみえて候。心ぼそうこそおぼえ候へ」（「烽火之沙汰」）と述べ、一族の悲劇を見る前に自分の首を刎ねてほしいと結ぶ。禄位重畳の具体相を重盛は教訓のなかで「（清盛が）先祖にもいまだきかざりし太政大臣をきはめさせ給ふ。いはゆる重盛が無才愚闇の身をもッて、蓮府槐門（大臣のこと）の位に至る。しかのみならず、国郡半《なかば》過ぎて一門の所領となり、田園悉一家の進止たり」（「教訓状」）と述べている。禄位重畳の具体相は序章部の中の清盛一門の栄華を述べた件りで述べられていたことを受けている。序章部のその件りは、まさに平重盛の諫言と呼応関係にある。平重盛のその言葉に至って件の表現が平家の栄華が危機を胚胎したものであることを暗示することが明らかになる。やはり序章部のメッセージは治承元年（一一七七年）の鹿谷事件に照準を合わせたものと見てよいだろう。

八　歴史が生んだ跛行的状況としての平家の栄華

さて、先に掲げた（Ⅱ）の本文についてである。その文章は（Ⅰ）の本文とは修辞面での差はあるものの、主題を集約的に論じていること、それにほぼ同量の文章であることによって、等質感あるいは連続感を覚えさせるリズムをもっている。それに（Ⅰ）と（Ⅱ）の本文の末尾は「……是にはすぎじとぞみえし」「何事かあらむとぞみえし」といったぐあいに語調を整えて結んだような感がある。

序章部の本文は、リズムと表現の上から三つのパートに区分し得る。一つは「祇園精舎」から始まって、「まぢかくは六波羅の入道、前太政大臣平朝臣清盛公と申しし人のありさま、伝え承るこそ心も詞も及ばれね」までの本文である。その次は、系譜を軸に《評言》と《エピソード》を挿みながら、平家の栄華への道筋を系譜的な記事によって辿った、「其の先祖を尋ぬれば桓武天皇第五の皇子」から始まって、「廊の御方とぞ申しける」までの本文である。そして第三のパートは第六節に掲げた（Ⅰ）と（Ⅱ）の本文である。

第三のパートである（Ⅰ）と（Ⅱ）の本文は、表現性、リズム、そして分量のうえで冒頭の本文に似ている。第二のパートを挟んで、冒頭の本文と（Ⅰ）と（Ⅱ）の本文は互いに照応する形を作っている。ただし内容の面では、先に述べたように（Ⅰ）の本文は平家の栄華を「禄」と「位」の面で述べた文章として、その直前に配置された平清盛一門の官位と姻戚関係を述べる本文と対をなしている。（Ⅱ）の本文は内容面では（Ⅰ）の本文とは異質で、（Ⅰ）の本文を含めてそれ以前の叙述全体に対する結びの役割をはたす文章となっているのである。

（Ⅱ）の本文は平家の栄華を王法守護の両輪となるべき源平の力の均衡が保元と平治の乱によって崩れた結果であるとする。そして「今は平家の一類のみ云々」とあるように平家のその時点での栄華を歴史の過渡的状況として提示するのである。それは現在に加えて未来の展開も視界に入れた言説であり、転変の可能性を示唆している。（Ⅱ）に至るまでの本文は、盛者必衰のことわり、反逆者清盛、門地の低い平家、過分の出頭、武断政治、王法軽視、禄位重畳などと暗示的に主題に繋がる一貫した脈絡において平家の栄華の危うさを語る。そうした上で（Ⅱ）に至って、平家の現在を歴史の展開の中に位置付ける。しかも作者の王法観に照らして、現在が跛行的で異状な状況であるとする認識のもとにおいてである。それ故に、（Ⅱ）の本文の結びとなる「いかならむ末の代までも何事かあらむとぞみえし」という文は、平家の栄華は長く続くだろうという言葉とは裏腹に、歴史の新たな展開のなかで平家が滅亡してゆくことを暗に予告する暗示性を与えられている。それにまた、源氏勢力の大きな後退を平家専横の最大の原因とする揚言には平家の滅亡を現実にするものの力を予告する暗示が含まれる。そのように序章部末尾の一文のアイロニーは、盛者必衰の命題から始まって、滅びを暗示しつつ平家の栄華を語ってきた序章部の結びに相応しい表現性を示していると評価し得る。

序章部は年時で言えば安元三年（一一七七年）正月に、事件で言えば鹿谷事件に照準を合わせながら、危機を胚胎する平家の過分の栄花を語る前口上なのである。

補注

1　覚一本は現在六本が知られているが、〈祇王〉のある本が三本、〈祇王〉のない本が三本ある。

2　後藤丹治「平家物語難語句の解釈」（『戦記物語の研究』筑波書店、一九三六年）ただし後藤氏は、そのような説を否定している。（二〇二～二〇三頁）

3　興膳　宏『鑑賞中国の古典12　文選』（角川書店、一九八八年）には次のようにある。（要約）漢の時代、呉の広陵は塩と銅の生産によって豊かな地であったが、呉王濞は反乱を起こし敗北した（前一五四年　呉楚七国の乱）。四五九年（宋の大明三年）、広陵城の竟陵王劉誕の乱が起ったが鎮圧され、広陵は廃墟となった。鮑照はこの町を訪れ、この賦を作ったと言われる。鮑照は臨海王劉子頊の前軍参謀であったが、四六六年、子頊が反乱を起こした時に混乱の中で殺された。

なお「蕪城賦」の成立については、土屋　聡「鮑照「蕪城賦」編年考」（『文学研究』104、九州大学大学院、二〇〇七年）が参考になる。

以下に「河原院賦」・「直幹申文」・「蕪城賦」の該当箇所を引用しておく。

◎「河原院賦」（奉同源澄才子河原院賦）（『本朝文粋』巻一・居処10　源　順）

有院無隣、自隔囂塵。山吐嵐之漠々、水含石之磷々。丞相遺幽居、誰忘前主。法王垂叡覧、猶感後人。其始也軒騎聚門、綺羅照地。常有笙歌之曲、間以弋釣為事。夜登月殿、蘭路之清可嘲、晴望仙台、蓬瀛之遠如至。是以四運雖転、一賞無忒。……（中略）……吾固知陵谷猶遷、海田皆変。何地同万古之形体、誰家全百年之遊宴。強呉滅兮有荊棘、姑蘇台之露瀼々。暴秦衰兮無虎狼、咸陽宮之煙片々。何唯淳風坊中、一河原院而已哉。

◎「直幹申文」（正五位下行文章博士橘直幹誠惶誠恐謹言　請被特蒙天恩兼任民部大輔闕状）（『本朝文粋』巻六・奏状中150

橘直幹〉

右直幹、謹検案内、去天暦二年、自大学頭大内記、拝当職之日、所帯両官、皆被停止。朝家自被始置文章博士之後、未聞其例。……（中略）……竊見項年之例、雖蔵人所出納、太政官吏生等、皆是緑袍之時、経上官諸司之温飽、朱紱之後、潤連城数国之脂膏、堂上如華、門前成市。方今計学海之嶮難、如渉百万里之波濤、瞻吏途之栄輝、不及五六重之倍従。瓢箪屢空、草滋顏淵之巷、藜蔘深鎖、雨湿原憲之樞者也。昔者不改其楽、今則難堪其憂。固知儒業之拙、惣是数奇之源也。若深其道者、必受其飢焉。弥及末代之流、須為後昆之誡。……（以下略）

◎「蕪城賦」（『文選』巻十一・賦　鮑明遠〔照〕）

（前略）……若夫藻扃黼帳、歌堂舞閣之基、琁淵碧樹、弋林釣渚之館、呉蔡斉秦之声、魚龍爵馬之玩、皆薫歇燼滅、光沈響絶。東都妙姫、南国麗人、蕙心紈質、玉貌絳唇、莫不埋魂幽石、委骨窮塵。豈憶同輿之愉楽、離宮之苦辛哉。天道如何、呑恨者多。抽琴命操、為蕪城之歌。歌曰、

辺風急兮城上寒　　井逕滅兮丘隴残

千齢兮万代　　共尽兮何言

＊本稿は、美濃部重克「『平家物語』序章考」（『南山国文論集』10、南山大学国語国文学会、一九八六年）にもとづいて書き改めてある。

06 巻一 二代后 多子の悲しみ(補1)

一 概説

「二代の后」は序章部が終わって、導入部が始まる、その最初の箇所に配置されたエピソードである。導入部は「二代の后」の始めあたりの「されども、鳥羽院御晏駕の後は、兵革うちつづき」という文章から始まる。導入部は保元の乱と平治の乱が終わり、永暦・応保(一一六〇年〜一一六三年)の頃、後白河院とその皇子で天皇位にある二条天皇との間に激しい対立・確執があったことから語りだす。そこで取り上げられるのが、近衛天皇の未亡人の徳大寺多子を二条天皇が自分の后にした時の強引さを語る話題と、再度の入内を余儀なくされた徳大寺多子の悲しみを抒情的に語るエピソードとである。後白河院の皇子で天皇位についたのは二条天皇と高倉天皇だが、二人の後白河院への対し方はまるで正反対であった。二条天皇は親不孝で父に激しく反目し、高倉院は心の優しい人物で父とは実に親和的であり親孝行であった。二条天皇は永万元年(一一六五年)に亡くなり、その葬祭の折りの事件を語るのが、この句に続く「額打論」である。

さて、ここでは『平家物語』の抒情について覚一本の「二代后」における多子の悲しみの表現を通して論じてみたい。

「二代后」の抒情は、再度、入内した徳大寺多子が清涼殿に飾られた巨勢金岡の「遠山曙月」を見て詠じた「おもひきやうき身ながらにめぐりきておなじ雲井の月をみむとは」の和歌に集束するかたちで表現されている。「二代后」には多子の悲しみが抒情的に語られるのだが、多子の悲しみはその和歌と和歌の詠まれた状況を示す本文に集約的に語られる。『平家物語』は〈語る telling〉ことを本位にした作品であると考えられがちだが、テキストをその背後の現実、背景となった世界との関係において捉えてみると、むしろ〈見せる show-ing〉ことを本位にした箇所を多く見いだすことができる。〈見せる〉箇所が示すところの世界の奥行はその世界について十分に知識を持っている〈知る者〉に向けられている。「二代后」もまた〈見せる〉表現となっていて、多子の悲しみの内実は「思ひきや」の和歌が詠まれた状況を語った、

故院のいまだ幼主（に）ましましけるそのかみ、なにとなき御手まさぐりの次《ついで》に、かきくもらかさせ給しが、ありしながらにすこしもたがはぬを御らむじて、先帝の昔も御恋しくおぼしめされけん、

とある本文のなかに示されている。この一文は国語的なレベルにおいてのみ読むと、描写による〈見せる〉本文ではなくて、説明的に叙述する本文であるかに見える。その意味においてこの一文は〈語る〉ものと見てよい。しかしこの一文を多子の置かれた歴史的な現実の背景のなかに置いてみると、多子の悲しみがその背景のなかに〈図〉として浮き上がる。その背景を〈知る者〉にとって、この本文は寡言よく多子の悲しみを浮き彫りにした〈見せる〉表現となっているのである。そうした意味での〈見せる〉本文の解読は『平家物語』のような歴史的な事実を題材にした文学作品における抒情表現の遠近法を解明する重要な手がかりを与えてくれる。

『平家物語』のようなテキストの場合、書かれているところの〈図〉を了解するためには、書かれてはいないが背景をなしているはずの世界を考察することこそが必要である。書かれていることは書かれていないことを隠してしまう。それ故、書かれていない背景を明らかにしてゆくことによって、書かれているところの〈図〉の意味を確かめることが必須のこととなる。そこでここでは、書かれていない背景の解明に向かうのだが、書かれていないという在り方にはいくとおりもある。テキストのなかに一言も触れられていない場合から、本文中に背景

の片鱗を垣間見せている場合までいくつもの段階がある。「二代后」は片鱗を垣間見せる本文を配することによって、〈知る者〉に向かって主人公多子の悲しみを〈見せる〉テキストとなっているのである。

二　空の月と絵の月

「思ひきや」の和歌は『今鏡』の「ふぢなみの下　第六　宮城野」に次のように載せられている。

二条御門の御時、あながちに御せうそこありければ、ちゝをとゞもかたぐ〳〵申しかへさせ給ひけれど、しのびたるさまにて、まゐらせたてまつり給ひけるに、むかしの御すまゐもをなじきさまにて、雲井の月もひかりかはらずおぼえさせ給ひければ

おもひきやうき身ながらにめぐりきてをなじ雲井の月をみむとは

とぞ、思ひかけず伝へうけ給はりし。

また『玉葉和歌集』「巻第十四　雑歌一」に

二条院御時さらに入内侍りけるに月あかかりける夜おぼしいづることありて

しらざりきうき身ながらにめぐりきておなじ雲井の月をみんとは

とある。初句が「二代后」と『今鏡』とが「思ひきや」と同じで、『玉葉和歌集』が「しらざりき」と違っている。ただし『平家物語』でも南都本と屋代本の「二代后」は「しらざりき」としている。それは諸本の成立に関わる面白い問題をはらんでいる可能性もあるが、ここでは問題にしない。諸本の問題を含めて初句の異同はここでは問題にしない。問題となる異同は和歌が詠まれた状況説明における異同である。『今鏡』も『玉葉和歌集』も状況についての説明は同じで、再び入内した多子が明るい月を見て近衛天皇との昔を思い出して詠んだとする。そこでは多子の詠歌のきっかけをなしたのは空の月であった。それにたいして「二代后」では絵のなかの月

が多子に詠歌のきっかけを作ったとするのである。清涼殿にある画図の障子に巨勢金岡の描いた遠山の有明けの月の絵が、再び入内した多子の目に入る。その絵には昔、多子が近衛天皇といっしょに見た折りにまだ少年の天皇がいたずら書きした痕がそのまま残っている。それを見て多子が詠んだ和歌であるという。三者はともに懐旧の思いを詠んだと説明するのだが、昔に変わらぬ月を見てとする『今鏡』と『玉葉和歌集』の情景は一般的なものである。ある程度、多子ならではの述懐となっているけれども、多子と近衛天皇の関係だけが持つ情景の格別さを際立たせる詠歌の状況ではない。月を見ての懐旧あるいは今昔の隔たりへの嘆息、それは述懐の和歌に普通に見られる状況である。しかし「二代后」が設定した状況は、多子と近衛天皇の場合であってこそ〈それらしさ〉を印象付ける格別の状況である。「二代后」の上掲の本文は〈知る者〉にのみ背景を垣間見せるところの〈見せる〉本文なのである。その意味で上掲の本文は「二代后」の〈知るもの〉に向けた抒情表現における遠近法を示すものとなっていると考えられる。(補2)〈知るもの〉以外の読者には見えなくなっている遠景について次節で説いてみる。

三　徳大寺多子の悲しみ

「おもひきや」の和歌とその状況を示す上掲の本文を〈図〉として浮かび上がらせる背景となっているのは、次に説くような政治的状況であった。それは『愚管抄』流に言えば「武者の世」の開幕を告げる保元の乱の背景でもある。

多子が近衛天皇に入内したのは数えで十一歳のときである。近衛天皇はそのとき数えで十二歳であった。幼い夫と妻である。多子は美男の誉れ高い徳大寺公能の娘である。後白河院の后（中宮、後に皇太后）となった姉の忻子も多子と同じく美女であった。『平家物語』巻二「徳大寺厳島詣」や巻五「月見」の主人公徳大寺実定は多子の弟で、彼もまた美男であったらしい。美男美女の一家であった。『今鏡』巻六「宮城野」に姉の忻子と妹の多子のことを「親の御子におはしませば、理とは申しながら、なべてならぬ御姿になむおはしますなる」と記している。近衛天皇の未亡人となって五年後、二十一歳になっていた多子を二条天皇が后と望んだのも、ひとつには彼女の美貌のゆえであったのだろう。「二代后」には「天下一の美人」の誉れが高かったからと述べ、『今鏡』巻六「宮城野」には二条天皇が「あながちに（強引に）」入内の催促をしたと記している。

　多子の悲しみは近衛天皇との政略結婚、美貌、そして二条天皇の後白河院への対抗意識が生んだものと思われる。

　多子の近衛天皇との結婚は政略結婚であった。彼女が近衛天皇に入内したのは久安六年（一一五〇年）一月で、その年の二月には皇后になっている。後見人は藤原頼長であった。北の方が徳大寺公能の妹である幸子であった関係から、藤原頼長は多子を養女にして近衛天皇に入内させたのである。徳大寺多子入内は保元の乱の大きな原因のひとつとなった藤原頼長と兄の近衛忠通との政争を背景に持つ。幼い多子はその道具に使われたのである。

　近衛天皇は鳥羽院が美福門院得子とのあいだに儲けた皇子であった。得子は下級貴族の諸大夫の家柄である中納言藤原長実の娘で正式な身分を持たない、いわば鳥羽院の愛人であった。得子は院の寵愛を一身に集めた。『今鏡』巻七「武蔵野の草」によると、[補3]初めの頃、やっかみと蔑み半分に「中納言の女」とか「あの御方」などと陰では呼ばれていたらしい。その得子が保延五年（一一三九年）に皇子を生んだ。もっとも、十三世紀の初めに成立したと思われる『長谷寺観音霊験記』上巻第七話には近衛天皇の出生に関する奇妙な説が記されている。長谷寺のもとの地主の神が鎮座する瀧蔵山に住むひとりの尼が日光に感精して懐妊した。折りから得子が皇子誕生を長谷寺に祈願しにきていた。そこで長谷寺の観音はその胎児を得子の腹に移し替えた。そして誕生したのが近衛天皇であるというのである。その説話は近衛天皇が長谷寺の観音の申し子であることを言うものだけれど、ひるがえって見ればそれは近衛天皇が鳥羽院の子ではないことを主張する話となっている。長谷寺は興福寺と深い関係があり、藤原氏の管理下にあった寺である。そして『長谷寺観音霊験記』は天皇や摂関そのほかの廷臣たちの目に触れる、その意味で然るべき評価を与えられた説話集なのである。その書物にこのような説が載せられていることには意味があると思われる。それは保元の乱に得子の存在が大きく影を落としているとする得子にたいする批判的な評価があったことと関係があるに違いない。鳥羽院の得子への寵愛が王法の危機をもたらした、そんな見方が早くからあったのだろう。

それと知らず鳥羽院の寵愛はなみなみのものではなかった。鳥羽院は皇子を崇徳天皇の養子、さらに崇徳天皇の中宮の皇嘉門院聖子の養子にする。皇嘉門院の養子にしたのは、彼女が近衛忠通の娘で、彼の力添えを期待したからなのかもしれない。そうしておいて永治元年（一一四一年）に崇徳天皇を無理やりに譲位させる。崇徳天皇は鳥羽院の皇子のはずだが、当時の廷臣たち、それに鳥羽院自身もそれを信じてはいなかった。白河院が息子鳥羽院の嫁である待賢門院璋子と密通して生ませた皇子であるという噂が高かったのである。たとえば建暦頃（一二一〇年代）に成立したと推定されている源顕兼の『古事談』巻二には「鳥羽院、崇徳院ヲ実子トシテ遇セザル事」と題する説話を載せている。それほどだから鳥羽院にとって、寵姫の生んだ皇子のため崇徳院に譲位させるのに何のためらいもなかったろう。三歳の皇子が帝位についた。近衛天皇である。皇子が天皇になったので、得子は国母と呼ばれることになる。そして彼女はついに久安五年（一一四九年）に門院号まで許されて、美福門院得子となった。美福門院得子は専制君主である鳥羽院の寵愛を背景に強い政治力を持つ。近衛天皇に后を入れることは専制君主である鳥羽院そして美福門院得子の愛顧を得るための最短の道なのである。

藤原頼長は鋭い知性の持ち主であり野心も大きかった。近衛家の当主である兄忠通を凌ぐ権勢の獲得をさえ目指した。父の近衛忠実も藤原頼長を可愛がった。藤原頼長はその学問を自負し他もまた認め、その峻厳な政治の仕方は後に「悪左府」と呼ばれた。藤原頼長は鋭さを表に出して周囲に恐れられ煙たがられる人物であったらしい。摂関の家の人間には行政官僚に必要とされるような学問は必要ない。長者としての風格、大和魂それに政治の参考になる「日記」があればよい。加うるに晴れの場の清談をリードできるぐらいの詩文の教養と作詩能力があればなおよい。近衛忠通は漢詩集『法性寺殿御集』を残しており「属文の卿相」とも呼ばれた院政後期を代表する漢詩人であった。漢詩や和歌などの文学を通じて交際の輪を拡げていた。それに藤原氏の氏長者の地位は父の近衛忠通によって弟の藤原頼長に与えられてしまうが、何といっても摂関の家の長男である。関白の地位にあり、しかも政治家としてのしたたかさを持っていた。

近衛忠通は藤原頼長が徳大寺多子を近衛天皇の皇后にと、政略の手を打つのを見て危険を感じたのだろう、ただちに対抗措置を取る。徳大寺多子が皇后になった二ヵ月後の久安六年（一一五〇年）四月に養女の呈子を入内させる。呈子は六月には中宮になる。呈子は近衛忠通の北の方、宗子の姪であったのを養女にしたのである。近衛忠通は美福門院得子を自らの側に引き付けることに成功した。美福門院得子の側でも摂関の家の嫡流であり関白でもあって長者の風格のある近衛忠通を味方にしておくことを有利と考えただろう。近衛忠通は美福門院得子の力を利用して鳥羽院を味方につけたものと思われる。

近衛忠通は近衛天皇を呈子の側に囲いこむためにさまざまの手を打ったらしい。呈子が入内して後は多子が近衛天皇とともにいる機会はほとんどなかったと推測できる。『今鏡』「すべらぎの下　巻三　男山」に「関白殿（忠通）は内（近衛天皇）の一つにて、ひとへに中宮（呈子）のみ上らせ給ひて、皇后宮（多子）の御方はうときさまに妨げ申させ給ふとぞきこえ侍りし」と記す。近衛忠通が、元服をしたとはいえまだ少年の近衛天皇と同じ邸に住んで、呈子ばかりを側に置かせ、多子を遠ざけるように仕向けた、というのである。関白近衛忠通は近衛天皇が元服するまでその摂政の地位にあった。その近衛忠通が美福門院得子とともに図ったことだとすれば近衛天皇はその指図のままだったにちがいない。

多子と呈子が入内した翌年の仁平元年（一一五一年）六月に四条東洞院の近衛天皇の御所が焼亡する。放火であったとされる。その御所は碓井小三郎氏が大正四年に編集した『京都坊目志』（『（新修）京都叢書』臨川書店　所収）には近衛忠通の邸であったとする。そのことの真偽は分からないが、火事の火元は近衛忠通が使う部屋であった。その火事のために近衛天皇と呈子は美福門院得子の八条の邸に移り多子は大炊御門の邸に移る。同じ年の十一月には近衛天皇は近衛忠通の近衛烏丸の近衛殿に移る。仁平二年（一一五二年）十月に土御門内裏が上棟するが、その皇居は鷹司通りをはさんで近衛殿の北に隣接していた。海野泰男氏の『今鏡全釈　上・下巻』（福武書店、一九八二年）は実にすぐれた注釈書だが、巻三「男山」の注釈のなかで、近衛忠通が多子を近衛天皇のそばから遠ざけようと画策したらしいことを示している。さらには四条東洞院の火事が近衛忠通の策謀によるものかとの推測までしている。居所から見ても呈子が入内して以後、近衛天皇は母美福門院得子と近衛忠通の監督下にあった可能性が高いのである。近衛天皇も多子も呈子もまだ子供である。後見人の引き回すままであったろう。だから呈子入内後は多子が近衛天皇のそばにいることのできる機会は僅かであったにちがいない。そして四条東洞院の火事は多子を近衛天皇から完全に遠ざけることになったのではないか。

多子が近衛天皇とともに過ごした期間は、四条東洞院の御所が焼けるまでのあいだ、ことによると呈子の入内までの三ヵ月ほどであったかもしれない。さきに記したように多子は数えで十一歳、近衛天皇は数えで十二歳である。そのときは自分たちが政略の道具にされているなど二人には分からなかったはずである。ままごとのようなものであったのだろうが、多子には新鮮な内裏生活であっただろう。短い夢の中のような出来事、そのうちのいくつかの場面が多子の印象に残った。二条天皇に強要されて、二度目の内裏生活をしたとき、昔の記憶が蘇る。それは稚く、しかも儚い夫婦生活の記憶であった。二代の后となって内裏にあがった多子の昔と今に対する思い、なつかしさと悲しさがないまぜになった心の機微、『平家物語』の作者は、そんなふうなことを想像して、この場面を描いたのではないか。

『今鏡』巻六「宮城野」、それに批判の対象となるくらいに平家歌人そして平家時代の和歌を多数収載している『玉葉和歌集』には、前節で見たように、ふたたび入内して後のある夜、明るい月に昔を思い出して懐旧の思いにかられてという状況で詠まれた和歌であるとする。それに対して「二代后」では多子の心を惹いたのは空の月ではなくて巨勢金岡の描いた絵のなかの月である。遠い山に有明けの月がかかっている風景を描いた絵で、それに少年天皇がいたずらをして汚してしまった。それは二人が一緒にいることのできた数少ない機会でのことであった。政略結婚の道具とされた幼い天皇と后とのあえかな夫婦生活を示す一齣なのである。そんな稚い交流が多子の心に残る大事な思い出であったとする「二代后」の本文は、二人の結婚の背景となりゆきを〈知る者〉には、ひとしお多子に対する哀れを催す情景として享受される。時代に翻弄された薄幸の多子の姿が『今鏡』や『玉葉和歌集』よりも「二代后」の表現のなかに、リアルに描かれていると評価してよいだろう。多子の結婚の政治的な背景は、巨勢金岡の絵へのいたずら書きから近衛天皇との昔を多子が思い出したとする上掲の短い本文のなかに、それとなく含意されて示されているのである。

二条天皇との結婚についても、一言だけ触れておこう。多子の美貌を二条天皇の強引な求婚の理由として「二代后」では述べられている。二条天皇の求婚にはそれに加えて父後白河院への対抗意識も働いたかもしれない。後白河院の皇后は多子の姉で彼女とならんで美貌の聞こえの高い忻子であった。そのことも二条天皇の気持ちの中では意識されていたかもしれない。父の后である女性の妹を后にする、それは后どおしの関係を介して二条天皇と後白河院との親子の関係を兄弟の関係に転換させる見せかけを与える。その解釈が当たっているとすると二条天皇との結婚もまた政治が関わっていることになる。とすれば多子の二条天皇との結婚の話題にも時代に翻弄される女の悲しみが透けて見えてくるのである。

四　モンタージュとしての御所の絵尽くし

多子が近衛天皇との昔を思い出すよすがとなったのは、清涼殿の画図の障子の月の絵に残された近衛天皇のいたずら書きの跡であった。その場面を叙述する本文の内容は『平家物語』の諸本で異同があり、大きく二類に分けられる。延慶本や四部合戦状本などの内容と、覚一本や屋代本また『源平盛衰記』などの内容との二類である。前者は「清涼殿ノ画図ノ御障子ニ月ヲカキタル所アリ」(延慶本)とだけあって、その後に近衛天皇のいたずら書きの跡の話題が語られる。後者は賢聖障子をはじめてとして内裏の絵尽くしのような本文を載せその後に近衛天皇のいたずら書きの話題が語られる。ここでは二類の本文の成立の先後を議論せず、むしろ絵尽くしの内容とその意味に立ち入ってみたいと思う。覚一本の本文を示すと以下のようである。

彼紫宸殿の皇居には、賢聖の障子をたてられたり。伊尹・第伍倫・虞世南・太公望・角里先生・李勣・司馬、手なが足なが、馬形の障子、鬼の間、李将軍がすがたをさながらうつせる障子也。尾張守小野道風が、七廻賢聖の障子とかけるもことはりとぞみえし。彼清涼殿の画図の御障子には、昔、金岡がかきたりし遠山のあり明の月もありとかや。

とあって、その後に近衛天皇のいたずら書きの話題が続く。

賢聖障子は紫宸殿に設けられ公事の場を飾る大事な障子絵であった。絵はもちろん当代随一の画家が描く。また絵の一つ一つに押される銘も当代随一の書家が書く。絵の人物の名前と行跡を色紙に書いて絵に押す、それが銘である。その銘を書くのは「入木七箇大事之其一也。為唯授一人之伝」(『禁秘抄考註』上巻〈南殿〉)(新訂増補故実叢書22『禁秘抄考註　拾外抄』)とされ、書道の大事七ヵ条の第一でその書法は一人の書家にのみ相伝されるものであったという。『本朝文粋』巻六に載せる菅原文時作の小野道風「申文」の一節「七廻賢聖の障子云々」を「二代后」が引くのも賢聖障子の公事に関連した重要性を強調するためである。ちなみに二条天皇時代の賢聖障子は保元度の内裏の絵であり、その銘は建礼門院右京大夫の父である書家の世尊寺伊行が書いている。「二代后」が賢聖障子を持ち出すのは前後の展開と緊密に関係している。直前の本文には「ひたすら、あさまつりごとをすすめ申させ給ふ（多子の）御ありさまなり」とある。それは『白氏文集』巻十二「長恨歌伝」の一節「従此君王不早朝」を反転させた表現であり、多子は楊貴妃が玄宗皇帝にしたとは反対に二条天皇が政務にいそしむように努めたとする。私的な愛情よりも公事を大事とする多子の后ぶりを強調するわけで、その公事との関係で内裏の絵の中でも公事性の高い賢聖障子の話題を持ち出したのである。そして賢聖障子は多子に大事な思い出を想起させる巨勢金岡の「遠山曙月」の絵を持ち出すための端緒となっている。

「二代后」は絵尽くしを介して視線を巨勢金岡が「清涼殿の画図の障子」に描いたとする遠山の有明けの月の絵にもってゆく。そしてその絵をもとに話題が多子と近衛天皇の上に展開して多子の悲しみが語られるのである。

巨勢金岡の遠山の有明けの絵というのは『禁秘抄』また『古今著聞集』第十巻「画図第十六」の「紫宸殿賢聖障子並びに清涼殿等の障子の画の事」その外にも出てこない。有職故実に精通した公家の裏松光世（固禅）が藤井貞幹などの学者の協力を得て三十年の歳月をかけて著したとされる『大内裏図考証』（『大内裏図考証　第二』新訂増補故実叢書27）がある。平安時代の内裏を復元した十八世紀末の寛政度の内裏造営はその考証に負うところが大きかったらしい。その第十一巻之上の清涼殿の西面の障子の箇所で「二代后」の本文を引いて件の絵に触れるが、その所在は不明であるとする。そのように「二代后」の時代に件の絵が実在したのか、また設置されていた場所がどこなのかについての確証はない。ただ、時代は下るが巨勢金岡が描いたとされる「遠山有明けの月」の絵があったとする資料はある。それは東福寺、南禅寺などの住僧であり幕府の遣明使節となったことでも有名な了庵桂悟（一四二五年～一五一四年）の詩で、清涼殿の画図を詩題にした「応制題金岡遠山曙月図」と題する詩である。

世称金岡能畫名　御前翠障遠山横
承和不継宣和譜　只有清涼留月明

（世称す　金岡が能画の名　御前の翠障　遠山横たふ
承和　宣和の譜を継がざるに　只　清涼　月明を留むる有り）

とあるのがそれである。この詩は『翰林五鳳集　第三』（巻五十五、大日本仏教全書　一四六）に収載されており、また朝岡興禎『増訂　古画備考　下巻』巻三十二「巨勢金岡」（思文閣出版、一九八三年、初版は一九〇四年）にも引用されている。「二代后」がいう巨勢金岡の絵の存在がまったくの虚構であるとも言えないことをここに確認しておきたいのである。

「二代后」のこの箇所の本文の内容と意味に関しては以上の通りだが、その表現を評価するには延慶本や四部合戦状本の本文と比べるとよい。後者には絵尽くしはまったくないし、幼い近衛天皇がいたずらをして汚したとする絵も「清涼殿ノ画図ノ御障子ニ月ヲカキタル所」とするばかりである。それに対して覚一本のテキストは錯誤を含むものの、縷々述べたように多子の悲しみの格別さを表現するのに巨勢金岡の絵といった具体性と絵尽くしによる場面性を付与するかたちの、いわば演出を加えている。内裏の各所の絵をたどる多子の視線がやがて巨勢金岡の絵にとまる。そして、そこに近衛天皇のいたずらの跡を見つけ往時を思い出し述懐の和歌を詠むというふうに演出的に表現されているのである。『今鏡』と『玉葉和歌集』の詞書それに『大内裏図考証』が示す考証などから推測すると巨勢金岡の遠山有明けの月の絵へのいたずらの跡というのは事実であるとも思えない。巨勢金岡の名前を持ち出し内裏の絵尽くしを展開する覚一本の本文は、錯誤を含み、設置される場所の違いを無視した叙述であるにもかかわらず、情景に〈それらしさ〉を与える。それは虚構を加えて〈それらしさ〉を演出する本文であり〈言葉によるモンタージュ〉と評価できるもので、覚一本のテキストに顕著な〈見せる〉本文の特徴を示すものと言ってよいだろう。

五　おわりに

「二代后」における抒情表現の遠近法は、多子が「おもひきや」の和歌を詠んだときの状況を語る「故院のいまだ幼主云々」の一文の了解を通して立ち現われる。〈知るもの〉による了解が情景の遠近を立ち上げるのである。本文は、時間の上でもまた出来事の規模の上でも広がりのある政治的な状況を背景として、それを遠景に多子の悲しみを近景となる〈図〉としてスポット的に光を当てている。そこでは背景をただ垣間見的に〈見せる〉のみである。しかもそこに〈図〉として描かれる場面の文学的な興趣は、「二代后」が物語の展開に関わって担っている意味とは別次元での働きをしている。『平家物語』では主題部の前に導入部が設けられていて、それが主題部前半の中核をなす、平清盛対後白河院の対立のコードの前史となっている。その導入部は「二代后」に始まり「額打論」「清水寺炎上」と展開し、重心は「清水寺炎上」に置かれる。そうした展開上の意味とは別に、「二代后」はそれ自体が示す表現の遠近法によって、多子の悲しみの抒情性が奥行をもって味わえるようになっている。『平家物語』はモザイクのようなテキストであり、「二代后」はその一片として全体の一部としての構成的な意味を帯び、同時にそれ自体の文学的興趣を備えているのである。多子の悲しみを〈見せる〉ところの「二代后」の本文における抒情表現の遠近法は『平家物語』の抒情また叙事表現の基本的な在り方と繋がっていると考えられる。

補注

1　本稿は、美濃部重克「『平家物語』における抒情表現の遠近法―「二代后」の多子の悲しみ―」（『南山大学日本文化学科　論集』三号、二〇〇三年三月）にもとづいているが、全面的に書き改めてある。美濃部氏稿ではタイトルも「『平家物語』における抒情表現の遠近法―「二代后」の多子の悲しみ―」であるが、ここでは他の章段にならって「二代后　多子の悲しみ」とした。

2　「その意味で上掲の本文は「二代后」の〈知るもの〉に向けた抒情表現における遠近法を示すものとなっていると考えられる。」の箇所、もとの「『平家物語』における抒情表現の遠近法―「二代后」の多子の悲しみ―」には「その意味で上掲の本文は「二代后」の抒情表現における遠近法を示すものとなっていると考えられる。」とあり、傍線部がない。

3　『今鏡』「すべらぎの下　巻三　男山」に、「いとやむごとなききはにはあらねど、中納言にて御親はおはしけるに」、「御母后、しばしはあの御方など申しておはしましし程に」とあるのをさすか。

07　巻一　額打論

一　承前

「二代后」の話題に続けて、この句では二条天皇に関わる話題が展開する。二条天皇の崩御と六条天皇の践祚そして二条天皇の葬儀の場での延暦寺と興福寺の争いが述べられる。句の中心は「額打ち」の順序をめぐる両寺の争いである。主題の展開の上からは「二代后」は「額打論」を導くための話題であり、「額打論」は次の「清水寺炎上」を導きだすための話題である。そしてそれら三句における主題の重心は「清水寺炎上」に置かれている。「二代后」はそうした展開に重ねて、多子の悲しみを描くことで独立した主題性をも獲得していた。それに比べると「額打論」の内容は、興福寺の観音房と勢至房が東大寺の額を切るさまが風流の作り物の意匠あるいは扇面の絵になるような場面的な面白さを持ってはいるが、主題の面においても物語の展開のうちに収まるものとなっている。

二　「額打論」の概説

永万元年（一一六五年）の春ごろから二条天皇は病床に伏す身となった。夏の初めには病が重くなる。二条天皇には大蔵大輔伊吉兼盛(補1)の娘の腹に儲けた二歳になる皇子がいる。そのため皇子に急いで位を譲らねば、という事態になった。六月二十五日に急に皇子に親王の宣旨を下し、同じ日のうちに皇位が譲られる。朝廷内部は慌しい動きを示した。それは故実に抵触する措置だったのだろう。元服前に皇位に即いた我が国の前例としては、清和天皇が九歳で文徳天皇の譲りを受けた。その時は外祖父の忠仁公、藤原良房が政治を代わって行なった。摂政の最初である。鳥羽院は五歳、近衛院は三歳で皇位に即いた。それらの場合でさえ若すぎるのに、今度は前例のない二歳である。あまりにも思慮が足りない、などと人々は陰で批判しあった。

同年七月七日、二条院が崩御する。その夜、ただちに香隆寺の北東、蓮台野の奥の船岡山に野辺送りする。

その葬儀の時、延暦寺と興福寺の僧たちが額打ちの順序を巡って対立し暴力沙汰を起こした。天皇の野辺送りの時には、南都と北嶺のすべての寺の僧たちが供奉して、御墓所の周囲に寺々の名前を書いた額を立てる、それが作法である。当時、国家の四箇大寺とされた四つの寺院のうち、最初に南都から東大寺が額を打つ。東大寺は聖武天皇の勅願寺であり国家の寺なので、その順序に異論を挟むものはいない。次に興福寺が額を打つ。興福寺は藤原不比等の建立した藤原氏の氏寺である。北嶺からは延暦寺が興福寺に向きあって額を打つ。次に天武天皇の勅願によって教待和尚そして智証大師が草創した園城寺が額を打つ。いつもは、そうした順番で額を打っていたのだが、なにを考えたのか延暦寺の僧たちが先例を背いて東大寺の次、興福寺より先に額を打った。南都の僧たちは対処の仕方をあれこれ議論する。その最中に興福寺の西金堂の堂衆の観音房、勢至房の二人の荒法師が果断な行為に出た。黒糸威しの腹巻に身を固めた観音房は漆を塗らないしら木を柄にした長刀を柄短かに持ち、萌黄威しの腹巻に身を固めた勢至房は黒漆の鞘から大太刀を抜きもって突然、走り出た。かれらは延暦寺の額を切って落とし、さんざんに打ち割って「うれしや水、鳴るは滝の水、日は照るとも絶えず、とうたへ」と囃して、南都の僧たちのなかに紛れ込んだ。

三　覚忠の一件と「額打論」「清水寺炎上」

この句のメッセージを理解するには、「山門の大衆、狼藉をいたさば、手むかへすべき所に、ふかうねらう方もやありけむ」（龍大本以外の覚一本は「心ふかう」）とある本文に着目するのが最上の道だろう。

この文句は句の切り方の関係で覚一本では「清水寺炎上」のはじめに置かれているが、内容は「額打論」に属する。延暦寺の側が先例を破って興福寺より先に額を打った。それを怒って興福寺の西金堂の堂衆の観音房と勢至房の二人が延暦寺の額を切り落とし打ち割った。その侮辱に対して延暦寺の側では、その場で仕返しの挙に出ることをしなかった。それはどうしてなのか、その理由を「額打論」では「ふかうねらう方もやありけむ」と述べる。両方の寺の抗争はその場だけの突発事件などではなかった。そこには長い遺恨の争いが背後にあり、それを匂わせるのが件の本文なのである。

延暦寺の額に侮辱をくわえた観音房と勢至房はそれぞれに「黒糸威の腹巻に、しら柄の長刀」「萌黄威の腹巻に、黒漆の大太刀」といった武装をしている。武装していたのは彼らだけではなかったろう。それに興福寺の側だけではなく延暦寺の側も武装した僧徒が多くいたと考えてよい。園城寺の側も、あるいは東大寺の側も同じだろう。武装していたのは僧兵だから、とここを読んでしまうのは、「二代后」で述べたような『平家物語』の表現の奥行きを知らないものの浅い理解である。天皇の葬儀に武装して参列し暴力沙汰を起こすというのは不審である。ここもまた享受するものの補足的な了解を必要とする〈見せる〉表現なのである。「ふかうねらう方もやありけむ」という本文と照応させて、彼らが武装して参列していたことの意味を理解すべきところである。どちらも突発事態の起こることを十分に予測していた。機会さえあれば、いつ争いが起こっても不思議ではない一触即発の状態が続いていた。それに備えて武装していたのである。

延暦寺と興福寺のあいだ、そして延暦寺と園城寺のあいだには根深い対立があった。延暦寺対興福寺・園城寺の対立の構図が出来上がっていたのである。その長い抗争の歴史については、「額打論」と「清水寺炎上」の事件を含めて辻善之助氏（辻善之助『日本仏教史　第一巻　上世篇』岩波書店、一九四四年、第六章　第四節）が早くに、それを辿り明らかにしている。園城寺と延暦寺はともに天台宗の寺院でありながら二つの問題で激しい対立をくり返してきた。一つは戒壇建立を巡る対立である。正式の僧となるには戒壇で受戒することが必要で、延暦寺に戒壇はあったが園城寺には許されていなかった。そのため園城寺は延暦寺の下風に立たざるをえなかった。戒壇建立は園城寺の悲願であった。たとえば巻三「頼豪」が語る頼豪の悲願はそれに関わる一齣である。

いま一つは天台座主任命を巡る対立で、十世紀末まで遡る長い歴史となっている。一条天皇の時代、永祚元年（九八九年）九月に園城寺の余慶僧正が第二十代の天台座主に任命されたが、延暦寺がそれを阻止した。朝廷がその時に永祚の宣命として知られる宣命を下すのだが、結局、余慶は座主を辞任せざるを得なかった。余慶僧正の弟子の明尊僧正が長暦二年（一〇三八年）に座主に任じられた時はさらにひどく、彼は三日間、座主の地位に留まったに過ぎなかった。以後、智証門徒と呼ばれる園城寺の僧が座主に任命されると、その度に延暦寺の僧たちが騒動を起こして二日ないし六日ほどしか座主の地位を保てない有様であった。

「額打論」と「清水寺炎上」とに直接の因果関係を持つ事件も天台座主の地位をめぐる対立であった。応保二年（一一六二年）閏二月の園城寺長吏覚忠の座主任免事件がそれである。「額打論」は永万元年（一一六五年）八月に起こった事件だから、それより三年半ほど前にあたる。

覚忠は園城寺僧であり歌人としても知られていた。『古今著聞集』巻第五「和歌」では慈円と並んで歌人としての名声が記される。『千載和歌集』に十首入集している。その覚忠が天台座主に任命される。しかし延暦寺の反対によって彼はたった三日で辞任に追いこまれた。その出来事は園城寺対延暦寺の対立に加えて興福寺対延暦寺の対立を激化させることになった。多くの資料・史料があるが、「額打論」と「清水寺炎上」を含めて問題の一件を一望できるので、長くなるが『天台座主記』（続群書類従　第四輯下。六〇四頁〜六〇六頁）の記事を分かりやすくして紹介する。もとは漢文の文章である。

第五十代の座主は宇治僧正と呼ばれた権僧正覚忠で、三日間、その地位にあった。
覚忠は大殿（藤原忠通）の子息。園城寺の増智僧正の弟子。
応保二年（一一六二年）閏二月一日に座主に任命。四十五歳。

勅使の少納言源顕信は座主任命の宣命を月輪寺の鳥居に結びつけて帰ったといわれる。同月三日、覚忠は座主職を辞退。延暦寺では園城寺僧の覚忠の座主任命に反対して騒動をおこす。小乗戒の僧は天台宗の大乗戒の戒を授ける力を持つ座主にはなれない。座主職を辞退しただけではすまない。座主の籍にその名前を留めることさえあってはならない。そのような訴えを朝廷に対して行なった。

（中略）

長寛元年（一一六三年）、癸未、三月二十九日、延暦寺の訴えにより園城寺の沙弥は従来どおり延暦寺で受戒するようにとの朝廷の命令が出された。
六月九日、延暦寺の僧徒らが園城寺に押し寄せ合戦し金堂をはじめ堂塔僧坊を焼いた。応保二年（一一六二年）に覚忠が座主に任命された時、延暦寺側が反対して騒動を起こし、しかも覚忠を天台宗の菩薩戒を授ける資格のない小乗戒の僧であると批判した。小乗仏教だという批判は東大寺と興福寺に向けられたもので興福寺が反発して延暦寺と争いになった。六月三日には園城寺の僧徒らが琵琶湖畔の東浦に延暦寺が建てた鳥居を切り倒した。それで六月九日に延暦寺の僧徒が園城寺を襲ったのである。

（中略）

第五十三代権僧正俊円

（中略）

永万元年（一一六五年）

（中略）

八月九日、比叡山の僧徒らが山を下って清水寺を焼いた。これは八月七日、二条院の葬儀の時、香隆寺で興福寺と延暦寺との間に額打論が出来した際、延暦寺の額が興福寺の僧徒によって打ち割られた、その仕返しであるという。延暦寺も興福寺も合戦のために武装した人々を京都に派遣しようとし、朝廷がそれを制止した。八月十日、座主職の任免は座主が亡くなった時にのみに限る、それ以外の時期に座主職の取合いをしてはならないという院の命令が出た。

以上が『天台座主記』の記事なのだが、以下に簡単な補足説明を加えてみよう。

応保二年（一一六二年）閏二月、朝廷は覚忠を天台座主に任命する。覚忠は後に第三十二代の園城寺長吏となった園城寺僧である。後白河院はこの時より七年後の嘉応元年（一一六九年）六月に法住寺で出家して行真と名乗るが、その時、戒を授けたのは覚忠であり、役僧もみな園城寺僧であった。また承安三年（一一七三年）に後白河院は阿闍梨職を授けられるが、その授与者も覚忠であった。後白河院はその時、覚忠の旧室の龍雲房をみずからの房号に選んで龍雲房行真と名乗る。そのように深い関係を持つ覚忠を後白河院は天台座主に任命したのである。ただし、そこには覚忠との個人的な関係以上の政略的なものも働いていた。それは政治と宗教の両面にわたっていたと思われる。

覚忠は政治の世界で後白河院さえも憚りを覚えていた近衛忠通の子息であった。二条天皇との対立の中で後白河院は近衛忠通を味方に付けておきたかったに違いない。子息を天台座主に任命することで忠通の歓心を買おうとしたのだろう。また後白河院には園城寺僧の覚忠を天台座主に任命することで宗教勢力としての延暦寺を押さえこもうとする意図もあったと思われる。しかし、こと宗教上の政略としては、後白河院の措置は思慮に欠けるものであったと言わねばならない。それは「額打論」「清水寺炎上」の諸事件のきっかけを作り、後には平家をも巻き込んで園城寺の炎上と東大寺・興福寺の炎上といった大事件を引き起こすことになる。

園城寺僧の天台座主任命は余慶僧正そして明尊僧正以後の事件でも明らかなように延暦寺の反発を買ってきた。第二十九代明尊、第三十一代源泉、第三十四代覚円、第三十九代増誉、第四十四代行尊、第四十七代覚猷が、第五十代座主の覚忠までに座主に任命された園城寺僧だが、そのいずれもが二日ないし六日の僅かな期間で辞任に追い込まれている。延暦寺の強硬な反対にあったためである。なかでも明尊の一件と覚忠の一件とは園城寺では大事件とされていて、『寺門伝記補録』(大日本仏教全書 第一二七冊。三一二、三一四頁)巻十九には「明尊座主論事」「覚忠座主論事」と題する項目が立てられている。その「覚忠座主論事」それに『寺門高僧記』(続群書類従 第二十八輯上。六六頁)巻六「覚忠」に記載する長寛元年(一一六三年)閏二月二十二日付けの延暦寺から朝廷に出した奏状とされるものによると、延暦寺側は五箇条の理由をあげて、覚忠の座主任命に反対している。その第五条に「南都の小戒を受持せるもの、北嶺の大戒の師たるべからず」とする。東大寺や興福寺の南都仏教は小乗仏教であり、その戒壇での戒しか受けていない覚忠が大乗仏教である天台宗の座主の地位につくことはできない、と言うのである。覚忠が比叡山に登山して延暦寺の戒壇で受戒せず南都の戒壇で受戒したことを、そのように貶めて言ったのである。

覚忠の南都受戒の時期は分からない。しかし園城寺僧の南都受戒は延暦寺に対する園城寺側の抵抗運動から出たものである。とくに保延六年(一一四〇年)の「保延の起請」以後はその態度を徹底させ、それが延暦寺の怒りをかきたてていた。「保延の起請」というのはこうである。保延六年四月十四日、大津の新宮祭で延暦寺のものが園城寺のものの手にかかって殺害された。それが大きな抗争に発展して、五月と七月に数度にわたって延暦寺の僧徒が園城寺を襲い寺を焼いた。保延六年の焼き討ちは永保元年(一〇八一年)、保安二年(一一二一年)につぐ三度目の大規模なもので園城寺の側の悲しみと怒りは大きかった。園城寺の僧徒は、今後一切、比叡山に登って延暦寺の戒壇で受戒しないとする起請を行なった。延暦寺側はそれを非として朝廷に訴え、朝廷は園城寺の僧に登山受戒を命じた。しかし園城寺僧はそれを無視する。自分の寺に戒壇を持たない園城寺は延暦寺の戒壇で受戒しないとなると、正式な僧である沙門になれない。だから天台宗のそれとは異なるけれども、華厳宗の東大寺あるいは法相宗の興福寺の戒壇で受戒するしかない。園城寺の人々は意地でも南都の戒壇で受戒することにした。それが「保延の起請」である。覚忠の南都受戒が「保延の起請」以後なのか以前なのかは分からないが、「保延の起請」後の園城寺の徹底した登山受戒の忌避に怒っていた延暦寺側は、覚忠の南都受戒を非として天台座主になる資格がないと主張したのである。覚忠は三日で天台座主の地位から追われるのだが、延暦寺はそれに飽きたらず覚忠の名前を天台座主の名籍から削るようにとまで主張したのである。

保延六年（一一四〇年）の延暦寺による園城寺焼き討ち、「保延の起請」、応保二年（一一六二年）閏二月の覚忠の座主任免事件は、長寛元年（応保三年　一一六三年）三月二十九日の「長寛の宣旨」へと展開する。「長寛の宣旨」は、朝廷が園城寺の沙弥は延暦寺の戒壇で受戒すべきであると命じたものであるという。『寺門伝記補録』巻十八に載せる三月二十九日付けの弁官下し文、それに同年四月の園城寺から朝廷に出された解文にはそのように記している（三一六〜三一七頁）。もっとも、四天王寺別当職をめぐる争いのとき延暦寺から朝廷に出されたとされる建久七年（一一九六年）十月二十八日付けの奏状がいう「長寛の宣旨」はすこしニュアンスが異なっている。園城寺僧で延暦寺で受戒していないものは朝廷が主催する法会や講義などの行事に招かないことという内容とされている。その奏状は『寺門伝記補録』巻二十に載せてある。また『百錬抄』長寛元年三月二十九日の記事では、「長寛の宣旨」を園城寺僧で天台座主になるには延暦寺の戒壇で受戒していなければならない、とする内容であったとする。すこしづつ内容にずれがあるのだが、「長寛の宣旨」は「保延の起請」を守って登山受戒を拒否する園城寺の態度を退けて延暦寺の戒壇での受戒を義務付けようとするものであったらしいことは分かる。その宣旨を出したのは、もちろん後白河院とは思えない。次の話題で述べるように後白河院の皇子でありながら父と激しい対立をしていた二条天皇の意志によるものとされている。

延暦寺の訴えを容れた「長寛の宣旨」は当然のことに園城寺の反発にあう。それだけではなくて、園城寺の側に立つ興福寺が積極的に園城寺の側に立って受戒問題に介入してきた。『百錬抄』によると長寛元年(一一六三年)五月二十九日に興福寺は奏状を提出して、延暦寺の人々の神経を逆撫でするようなことを朝廷に訴える。一つは園城寺の人々の延暦寺の戒壇における受戒の禁止、つまりは「長寛の宣旨」の無効の訴えである。「保延の起請」で示した園城寺の人々の抵抗の姿勢を支持したのである。いま一つ、さらに延暦寺の怒りを買う訴えを興福寺はする。延暦寺を興福寺の末寺にせよとの訴えである。興福寺は園城寺の受戒問題とは別に以前から延暦寺と抗争をしてきたのだが、今度は覚忠座主任免事件の際の延暦寺の奏状の文言に怒ったのである。延暦寺の奏状にはさきに載せた『天台座主記』にもあるように、南都の仏教を小乗仏教であり権宗であると貶めた。延暦寺対園城寺の抗争に興福寺が明確なかたちで加わることになった。『百錬抄』応保二年(一一六三年)五月の項に、近日、延暦寺と興福寺・園城寺のあいだで大乱が起こるであろうという託宣が延暦寺の末寺である多武峰であったということが記されている。延暦寺対興福寺・園城寺の大きな対立抗争がいずれ起こるだろうという険しい空気が張り始めていたことを、その記事は教えてくれる。

はたして長寛元年(一一六三年)六月九日に延暦寺の大衆が園城寺を襲撃して焼き討ちにする。保延の炎上についで四度目にあたる長寛の炎上である。延暦寺の暴挙は『天台座主記』で見たように園城寺の人々が大津の東浦を襲ったことへの仕返しであった。東浦への園城寺側の襲撃は六月三日のことであったという。『百錬抄』によると延暦寺の側の人間を殺傷している。また『天台座主記』では東浦の鳥居を切り払ったと記す。東浦の鳥居というのは延暦寺僧が園城寺の側の大津の領地を横領して境目を示す榜示として建てたものであったらしい。建てたのは中御門宗忠の日記である『中右記』によると保安元年（一一二〇年）四月二十八日であった。大津は園城寺の鼻先である。それを掠め取るような延暦寺側の横暴に対する長年の遺恨が今度の紛争の中で爆発した。その六日後、園城寺による東浦襲撃への報復として延暦寺が園城寺を焼き討ちにしたのである。

保安二年（一一六二年）における覚忠の座主任免の一件は興福寺を巻き込んで延暦寺対園城寺・興福寺の対立へと発展する。それが一年後の長寛元年（一一六三年）の武力衝突となり、さらにその一年半後の永万元年（一一六五）八月七日の事件と八月九日の事件となり、それを『平家物語』は「額打論」「清水寺炎上」として語るのである。

「額打論」そして「清水寺炎上」は直接には覚忠の座主任免に関わる一件と因果関係を持ち、また延暦寺対園城寺・興福寺の長い対立抗争の歴史を背景に持つものであった。「額打論」では「深うねらう方もやありけむ」とする本文によって、それとなくそれを示すのである。その一文は「二代后」において述べた〈知る人〉に向けた叙述の遠近法によるものと言ってよい。それは物語の十全な理解のために加えられた〈知る人〉に向けてのメッセージとなる。延暦寺対園城寺・興福寺の対立は、時には現われ時には隠れる伏流水のような在り方で『平家物語』の中で物語のコードを形成している。それは延暦寺対興福寺・園城寺のコードとでも名付けることのできるものだろう。本書では折りにふれて、延暦寺対興福寺・園城寺のコードに言及することになる。

注

1　大蔵大輔伊吉兼盛　覚一本には「大蔵大輔伊吉兼盛」とあり、『皇年代略記』（群書類従　第三輯）には「大蔵大輔伊岐兼盛」とある。その他『平家物語』諸本によりさまざまである。

付論　新羅明神の怒りと二条天皇の崩御

『平家物語』のテキストを紡ぎだす根本の営みは解釈である。人がいて事件があった。それは何だったのか、何故そうなったのか、それはどんなふうだったのか。平家の滅亡を主題にした場合に生じるそうした疑問に対する解答は様々である。平家の滅亡に関わった人々そして事件・出来事についても様々な解釈があった。同時代にも、直後の時代にも、そしてはるか後の時代においても然りである。『平家物語』が示すのはその解釈の一つに過ぎない。しかしながら結果として、『平家物語』が示す解釈が支配的になり、人口に膾炙する中で多くの解釈は埋もれていった。

「二代后」「額打論」「清水寺炎上」の三句はいずれも二条天皇に関わっている。「額打論」と「清水寺炎上」は延暦寺対興福寺・園城寺の対立抗争の歴史的な状況に根ざしている。二条天皇のことも延暦寺対興福寺・園城寺の対立抗争のことも解釈の重心を少しずらせば、我々に残された『平家物語』とは別の場景を描くテキストともなっただろう。多くの解釈とそれが拠って立つところの事柄が捨てられた。〈見えるものは見えないものを隠す〉のである。我々がいま見るのは、『平家物語』の作者が選び取った解釈を示すテキストである。見捨てられた解釈、見逃された解釈、顧みられなかった解釈など、埋もれてしまった解釈を捜し出す試みを通して『平家物語』に側面から光を当ててみる、『平家物語』を十全に理解するには、今後、そうした作業が必要となるだろう。ここでは二条天皇と後白河院の対立、そして二条天皇の崩御についての園城寺側の解釈を紹介することで、「額打論」「清水寺炎上」に側面からのスポットライトを当てそのことを具体的に示してみようと思う。

イ　平家滅亡についての園城寺側の解釈

少しまわり道になるのだが、平家滅亡と源氏による天下草創に関わる園城寺の主張また解釈を紹介してみる。いずれも延暦寺に対する対抗意識が強く表面に出たものである。

○　一、平家、山門に帰し、終に西海の波浪に没し、源家、寺門に帰し、久しく東関の楡柳に栄えたり。

（『寺徳集』巻上〈一、平家、山門に帰し、源氏、寺門に帰し、盛衰の事〉原漢文）（続群書類従　第二十八輯上。一二頁）

「楡柳」の確かな意味は分からない。「柳」は「柳営」のことで幕府のことだろうが、「楡」は漢の高宗の故郷の「枌楡」のことで、天下を開いたものの故郷を意味するのか。「楡柳」とは源氏の氏神である八幡大菩薩を祭る鎌倉に開かれた幕府なので鎌倉幕府をそう表現したのかもしれない。「平家、山門に帰し」というのは平清盛と明雲との繋がりをいうもので、後で触れる四天王寺の別当職に関わる話題なども園城寺の人々の念頭にあった。「源家、寺門に帰し」というのは、新羅三郎義光以来の源氏との関係をいう寺伝を念頭に置いている。園城寺が伝える同寺と源氏との親密な関係については巻四「競」の中の「高倉宮園城寺入御」で述べる予定である。さて前の記事は、平家は延暦寺を頼みとした結果、ついに西海の合戦に破れて滅亡し、源氏は園城寺を頼みとした結果、鎌倉に幕府を開いて栄えることが出来た、と主張するのである。

○　一、朝家、一向に延暦寺を用いらるるは不吉の事

治承四年（一一八〇年）、法勝寺の御八講の師も聴衆もみな延暦寺を用いらる。主上安徳天皇、たちまちに西海の逆浪に入りたまふ。平氏の太政大臣入道静海、世をほしいままに行ふ所也。

（『寺門高僧記』巻十　原漢文）（五七七頁）

治承四年の法勝寺の御八講とはその年の七月三日から七日のあいだに催されたもので、延暦寺の僧ばかりが招かれた。九条兼実の漢文日記『玉葉』もその法華八講について批判的に触れている。その法会では天台座主の明

雲が論議問答の判定役である証誠を勤めたと記す。それに続けて、法勝寺の御八講ばかりでなく諸寺の法華八講もすべて延暦寺の僧が執り行っているとし、論議問答において問者も講師も同じ延暦寺の僧というのはじつに笑止なことだと九条兼実は言う。すべては平清盛それに平清盛の出家の折りの戒師で彼に親近していた明雲、その二人の仕業であった。九条兼実はそれを『玉葉』に皮肉混じりに書き付けているのである。

上掲の『寺門高僧記』の記事は舌足らずである。記事を構成する三つの文は間隙を埋める知識がなくては文脈をなさない。しかし園城寺の人々にはこれだけで十分で、補足をすれば余りに長くなることを嫌ったのだろう。この記事を理解するために最低限、必要な知識は、その年の五月に起こった高倉宮以仁王の挙兵事件である。『平家物語』でも巻四に詳しく語られている。後白河院の皇子である以仁王は平家を倒そうと源頼政と図って挙兵し、宇治の平等院の戦いに破れて亡くなった。その時、以仁王を助けたのは園城寺であり、間に合わなかったが積極的に加勢しようとしたのが興福寺であった。明雲が主導する延暦寺は親平家である。それに対して園城寺と興福寺は反平家である。園城寺と後白河院の関係は「覚忠の一件と「額打論」「清水寺炎上」」で記した通り、極めて親密であり、興福寺は延暦寺との対立をとおして園城寺と同一歩調を取ってきた南都の大寺である。平清盛・明雲・延暦寺対後白河院・園城寺・興福寺という対立の構図は既に出来上がっていた。それが以仁王事件でも働いたのである。その事件で園城寺と興福寺の平家に対する敵対的立場が鮮明になった。平清盛は一年前の治承三年（一一七九年）十一月のクーデターによって後白河院の院政を停止し政権を握っていた。その権力を利用して以仁王事件で敵対した園城寺と興福寺に対する報復措置を取り始めたのである。明雲はそうした平清盛と結託して園城寺と興福寺の勢力を削ぐ挙に出たわけである。ここに掲げた法勝寺の御八講のことは、その一つの現れであった。後で触れるが、四天王寺の別当に明雲がなったのも平清盛の沙汰であり、平清盛と結んだ明雲の所望によったものなのだろう。そのように園城寺の敵となり損害を与えた平家は、その結果として西海に滅びることとなった。天下を恣にした平清盛の行為が園城寺を敵にまわす結果を生み、それが平家に滅亡をもたらしたのだ。『寺門高僧記』の前掲の記事はそうしたことを述べている。

以上の『寺徳記』および『寺門高僧記』の記事は、園城寺の人々による平家滅亡の理由についての解釈である。園城寺に帰依した源氏は栄え、延暦寺に帰依した平家は滅びたという解釈の単純さは、延暦寺への反発と対立の意識に強く後押しされて生まれたところの園城寺側の一刀両断的な決め付けである。『平家物語』はそうした構図とは無縁のようである。

ロ　四天王寺の別当職をめぐる確執

源氏と園城寺の親密な関係、そして四天王寺の別当職をめぐる明雲と平清盛の悪業、その二つは園城寺では大きな話題であった。源氏との関係は「額打論」と直接には関わらないので、ここでは問題にしない。巻四「競」で取り上げる。四天王寺の別当職をめぐる確執も巻四「三井寺炎上」で取り上げる予定である。ただ、長寛二年（一一六四年）の別当交替は二条天皇が深く関わるので、ここで触れておく。園城寺において四天王寺の別当職を話題にする時、必ず非難の対象とされる別当職任命が三つあった。仁和寺の覚性法親王、天台座主の明雲僧正、同じく慈円僧正、この三名の四天王寺別当への任命がそれである。そのうち覚性法親王の任命は二条天皇の横暴であるとして園城寺の恨みを買うものであった。

四天王寺別当職は天喜五年（一〇五七年）に済算法眼が任じられて以来、行尊僧正に至るまで八代の間、園城寺僧が連綿としてその職を勤めた。行尊が別当職についた時、鳥羽院が園城寺の八代相伝の功績を賞して、その職を永代、園城寺のものとした。その職は園城寺の院家である園城寺平等院に付属されたとする。そして長寛二年（一一六四年）には鳥羽院の第六皇子で園城寺長吏の道恵法親王が別当であったのだが、四天王寺僧の訴えを受けて二条天皇は同年正月十四日に彼を辞任させた。そしてその後に仁和寺の覚性法親王を別当に任命する。覚性法親王は鳥羽院の第五皇子で紫金台の御室として知られた人物である。しかも二条天皇は幼いころ覚性法親王の弟子であった。『本朝世紀』仁平元年（一一五一年）十月十日に九歳の守仁王（のちの二条天皇）が覚性の弟子となって仁和寺に入ったことが記されている。それ故、その任命は人物本位の人選であり、かつ、かつての師への優遇措置であったとも見える。しかし四天王寺の別当職は園城寺では鳥羽院のお墨付きによって永代の兼帯職と考えていた。その職を他寺に与えたことに問題があった。その措置は父である後白河院の掣肘を嫌う二条天皇のあからさまな敵対行為でもあった。園城寺の人々は激しい怒りを二条天皇に対して覚えた。そうした中、二条天皇は翌年の永万元年（一一六五年）七月二十八日に二十三歳で崩御する。

園城寺の人々は、二条天皇の崩御と強引な四天王寺の別当任命との間に因果関係を見ようとした。たとえば『寺門高僧記』巻六に載せる奏状がある。承元元年（一二〇七年）に慈円が別当に任じられた時に、園城寺が朝廷に奉ったと推測されるものである（『寺門高僧記』九二頁）。その奏状は、二条天皇の崩御を冥罰であると匂わせる。詳しい内容は明雲について述べる時に扱うことにして、ここでは覚性の任命を中心にして簡単に紹介する。

園城寺は次のように訴える。四天王寺の別当職は承元元年の今に至るまで十三人の園城寺僧が任じられたのだが、そのあいだに三回、非道な任命が行なわれた。しかしその都度、凶事が起こってそれが改められた。一度目は覚性法親王の任命である。二条天皇が長寛二年（一一六四年）に園城寺の道恵法親王を辞任させ仁和寺の覚性法親王を四天王寺別当に任命した。ところが二条院は翌年の七月に崩御した。それで後白河院によって覚性法親王は辞任させられ道恵法親王が再び別当職に返り咲いた。二度目は治承四年（一一八〇年）の明雲僧正の任命で、治承五年（一一八一年）の平清盛の薨去と寿永二年（一一八三年）の法住寺合戦での明雲僧正の死が続いた。三度目は建久七年（一一九六年）の延暦寺僧である慈円僧正任命の試みである。九条兼実は弟の慈円僧正を別当に任命しよ

う と図ったが実現しなかった。その年、いわゆる建久の政変によって九条兼実は失脚して関白を辞任し、娘である中宮宜秋門院任子は内裏を退出することになった。以上に見るように、園城寺の永代の権利である別当職を奪う挙に出た三人の人々はすべて凶事に見舞われることになった。そのように主張するのである。この奏状は、二条天皇の崩御が園城寺への敵対行為に対する冥罰であるとする伝えが園城寺で伝承されていたことを示している。

ハ　二条天皇の崩御を新羅明神の冥罰とする園城寺側の解釈

園城寺におけるそうした解釈は、長寛元年（一一六三年）三月二十九日に出された「長寛の宣旨」に関わってさらに色濃く伝えられている。「長寛の宣旨」の内容は既に述べた。延暦寺の訴えを丸飲みにして、園城寺僧の延暦寺戒壇での受戒を命じたその宣旨は園城寺の人々を怒らせた。戒壇建立の悲願と延暦寺の暴力に対する恨みを背景に、園城寺が奏上した「保延の起請」を無視したような「長寛の宣旨」を発したのは二条天皇である。園城寺の人々はその二条天皇の崩御を園城寺守護の三尾明神の冥罰によるとする解釈を寺伝としてゆく。『寺門伝記補録』巻二、『同』巻十八、『新羅明神記』（黒田　智「史料紹介　新羅明神記」『東京大学史料編纂所研究紀要　11』二〇〇一年三月）、『寺徳集』、『寺門高僧記』巻十などにそれが載せられる。少しずつ異同があるが『新羅祠記』中巻にあたると注記される『寺門伝記補録』巻二の記事を紹介する。漢文で記されているのだが、補足を加えて読み下し文にする。前節また本節でこれまで述べたところと多く重なるので理解するのに参考になるだろう。

二条院の御宇、応保二年（一一六二年）、寺山両門、天台座主および登山受戒の争論ならび興る。両門の騒動すること甚だし。この双つの論、前々の聖代もなほ勅裁なし。延べてここに至る。今度始めて寺門の僧徒の山門の奏状に屈すべきのむね、宣下せらる。これによりて、同三年（一一六三年）四月四日、寺門の大衆、群れを解き山を離る。六月九日、山徒、入寇し、堂社僧房を焚焼す。今この両門の騒動によりて、宮中の最勝講ならびに天台の二講などの諸大会ことごとく止めて行なわれず。希代の凶事なり。幾日をへずして、帝（二条天皇）、上皇（後白河院）と御向背。これにより世上おだやかならず。ことに触れ、おりに従い、宸襟を悩ましたまはざることなし。いつしか聖躬（二条天皇のお身体）、例にそむき（病気になられ）、労労として深宮に入りたまふ。永万元年（一一六五年）の春、帝、病床にあり。囈語（げいご　うわごと）してのたまわく、「ああ、三井回禄（火事）のとき、如意山にむかいて笑顔を開きたるを、吾なんぞ忘れむや」と。侍臣、警（おどろ）き怪しみ奏していはく、「帝に託するは誰なるや」と。帝のたまはく、「新羅の侍神なる般若、三尾の神なる黒尾の来たりて、先の怨みに報ふなり」と。諸社に奉幣し神祇を祭祀し祈請するも験なし。今年の秋、七月二十八日、帝崩じたまふ。はじめ帝、最雲座主の室に入りたまひ、後に登祚におよぶ（帝位につかれた）。叡心（天皇のお気持ち）は、なほ山門に傾く。いま寺門を廃するも、元由（もと）はこれに在るのみ。

登山受戒と天台座主職をめぐる園城寺と延暦寺の対立は保延六年（一一四〇年）の「保延の起請」そして応保二年（一一六二年）の覚忠天台座主事件によって先鋭化した。それ以前から園城寺の戒壇建立の悲願を根底に持つその対立は朝廷も裁定し得ないままに続いてきたものである。ところが二条天皇による長寛元年（一一六三年）の「長寛の宣旨」は、まったく延暦寺よりの裁定を下した。それは園城寺の悲願を無視した一方的な内容であった。園城寺は抵抗措置として四月四日に比叡の山上で勤行していた園城寺僧をすべて下山させたという。緊張は頂点に達し六月九日に延暦寺の僧徒は園城寺を焼き討ちにする。その時の焼き討ちが長寛の炎上である。こうした両寺の抗争によって宮中の大事な行事である最勝講はこの年は取り止めになり、園城寺にとっても延暦寺にとっても大事な行事である天台の二講つまり法勝寺の大乗会と円宗寺の最勝会が取りやめになる。これは歴史上まれにみる凶事であった。幾日も立たない間に後白河院と二条天皇の父子の対立が始まり、政治の世界にも不穏な空気が生まれた。父と対立する折々、二条天皇は心を悩まし、やがて病気がちで人々の前に姿を現わすこともなくなった。永万元年（一一六五年）の春の頃、病臥の身となり、譫言に「ああ、園城寺が焼き討ちにあったとき、二条天皇が園城寺の西門にあたる如意山のほうに向かって笑ったのを、私はどうして忘れることがあろうか」とおっしゃる。病臥する二条天皇の傍らに侍っていた近臣が驚き怪しんで、「帝に憑依しているのはどなたなのですか」と問うた。すると帝は「私は新羅明神に従う夜叉神である三尾明神の一柱、黒尾明神だ。今、やって来て先の怨みに報いているのだ」と託言する。朝廷では様々の神社に奉幣をし神々を祭り祈祷をしたが、その霊験もない。そして永万元年（一一六五年）七月二十八日に二条天皇は崩御した。二条天皇は帝位からほど遠い位置にあった時期、幼少の頃、堀川院の皇子で第四十九代の天台座主になった最雲の室に入った。その後に状況が変わって帝位に即くことになったのである。それ故、天皇になって後も、延暦寺に心を寄せていたのだろう。「長寛の宣旨」を発して園城寺に存亡の危機をもたらすようなことをしたのも、その為である。

面白い記事だが、以上は園城寺側の一方的な見方がどんなものであったかを示している。

まず長寛元年（一一六三年）六月九日の延暦寺による焼き討ちを、園城寺僧がみな比叡山から引き上げたことと因果関係を持つかに書いている。先に見たように『百錬抄』や『天台座主記』には六月三日に園城寺の人々が延暦寺に属する大津東浦を襲い乱暴を働いたことが記される。その襲撃に挑発されて延暦寺側が園城寺を焼き討ちにした、そのような因果関係が示されているのである。『寺門伝記補録』の記事は園城寺側の暴挙には触れずに、延暦寺に一方的な非があるように書きなすわけである。

この記事はまた事実から離れた解釈を記している。誤りは二つあって、一つは「長寛の宣旨」とそれが引き起こした騒動が原因で後白河院と二条天皇のあいだに不和が生じたと記すところである。実際は「二代后」にも記されていたとおり長寛年間に先立つ永暦（一一六〇年～一一六一年）応保（一一六一年～一一六三年）年間にすでに後白河院と二条天皇の間には激しい政治的対立が表面化していた。それを、園城寺門徒である後白河院を印象付ける形の宗教的対立がきっかけを作ったとして、時期の前後を無視した強引な附会をしているのである。

また、二条天皇が延暦寺に味方するのは、彼が天台座主であった最雲法親王の入室の弟子であったからであると記す。しかし、さきに記したように二条天皇は九歳のとき仁和寺の覚性法親王の弟子となった。『愚管抄』でも、また『本朝皇胤紹運録』や『皇年代略記』などでも、仁和寺の覚性法親王の弟子と記す。長門本『平家物語』巻一「額打論」には他の主要な伝本にない独自の記事があって、二条天皇と覚性法親王との親密な関係を記している。二条天皇と覚性法親王との結びつきは強く、覚性法親王は内裏に近い三条坊門烏丸に壇所を作り二条天皇の政治にも口を入れたという。覚性法親王と二条天皇の強い繋がりは、よく知られたものであったらしい。二条天皇は天台座主の最雲の弟子であったわけではない。にもかかわらず『寺門伝記補録』をはじめ先に掲げた書き物が二条天皇を最雲の弟子とするのは、延暦寺・二条天皇対園城寺・後白河院の対立の構図を鮮明にするための作為から出たもののようにも思える。この記事はそうした一方的かつ誤認を含む内容なのである。

その作為は延暦寺に対する園城寺側の強い敵愾心から出たものである。新羅明神とその眷属神の冥罰によるとする二条天皇の崩御説もまた、そうした敵愾心が作り上げた説話なのである。覚忠の座主事件、登山受戒にかかわる「長寛の宣旨」そして四天王寺別当職をめぐる二条天皇の反園城寺の施政は園城寺にとって許すべからざる暴挙であった。園城寺門徒である後白河院が園城寺とその周辺において新羅明神とその眷属神の怒りを買った、その結果の崩御であるとする園城寺側の伝承の存在を知ることができるだろう。新羅明神の祟りによる二条天皇崩御説は『新羅祠記』にも載せられ、園城寺ではよく知られた伝承であったにも関わらず、『平家物語』では見捨てられた解釈、あるいは顧みられなかった解釈なのであった。

付論　「『拾芥抄』と云ふものを読むを聞けば」

江戸初期、寛永九年（一六三二年）ごろに自偶という人物によって書かれた『西海余滴集』という平曲の芸道論書がある。江戸初期は幕府による平曲の保護政策のもとに平曲界の整理統合が行なわれた時期である。波多野流、前田流という二つの平曲の流派が生まれ節づけや詞章そして演奏までもが固定的に定着しつつあった。その中で波多野流は伝承に手を加えようとする姿勢を示し、前田流は伝承に忠実な姿勢を取っていたらしい。『西海余滴集』の筆者とされる自偶は伝承を重んじる前田流の誰かで、冨倉徳次郎氏は前田流を起こした前田九一ではないかと推測しておられる（冨倉徳次郎『西海餘滴集―幷、追増平語偶談―』古典文庫　第一〇九冊、一九五六年、「解説」）。その『西海余滴集』のなかに「額打論」に触れた一節がある。すこし長いが、面白い内容なので引用しておこう。

額打論のうち、「香龍寺の艮（うしとら　東北）、蓮台野の奥、舟岡山に納め奉る」と云事を聞て、或人、「香龍寺はいづくぞ」と山中休一検校に問。休不知之。家に帰て穿鑿す。或人来て、「舟岡山より未申（ひつじさる　西南）の方に当つて、右の寺なし。太秦の薬師の寺を、波多野広隆、開闢して、則寺号を広隆寺と云。是より舟岡山は艮の方に当ば、香龍寺は謬ならんか」と聞ゆれば、休一、心をうつして、「広隆寺の艮、蓮台野のおく舟岡山に納め奉る」と、本面を書なおして、弟子共に示すほどに、彼流の輩、しか〲と人に語りて自慢する間、愚老聞て、我師、学誉の許に行て、此由不審す。学誉答て「往昔、心月（覚一の法名。）より次第に相伝仕来る本、松山宗光（鏡一検校）より相承したる一通の外は、少も不知。他を知る智恵なければ、本を直すべき智恵もなし。私にて謬ばこそとがならめ、謬来る文句はあやまりを信ぜよ」と云て、誕一はなをさず。愚身あやしとおもひて、とし月是かれにたづね、心につく。或時、『拾芥集（ママ）』と云物を読を聞ば、「仁和寺のうち、香龍寺」と云事有。すは是也とおもひて、時刻をうつさず、かのあたりへゆきて、是を尋ぬるに、妙心寺の住僧、海山大和尚に行あひ奉り、「しか〳〵」と申せば、「香龍寺、勅願所にて昔はありき。今はなし。方八町の跡残りて、香龍寺屋敷とて、田畠あり」とおしへ給て、香龍寺古跡をしりき。実も舟岡より太秦は遠、香龍寺より舟岡山は誠の艮にて近し。

（冨倉徳次郎『平家物語研究』角川書店、一九六四年、四三三頁による。読点・引用符は適宜改めた。（　）は富倉氏による注記を取捨し、またあらたに付したものもある。なおここでは「香隆寺」はすべて「香龍寺」とあり、「拾芥抄」は「拾芥集」とある。）

この本文に出てくる誕一は高山誕一で前田流の祖となる前田九一の師匠である。この本文のなかで『西海余滴集』の筆者は自分を高山誕一の弟子と述べている。筆者を前田九一とする冨倉徳次郎氏の説は、この箇所からも首肯できるかもしれない。ともあれ、この本文は次のようなことを述べている。

「額打論」に「香隆寺のうしとら、蓮台野の奥、船岡山」に二条天皇の御骨をお納めしたとある。ある人が山中休一に「香隆寺とはどこですか」と尋ねた。山中休一は香隆寺のことが分からずにいたのだが、ある人が「船岡山を東北に見る寺で香隆寺などという寺はない。太秦の広隆寺なら船岡山を東北に見る位置にある。「額打論」に香隆寺とあるのは広隆寺の誤りだろう」と言った。山中休一はその言葉に納得して「額打論」の本文を「広隆寺の艮（東北）、蓮台野の奥、船岡山に納めたてまつる」と書きあらため弟子に教えた。山中休一は相伝のテキストに手を加えて本文を改めたりした琵琶法師で、波多野流の祖となる波多野孝一の師匠である。弟子たちは自慢げにその話を吹聴した。『西海余滴集』の筆者は師匠の高山誕一にどうすればいいのかと尋ねると、高山誕一は「昔、心月から相伝した師堂派の正本と松山宗光から相承した一通の口伝で学んだことのほか、自分は何も知らない。ほかの説を知らないから正本の詞章をあらためるだけの知恵もない。自分が手を加えて誤りをおかすのは罪だが、相承された本文は不審な箇所があってもそのまま信じておくのがよい」と言って本文に手を入れなかった。『西海余滴集』の筆者は不審なままに長年のあいだ気にとめて、あれこれ尋ねたりしていた。あるとき『拾芥抄』を読んでもらって聞いていたら、「仁和寺のうち　香隆寺」というくだりがあった。それだと思って、そのますぐに仁和寺のあたりに出向いたところ、たまたま妙心寺の海山和尚に出会った。尋ねてみると「香隆寺は昔は勅願所となっていたが、いまはない。香隆寺屋敷と呼ばれる八町四方の田畑があって、そこが香隆寺のあったところだ」と教えられた。広隆寺だと船岡山は遠すぎるから「広隆寺の艮」などというのはおかしい。香隆寺屋敷あたりだと船岡山は東北の方角にあり距離も近い。だから「額打論」の本文にいう香隆寺はそのままでよいのであって、勝手に改めたりすべきではないのだ。

この本文は面白い情報をいくつも含んでいる。とくに注意をひかれるのは、まず琵琶法師たちの『平家物語』の詞章に対する態度である。山中休一と高山誕一とが「香隆寺」という不審な本文に対して取った態度の差は、彼らのテキストへの姿勢の差を象徴的に示す。それはひいては波多野流と前田流の差を端的に示す話題でもある。自己流の解釈を加えて勝手に本文を書き改めるのが波多野流であり、本文をそのままに伝えようとするのが前田流なのである。それは近世に『平家物語』のテキストがどのように扱われたかを具体的に伝える面白いひとこまなのである。

そのこととも関連して、いまひとつ注目されるのは「『拾芥集（抄）』といふものを読むを聞けば」と記す箇所である。琵琶法師は晴眼者に頼んで書物を読んでもらい、そうして身につけた教養を『平家物語』を解釈することに役立てていた。そのことを示すのがこの箇所なのである。『拾芥抄』は南北朝時代に洞院公賢が著し室町時代に子孫の実煕が補ったとされる百科事典である。有職故実や古典に精通した作者の手になる書物として、古典文学を理解する時、大いに役立つ。古典文学の研究者は今もこの本の世話になっている。室町末期から江戸初期の琵琶法師が『拾芥抄』を読んでもらい『平家物語』の理解を助ける知識を得ようとしていたというのも納得できる。『拾芥抄』下巻〈諸寺部第九〉（『増訂故実叢書　十一　拾芥抄・禁秘抄考註』吉川弘文館）には「七大寺」「十大寺」「二十一寺」「六勝寺」に続いて「諸寺」の項目があって百五十余りの寺の名前が列挙されているが、確かにその中に「香龍寺　仁和寺内」という記事がある。晴眼者が「七大寺は東大寺、興福寺、元興寺」と読み上げてゆき、「諸寺」にいたり「大将軍堂」からはじめて「円宗寺は後三条院、本名円明寺」「安楽寺は天神、天満宮と号す、筑紫の太宰府にあり」と続けて「香龍寺　仁和寺のうち」まで来たとき、それを聞いていた『西海余滴集』の筆者自偶は、アッと思ったのだろう。「香隆寺」は漢字でどう書くかを確かめ、仁和寺のあたりに「香隆寺」があったらしいことを知った。それで自偶は出掛けていって「香隆寺」跡の存在を知ったのである。香龍寺は衣笠山麓にある等持院の東にあった。付近は平安時代、皇室の茶毘所で現在も二条天皇香隆寺陵がその地にある。等持院は室町時代は臨済宗の寺院で足利将軍家の菩提寺となっていたが、それ以前は真言宗の寺院で仁和寺の一院であった。香隆寺がその位置だとすれば船岡山は近くてしかも東北の方角に見える。自偶の中で、かねが抱いていた「香隆寺の艮云々」についての疑問が氷解したのである。

08　巻一　清水寺炎上

一　承前

永万元年（一一六五年）八月七日、二条院の葬送の日に興福寺側が「額打論」の狼藉を行なった。延暦寺の人々はその場では対抗せず、一日おいた九日に大挙して清水寺を襲った。清水寺は前々からその支配をめぐって興福寺と延暦寺が対立していた寺院なのだが、当時は興福寺の末寺であった。それで意趣返しに延暦寺の僧徒は清水寺を襲ったのである。平家一門の屋敷が並ぶ六波羅は清水寺にほど近い。後白河院は延暦寺の僧徒に清水寺襲撃に乗じて六波羅襲撃をも命じたという噂が流れたという。それは平清盛と後白河院の蜜月時代が終わり、その頃、水面下における対立が始まっていたとする解釈を示すものである。「清水寺炎上」はそれを匂わせる。「二代后」と「額打論」は後白河院と平清盛の水面下における対立を語る「清水寺炎上」によって収束される。『平家物語』の主題部は、後白河院と清盛の対立が鮮明化する鹿谷事件から始まるのだが、それに向けての前史として「二代后」「額打論」そして「清水寺炎上」が配置されているのである。

二　「清水寺炎上」の概説

延暦寺の人々は興福寺側の狼藉に対して、その場では暴力沙汰に及ばなかった。以前からの企みがあったのか、怒りの声さえ上げない不気味さであった。しかし狼藉に驚いた参列の人々は四方へ逃げ散った。

翌七月二十九日（額打ち論は正しくは八月七日で、襲撃は同九日）の昼ごろ、延暦寺の僧徒が大挙して比叡山から京都に下ってきた。京都への入口にあたる西坂本で防御しようとする武士や検非違使をものともせず、延暦寺の僧徒は京都に乱入する。「後白河院が延暦寺の人々に平家を討たせるようとしている」という噂が流れた。後白河院と平清盛との間に合戦が始まるというので、内裏の四方の門の警護にあたる武士もあり、平家の邸のある六波羅に駆け付ける武士もある。後白河院は噂を打ち消すために六波羅の平清盛のもとに赴く。平清盛は恐懼して後白河院を迎えたものの、一方で合戦の支度を始める。平重盛はそれを諫止するが、一家の内は大騒動であった。

延暦寺の僧徒は六波羅へは押し寄せず、清水寺を襲って建物を残らず焼き払った。二条院の葬儀の夜の興福寺の狼藉への報復を興福寺の末寺の清水寺襲撃によって果たしたのである。清水寺消失の翌朝、「観音火坑変成池はいかに（観音菩薩は火の燃え盛る穴でも池に変じる力を持っていると『法華経』の「普門品」にあるが、観音菩薩はどうしたんだ）」と書いた札が清水寺の大門に立った。その翌日には「歴劫不思議力及ばず（永遠の時を経たので観音菩薩の力も及ばなかったのだろう）」と、これも「普門品」の文句を使った応えの札が立てられていた。

延暦寺の僧徒の帰山後、後白河院も御所に還御する。後白河院側の動きを警戒して平清盛は供奉せず、平重盛が父に代わった。平清盛は帰邸した平重盛に、「後白河院の光臨は恐懼の至りだったが、無根の噂とも思えない。後白河院に心を許すことは出来ない。」と語る。平重盛は、「そうした危惧を口外しないように、今度の事件を教訓に後白河院の意向に背かないように、人々に情けを施すように、そうすれば、神仏のご加護もありましょう。」と言って小松谷の自邸に帰って行った。清盛は平重盛の大器に感銘を受けた。

御所に還御した後白河院は「思いもしない噂が流れた」と近臣達に語ると、側近中の切れものの西光法師が、「天に口なし。人をもって言わせよ」という諺を引いて、過分の栄華に奢る平家を懲らしめよという天の意志の現れが件の噂だと揚言する。その言葉を聞いて、御前伺候の近臣達は「壁に耳あり。恐い、恐い」と囁き合った。

額を切り落とされた延暦寺側の興福寺に対する仕返しは清水寺の焼き討ちであった。清水寺はいまも北法相宗の本山だが、当時も法相宗の寺で興福寺の末寺であった。興福寺への仕返しに奈良まで押し寄せるのは大変である。そのため近くにある清水寺が襲われて犠牲になった。それは平安中期から鎌倉中期にかけて繰り返されたところの興福寺と延暦寺との抗争の一齣なのである。

三　延暦寺による清水寺焼き討ち

清水寺が延暦寺と興福寺との対立の犠牲になって焼き討ちにあったのは、永万元年（一一六五年）八月九日のこのときが最初ではない。それより五十年あまり前の永久元年（一一一三年）閏三月の焼き討ちも凄まじいものであった。白河院による専制的な政治が行なわれた時代のことである。この事件には美術史で有名な仏師の円勢と歌人として有名な永縁が関係するので簡単に顚末を述べておこう。

清水寺の別当に円勢法印が任命された。円勢は院政期にもっとも活躍した木仏師で多数の仏師の集団を率いてなんども大規模な造仏を行なっている。朝廷はその功績を認めて仏師であるにも拘わらず円勢を法橋そして法眼に任じさらに法印という僧官としての最高の地位を与えた。それに止まらず永久元年（一一一三年）三月には清水寺の別当に任じたのである。

清水寺の本寺である興福寺は怒って春日神社の御神木をかついで上洛、強訴してその措置の撤回を求めた。閏三月二十日のことである。当時の漢文日記である『中右記』『長秋記』などには、木仏師風情を清水寺の別当にすることを怒ったのだと記す。(補1)それで閏三月二十二日に円勢は辞任させられ、かわって興福寺僧の永縁が任命された。その折り、強訴のために上洛した興福寺の人々が清水寺に近い祇園社の神人と衝突し闘争に及んだ。祇園社は本来、興福寺の末寺であったのが延暦寺の末寺に鞍替えしていたという背景がある。その報復として延暦寺の僧兵四、五百人が閏三月二十九日、清水寺を襲い焼き討ちにした。それが永久元年（一一一三年）の清水寺炎上である。興福寺はその仕返しに上洛しようとしたが宇治のあたりで官兵に押し止められ果たさなかった。「清水寺炎上」が話題にする永万元年（一一六五年）八月九日の焼き討ちはそれに続く第二度の事件であった。その後も後鳥羽院が治天の君として権力を奮っていた建暦三年（一二一三年　建保元年）にも、延暦寺の僧兵が清水寺を焼き討ちにする瀬戸際までいったことがあった。その時は幕府の六波羅探題の武士それに後鳥羽院の西面の武士が出動して、ことなきを得た。その時の事件は清水寺の西隣にある延暦寺の末寺の清閑寺が関わっている。清閑寺は六条天皇と高倉天皇の葬所となった寺である。現在も御陵があって、高倉天皇の御陵のそばには巻六「小督」の主人公小督の墓もある。その清閑寺と清水寺との境争論が騒動のきっかけを作り、延暦寺の僧兵が襲撃を企てたのである。

清水寺は祇園社とも衝突を繰り返す。その祇園社は先にも触れたように、元は興福寺に属していたのだが、十世紀後半に延暦寺の別院となっていた。衝突の背後にはやはり興福寺と延暦寺の対立的な関係が働いていた。京都にあって興福寺に属した清水寺は延暦寺の勢力の圧迫を受ける立地条件の寺であったのだ。清水寺の立場を逆さにしたような存在に多武峰寺があった。十世紀半ば頃から延暦寺の末寺となっていた多武峰寺は奈良の南にある立地条件が災いして、興福寺の僧兵の襲撃を受け焼き討ちの災禍を何度も蒙っている。『多武峰略記』第九炎上三箇度（続群書類従　第二十四輯下。神道大系　神社編　五）によると、焼き討ちによる炎上として、永保元年（一〇八一年）の第一度、天仁元年（一一〇八年）の第二度、承安三年（一一七三年）の第三度の炎上が記されている。その後も焼き討ちが行なわれていて『興福寺略年代記』（続群書類従　第二十九輯下）には嘉禄二年（一二二六年）の、『天台座主記』（続群書類従　第四下）には安貞二年（一二二八年）の焼き討ちが記録されている。

「清水寺炎上」は、延暦寺と興福寺がそうした闘争を繰り返す背景のなか、「額打論」の事件の必然の結果だったのである。同時代の人々、また治承年間の物語を語る『平家物語』が成立したと推測しえる十三世紀の初めに生きた人々の知識には、そうした事は織り込み済みであったに違いない。後の時代になるとそうした背景が分からなくなり、「深うねらう方もやありけむ」といった本文の十全な理解、そして治承年間の事件の背景となる宗教界の闘争のコンテキストへの理解が薄れてゆく。『平家物語』の本文ではそうした面が漂白されてしまっているからである。

興福寺・園城寺対延暦寺の対立の構図は平家の滅亡とその時代を物語る際の重要な筋道、太いコードをなして然るべきものであった。『平家物語』でもそのコードは働いているのだが、それは〈知るもの〉に向けた常識として十分に表現されていない。しかし、そのコードがどこに、どのようなレベルで働き、かつ表現されているのかは、『平家物語』の世界が包含する、いわば『平家物語』の領分を考える際の大事な視座となる。「額打論」「清水寺炎上」に見る限りにおいては、両者の対立の構図またコードは、説明的な叙述という意味での〈語り〉の対象となっていない。スポット的な光を当てて、垣間見せるに過ぎない。その構図は『平家物語』の叙述では背後に押しやられ、そのコードもまた伏流して間歇的に現れるだけである。とは言え、興福寺・園城寺と延暦寺の対立抗争は平家の時代における著しい出来事であって、『平家物語』の世界、特に治承年間の物語を立体的に捉えるために逸することの出来ない補助的な構図でありコードなのである。

四　〈導入部〉としての役割

「清水寺炎上」は事件としては興福寺・園城寺対延暦寺の抗争を扱うものだが、メッセージの中心はそこにはない。メッセージの中心はその折りに流れたという流言にある。後白河院が延暦寺の僧達に清水寺に向かうと見せかけて平家を襲撃するように唆した、という噂である。後白河院はその噂が根も葉もないことを示すために、平清盛のもとに自ら身を寄せた。延暦寺の僧兵による清水寺焼き討ちはあったが、清水寺から西わずかのところにある六波羅の平家一門の邸は襲撃されなかった。後白河院にとっても寝耳に水のような噂であったのだが、そのような噂が流れたこと自体に問題があった。

永万元年（一一六五年）という時期は、まだ後白河院と平清盛が蜜月時代にあったはずである。次の「東宮立」では後白河院は六条天皇を退位させ高倉天皇を位に即けたことが語られる。高倉天皇は後白河院の子だが清盛の甥でもある。後白河院と清盛との間には政治上の協調関係があったことは紛れもない。しかし心の奥では後白河院そして近臣の間に、平家の栄華を過分とする反平家の感情が渦巻き始めていた。その時期すでに両者の間には亀裂が生じ始めていたはずだと『平家物語』の作者は考えたのだろう。「清水寺炎上」のメッセージの中心はそれを示すことにあった。『平家物語』では、修復不可能な亀裂が入ったのは鹿谷事件であるとして、そこから〈主題部〉の幕を開ける。しかし、それ以前の蜜月時代とも見える時期に既に水面下において対立が始まっていたと語るのが「清水寺炎上」なのである。それは〈主題部〉の前史としての〈導入部〉が「鹿谷事件」を予告するための密かなメッセージなのである。興福寺・園城寺対延暦寺の対立のコードが、「清水寺炎上」において後白河院対平清盛の水面下における対立のコードと交差するのである。そうした意味で、この句の冒頭で述べた「二代后」「額打論」「清水寺炎上」が一具をなし、「清水寺炎上」がそれら三句を収束する働きをしているという理解が成り立つのである。

補注

1　現存の『中右記』には永久元年閏三月の記事がない。四月は「脱漏追加」として増補史料大成『中右記　七』にある。また、増補史料大成『長秋記　一』（臨川書店）の閏三月二十日には、「此暁、山階寺大衆五千（十イ）人許参洛着勧学院、為訴清水寺別当事也〔律師円勢依院宣補也。○律、諸本作仏、拠久本改〕」とある。その他、藤原忠実の日記『殿暦』（『大日本古記録　殿略四』岩波書店）に記事がある。

また、辻　善之助『日本仏教史　第一巻　上世編』（岩波書店）八五六頁〜八五八頁に、この事件の経緯が述べられている。

09 巻一 東宮立

一 「東宮立」概説

額打事件と清水寺炎上のあったその年、永万元年（一一六五年）は六条天皇即位の年である。新天皇即位の年は五日にわたる大嘗会が十一月に行われることになっている。しかし六条天皇は父の二条天皇の喪に服する諒闇の年なので、大嘗会も、そのための御禊も行なわれなかった。十二月二十四日（正しくは二十五日）に、当時、東の御方と呼ばれた寵人の平慈子が後白河院との間に儲けた皇子に、親王（御名は憲仁）の宣旨が下される。

翌年の永万二年（一一六六年）八月二十七日に仁安と改元される。その年の十月八日（正しくは十日）、摂関家で公式の行事を行なう際の邸である東三条殿で憲仁親王（後の高倉天皇）が皇太子に立った。皇太子の憲仁親王は後白河院の皇子で六歳、六条天皇は後白河院の孫で三歳、皇太子が天皇の叔父に当たり、しかも年長である。世代と長幼の順序が乱れる状態となった。かつて寛和二年（九八六年）にも同様の例があった。寛和二年六月に一条天皇が位に即き、七月に後に三条院となる居貞親王が皇太子となった。一条天皇は七歳であり皇太子の居貞親王は十一歳であった。二人は従兄弟だが、一条天皇の父の円融院は居貞親王の父である冷泉院の弟に当たる。序列を乱す前例はあったのである。

二歳で天皇となった六条天皇は、仁安三年（一一六七年）二月十九日、五歳で位を皇太子に譲って新院となった。元服しないままに、六条天皇という尊号をうけて院となるなどは中国にも日本にも先例がない。

仁安三年（一一六七年）三月二十日、大極殿で皇太子憲仁は即位した。その結果、外戚となる平家一門の栄華はいや増しのものとなった。天皇の母となった平慈子は平清盛の北の方二位殿平時子の妹である。平大納言時忠は平慈子と平時子の兄である。それ故、後白河院および平清盛との姻戚関係によって平時忠はまるで執権の臣のような権勢を持った。身分決定の叙位も官職決定の除目も平時忠の意のままである。玄宗皇帝の寵人の楊貴妃の兄の楊国忠を思わせる有様であった。当時の政治はすべて平清盛が平時忠に相談して行われた。そのため、人々は平清盛は天皇、平時忠は関白のようだとして平時忠を平関白と呼んだ。

以上が「東宮立」の概説である。

『平家物語』は春秋の筆法をもって、王法破壊の要因となった後白河院の姿を隠している。「東宮立」が書かなかった、憲仁親王の強引な立太子は後白河院と清盛との談合によってなったもので、むしろ後白河院の治天の君としての政略と個人的な感情の産物なのである。

「見えるものは他のものを隠す―わたしたちは常に、見えるものによって隠されたものを見たいと願っています。隠されたものと、見えることがわたしたちに見えなくしているものに関心があるのです。」ベルギー人のシュールリアリズムの画家ルネ・マグリットの言葉である。その関心は彼だけのものではないし、シュールリアリズムの絵画論の範疇にとどまるアイデアでもない。それは、あらゆる場合に当てはまる、当たり前のことであるにも拘わらず、見失いがちな視点である。

二　〈換喩的文学〉と〈隠喩的文学〉

『平家物語』は、テキストの内だけで作品世界が充足され完結しているようなテキストではない。作品が扱う現実の出来事に依存する度合いがきわめて高いテキストである。

『平家物語』と『源氏物語』を念頭において、文学のテキストを大きく二種類に分けてみる。

現実との首尾、因果、ないし呼応関係の面から文学作品を〈閉じられた文学〉と〈開かれた文学〉というふうに大きく二分して捉えることが出来る。現実との関係に置いて〈閉じられた文学〉は作品世界がテキスト内部において完結性を持ち、現実とは意味的相似性による呼応関係を持つ文学である。その意味で〈隠喩的文学〉と呼び得るだろう。一方、現実との関係に置いて〈開かれた文学〉は作品世界がテキスト内部のみならず現実とも呼応関係を持ち、現実の内に陳述的 predicative な首尾関係を持つ出来事を見いだし得る文学である。その意味で〈換喩的文学〉と呼び得るだろう。

大ざっぱに言えば、たとえば『源氏物語』は平安時代の宮廷生活と人物にモデルを見出し得るが、現実そのものと直結せず、世界は物語として自立している。その意味で〈閉じられた文学〉つまり〈隠喩的文学〉の側面を大きく持つ。それに対して『平家物語』は現実の出来事を直接の話題にする作品であり、その世界は源平時代の現実である平家の滅亡、さらには『平家物語』が作成された時期またテキストが改編されて行く時期における現実である承久の乱とそれ以後の政治的混迷などと呼応関係を持った作品である。その意味で『平家物語』は〈開かれた文学〉つまり〈換喩的文学〉の側面を大きく持つ。

自明のことにも思える概念を今更ながらに持ち出したのは『平家物語』のような作品を了解するのに、そのような措定による把握が有効であり、そのことに自覚的であるべしと、つねづね考えているからである。〈隠喩的文学〉ではコンテキストはすべてテキストの内に文脈として用意されているはずである。一方、〈換喩的文学〉ではコンテキストはテキスト内の文脈としてだけでなくテキスト外の現実との脈絡関係としても存在する。それ故、〈換喩的文学〉では、現実との首尾、因果、ないし呼応関係がテキストの内に十分に表現されず、背景となる事件を〈知るもの〉以外には十分に意味を了解することの出来ないような本文が見られる。〈換喩的文学〉である『平家物語』のテキストにはそうした本文が随所に見られる。

この『源氏物語』と『平家物語』の対比的捉え方は〈隠喩〉と〈換喩〉を対比的に術語化して詩的言語の論、ひろく捉えれば文学論を展開させたロマーン・ヤーコブソンの論を援用してみたものである。〈換喩的なテキスト〉としての『平家物語』はテキストが現実の多くを抱え込みながら、それを覆い隠している。見えにくくされ、また隠されたもの、それは『平家物語』の場合、現実の出来事と人々の反応なのだが、『平家物語』の領分を説くためには、それを明らかにすることが肝要である。それ故、「二代后」と「額打論」では、見えにくくされ、また隠されたものを炙り出すことを目指したのだが、ここでも、それを試みたいと思う。

『平家物語』では平清盛の〈悪〉、それに理性よりも感情に左右される姿が大写しにされ批判される。その反面、後白河院の場合はそれらがそれとなく表現されるに止まっている。天皇や上皇の行為を批判の対象として強調することの憚りは当然だったのだろう。『平家物語』の作者には後白河院の〈悪〉や感情による独断政治の愚かしさは見えていた。しかし、それらは〈知るもの〉にのみ読み取ることの出来る春秋の筆法によって暗示されるに過ぎない。

高倉天皇は治承年間の平家の物語にとって重要な登場人物である。それ故、立太子の話題以上に、践祚の話題のほうが重要であり、しかもその背景にはその時期の後白河院と平清盛との関係を伺わせる興味深い出来事があった。それにも拘わらず「東宮立」ではその話題には触れず、平時忠の高慢ぶりを語るエピソードを紹介し、平家一門の驕奢ぶりを強調することに重心を置いている。

実のところ高倉天皇の践祚の時期の決定は尋常ではなく余りにも突然であった。その背後には平清盛との関係に根ざした後白河院の極めて強い個人的な感情が働いていた。ところが「東宮立」では、それに触れずに話題を平時忠の高慢に移してしまっている。皇太子憲仁（高倉天皇）の践祚の突然の決定には平清盛の重篤な罹病、その報に接した後白河院の政略的であると同時に極めて個人的感情の働いた判断に依るものがあったように思われる。重要でかつ面白い話題となるその践祚の裏事情は「東宮立」では語られない。後白河院の失政に繋がる個人的感情の働きや独断専行は垣間見を許す程度によって表現されるに過ぎない。

高倉天皇の践祚は「額打論」と「清水寺炎上」の永万元年（一一六五年）七月、八月から二年半ほど後の出来事である。「東宮立」では、それを「主上（六条天皇）は二歳にて御禅《ゆづり》をうけさせ給ひ、纔《わづか》に五歳と申（仁安三年一一六八年）二月十九日、東宮（憲仁　高倉天皇）践祚ありしかば、位をすべらせ給て、新院とぞ申しける云々」と記す。この本文は、二条天皇から六条天皇への帝位の交替を記し、次いで高倉天皇の践祚に言及して、六条天皇の余りにも幼年の践祚と退位の年令を強調する。二歳で践祚し五歳で退位するのは尋常でない。それが天皇自身の意志ではなく、他の人の意志に出たことは明白である。その本文は専制的な強引さが背後で働いたことを暗示する。誰の仕業とも書かれないが、〈知るもの〉には、それが後白河院であることは推測できよう。「東宮立」は、二条天皇から六条天皇へ、六条天皇から高倉天皇への交替の変則的な有り様を実にさらりと語るのみである。〈知るもの〉にとって当然、理解されるはずの後白河院の働きは省略に付されているのである。

六条天皇から高倉天皇への突然の交替劇は九条兼実の日記である『玉葉』の仁安三年（一一六八年）二月九日から十七日にかけての記事から伺い知ることが出来る。記事そのものは「禿髪」で既に紹介したので、そちらをご覧いただきたい。

高倉天皇の践祚と即位が行われた仁安三年（一一六八年）二月の時点での平清盛は五十歳、寸白《すばく》という寄生虫病に罹り生命が危ぶまれた。それで平清盛は十一日に出家を遂げて法名を浄海とする。戒師は『平家物語』の重要な登場人物の明雲である。死病に罹ったと判断されると、来世の救いを期待して出家するのが当時の常であった。ところが平清盛は回復し、以後は在家生活の出家として入道と呼ばれることになる。『玉葉』でも十七日の記事に「前大相国入道」と記している。

それまでに平清盛は驚くべき早さで出世を遂げていた。「清水寺炎上」の永万元年（一一六五年）八月九日の時点で平清盛は中納言であったが、直後の八月十七日に大納言になっている。そして永万二年（一一六六年）十一月十一日に内大臣になり、仁安二年（一一六七年）二月十一日には右大臣九条兼実と左大臣藤原経宗を飛び越えて太政大臣に任命された。太政大臣はその年の五月十七日に辞任して、それ以後は「前大相国」と呼ばれる。「東宮立」の時点では平清盛は「前大相国」なのである。そのスピード出世は『平家物語』では「鱸」の中で簡単に触れられている。『平家物語』では明示されないのだが、慣例を無視した平清盛のスピード出世は後白河院の政略が大きく働いたものと推測できる。

太政大臣は太政官で最高の官職である。しかし名誉職のようなもので朝廷の政治向きの会議では左大臣が最高の権限を持つ。平清盛の太政大臣任命には後白河院の策略があったのではないだろうか。家柄からすると途方もない破格の名誉を与えて平清盛を満足させる。その一方で左大臣藤原経宗も右大臣九条兼実の地位も保全する。摂関の家を始めとする伝統的な勢力へはお座なりながらも配慮はする。そして保元の乱と平治の乱の功臣であり、院政の協力者でもある平清盛の功績の大きさを人々に知らしめる。寵愛する建春門院平慈子を喜ばせる気持もあっただろう。その上、親不孝であった故二条院の皇子である六条天皇を退位させ、建春門院平慈子の皇子である憲仁親王を早く帝位に即けたいという思惑も働いたと思われる。それは朝廷を思いのままに操ろうとする後白河院の無責任で洞察力を欠いた場当たり的な政略であったと言えるだろう。後白河院の策士的な政治はこの時に限ったことではない。内大臣から太政大臣に一気に昇格させるという人事は後に治承元年（一一七七年）にもやってのける。内大臣の藤原師長を左右大臣を越階して太政大臣に据えるのである。それは「鹿谷」の中で語られる事で、そこで取り上げる。

　高倉天皇の即位には、後白河院の様々な思惑が輻輳している。仁安三年（一一六八年）の時点で後白河院が多少でも恐れる必要があったのは平清盛だけだっただろう。近衛忠通が睨みを利かせていた間は、後白河院には近衛忠通を憚る気持ちが強かったはずである。しかし近衛忠通は保元三年（一一五八年）に関白を退き、応保二年（一一六二年）に出家をとげ、長寛二年（一一六四年）に逝去する。あとに残った公達は近衛基実、松殿基房そして九条兼実の三人である。彼らが摂関の家の権威を継承するのだが、三人ともにまだ十代と二十代の若者である。二条天皇の関白および六条天皇の摂政を勤めた近衛基実は永万二年（一一六六年）に二十四歳で亡くなっている。そして仁安三年（一一六八年）二月の時点で、摂政松殿基房は二十五歳、右大臣九条兼実は二十歳の若さである。近衛基実の子の基通は九歳の子供である。後白河院に彼らを憚る気持ちなどなかっただろう。六条天皇の退位と高倉天皇の践祚が後白河院の独断専行によることは『玉葉』の記事がそれを物語っている。

　しかし松殿基房は六条天皇の摂政であった。それ故、後白河院は松殿基房の同意は得たはずである。それに、摂関の家の長者である松殿基房を味方にして平家の勢力を牽制しなければならない。新しく天皇になる憲仁皇太子の伯父である平清盛と松殿基房とは仲が悪い。この時、重病の平清盛はやがて逝去するだろうが、憲仁皇太子の外戚である平家の勢力は残る。それ故、平家と松殿基房との間に勢力のバランスを与え、両方を操るかたちで後白河院が政治の実権を握る。後白河院はそのように考えたのではないか。その結果、松殿基房はひき続き摂政として留まる。そして践祚の儀式は松殿基房の邸である閑院邸で行なうことに決められる。松殿基房に対してはそのような気遣いを見せるが、憲仁皇太子の傅《ふ》の地位にある九条兼実は蚊帳の外に置かれていた。九条兼実は決定の翌日に皇太子邸に出仕して、そこで女房から話を聞いて事情を推察することしか出来なかった。後白河院の思惑だけで、ことが決定している有様を如実に示す天皇の交替劇であったのだ。

その交替は早晩行われるはずのものであった。六条天皇は親不孝な息子である二条天皇の皇子である。憲仁皇太子は後白河院の寵愛する建春門院平慈子が生んだ可愛い皇子である。しかも平清盛の北の方である二位殿平時子が建春門院平慈子と姉妹の関係にあるので憲仁皇太子は平清盛の甥にあたる。それ故、永万元年（一一六五年）の二条天皇崩御の後はいつ交替が行なわれても不思議はなかった。それが急に現実となったのは平清盛の病気が切っ掛けであった。『玉葉』仁安三年（一一六八年）二月十七日の記事に慌ただしい退位と践祚が行なわれた理由が二つ記されている。後白河院が出家を願っていたことが一つの理由だという。自分が出家して政治の表面に現われなくなる前に憲仁皇太子を天皇にと考えたというのである。しかし、実際に後白河院が出家をするのは翌年の嘉応元年（一一六九年）六月十七日、四十三歳の時である。出家の願いは切迫したものであったとは思えない。それ故、その理由は決定的なものであったとは言えない。

いま一つが平清盛の重病である。反感を持たれているとはいえ、平清盛の実力は朝廷で高く評価されていた。『玉葉』仁安三年（一一六八年）二月九日の記事には平清盛の重病は「天下の大事だ」としている。まだ若いけれども右大臣の地位にあり摂関の家柄の実力者である九条兼実の言葉だけに、その評価は重い。「清水寺炎上」では後白河院と平清盛の間には既に水面下の亀裂が入っていたかに語られるが、亀裂は修復不可能なまでに大きなものであったとは思えない。この時期、後白河院と平清盛とはまだ協力体制を取っていた。『玉葉』仁安三年（一一六八年）二月十七日の記事には、天下を治めるには平清盛の支持が必要であるとの自覚が後白河院にあったことを匂わせている。それ故、時期がいつになるにせよ、憲仁皇太子の践祚には、平清盛の同意と後押しを得たという形を後白河院は取る積もりであったろう。はからずも仁安三年（一一八六年）二月、平清盛は生命の危ぶまれる重病に罹った。後白河院はそれを機に天皇の交替を早めたのだろう。甥である憲仁皇太子の践祚を平清盛は何よりも待ち望んでいたはずである。それ故、保元の乱、平治の乱における最大の功臣であった平清盛が生きている内に憲仁皇太子を践祚させて報いてやろうという気持も働いたに違いない。平清盛の重病こそが、後白河院に突然の天皇交替を決意させた最大の理由であったと言ってよいのではないか。

後白河院は予定を切り上げて熊野から京都に帰る。高倉天皇を践祚させるためである。後白河院は仁安三年（一一六八年）正月十八日に熊野詣でに出発、帰洛の予定日は二月十六日であった。『玉葉』仁安三年二月九日の記事によると、平清盛は二月二日に患いついて一度は回復し、八日頃からまた危険な状態になった。重病の報せを受けた後白河院は直ちに帰洛の途につき二月十五日に京都に入り、六波羅の平清盛の邸を見舞う。そして翌十六日に六条天皇の退位と憲仁皇太子の践祚のことが決められた。まったく急な決定である。そして『兵範記』や『百錬抄』によると、その同じ日に平清盛の病気回復のための非常の赦が行なわれ流罪人などの召還が決められている。清盛の病気が一進一退する中で、仁安三年三月二十日に高倉天皇の即位式が行なわれる。

『平家物語』は政治の裏側における後白河院と平清盛との政略的かけひきや感情の対立を抉り出すことはしなかった。それは〈鹿谷のプロット〉を構成する明雲流罪の一件の語り方において明らかだが、「東宮立」においても同様である。

10　巻一　殿下乗合

一　承前

「東宮立」は、平清盛と平家の威勢が高倉天皇の即位でいや増したことを語る。後の高倉天皇である憲仁親王が仁安元年（一一六六年）十月に皇太子になり、翌々年の仁安三年（一一六八年）二月に天皇になり、三月に即位式が行なわれた。

そして「殿下乗合」はその二年後の嘉応二年（一一七〇年）に起こった事件を取り上げている。「殿下乗合」は、その事件を通して摂関の家の権威をも恐れない平家の横暴を印象付ける句なのである。平清盛の嫡男であり、平清盛とともに平家の大黒柱であったのが平重盛である。その次男の平資盛が、高倉天皇の摂政の地位にあった松殿基房に無礼を働いて制裁を加えられた。そこで平清盛は配下の武士に命じて、平資盛が受けた恥辱に対する報復をした、というのが、『平家物語』が語る事件の内容である。『平家物語』の作者はその事件を語った後に、それが「平家の悪行のはじめ」であると述べる。

「殿下乗合」につづく「鹿谷」の冒頭の本文は、実質的には「殿下乗合」に属すべき文章である。嘉応二年（一一七〇年）十二月の松殿基房の太政大臣就任、嘉応三年（一一七一年）正月の高倉天皇による後白河院の法住寺御所への朝覲の行幸、その年の十二月の清盛の息女、平徳子の入内、それらがまとめて語られている。そこまでが実質的な「殿下乗合」の内容であり、次の「鹿谷」の実際の始まりは、その後の「其比、妙音院殿の太政のおほいどの云々」からである。その本文以前の殿下の乗合から平徳子入内の本文までが、『平家物語』の作品全体の構成でいえば〈導入部〉に当たる。そのことは別に示した。さて、「殿下乗合」の梗概を記してみよう。

二　概説

嘉応元年（一一六九年）六月十七日に、後白河院は出家する。出家後も政務を執ったので、その御所はまるで朝廷のようである。それで後白河院の近臣である側近の人々は公卿、殿上人から上下の北面すべてにわたって、官職も位階も俸禄も過分なまでに与えられる。それでもなお飽き足らずに平家の栄華を嫉み、平家の人々の占めるポストを羨望して寄り合い話に明け暮れている。

後白河院も昵懇の近臣には、「昔から、朝敵を退治した者で平清盛ほど過分の恩賞を貰った者はいない。平将門を討った平貞盛と藤原秀郷、前九年の役で安倍貞任・宗任を討った源頼義、後三年の役で清原武衡・家衡を討った源義家、彼らへの恩賞は諸国の守程度だった。ところが清盛は過分の恩賞を得て、恣《ほしいまま》に振る舞っている。時代が悪くなり、朝廷政治も終わりに近づいたからなのかもしれぬ」などと語る。しかしきっかけがないため平家に掣肘を加えるまでには至らない。平家もまた朝廷に対して特に遺恨を抱くということもなかった。

そうした中で天下の乱れを示す最初の重要な事件が起こった。嘉応二年（一一七〇年）十月十六日、小松殿平重盛の次男で、越前守であった十三歳の平資盛は、雪で趣きの増した枯野の鷹狩りに若侍三十騎ばかりを供に連れて出発する。蓮台野から紫野、右近馬場と、船岡山から北野の辺りで鷹を放ってウズラや雲雀を獲る。夕暮になって平資盛達は六波羅への帰途についた。その頃、摂政松殿基房は内裏に伺候するために中御門東洞院の邸を出た。行列は東洞院を南下して、大炊御門で右に折れて西に向かった。大炊御門の先に内裏の郁芳門があり、その門から入る積もりだったからである。一方、平資盛と若侍達は一条大路を東へ猪熊小路を南に下ってきて、大炊御門との交差点で松殿基房の行列と鼻突きに出くわした。

松殿基房の供の者たちが、「摂政の行列だ。下馬して控えよ」と叱りつけるが、平資盛一行は二十歳にもならない若者ばかりで平家の権勢をかさに礼儀もわきまえない。騎馬のまま駆け抜けようとした。暗かったので、騎馬の連中の正体が松殿基房の供の者達には分からない。いや、少しは感づいていたのだろうが、知らない振りをして、平資盛をはじめ若者たちを皆、馬からひきずり落として散々な目に合わせた。平資盛たちはほうほうの体で六波羅に逃げ帰り平清盛に訴えた。

平清盛は腹を立て、「たとえ摂政でも清盛を憚るべきなのに、年端も行かぬ孫に恥辱を与えるとは。こんなことから人に軽んじられることになる。摂政に思い知らせないでは我慢ならぬ。仕返しをする」と言う。平資盛の父の平重盛は「少しも痛手に感じるには及びません。源頼政や源光基などの源氏にひどい目に合わされたのならば、一門の恥です。平重盛の子ともあろうものが、摂政の行列に出会って下馬の礼を取らなかったなどは、不埒なことです」と、平清盛に向かって言う。また平資盛に同行していた若者達には、「今後はよくよく心せよ。仕返しどころか、摂政に無礼のお詫びを申し上げたいくらいだ」と言って小松谷の邸に帰っていった。(補1)

平清盛は平重盛には内緒で、平清盛の命令以外、何ものをも恐れない武骨ものの地方出身の武者を呼び寄せる。備前国の難波・妹尾など六十人余りである。「今月（十月）二十一日、摂政は高倉天皇の元服の式典のための会議に出かける。待ち受けて前駆の者達と護衛兵である御随身の髻を切って資盛の恥をすすげ」と命じた。松殿基房は、来年に行なわれる高倉天皇の元服の式典のための会議に内裏に向かった。内裏の内に設けられた自分の宿所である直盧にしばらく当直するために、いつもの外出よりも美美しく行列を整えている。今度は待賢門から参内するため中御門小路を西に向かう。その行列を六波羅の武者達は甲冑に身を固めて堀河小路の角と猪熊小路の角の東西二ヶ所で待ち受けていた。そして松殿基房の行列が東西二箇所の中間にさしかかったとき、前後を塞ぐように武者達が現われて、鬨の声をどっと上げた。平家の武者達は、今日を晴れと美美しく装った前駆と御随身を通りのあちこちに追い詰めては馬から引き落し、さんざんに痛め付けて、髻を切った。

　御随身は近衛府の武者達が勤めるもので、摂政の行列には十人が供奉するのが決まりである。その十人の中には有名な近衛の府生である武基もいたが、彼も髻を切られてしまった。また前駆の中には心きいた人物として有名な藤原高範がいたが（補2）、彼も髻を切られた。藤原高範には、「お前の主人の髻を切るんだと思え」と言い含めて切った。そのあと平家の武者達は松殿基房の車のなかに弓の端を突っ込んでかき回し、車の簾をかなぐり落とし、牛の尻がいや胸がいを切り離す。行列を散々な目に合わせて、喜びの鬨の声を上げて六波羅に帰っていった。平清盛は彼らをねぎらった。

　車ぞいの役には因幡の、さい使いの鳥羽の国久丸という召使いがいた。下人身分であったが、情誼に厚い男で逃げ出さずに、泣く泣く車を駆って松殿基房を邸まで送り届けた。摂政の帰邸の際には還御の儀式を行なうものだが、松殿基房は束帯の袖で涙を押さえながら、還御の儀式を行なって邸内に入った。実に気の毒なことであった。先祖の藤原鎌足それに藤原不比等はもちろん、藤原良房・基房など以来、摂政関白がこんな目に合ったことは聞いたことがない。これこそが平家の悪行の最初であった。

　平重盛は事件を聞いて恐懼して、襲撃に参加した武者達を皆、勘当する。「父清盛の命令であっても、無謀な命令をどうして重盛に報せなかったのだ。資盛が良くない。栴檀は双葉より芳しいというが、資盛はもう十三歳だ。礼儀をわきまえて当然なのに、愚かなことをして、祖父清盛の名前を辱め悪名を立てた。いちばんの不孝ものだ」と言って、平資盛をしばらく伊勢国に追放した。それを伝え聞いて、後白河院も朝廷の人々も、さすがは平重盛だと感銘を受けたという。以上が「殿下乗合」の梗概である。

殿下乗合　事件年表

一一六六	仁安元年	10月	10日　憲仁親王立太子。
	〃	11月	11日　平清盛任内大臣。
一一六七	仁安二年	2月	11日　清盛任太政大臣。
一一六八	仁安三年	2月	11日　清盛出家。19日　憲仁親王受禅。
	〃	3月	20日　高倉天皇即位。
一一六九	嘉応元年	6月	17日　後白河上皇出家。
一一七〇	嘉応二年	7月	3日　殿下乗合。（玉葉）　16日　平家の逆襲未遂。（玉葉）
	〃	9月	20日　法皇、平清盛の福原山荘にて宋人を御覧。
	〃	10月	16日　殿下乗合。（平家物語）　21日　松殿襲撃される。（平家物語・玉葉）　24日　後白河法皇、今晩または明日の朝に入御との情報。（玉葉）　25日　院殿上にて御元服の定め。（玉葉）
一一七一	承安元年	1月	3日　御元服の儀。　13日　朝覲の行幸。
	〃	12月	14日　平徳子入内。

三　『玉葉』の伝える殿下の乗り合い事件

貴族が毎日、漢文で記す日次の日記は、通常、その日の翌朝に書かれる。とは言え、間違いのない事実が書かれているとは言えない。しかし日記は精確を期すものである。あやふやな情報、風説あるいは伝聞などは、それと分かるように書く。そうした箇所は「曰く……云々」とか「曰く……者（「と言う」の意味で「てへり」と読む）」などと書いてある。精確を旨とするのは、子孫の人達が政務に携わる際に、家の日記に記された前例を参考にして、やり方を学ぶという実践的な用途が意識されているからである。それ故、公の行事についての記録などは出来事がほぼ間違いなく書かれていると見てよい。ただし事件的な出来事の場合は事情が異なる。その積もりはなくとも情報が間違っている場合もあるからである。

『玉葉』が記す殿下の乗り合い事件はどうなのだろうか。梗概に示した「殿下乗合」とは日付と事件の細部がかなり異なっている。『平家物語』の諸本では『源平盛衰記』だけが『玉葉』にほぼ同じで、延慶本や長門本、屋代本や四部合戦状本などといった『平家物語』の諸本はすべて、ここに記した梗概と同じ内容となっている。鎌倉後期に書かれた歴史書である『百錬抄』や『一代要記』などは簡略な記事だが、事件の日付は『玉葉』と同じである。その上、出来事の内容から見ても『玉葉』が事実で、『平家物語』のほうが内容に脚色を加えているように思われる。『源平盛衰記』だけが『玉葉』に近い内容に改めたのだろう。『源平盛衰記』の作者に『玉葉』を見ることが出来たかどうかは分からない。『玉葉』を見たことが証明できれば、大きな問題に繋がってゆくのだが、答えは簡単には出ない。

さて次に、『玉葉』から関連する記事を取り出して分かりやすいかたちで示す。解説を少し添えるが、出来るだけ原文にもとづいた現代語訳で紹介する。

嘉応二年（一一七〇年）十月十六日とする「二　概説」の時期とは違って、同年七月三日に平資盛と摂政松殿基房の衝突が起こったらしい。まず、その日の記事から。

「（七月）三日。今日は後白河院主催の法勝寺の法華八講の初日である。後白河院は北白河にある法勝寺に赴く。摂政松殿基房もまた参列するべく邸を出た。ところが途中で平重盛の嫡男である越前守平資盛が乗った女車と行き合った。その時、松殿基房の牛車を駆っていた舎人や居飼たちが平資盛の車を壊し恥辱を与えたという。松殿基房は帰邸ののち、右少弁藤原兼光に下手人である舎人と居飼たちを同行して平重盛の邸に遣わした。法にまかせて処罰して結構だ、ということであったという。大納言平重盛は申し出を辞退し彼らを送り返したという。」

「(七月) 五日、(前略) 乗り合い事件で平重盛はたいへん気分を害しているという。そこで松殿基房は行列に供奉した近衛の御随身それに殿上人や諸大夫の前駆のもの七人を勘当した。そのうち御随身は厩の政所などに下獄させたという。また召使い身分の舎人と居飼とは処罰するようにと検非違使の手に引き渡したという。」

「(七月) 十六日、(前略) これはある人から聞いた話である。昨日、摂政松殿基房が法成寺に出かけようとした。ところが、二条大路と京極大路の交差する辺りに多くの武者が集まって、松殿基房が邸を出るのを窺っている。前駆たちを捉えようと待ち構えているのだという。様子を見に行かせると、事実であることが分かった。それで松殿基房は出かけるのを断念したという。世も末ならではの狼藉、何とも言いようがない。悲しいことだ。乱世に生まれて、こんなことを見たり聞いたりしなければならないとは、前世でどんな悪いことをしたからなのか。懺悔しなければなるまい。これは先日の殿下の乗り合いの意趣返しのためだという。」

殿下の乗り合い直後の七月十六日の意趣返しの企図は危うく回避された。そのまま何ごともなく時日が経ったのだが、平家側は機会を窺っていたのだろう。それから三ヵ月も経った十月二十一日に意趣返しが実行された。

「(十月) 二十一日。丁卯。晴れたり曇ったり。寒風が吹き荒れた。来年、行われる高倉天皇の元服の式典の取り決めの会議が今日、行なわれる。私は午後四時ごろに礼服の束帯を着けて大内裏に向かった。(大内裏は永らく荒廃していたのを十年余り前の保元年間に再興されていた。高倉天皇は松殿基房の閑院を里内裏としていたのだが、この年の九月二十七日に大内裏の中にある内裏に移っていた。それ故、大内裏で会議が行なわれることになり、そちらに向かったのである—美濃部注)。東の門である陽明門のところで中納言の源雅頼がやってくるのに出会った。連れ立って温明殿の北を通り、和徳門から入って紫宸殿の北廂を経て殿上間に着いた。皇太子時代の傅(守り役)であった私は高倉天皇の御前にしばらく伺候していた。その時、ある人が来て、参内の途中に事件が起こって摂政松殿基房が道を引き返したと、告げた。私は驚いて人をやって確かめさせたところ、それは事実であった。参内の途中、大炊御門小路と堀川小路の交差する辺りで、武者が多数現われて、行列の前駆をすべて馬から引きずり落としたという。余りのことに、私は呆然として、それがどういうことなのか分からなかった。皆が動揺する中、伝えられる情報は様々であった。天皇の秘書官である藤原光雅が、摂政が不参なので、会議が延期になった、と報せにきた。福原から後白河院が京都に帰って後に、あらためて会議の日を決めるという。皆は退出した。私は帰途、松殿基房の邸である閑院を訪れたが、側近の藤原資長卿のほか誰もいない。藤原兼光を通して来訪を告げたが兄の摂政は私に会おうとしなかったので、そのまま帰邸した。およそ今日の事件についてはあれこれ考えることもできない。道を行くにも警戒するにこしたことはない。ただ恨めしいのは、こんなひどい世の中に生まれ合わせたことだ。悲しい限りだ。」

「(十月)二十二日。(前略)昨日のことについて巷の噂は様々である。ただし見た人の話によると、前駆五人のうち四人が髻を切られた。随身一人と前駆五、六人が今も大路にいる、などと言う。前駆は全部で、五位の藤原高佐、藤原高範、藤原家輔、源通定そして名前の分からない六位のものの五名であった。そのうち源通定だけが髻を切られなかったという。やはり源満仲の子孫、武勇の家の者は他の者とは違う。それにしても現実のこととも思えない事件だ。」

「(十月)二十四日。(前略)今日、摂政基房が参内された。平重盛もまた参内した。武者多数が参集していたという。夜になって天皇の秘書官である藤原光雅が、明日、後白河院の法住寺御所の殿上で高倉天皇の元服の定めの会議が開かれる、午後二時ごろに参会してほしいと書状をもって報せてきた。後白河院は今晩か明日の朝に御所にお入りになるという。欠席するとどう思われるか心配なので出席すると返事をした。悲しむべき世の中になった」

以上が事件と直接に関連する『玉葉』の記事である。そして翌二十五日、後白河院の法住寺御所の殿上で会議がもたれた。これらの記事からは、いくつものおもしろい問題を立ち上げることができるが、以下に二点だけ、問題を立ててみよう。

四　意趣返しを指令したのは平清盛か平重盛か

『平家物語』は、意趣返しを平清盛の指令によるとする。いっぽう慈円の著した歴史書『愚管抄』巻五には平重盛の指令だとする。『平家物語』の諸本の中では『源平盛衰記』だけは平清盛の指令によるとしながら、平重盛説を掲げる秘本もあるとしている。これは『源平盛衰記』の成立に拘わる問題なのだが、次のことが気にかかる。

『源平盛衰記』において、平資盛と松殿基房の乗り合い事件の内容が九条兼実の日記である『玉葉』に近いものに改められ、意趣返しの首謀者も『愚管抄』の説に一致する注記を掲げるのは、それらの典籍を参照する便宜が『源平盛衰記』の作者にあったことを思わせるからである。『愚管抄』の作者の慈円は『玉葉』の記主である九条兼実と仲のよい同腹の弟なのであり、情報と解釈の交換は常にあったと見てよい。九条兼実と慈円の書き物に重なる内容面での特徴をもつ『源平盛衰記』は作成時に九条家の秘庫あるいは慈円が門跡を務めたことのある青蓮院の秘庫に伝えられていて、そこに出入りし閲覧する便宜があったに違いない（補3）。ただし確実な証拠が残されていない現在では不明というほかない。

実際に指令したのは平清盛なのか平重盛なのかが問題だが、両方の可能性がある。

嘉応二年（一一七〇年）七月三日に殿下の乗り合い事件が起こったのだが、『玉葉』の記す状況から推測すると、平資盛の非礼よりも松殿基房の側の暴力の方に問題があったように推測できる。松殿基房も警護の者達の暴力を過度の行為と感じたはずである。まして相手が平清盛の孫であり、平重盛の子、それも『玉葉』が記すように平家の嫡流であったとすると、捨ててはおけない。それでその日の内に舎人と牛飼いを下手人として処罰されたいと平重盛のもとに送った。平重盛は彼らをすぐに送り返した。それは決して平資盛の所行に非を認めて松殿基房の処置に恐縮したからなのではない。五日の記事に平重盛は不快感をあらわに示していたと書かれている。それは平資盛に対する怒りというより、殿下の乗り合いにおける松殿基房の側の暴力と松殿基房が事後に示した措置に対する不満によるものであったと思われる。召使い階級のものの処罰ぐらいでことは済まない。せめて身分のある前駆と御随身を処罰するぐらいでなければ詫びにならないと考えていたのだろう。それを平重盛は口に出して言っていたのではないか。松殿基房が舎人と牛飼いに加えて前駆と御随身を処罰したのはそのためと見てよい。しかし松殿基房は御随身には下獄という処罰を加えたが、さらに上位の五位、六位の身分である前駆は勘当しただけであった。しかし、その勘当は形式だけの処分ではなかったのか。

藤原氏の筆頭格の家を継ぎ、摂政の身分にあり、しかも朝廷の政治と行事に関わる有職故実に詳しい松殿基房は平家など小馬鹿にし、それだけに平家の過分の栄華に強い反感を抱いていた。過度の暴行を平資盛に加えた行列の供奉の者達の心の内にも、そうした反感が働いていただろう。賢明な平重盛はそのことは分かっていたはずである。その分、いい加減な対処でことを済まそうとした松殿基房の態度を、平家を馬鹿にしたものであり、そのままにしておけないと考えてもおかしくない。『愚管抄』でも「イミジク心ウルハシクテ」と評するように平重盛はすぐれた宮廷政治家であり人格者であったと思われる。『平家公達草紙』などにも見られるように、平重盛は近衛の右大将という平家に過分の顕職を得てからも、その職を間違いなくやりこなして評価を得ている。平重盛は朝廷の制度の中に生きる宮廷人としての顔を表にして生きていた。

しかし一方で平重盛は重代の武者の家を嗣ぐ者であり、平資盛はその子である。だから蔑みが暴力となって現われた殿下の乗り合いに対しては、武者の家の者としてそれを見過ごすことが出来なかったのではないか。武者の技量である武闘によって受けた侮辱は武闘によって返さねばならない。それは武者の論理また倫理として十分に筋の通る考えかたである。とすれば意趣返しの指令を出した人物を平重盛であったと推定してもおかしくはない。松殿基房の側が事前に察知したために実現しなかった十六日の襲撃で、平家の側は前駆の捕縛を計画したらしいと噂されたとされる。その計画は舎人、牛飼いそして随身までは処罰したが、前駆にまで及ぼすことをしない松殿基房の処置の不徹底さに対して武力をもって報いようとしたのは、武門の面目を全うしようとしたからなのかもしれない。そうした面からしても平重盛が指令を出したと見ることが可能となる。

第一回目の計画が失敗に終わった三ヵ月後の嘉応二年（一一七〇年）十月二十二日に決行された報復もまた平重盛の指令によると見てもおかしくない。平清盛はこの時、現在の神戸市にあたる福原にいて後白河院をもてなしていた。その時期、宋人が宋の大船で

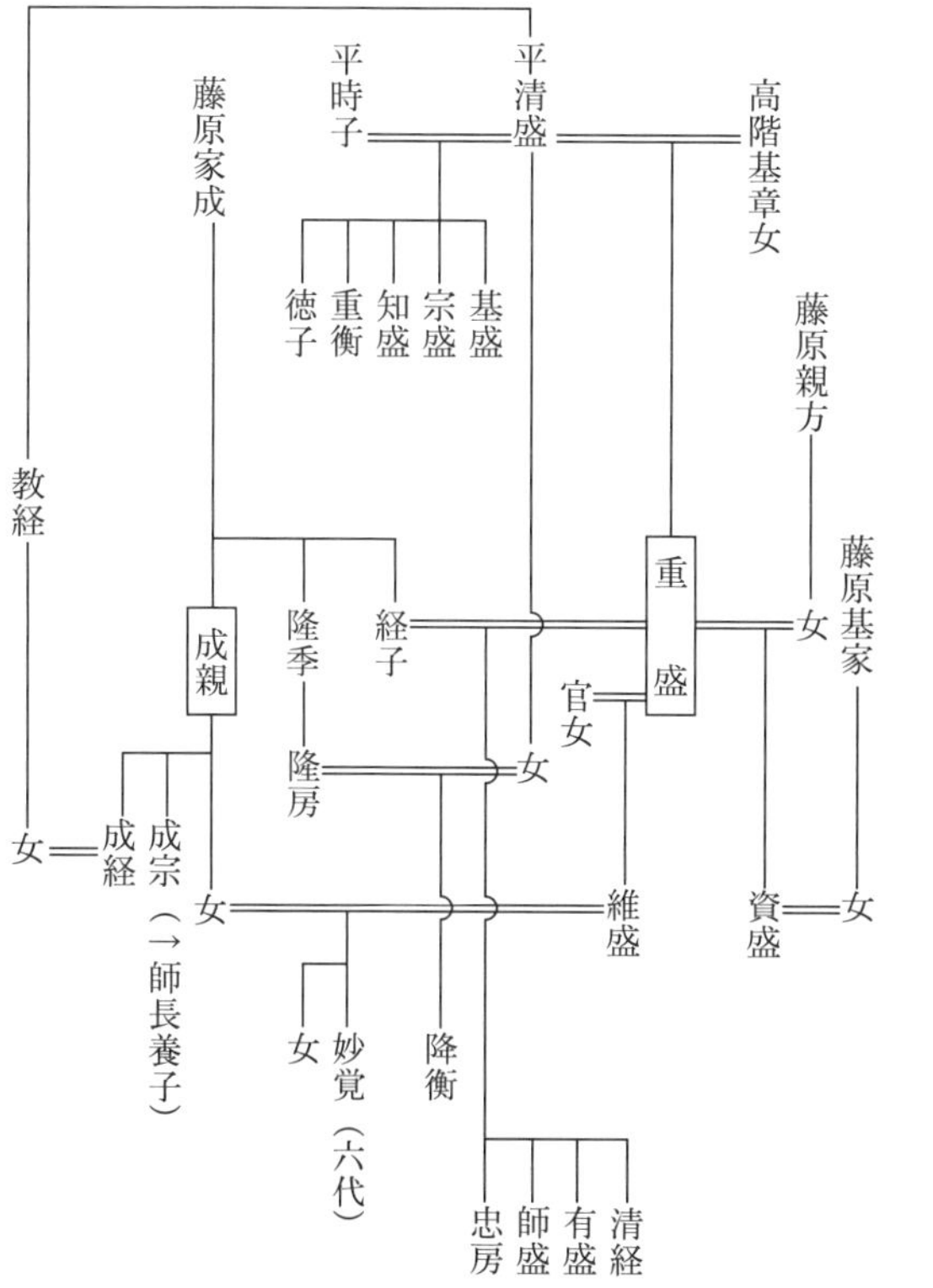

小松家・藤原成親家の系図

福原に来航していた。平清盛は後白河院を福原に招待し、宋人に引き合わせ宋の大船に招待して歓心を買っていた。後白河院は九月の二十日に福原に向かい、帰京したのは先に載せた『玉葉』の記事にもあるように松殿基房襲撃事件の三、四日後の十月二十四日の夕方ないし二十五日の朝であった。そんな時期に、一方で後白河院をもてなしながら、その裏で松殿基房襲撃の指令を発するというのは、後白河院を馬鹿にしたやり方であり、平清盛でもそれはしなかったのではないかと思われる。とすれば、襲撃は決して暴発ではなく、きっちり貸借関係を清算しようとする怜悧な平重盛の指令によると推測してよいのではないか。

ただ、疑問は残る。襲われた松殿基房は、その時、高倉天皇の元服の定めのための会議に出席のため内裏に向う途次にあったという点である。襲撃はそのことを知って計画を立てている。高倉天皇は翌年の嘉応三年（一一七一年）一月三日に元服して同年十二月に平清盛の娘であり平重盛の養女になっていた平徳子が入内する。先に「東宮立」で見たように高倉天皇は平家の外戚であり、平家にとって大事な存在である。そのような高倉天皇のための大事な会議に松殿基房は出かけようとしていたのである。よりにもよって、なぜ、そんな時期を選んだのか。指令を発したのが平重盛だとすれば、その日を選んだことにも何か理由がなければならない。平重盛は理性のかった政治家であったと思われるからである。『愚管抄』の記すように平重盛の仕業とすれば、その問題を解く鍵が必要となる。今のところ、その鍵はない。ただ、私は上に述べた理由によって、指令を発した人物が平重盛であったのではないかと推測している。

五　平資盛は嫡男だったか。面目を重んじる平重盛

殿下の乗り合い事件の当日である嘉応二年（一一七〇年）七月三日の『玉葉』の記事は前節に示した。その中で九条兼実は平資盛を平重盛の嫡男であると注記している。(注3) 殿下の乗り合い事件との関係で、そのことに注意を向

けたいと私は思う。

平清盛一門の平家では三つの家筋が大きかった。清盛の父平忠盛の正室の腹に生まれた平頼盛は平清盛の弟にあたるが、その家筋は池殿と呼ばれる。平清盛の正室の腹に生まれた平宗盛は平重盛の弟にあたるが、正室の子としてその家筋は本宗家と呼ばれた。そして平重盛は平清盛の長男だが、側室腹の子であった。彼は洛外の東方、小松谷に邸を構えたので、その家筋は小松家と呼ばれた。構想の段階では『平家物語』の作者はその三つの中から中心に据える家筋を選ぶことが出来たはずである。そしてその選びかたによっては『平家物語』の内容は今とは違ったものになってもいただろう。我々に残された『平家物語』では小松家を中心に据えることで、いま見るような作品世界に仕上げられているわけである。

『平家物語』では小松家の嫡流は平清盛の長男の平重盛、平重盛の長男の平維盛、平維盛の長男の六代丸ということになっている。『平家物語』では平維盛を嫡男として登場させるのである。ところが、先に見たように『玉葉』では平重盛の次男である平資盛を嫡男であるとする。家を嗣ぐ嫡男は長男がなるとは限らない。いろいろな事情、特に母親の身分家柄が影響することが多い。たとえば平資盛の結婚相手は持明院流の藤原基家の娘である。その家に例を取ってみると、『尊卑分脈』によると藤原基家の長男は永万元年（一一六五年）生まれの藤原基宗であり、次男が仁安二年（一一六七）生まれの藤原保家である。しかし持明院の嫡流は保家が嗣いでいる。基宗の母が高位の人物の娘でないのに対して、保家の母は池大納言頼盛の娘であったことによるのだろう。平維盛と平資盛の場合、長男の平維盛は保元三年（一一五八年）の生まれで、次男の資盛は応保元年（一一六一年）、また『平家物語』では兄と同じ保元三年（一一五八年）の生まれともされる。生年月の上では平維盛が上で平資盛が下だが、母は『尊卑分脈』によると平維盛の場合、ただ官女とのみあり、平資盛の場合、従五位下で下総守（下野守）藤原親方（親盛）娘の少輔内侍（掌侍）となっている。平資盛の母も平重盛の正室である大納言藤原成親の妹ではないが、平維盛の母よりは身分のある家の出身であったらしい。

維盛・資盛の昇進

		維盛	年齢	資盛	年齢
一一六六	仁安一・一一・二一			従五位下	六
	一・一二・三〇			越前守	
一一六七	二・二・七	従五位下、美濃権守	九		
一一六九	四・一・五	従五位上	一一	従五位上	九
一一七〇	嘉応二・一二・三〇	右近衛権少将	一二		
一一七一	三・一・一八	兼丹波権守	一三		
	三・四・七	正五位下			
一一七二	承安二・二・一〇	兼中宮権亮	一四		
一一七三	三・三・九	従四位下	一五		
一一七四	四・一二・四			兼侍従	一四
一一七五	安元一・一二・八			正五位下	一五
一一七六	二・一・三〇	兼伊予権亮	一八		
	二・一二・五	従四位上			
一一七八	治承二・一二・一五	兼春宮権亮	二〇		
	二・一二・二四			右権少将	一八
	二・一二・二八	正四位下			

一一七九	三・一・二			従四位下	一九
	三・四・八			従四位上	
一一八〇	四・二・二一	止春宮権亮（御譲位）			
	四・四・二七	昇殿	二三		
一一八一	五・五・二六			正四位下	二一
	五・六・一〇	転権中将、補蔵人頭	二三		
（同）	養和一・一〇・一二			辞右権少将	
	一・一〇・二九			右権中将	
	一・一二・四	従三位			
一一八三	二・一・二三			補蔵人頭	二三
	二・七・三			従三位	

平維盛と平資盛の官位の昇進を見ると、始めの頃の二人の扱われ方の違いが一目瞭然である。官途のうえで重要な意味を持つ叙爵の時期が弟の平資盛のほうが兄の平維盛より早い。平維盛が従五位下になるのが仁安二年（一一六七年）二月七日であるのに対して、平資盛はすでに仁安元年（一一六六年）十一月二十一日に従五位下になっている。それに平維盛が上国である美濃守になったのが叙爵と同じ仁安二年（一一六七年）二月七日であったのに対して、平資盛はすでに仁安元年（一一六六年）十二月三十日に平家一門の利益が大きく絡んでいる北陸の大国の越前守になっている。国は大国、上国、中国、下国の順に等級づけられている。そのように弟の平資盛が官位の面で兄の平維盛に先んじているのは、平資盛が嫡男とされていたからなのだろう。

官位の上で平維盛と平資盛の間で逆転が起こるのは嘉応二年（一一七〇年）の殿下の乗り合い事件以後のことである。殿下の乗り合い事件の時点ではどちらも従五位上で、その後、平維盛はどんどん昇進してゆくのに、平資盛が正五位下になるのは五年後の安元元年（一一七五年）十二月八日のことである。平維盛はその二年前に従四位下になっていた。この変化は殿下の乗り合い事件が影を落とした結果だろう。殿下の乗り合い事件によって平重盛は平資盛を廃嫡し、平維盛を嫡男にしたのではないか。それで平維盛は順調に官位を上げてゆき、平資盛とのあいだに昇格の逆転が起こったのだろう。『玉葉』が殿下の乗り合い事件の当日の記事に平資盛を嫡男と記しているのは間違いではないのだろう。

『平家物語』の「殿下乗合」では平重盛は平資盛の落ち度を責めて、かれを伊勢平氏である自分たちの根拠地である伊勢国に追いやったとする。戦国時代の伊勢を舞台にした兵乱を記す『勢州四家記』のなかに伊勢の北八郡の二大勢力のひとつ関氏を紹介するところに、関氏を平資盛の子孫であるとしている。平資盛が十三歳のとき、殿下の乗り合い事件で父平重盛の怒りを買い伊勢国鈴鹿郡関谷久我という所に六年間、追放されていた。その土地で儲けた子供が関氏の先祖であると記している。関氏の家伝によると見られるその伝えは『平家物語』に根をもつ伝承で、事実かどうかは確かめようがない。『平家物語』が記し、関氏の家伝が言うように、平資盛が伊勢に流されていたか否かはともかく、彼が平重盛によって廃嫡と追放に近い処罰を受けていた可能性は高い。平資盛は、応保元年（一一六一年）の生まれとすれば嘉応二年（一一七〇年）の時点で十歳、保元三年（一一五八年）の生まれとすれば十三歳、ほんの若者である。すこし酷なことのようにも思われるが、それが平重盛流の正義による決着ではなかったか。平重盛は武者の家である平家の当主として、暴力による侮辱には暴力で報い、朝廷の政治家としては平資盛を処罰した。殿下の乗り合い事件への対処として、平重盛はそのようなかたちで筋を通したのではないか。

「殿下乗合」では平重盛を大きく持ちあげる。殿下の乗り合い事件は非が松殿基房よりも平資盛のほうにあったかに語られる。平家の栄華に慢心した平資盛が摂政に無礼を働いた。それでひどい目に合わされたとするのである。松殿基房側の過剰な処置にもある程度の非はあったのだが、平重盛はそれを問題とせず、平資盛と仲間の若者に譴責を加える。そして実際は、平清盛と平重盛のいずれによるものとも確定しがたい松殿基房への報復を平清盛の指令で行なわれたとし、報復事件を聞いた平重盛はただちに関係した武者達を処罰し、平資盛をも伊勢に追放したとする。そしてその処置を王法の世界に生きる宮廷政治家の所為として立派であったと称讃する。一方、平資盛は「殿下乗合」によって印象が実像から離れたものになってしまった。殿下の乗り合い事件から五年あまり経って後、平資盛も宮廷生活にしっかり復帰している。しかもその風雅の世界での活躍には著しいものが見られるのである。平資盛は勅撰和歌集である『新勅撰和歌集』に一首、『玉葉和歌集』に三首、『風雅和歌集』に一首入集しており、平資盛の同時代に編集された私撰和歌集である『月詣和歌集』には知られているだけで八首取られている。それに「資盛家歌合」まで主催していて平家歌人として活躍していたのである。寿永二年（一一八三年）七月の平家都落ちの半年ほど前の同年二月に、『千載和歌集』編纂を命じる後白河院の勅宣を藤原俊成のもとに伝える役目を果たしたのも平資盛であった。それに平資盛は当代きっての女流歌人のひとり建礼門院右京大夫の最愛の愛人であった。それもまた平資盛の人物と風雅の才能を推し量る材料になるだろう。それに彼は『秦箏相承血脈』（群書類従　第十九輯）によると藤原師長の弟子として系図に載せられるほどの箏の達者であった。美男の兄、平維盛に似ていたといわれるから、容貌も人並みすぐれていたと推測される。兄の平維盛は平家を白眼視していたに違いない九条兼実からさえ「日本の飾り」であると優美さを惜しみなく称賛されている。(補4)それに安元御賀の際の平維盛の青海波の舞は光源氏が生きて舞っているようだとの絶賛を受ける。平資盛を愛した建礼門院右京大夫もその優美さに見惚れるほどであった。その優美さには平資盛は適わなかったようだが、風雅の才能の点では、むしろ平維盛を凌駕していたことは間違いない。しかし、その存在感は優美な兄、平維盛の陰に隠れてしまって輝きを薄めている感じがする。そして後代の人々に風雅の人ではなく武者ぶりのほうの印象を強める結果を招いたのは『平家物語』の「殿下乗合」であったと思われる。十三歳の平資盛は若い侍ども三十騎ばかりを供に雪の降る蓮台野、紫野、右近馬場の雪の降る枯野に出る。あまたの鷹を飛ばして一日中、狩り暮らす。その帰りに摂政の行列に出会うのだが、ものともせず騎馬のまま道を押し通ろうとした。そこで事件が起こったと「殿下乗合」は語るのである。強いタッチで描かれるその場面は、ある意味で平資盛像を歪めてしまったのかもしれない。

注

1　『愚管抄』の「殿下乗合事件」と平重盛
「小松内府重盛、治承三年八月朔日、ウセニケリ。コノ小松内府ハ、イミジク心ウルハシクテ、父入道ガ謀叛心アルトミテ、「トク死ナバヤ」ナド言フト聞エシニ、」（『愚管抄』巻五）

2　『平家公達草紙』の平重盛
「承安四年（安元元年の誤りか）、小松の内の大臣《おとど》、右大将にておはせし程、…（中略）…容貌《かたち》はものものしく清げにて、ここはと見ゆる所なく、面持ち気色《けしき》思ふことなげに、あたり心づかひせらるる気色にて、胡籙《やなぐひ》負ひてさぶらひしこそ、時にとりては、「近衛の大将とは、まことにかかるをこそ言はめ」とおぼえしか。」

3　「摂政被参法勝寺之間、於途中越前守資盛〔重盛卿嫡男〕乗女車相逢、」（『玉葉』嘉応二年七月三日）　またこの事件より後には、維盛を「内大臣嫡男」（治承二年（一一七八年）十月二十七日）、「内大臣嫡子」（同年十一月十四日）と書いている。

補注

1 「小松谷の邸に帰っていった」『平家物語』原文は「とて帰られけり。」とあり、「小松谷の邸に」にあたる部分はない。

2 「また前駆の中には心きいた人物として有名な藤原高範がいたが」　原文には傍線部がない。また「高範」は覚一本諸本は「隆教」とあり、延慶本、『玉葉』には「高範」とある。

3 「九条兼実と慈円の書き物に重なる内容面での特徴をもつ『源平盛衰記』は作成時に九条家の秘庫あるいは慈円が門跡を務めたことのある青蓮院の秘庫に伝えられていて、そこに出入りし閲覧する便宜があったに違いない。」――このままでは文意が通らない。「『源平盛衰記』は兼実と慈円の書き物に重なる内容面での特徴をもつことがある。それらの書き物は、九条家の秘庫あるいは慈円が門跡を務めたことのある青蓮院の秘庫に伝えられていて、『盛衰記』の作者は、そこに出入りし閲覧する便宜があったに違いない。」の意か。

4 『玉葉』には維盛の優美さについて次のように記されている。〔　〕は割注。

承安二年二月十二日「次一献〔権亮維盛雖㆓年少㆒十四云々、作法優美、人々感歎。…〕」

承安五年五月二十七日「少将維盛〔重盛卿御子〕衆人之中、容顔第一也。」

安元二年一月二十三日「青海波〔…青海波二人、維盛・成宗、帯剣糸鞋出㆓庭中㆒、相替出舞、共以優美也。就中、維盛容皃美麗、尤足㆓歎美㆒…。〕」

11 巻一 鹿谷—主題部の始まり

一 神の怒りを買った人々

藤原師長は内大臣で近衛の左大将でもあったが、左大将を辞任することになった。その出来事をテキストは「其比《そのころ》」という曖昧な年次の標示をもって語り出す。それは何故なのか、確たる答えはないが、後で触れる。藤原師長については巻三「大臣流罪」で取り上げる。近衛府の最上級の官職である大将のポストは左大将と右大将が各一人ずつである。この時、右大将は平重盛であった。それ故、平重盛が左大将に昇格し、誰かが右大将に任命されるか、あるいは平重盛は右大将のままで、誰かが左大将に任命されるか、そのどちらかだが、大将のポストに一つ空席が出来たのである。近衛の大将は格別のもので、上流の公家にしか許されない栄誉の官職である。

何人かの公家がそのポストを望んだ。たとえば大納言の徳大寺実定卿、かれは左大臣まで昇った人物で、祖父の実能は左大将、父の公能は右大将であった。それに権中納言の花山院兼雅卿、かれは後には従一位左大臣まで昇り後花山院左大臣と呼ばれた人物で、平清盛の女婿である。かつて彼の父の藤原忠雅は右大将であった。彼らは摂政・関白になる家柄ではないが、大将のポストについてもおかしくない人々であった。

その他に一人、新大納言の藤原成親卿もまたその官職を望んだ。彼の一族は諸大夫と呼ばれる下級の公家で、白河院の院政以後、近臣として寵愛を得て出世した家柄である。父の藤原家成は中納言にまで異例の出世をしたが、大納言にはなれなかった。『平治物語』巻上によると、白河院と鳥羽院の推挙があったのだが、「諸大夫の家のものが大納言になった前例はない」とされ、実現しなかったという。しかし子息の藤原成親は後白河院の殊遇を得て大納言になることが出来た。時代は変わったのである。とはいえ近衛の大将は過分の望みであった。にもかかわらず藤原成親は後白河院の寵愛を頼みに近衛の大将のポストを望んだ。

彼は石清水八幡宮に百人の僧を七日間参籠させ大般若経六百巻の真読の供養をして冥助を乞うた。ところがその最中に八幡大菩薩の使者である山鳩が三羽、男山の方から飛んできて、麓に祀られている甲良大明神の御前の橘の木のところで食い合って死んだ。不吉なその出来事は直ちに朝廷に報告された。朝廷では神祇官と陰陽寮に八幡大菩薩の神意を問うための占いを行わせた。神意は、身を慎まねばならぬ臣下がいる、と出た。藤原成親はその神意にも憚ることなく、今度は中御門烏丸の自邸から三キロ半余り離れた上賀茂神社に七夜参りをして祈願をした。七日目の夜、御宝殿の扉が開き、気高い声で「さくら花　賀茂の川風　恨むなよ　散るをばえこそ　とどめざりけれ」とお告げがあった。石清水八幡宮の神も上賀茂神社の神も藤原成親の願いを退けたのである。

にもかかわらず、深い欲望に駆られて藤原成親は三度目の祈願をやってのける。聖域を汚し、神の怒りを買うことになる邪法を用いたのである。彼は上賀茂の御宝殿の背後の杉の大木の空洞に聖を籠めダキニ天の百日間の修法を行わせた。ダキニ天の法は真言宗や曹洞宗では稲荷神の信仰と習合して、邪法とされていない。ところが天台宗では邪法とされていたのである。南北朝時代に編集された『渓嵐拾葉集』という密教の修法にかかわる様々な記録を類従し集成した天台宗の書物によると、邪法ゆえに比叡山横川の相輪樘の下に埋められたとされている（『渓嵐拾葉集』巻三十九〈吒枳尼天秘決〉山門有此天法事。大正新脩大蔵経　七十六巻六三二頁上）。ダキニ天の修法は、どんな願いも直ちに叶えてくれるが、その分の負の結果も引き受けなければならない、いわば悪魔との契約なのである。後には淫猥な黒魔術を売り物にした立川流と呼ばれる密教の一流派として密かな流行を見ることになる。平家の滅亡についての解釈とダキニ天信仰の関わりについては巻十一の「一門大路渡」で取り上げる。上賀茂の神は神域がダキニ天の邪法によって穢されたことを怒り、件の杉の大木に落雷した。上賀茂の神は水神であり、かつ雷神なのである。神意に従って神社の人々は聖を神域から追放した。後で述べるように「鹿谷」は『平家物語』の主題部を開く最初の句である。その「鹿谷」の冒頭に配されたこのエピソードは、近衛の大将を望むという分際を超えた、余りに深い欲望が藤原成親を神の怒りに触れる身としたことを語ることで、鹿谷事件の顛末を語る〈鹿谷のプロット〉の主題を提示するものとなっている。

さて、近衛の大将の人事は左大将が平重盛、右大将が弟の平宗盛に決まった。「鹿谷」によると平清盛の強引な介入によるとする。もっとも有望視されていた徳大寺実定卿は事態を静観すべく大納言を辞任して籠居した。憤慨し愚挙に出たのは藤原成親であった。藤原成親の家は父の藤原家成の時代から平家一門と婚姻関係で結ばれていた。鳥羽院の近臣として藤原家成と平清盛の父の平忠盛とは同僚であり、親交があった。藤原家成は娘を平重盛に嫁がせ、藤原成親は娘を平重盛の子息の平維盛と平清経に嫁がせていた。また平清盛の弟の平教盛は娘を藤原成親の子息の藤原成経に嫁がせていた。両家の縁戚関係には実に深いものがあったのである。

師長左大将辞任をめぐる人事異動表〈承安五年（一一七五）、安元三年（一一七七）〉

	(1)承安5・6・10の時点の官職	(2)同・11・28の昇格	(3)安元3・正・23の時点の官職	(4)同・正・24の昇格	(5)同・3・5の昇格
後白河院の側					
藤原師長	大納言・左大将	内大臣・左大臣（辞大納言）	○	内大臣（辞左大将）	太政大臣（辞内大臣）
藤原成親	権中納言②	権大納言	○	○	○
源　資賢	権中納言③	中納言	散位	○	○
平　清盛の側					

平　重盛	権大納言・右大将	大納言・右大将（辞権大納言）	○	大納言・左大将（辞右大将）	内大臣・左大将
平　宗盛	権中納言④	○	散位	権中納言・右大将	○
藤原邦	権中納言①	中納言	○	権大納言	○

（注）　権中納言の①〜④は席次を示す。○は変化がなかったことを示す。

（美濃部重克「『平家物語』の構成―鹿谷のプロットの発端の時期―」の「参考表にもとづき、一部変更した。「散位」は、ここでは「位」のみがあり「職」を辞した者をいう。宗盛を例にとれば、彼は安元二年（一一七六）十二月五日に権中納言を辞したので、安元三年一月二十三日は「散位」であるが、翌二十四日に権中納言に還任し、右大将になった。この年六月藤原成親（権大成親）が失脚し、宗盛は翌治承二年（一一七八）四月五日に権大納言に昇進した。）

藤原成親の四代前の藤原顕季を先祖とする一門は、白河院、鳥羽院、後白河院の三代にわたって近臣として寵愛を得ることによって諸大夫の身分から立身して大納言のポストを得るまでになった。いっぽう平清盛の一門は彼の祖父の平正盛が伊勢から京都に出て六波羅に邸を構えた地方豪族で公家ではない。しかも平正盛は藤原顕季に仕えて立身の道を得ている。それが「殿上闇討」で見るように平清盛の父の平忠盛の時から公家の末席を汚すようになった。浅慮な藤原成親からすると平家一門はいくら立身しても家格の劣る家柄なのである。ところが平清盛と平家一門は保元の乱と平治の乱を経て王法の枢要に食い込み藤原成親の一門をはるかに凌ぐ権力をもつに至った。思い上がりの差別意識と現実面でのコンプレックスが生んだ近親憎悪が不断に藤原成親の心を捉えていた。その近親憎悪を刺激し愚挙を生む引き金となったのが、近衛の大将の人事であった。

この時、藤原成親は四十歳で正二位の権大納言、平宗盛は三十一歳で従二位の権中納言であった。他の官職ならばともかく家格にかかわる大将の人事で、官位も年齢も下の平宗盛にポストをさらわれたことは、藤原成親の自尊心を甚だしく傷つけた。平治の乱の折りも、「ブヨウ（武勇）ノ若殿上人」と『愚管抄』〈巻五〉(補1)で評された、武者もどきに振る舞う愚かしさと浅慮ゆえに、平家に刃向かった過去を持つ藤原成親は、この度も取り返しのつかない愚挙に出た。背後で糸を引いているのは後白河院なのだが、藤原成親は平家打倒の旗頭の振る舞いをしたのである。

平家打倒を図る陰謀が重ねられるなかの、ある日の場景を語るのが、次のエピソードである。それは主題部最初の先のエピソードと緊密な関係をもつ主題部第二のエピソードである。鹿谷における謀議の場景を描く、その場面は寸言をもって肝要を巧みに表現している。それ故、ここまでと同様、長くなるが、私の解釈を交えながら記してみよう。

ある夜、俊寛の鹿谷の山荘で平家打倒の陰謀が練られた。その夜は後白河院も臨御されての酒宴があって、大事の一件がその席に持ち出された。院に扈従していた静賢がその軽挙さを批判すると、藤原成親が顔色を変えて、席を立った。その袖が後白河院の御前の瓶子をひっかけて倒してしまった。無礼な仕業である。一座は緊張しただろう。後白河院は「あれはいかに」と仰せになった。叱責したのか、機転の利口語を求めたのか、やや曖昧なお言葉である。成親は瓶子に平氏をかけた地口で「へいじ倒れ候ひぬ」と即座にお答えする。後白河院は満足して、その地口を種に即興で滑稽な寸劇を演じるように座の者たちをけしかける。ただちに応じたのは、おもねるところのある、やや軽薄な才子の平康頼である。彼の反応は、後白河院が『梁塵秘抄口伝集』巻十で今様の弟子ともなっている近臣達の芸を批評した、その中の平康頼評を思わせる。後白河院は平康頼を熟成を待たない機転ばかりの軽い芸をする人物と評している。彼は「ああ、あまりにへいじの多う候ふに、もて酔ひて候ふ」と、おそらくは所作をつけて語るように言う。すると謀議の場の座敷を提供している俊寛がそれを引き取って、「さてそれをば、如何、仕るべきやらむ」と仲介の一言を発する。果断かつ暴力的なやり方でそれに応えるのは西光法師である。西光法師は「ただ首を取るには如かじ」と言って、瓶子の首を折って、寸劇を収める。西光は阿波国出身で滝口武士として左衛門尉を経験し、保元、平治の乱の際は信西入道（藤原通憲）の従者として修羅場を見た、剛胆で、暴力をも辞さない男である。『平家物語』でも子息の師高や師経とともに、そうした人物として描かれている。この場面での彼の振る舞いも、そうした西光像を際だたせた表現となっている。この寸劇はもともと寺院で流行した当弁と呼ばれる遊びである。平康頼たち三人は立ち上がり身振り可笑しく所作をつけて語るようにして、やりとりをしたのだろう。その一場の戯れを静賢は苦々しい表情で見ている。

ここまでが「鹿谷」の内容である。

この場面には、後白河院、静賢、藤原成親、平康頼、俊寛、西光の六人の人物が登場している。そのうち、後白河院は、いわば『平家物語』の主人公の一人で、作品の始めから終わりまで登場する。始めは事件の影の演出者ないし制作者のような立場であったのが、やがて歴史の巨大なうねりの中に呑み込まれて、自身も一介の登場人物と化してしまう。この場面では、後白河院は演出者である。しかも政治を軽々と遊びの世界に移してしまうような、一種のデカダンスである。白拍子に今様を習い（尊経閣蔵『梁塵秘抄口伝集』巻十〈今様の濫觴〉）、自らも師匠となって近臣たちを弟子にする（同上）。郢曲の師匠の五条尼のために自ら施主となって追善供養をしたり（「転法輪鈔　四」の「為郢曲御師五条尼被修追善表白」永井義憲・清水宥聖『安居院唱導集　上巻』角川書店　一九七二年）、蒔絵師宅へ御幸なりなど（『玉葉』寿永三年六月十七日）、身分の差をひととびに跳び越えてしまう。生真面目に政治に向き合う階級意識の強い人々からは非難の眼で見られている（『玉葉』寿永三年六月十七日）。また声楽のように『法華経』を歌いあげる読経道を中興して近臣たちをその道に誘い込む。因みに俊寛は当時、読経道の四天王の一人とされていたらしい（柴佳世乃『読経道の研究』風間書房　二〇〇四年三月）。読経道は、読経という宗教行為に遊びを持ち込んだ、声のパフォーマンスの気味を持った一種の芸能と言ってよい。そうした後白河院の遊び心の働きによって、平家打倒という大事が猿楽の演出に苦もなくすり替えられてしまう。

静賢は後白河院と平清盛との対決の場面だけではなく、平家都落ちの後に入洛して軍政を敷く木曾義仲と後白河院との間を仲介する役割をも果たした人物である。しかし『平家物語』にはその前半部に当たる巻一から巻六までに登場するだけで、木曾義仲の登場から始まる後半部の巻七以降には登場しない。彼は『平家物語』の前半部の重要な登場人物なのである。平重盛は平家一門の統領でありながら、理念的な王法観に基づいて行為する人物、いわば作者の政治観の代弁者となっている。静賢は後白河院の近臣的な位置にあって、平重盛と同様の働きをする人物として造形されている。静賢とその一族については巻三「法皇被流」で触れる。彼はこの場面でも局外者として冷静に振る舞っている。

この第二のエピソードでは、当弁のきっかけを作り参加した、あとの四人が問題である。彼らは主題部の幕開けとなる〈鹿谷のプロット〉を構成する一連の物語の主役となる。〈鹿谷のプロット〉はそれによって『平家物語』に通底する《神の怒りを買った人々》という主題を開き、主題部の幕を開ける。『平家物語』の構成は「吾身栄花」で既に記した。

二「其比」という表現について

ここで〈鹿谷のプロット〉の主題的な意図と構成との関係について述べる前に、これまで見過ごされてきた主題部の最初の「其比」という表現について触れておきたい。その曖昧な時期の標示には何かまやかしがあるように感じられる。しかし作品の構成に照らしてみれば、ある程度、不審は晴れる。作者は主題部を年代記形式で始めるに当たって、最初の年を安元三年（八月に治承と改元。一一七七年）とした。そして主題的な意図を明確に示すべく、主題部の皮切りとして取り上げたのは同年正月二十四日の平重盛、宗盛兄弟の左右の大将任命にかかわる出来事であった。『平家物語』はそれを治承元年の年代記の始めに配置し、鹿谷事件の直接の発端として語るのである。その本文は「其比、妙音院殿の太政のおほいどの、(其時は未)内大臣の左大将にてましましけるが、大将を辞し申させ給ふ事ありけり」(大系本「其時は未」ナシ)とある。「其比」という表現が「入道相国の御娘、女御にまいらせ給ひけり。御歳十五歳、法皇御猶子の儀なり」と語る直前の本文を受けるとすれば、その時期は徳子(後の建礼門院)が入内した承安元年(一一七一年)の頃ということになる。

しかし「其比」として語り出される妙音院の内大臣藤原師長が左大将を辞したのは安元三年正月二十三日である。承安元年と安元三年との間の六年は余りにも大きな時間のギャップがある。それを「其比」として連続させるのは奇妙である。その不審は前に示したテキストの構成を参照することで解消する。主題部の冒頭の「其比」という表現は、導入部の終わりに当たる直前の記事によって規制されてはいないのである。直前の建礼門院入内の記事はそこまでが導入部で、そこで終わっている。一方、「其比」という表現はそこから主題部が始まる、その冒頭に置かれた表現であって、直前の記事とは年次的な連続性を持たない。それ故、「其比」という表現は、語り物文芸の語りだしに冠される「さてもその後」という表現に通じる、時期を言う際の緩い表現と理解すればよいのかもしれない。それにしても「其比」という曖昧な表現は導入部と主題部の区切り目を見えなくした、著しく糊塗的な表現となっている。テキストの構成を理解出来なかった後の人の仕業と見てよいかどうか、それは分からないが、「其比」が不首尾な表現であることについては必ず触れておかなければならない。

さて本題に戻ろう。前に記したように、内大臣藤原師長の左大将辞任は安元三年(治承元年　一一七七年)正月二十三日のことで、平重盛、宗盛兄弟の左右の大将の任命は翌日の二十四日のことである。第一のエピソードが語る藤原成親の猟官のための三度にわたる祈願はそれに先立つ出来事である。彼の神明への祈願が事実であったとすれば、それは「三『玉葉』の記事から」で示すように安元元年(一一七五年)十一月二十八日の藤原師長の内大臣就任以後の一年余りの期間であったと考えられる。また『平家物語』は、この度の平重盛、宗盛兄弟による左右大将の独占を平清盛の強引な人事への容喙によるものであるとするが、それは事実ではない。その背景には後白河院と平清盛との両陣営の人事をめぐる長いかけひきがあった。長いかけひきの末に、安元三年正月二十三日の夜に後白河院と平清盛の間で密密の談合が成立し、翌日の除目で決定を見たのである。二十三日から二十四日にかけての動きは実に面白いし、主題部の第一のエピソードである藤原成親の猟官のための祈願の時期をも炙り出すことが出来るので、資料の解読を通して示したいのだが、それは「三『玉葉』の記事から」で述べることにする。

〈鹿谷のプロット〉の発端における、安元三年（一一七七年）正月の平重盛、宗盛兄弟の左右の大将任命とそれに関わる二つのエピソードは、序章部の結びと緊密に呼応する。序章部の結びは安元三年正月時点の平清盛一門の栄華に焦点を当てた系図を骨格とした叙述を締めくくる美文調の文章である。その結びは「日本秋津嶋は纔に六十六箇国、平家知行の国卅余箇国」（「吾身栄花」の最後）から始まる前段とそれを受ける後段の二段からなっている。前段は安元三年時点での栄華を詩文の引用を鏤めた華麗な文章で歌いあげるが、そこには亡びの予感が匂わされている。後段の全文は次の通りで、長くなるが引用する。「昔より今に至るまで、源平両氏、朝家に召つかはれて、王化にしたがはず、をのづから朝権をかろむずる者には、互にいましめをくはへしかば、代のみだれもなかりしに、保元に為義きられ、平治に義朝誅せられて後は、すゑずゑの源氏ども、或は流され、或はうしなはれ、今は平家の一類のみ繁昌して、頭をさし出す者なし。いかならむ末の代までも何事かあらむとぞみえし。」（「二代后」の冒頭）

後段は安元三年（一一七七年）の時点における平家の栄華を過渡的な歴史の状況として捉えている。それは現在の平家の状況に加えて、未来の展開も視界に入れた、有為転変の可能性を暗示する表現となっている。後段に至るまでの序章部の本文は、盛者必衰の理、反逆者平清盛、門地の低い平家、平家による武断政治と王法軽視、禄位重畳など、〈何故、平家は亡びなければならなかったのか〉という根本主題に繋がる一貫した脈絡において平家の栄華の種々相を示す。そのように叙述されてきた平家の現在の栄華が、後段に至って有為転変する歴史の一状況として捉えられる。しかも巻五「物怪之沙汰」で説くところの作者の王法観に照らして、現在が跛行的で異常な状況であるという認識の下においてである。それ故に、序章部の結びとなる「いかならむ末の代までも何事かあらむとぞみえし」というのは意味深長な文であり、言葉とは裏腹に、平家が歴史の新たな展開の中でその亡びを体現してゆくことを暗に予告するものとなっている。その文は諸行無常、盛者必衰の命題から始まって滅びを暗示しつつ平家の栄華を辿ってきた序章部の結びに相応しい表現性を持ったものと言えるだろう。年次で言えば安元三年（治承元年）に、事件で言えば平重盛、宗盛兄弟の左右の大将任命に端を発する鹿谷事件に照準を合わせながら、危機を胚胎した平家の過分の栄華を辿る序章部はアイロニカルな結びの文によって、主題部によって語られる平家の亡びの物語への興味を喚起して閉じられる。以上のことは「吾身栄花」で詳述した。

〈鹿谷のプロット〉の最初に語られる平重盛、宗盛兄弟の左右の大将任命は平家にとって実に目出度いことのように見える。しかし決してそうではないことが、「いかならむ末の代までも何事かあらむとぞみえし」というアイロニカルな結びを持つ序章部との呼応によって暗示される。その人事には何かしら不吉感が漂う。その時には判然としてはいないが、平家を滅亡に導く何かが起こるという予感が潜在する。その何かが〈鹿谷のプロット〉が語る鹿谷事件の顛末である。主題部の皮切りとなる第一のエピソードは藤原成親を〈神の怒りを買った人々〉として最初に登場させる。藤原成親の、神を恐れぬ余りにも深い欲望が賀茂の神の怒りを買い、〈鹿谷のプロット〉における悲劇の主人公となる端緒を語るのである。そして第二のエピソードは鹿谷の俊寛の別荘における酒宴の場において藤原成親がきっかけを作った即興劇に共演して一蓮托生の身となった三人の人物を最初に登場させる。西光、俊寛、平康頼の三人は藤原成親と同じく〈鹿谷のプロット〉における悲劇の主人公となり、その苛酷な体験が語られることになる。

「鹿谷」は平重盛、宗盛兄弟の左右の大将任命とそれに纏わる話題によって〈神の怒りを買った人々〉・〈神々との関係における罪と罰〉を登場させ、〈鹿谷のプロット〉の幕開けをするのである。

三　『玉葉』の記事から

平重盛、宗盛兄弟が左右の大将を独占した異例な人事は平清盛の横暴だけに責めを負わせるべきものではない。当時の政治情勢の中での後白河院と平清盛の確執を背景にもつ両者の談合の結果であった。後白河院にも責任はあった。平清盛の横暴のみを言う『平家物語』は春秋の筆法を用いているのかもしれない。その左右の大将人事に絞ってそのあたりの事情を明らかにしてみよう。

承安五年（一一七五年）二月二日、時の内大臣源雅通が逝去した。内大臣が空席になったのである。すぐにでも埋められたはずのその官は同年十一月二十八日に左大将で大納言の藤原師長が任命されるまでは空いたままであった。その裏事情を垣間見せてくれるのは『玉葉』の同年六月十日の記事である。その記事は面白いので全文を読み下しにして掲げる。

十日。巳未。甚ダ雨フル。朝、家ニ帰ル。〔アカラサマナリ。〕（〔　〕の中、原本、二行に細字で分かち書き。以下同じ。）

A　任大臣、今ニ遅留ス。世人、傾奇スト云々。

B　聖明ノ代ハ常ニ官ノ欠ヲ置キ、員数ヲ満タスコトナシ。濁乱ノ時、官帳ハ皆、剰任アリ。ナンゾ況ヤ、片時モ其ノ欠ヲ置クコトナシ。

Ｃ　今、左将軍ハ家、尊貴ニ生マレ、身ニ才能ヲ備へ〔全経オヨビ弦律ヲイフ。〕亜相ノ一タリ。将軍ノ左ニ居ル。撰臣ノ世、ホトホト剰任ヲ授クベシ。ナカンヅク唯ニ身ヲ権勢ノ門ニ納ムルノミニ非ズ、龍顔ニ咫尺シ、常ニ雅遊ノ筵ニ陪ス。タトへ聖代、タトへ乱世ダモ、猶預アルベカラザルコト、疑ヒヲ持スベカラズ。シカレバ丞相ノ欠ノ後、ムナシク数月ヲ送ランヤ。

Ｄ　人皆、オモヘラク、右将軍無双ノ権ヲモツ。法皇、任ゼラレンノ志アルヲ疑フカト云々。

Ｅ　或ルハ曰ハク、邦綱ト成親ト、亜相ヲ競望シ、法皇イマダ一決セザルガ故ニ、遅緩スト云々。彼是ノ間ノ真偽、知リガタシ。（以下略）

内大臣源雅通が薨去して四ヶ月余り経って後の記事である。記事内容を分かりやすくしてみる。

Ａ　内大臣の人事がまだ滞ったままで、人々は変に思っているという。

Ｂ　すぐれた政治の行われている時代には、人材本位で人事を行うので、ポストに欠員があって員数が満たされないのが普通である。政治に乱れのある時代には為政者の思惑によって官職は員数を超えて任命される。まして少しの間も欠員のままなどということはない。

Ｃ　今、左大将藤原師長という優れた人物がいる。彼は摂政関白になることの出来る尊貴の家柄に生まれ、学問にも音楽にも優れた才能を備えた人物なのである。彼は最も上席の大納言であり、左大将でもある。今は後白河院による側近政治が行われているのだから、員数を超えた官職任命など当たり前のはずである。特に藤原師長などは後白河院側の陣営に身を置いているというだけでなく、おそば近くにいて、管弦の遊びにはいつも参加している。だから、明君でも暗君でも、彼をすぐに内大臣に任命したとしても、誰も変には思わないだろう。だから内大臣が空席のまま何ヶ月も送るのは変である。

Ｄ　その理由について皆、右大将の平重盛が強い権勢にまかせて内大臣を所望しているのではないかと、後白河院が疑っていらっしゃるのでは、と憶測しているという。

E　平家の陣営の権中納言藤原邦綱と後白河院の陣営の権中納言藤原成親が大納言の地位を競望していて、そちらをどうするか後白河院が決めかねていらっしゃる。それで藤原師長の内大臣任命の人事が滞っているのだ、と言う人もいる。どちらが本当なのか、それは分からない。

この記事は承安五年（一一七五年）二月二日に内大臣の空席ができて後、後白河院と平清盛の両陣営の間に人事をめぐる厳しいかけひきがあったことを記している。両陣営の争いが内大臣空席のままの状態を長引かせることになった。安元三年（一一七七年）正月二十四日の平重盛、宗盛兄弟の左右の大将人事に関わるいざこざの直接のはじまりはこの時にある。

重要なポストが欠員のままというのは明君の時代のことで、暗君の時代には員数を超えた任命、いわゆる剰任・剰官は当たり前のことだと、『玉葉』の記主である九条兼実はいう。それはその通りで、例えば『愚管抄』〈巻七〉にも作者の慈円は「ヲサマレル世ニハ、官、人ヲモトム。ミダレタル世ニハ、人、官ヲモトム」などと書いている。ところが、承安五年（一一七五年）には内大臣が欠員のままの状況が長く続いているのである。『玉葉』は後白河院が暗君であると匂わせながら、藤原師長が内大臣に任命されないままで何ヶ月も経つのは変で、人々の間にも色々の憶測を生んでいる、と記すのである。

権大納言で右大将の平重盛が無双の権勢をもっていて、大納言藤原師長を超えて内大臣の地位を狙っている。その問題について後白河院は平家陣営との調整を取れないままに時間を空費している、という憶測。藤原師長を内大臣にすることは決まっているのだが、空席となる大納言ないし権大納言に誰を任命するかが決まっていない。後白河院側の権中納言藤原成親をつけるか、平家陣営の権中納言藤原邦綱をつけるか、両陣営の間でかけひきがあり、それが決まらないので、内大臣の空席が続いているという憶測。九条兼実が日記に書きつけたのは、その二つである。

決着がついたのはその年（安元元年＝承安五年）の十一月二十八日の除目においてであった。後白河院の陣営が勝ち、藤原師長が内大臣に、藤原成親が権大納言になった。平家側は平重盛が権大納言の権が取れて大納言に、藤原邦綱が権中納言から中納言になった。「権」というのは「仮の」という意味で員数を超えた剰任の地位である。両陣営の間の人事をめぐる暗闘は続いて、安元三年（一一七七年）正月の人事に至る。

この度の安元三年正月の春の除目も難渋が予想されたが、長い暗闘の末のたった一日の後白河院と平清盛との談合によって、慌ただしい決着を見た。『玉葉』の同月二十三日と二十五日の記事がそれを生々しく伝えている。その記事を引用する。

二十三日。甲子。天晴ル。

A　除目ノ中日ナリ。執筆ハ同人ナリト云々。戌ノ刻、頭中将光能朝臣、院ノ御使トシテ来タル。余、直衣ヲ着シテ出デ逢フ。光能、先ニ長押ノ下に居タリ。余ノ目ニヨリテ座ノ末ニ入リ、余ノ座ノ下方ノ板敷ニ居ル。

B　竊《ひそか》ニ勅命ヲ伝ヘテ云ハク、内大臣ヲ太政大臣ニ任ゼシメント欲ス。而ルニ左大臣ニオイテハ、太政大臣ハ永《とこ》シナヘニ望ムトコロニ非ザルノ由ヲ、人ニ申サシムルナリ。汝ノ思フトコロハ如何。定メテ愁フルトコロナキカ。

C　ユエハイカントナレバ、太相国ニ任ゼシムル人ハ朝庭ニ仕ヘズ期スルトコロ無キガ如シ。随ヒテマタ、内府モ聊カ申ス旨アリ。朕マタ思フトコロアリ。

D　ヨツテ、汝ハ此ノ事ヲ愁フベカラザルカ。シカレドモ無音ノ超越ハ、一旦ハ奇ト成スカ。故ニ先ズ触レ仰セラルルトコロナリ。且《しばら》ク随ヒテ、計リ申サシメ、左右《とかう》アルベシ者《テヘリ》。

E　〔日来《ひごろ》ノ内府ノ申状、天下ニ風聞ス。ソノ趣キハ、臣、永《とこ》シナヘニ執政ノ思ヒヲ断ツ。故ニ此ノ職ヲ望ムト云々。是スナハチ、先例ハ太政大臣ヲ拝シテノ後、摂籙ノ人無キノ故ナリ。今、朕、思フトコロアルノ由ノ仰セハ、此クノゴトキ事カ。超越ノ愁ヒヲ慰メンガタメニ、此ノ仰セアルカ。事、軽々ニ似タリ。此ノ事ニ至リテハ、余、敢ヘテ申ス事ナシ。〕

F　余、申サシメテ云ハク、兼ネテ、尋ネ仰セラルル。至リ畏ミ申ス事、少ナカラズ。計リ申サシムル事ニオイテハ、更ニ可否ヲ申シ難シ。左右ハ只、御定ニアルベシ者。

G　光能、内々ニ語リテ云ハク、丞相ト将軍ノ両事、御要アルガ故ニ、此ノ沙汰、出来スルカ。帰参シテ、此ノ御返事ヲ申シテノ後、左府ノ第ニ向カフベシト云々。（以下略）」

以上の記事内容を分かりやすくしてみる。

A　今日、正月二十三日は昨日から始まった春の除目の真ん中の日である。任命されることが決まった人の名前を記録する執筆《しゅひつ》の役は最も重要なので、地位の高い然るべき人物が行う。この時は左大臣藤原経宗が執筆の役にあたったという。「ト云々」とするのは、それが伝聞記事であることを示す表現で、この日記を書いている九条兼実は右大臣でありながら昨日から除目の席に欠席していたのである。夜の十時ごろ、後白河院の近臣の蔵人頭で左中将の地位にある藤原光能が後白河院のお使いとしてやってきた。彼は諸大夫クラスの出身なので、衣服を改めねばならない相手ではないのだが、後白河院の使いということなので直衣姿で対面した。院使でありながら藤原光能は長押のところに座っている。九条兼実は頷きと目くばせによって座敷の中に入るように促す。それで藤原光能は座敷に入り、九条兼実の下座の板敷きに席を定める。

B　藤原光能は次のように後白河院のお言葉を伝える。内大臣藤原師長を左右の大臣を跳び越えて一気に太政大臣に任命したいと思っている。左大臣藤原経宗は太政大臣になりたいなどとは全く思っていないと人に話している。汝、兼実はどう思うか。藤原師長に地位を超越されたからといって、決して不満に思う必要はない。

C　というのは、太政大臣になった人は摂政・関白となることはないし、期待することもできない。それにまた藤原師長自身もそのことを洩らしている。朕もまたそのように考えている。

D　だから汝、兼実はこの人事を不満に思ってはいけない。とは言っても何も知らせないままに藤原師長に地位を超越されたら、一時的だろうが、どういう事かと考えるだろう。それで、前もって報せたのだ。その線でしばらく考えて、どう思うかを答えてほしい、というお言葉であった。（「者」という漢字には「…と言う」という意味もある。「と言った」という意味で「テヘリ」、「ということなので」という意味で「テヘレバ」と訓読する。漢文日記ではいつも目にする用字である。「云ハク」から「者」までが伝言内容となる。）

E　このところ、内大臣藤原師長の言葉が噂となっている。自分は摂政・関白になる意志を永久に断っている。だから太政大臣の職を望んでいるのだ、と言っているという。そう言うのも、太政大臣に任命されると、摂政・関白にはなれないという、先例があるからである。今、朕も考えるところがある、と言う後白河院の言葉はその先例を念頭に置いたものか。下位にいる内大臣藤原師長を上位の地位である右大臣の私を超越して太政大臣にした時の私の不満を宥めるために前もっての断りをされたのか。それにしてもこれ以上の軽々しいなされようはないだろう。（以上Eは二行に細字で分かち書きになっている。）

F　私は次のように返事をした。前もってお尋ねに与り、恐縮至極に存じます。私の考えによる可否を申し上げることはたいへん難しく存じます。どうなさるかは後白河院がお決めになってください、と答えた。
G　光能がそれとない言い方で、後白河院には内大臣と大将のポストが入り用なので、内大臣藤原師長を太政大臣にするお積もりのようです。あなたの返事を後白河院に伝えて後、左大臣藤原経宗邸に向かいます、と言った。

安元三年（一一七七年）の三日間で行われる予定の春の除目の真ん中の日に当たる正月二十三日の夜の十時ごろに、後白河院の近臣の藤原光能が院使として九条兼実を訪問して、仰せを伝えた。その時の二人の話し合いの記事と翌二十四日および約一ヶ月半後の三月五日の人事から、藤原師長の内大臣辞退と平重盛、宗盛兄弟の左右の大将任命に関する後白河院と平清盛との談合と裏取引の一端を窺い知ることが出来る。

後白河院は藤原師長を太政大臣にしたかった。それは一つには後白河院の陣営に身を置き、管弦の遊びには欠かせない存在である藤原師長の念願を叶えることであった。また保元の乱で後白河院の敵となり敗死した藤原師長の父藤原頼長の供養にもなる。藤原師長については巻三「大臣流罪」において記す。いま一つは名誉職であって公卿僉議など政務の実際に参画しないはずの官職であるものの、太政大臣は太政官の最高官職である。強引なやり方をすればその地位には利用価値がある。実際、巻二「座主流」に語られるように、後白河院は明雲座主を流罪に処した際、先例を無視して太政大臣の藤原師長を公卿僉議の上卿に据えて思い通りの決定を下させている。

一方、平清盛は息子二人を左右の大将に並ばせるという、摂政・関白の家の向こうを張るような栄誉を望んだ。それに加えて、隠退した自分に替わって平家の統領を務める平重盛が政治の実際面で腕を振るえるように内大臣の地位を望んでいた。

後白河院は藤原師長の太政大臣就任を、平清盛は平重盛と平宗盛を左右の大将および平重盛の内大臣就任を実現しようと暗闘を続けてきた。その始まりは、先に示した安元元年（一一七五年）十一月二十八日の除目にまで遡るのだろう。それが安元三年（一一七七年）正月二十三日に急な決着を見たのである。Gに後白河院が「丞相ト将軍ノ両事、御要アルガ故ニ」とあるのは、平家にそのポストを渡して、その見返りとして藤原師長の太政大臣就任を平清盛に認めさせようとしたのだろう。藤原師長の太政大臣就任と平重盛の内大臣就任はこの度の除目ではなく、この年の三月五日の臨時の除目において実現することになる。

正月二十三日の夜に談合の決着を見て後、翌日早朝の除目に間に合うよう左大将の辞表を提出するよう、後白河院は藤原師長に指示を出した。その指示は藤原師長にも寝耳に水で、辞表作成と朝廷への提出に当たって大騒動を引き起こした。その様子を『玉葉』の正月二十五の記事が生々しく伝えている。記事を引用して解読してみる。

二十五日。丙寅。晴。

A　早旦ニ人伝ヘテ云ハク、除目、延引ノ儀アリトイヘドモ、忽チモツテ、コレヲ行ハル。鶏鳴ノ後、召シアリ。午ノ刻ニ儀、了《をは》ル。執筆ハ中宮大夫トウンヌン。

B　申ノ刻、聞キ書キヲ見ル。権大納言ハ邦綱、左大将ハ重盛、右大将ハ宗盛、此ノ外ハ甚ダ多シトイヘドモ、具《つぶさ》ニ注スコト能ハズ。

C　ソモソモ、去ンヌル夜、俄ニ内大臣、大将ノ辞状ヲ上《たてまつ》ル。〔件ノ辞状ハ内蔵権頭藤原敦任、コレヲ作ル。即チマタ、相ヒ兼ネテ清書ストウンヌン。其ノ状ノ筆削ノ体、太《はなは》ダ恥アリ。儒中ハコレヲ嘲ルトウンヌン。〕其ノ使ヒハ本所ニ用意ナシ。ヨツテ院ヨリ左近少将源有房朝臣ヲ催シ遣ハサルトウンヌン。日ノ出ノ後、参内ストウンヌン。

D　右大将ヲ任ゼンガタメニ、率爾ニ辞状ヲ献《たてまつ》ルベキノ由ヲ仰セラル。ヨツテ太《はなは》ダモツテ周章ストウンヌン。

E　内府ノ太相ニ昇ラルベキノ由、此ノ両三年、謳歌ス。須《すべか》ラク除目以前ニ任大臣ヲ行ハルベシ。若《も》シ大将ノ辞状ヲ献《たてまつ》ラレテ後ハ心閑カニ次第ノ昇進アルカ。（以下略）

以上の記事を分かりやすくしてみる。

A　除目最終日の翌日である二十五日の早朝にある人がやって来て、次のことを伝えてくれた。除目の中日である二十三日には除目が長引くかに見えた。ところが二十四日になって直ぐに除目が決まった。鶏鳴の後に会議が始まって、午の刻限、今の十二時ごろに終了した。執筆は中宮大夫で後白河院の近臣の藤原隆季であったという。

B　申の刻、今の午後四時ごろに除目のメモを見た。権大納言に昇格したのは平家側の藤原邦綱、左大将は平重盛、右大将に任命されたのは平宗盛であった。その他、沢山の人事が行われたが、細かく書きつけることはできない。

C　そもそも、二十三日の夜、急に内大臣藤原師長が左大将の辞表を朝廷に提出した。〔提出された辞表は儒臣で内蔵権頭の藤原敦任が作文したものである。大急ぎで草案を作成し、その傍らで同時進行的に清書が作成されたという。だから文章を何度も作り直しているのが、そのまま提出された清書にも訂正箇所が文字の削り痕として残されていて、非常に恥ずかしいものであった。儒臣たちの嘲りを受けたという。〕その辞表を朝廷に届ける使者の用意が藤原師長のところにはなく、後白河院が近臣の左少将源有房を派遣して使者の役を勤めさせたという。藤原師長は日の出の後に参内したという。

D　後白河院は平清盛との談合に従って、二十四日の除目で平宗盛を右大将にするために、突然、藤原師長に左大将の辞表を提出するよう命じた。それで藤原師長のところでは大騒動になったのだという。

E　内大臣藤原師長が太政大臣に昇るだろうということは、この二三年、噂されていた。だから、きっと秋の除目より前に太政大臣を拝命することになるのだろう。あるいは左大将の辞表を提出したその後は、安心して太政大臣昇格を待てばよいことになっているのか。

二十五日の早朝に、ある人から、長引くかと思われたこの度の除目が突然に決着をみたとの報が伝えられた。会議は二十四日の鶏鳴時から始まって十二時ごろに終了したという。執筆は二十三日の左大臣藤原経宗に替わって、後白河院の近臣で建礼門院に仕える中宮大夫の藤原隆季が勤めた。その人選には格別の意識が働いているように思われる。この度の左右の大将の人事と連動して実現するはずの藤原師長の太政大臣昇格で、嫌な思いをすることになる左大臣藤原経宗に執筆の役を負わせることを避けたのだろう。午後二時ごろに会議のメモが届けられ、それを見ると多くの人事が記される中で、権大納言は平家陣営の藤原邦綱、左大将は平重盛、右大将は平宗盛とされていた。この度の除目における興味の中心が左右の大将にあったことが、『玉葉』の記事からも明らかである。

それに加えて、中納言藤原邦綱の権大納言昇格をわざわざ記しているのには、わけがあったのだろう。藤原邦綱は紫式部の父である藤原為時から数えて六代目の子孫にあたるのだが、その一門は父の盛国までは五位どまりの最下級の受領クラスの公家である。その彼が中納言に至ったことさえ異例であるのに、この度の除目で剰任の権大納言に任じられたのは破天荒な人事であった。藤原邦綱は政経の実務的才能に恵まれ、荘園経営や海運の業務を差配して経済面で平家に大きな貢献をする中で、平清盛の股肱の臣として活躍した。その活動を通して自身も大福長者となっていた。そして平清盛の薨去と同じ月の内にその後を追うように薨去した。その薨去のことは巻六「祇園女御」で語られている。藤原邦綱の権大納言昇格という破天荒な人事を実現させたのは、平清盛の強引な後押しによることは誰の目にも明らかだったはずである。平家側に軍配が上がったこの度の除目の背後に人々は平清盛の不気味な影を見た。しかし、そこには藤原師長を強引に太政大臣に任命しようとする後白河院の思惑も働いていた。いつ実現するかは分からないものの、それは公然の秘密であったと思われる。先に見たように、九条兼実はそれがこの度の除目で実行に移されることになったのを二十三日夜の藤原光能の訪問によって、人々に先んじて知った。

談合の成立は突然のことであり、当事者の藤原師長でさえ二十三日の夜まで、成り行きを知らなかった。『玉葉』の二十五日の記事からそれが分かる。後白河院は談合が成立して後、ただちに藤原師長を左右の大臣を越階して太政大臣にすることの承諾を強引に右大臣九条兼実と左大臣藤原経宗から取り付ける。その後、後白河院は藤原師長に事情を伝えて、その夜の内に左大将の辞表を朝廷に提出するよう指示を与えたのだろう。突然のことで、藤原師長のもとには何の用意もなく、大急ぎで儒臣の藤原敦任に辞表の作成を依頼した。辞表は形式的ではあるが内容もある美文調の漢文で書かれる文章で、作成に時間のかかるものである。ところが突然なことで時間の余裕もないために、藤原敦任は苦心の作文を迫られる。しかも傍らには能書の人が控え、作文と同時進行でそれを清書してゆく。鳥の子の厚手の紙に清書するのだが、書き直しの箇所は小刀で文字の表面を削って、その上に新しい文字を書き付ける。出来上がった清書は削り痕だらけのものであった。見た目もまた大あわてで作文した文章も儒臣たちの嘲りを買う見苦しいものとなった。

藤原師長のもとには朝廷に提出する使者の用意もなく、後白河院が近臣を派遣して、その用に当てた。二十五日の記事は、藤原師長の左大将辞任と平重盛、宗盛兄弟の左右の大将任命が突然のしかも間髪を入れないものであったことを如実に伝えるのである。後白河院と平清盛の裏取引は約一ヶ月半後の三月五日の臨時の除目ですべてが収まる。その日、藤原師長は太政大臣、平重盛は内大臣に昇格して内大臣の左大将、平宗盛は権中納言の右大将に任じられた。承安五年（一一七五年）二月二日以後に始まった二年にもわたる後白河院と平清盛の人事を巡る駆け引きが、そこで最終決着を見たのである。巻三「大臣流罪」で説くように、太政大臣就任は、保元の乱で敗死した藤原頼長の子息で官界に生き残った藤原師長の悲願であったのだろうが、後白河院の同情と思惑によって実現したのである。ただし、安元三年（一一七七年）正月二十三日夜の談合の成立は後白河院側の慌てようから見て、平清盛がイニシアティブを取ったものであることが推測される。後白河院の陣営が勝利した安元元年（承安五年　一一七五年）十一月二十八日の除目と比べると、一年余りの間に平清盛と平家の威勢が増大した結果なのだろう。

四　まとめ

『平家物語』の主題部の冒頭の文章は「其比」という時期の標示の曖昧さのみならず、「妙音院殿の太政のおほいどの、（其時は未）内大臣の左大将にてましましけるが、大将を辞し申させ給ふことありけり。時に徳大寺の大納言実定卿、其仁にあたり給ふ由きこゆ。（以下略）」とある本文もまた、曖昧な文章であることが分かるだろう。その文章は、安元三年（一一七七年）正月、藤原師長が左大将を辞任して後に、徳大寺実定、花山院の中納言兼雅そして大納言藤原成親などの猟官運動が始まったかに読み得るものとなっている。しかしここに見たように、それはあり得ないことで、彼らの猟官運動は前に述べたように、安元元年（一一七五年）十一月二十八日以降のことであったと考えるべきである。『平家物語』の主題部は他の箇所に比して実に曖昧な文章で始まっているのである。

補注

1　『愚管抄』巻五〈二条〉「フヨウ」を「不用」と解する説もある。

12　巻一　俊寛沙汰　鵜川軍

一　緒言

この句の冒頭の「此法勝寺の執行と申は」から「父宇治の悪左府の御例、其憚あり」までが「俊寛沙汰」の本文に当たり、内容的には、直前の「鹿谷」の終わりに当たる。そして「北面は上古にはなかりけり」とある本文から「鵜川軍」の実際の内容が始まる。そのことを示すために「梗概」では一行あけて区切り目とする。

『平家物語』は治承元年記を二つの事件から語り始めようとしている。一つ目に当たる第一の事件は平重盛と平宗盛の兄弟が左右の近衛大将のポストを独占したという出来事である。それは安元三年（一一七七年）正月二十四日の除目によるものだが、「鹿谷」で見た通り、物語は一年以上も前の出来事から時期を曖昧にして語り出している。その詳細は「鹿谷」のところで述べた通りである。いま一つ治承元年記の第二の事件としてそれと同時平行するのは「鵜川軍」より二句後の「御輿振」で語られる事件である。安元三年四月十三日に山門（延暦寺と日吉神社）が日吉神社の神輿を担いで加賀国司師高と目代師経の兄弟を処罰せよと要求して内裏に押し寄せたとする。それが第二の事件の始まりである。ただ、その事件のきっかけは「御輿振」の事件より一年足らず前に起こった加賀国の鵜川の湧泉寺での暴力事件であった。「鵜川軍」はそれを語る。鵜川の湧泉寺での暴力沙汰から白山神輿の日吉坂本への動座までは、いわば治承元年記が取り上げる第二の事件の直接の前史である。

二　概説

この法勝寺の執行職の俊寛という人は京極の大納言源雅俊の孫で、木寺の法印寛雅の子である。祖父の大納言は怒りっぽい性格で、いつも三条坊門京極の自邸の中門の所に怖ろしい様子で立って、容易に人を通さない。俊寛もまた僧であるにも拘わらず、気性も激しく傲慢だったので、つまらぬ謀叛の企てに加わったのだろう。

藤原成親卿は、多田蔵人行綱に国や荘園の恩賞を約束して指揮官を頼み、弓袋の用意として、白布五十反を贈った。

安元三年（一一七七年）三月五日、妙音院殿（藤原師長）は太政大臣、そして小松殿（平重盛）は大納言源定房卿を超えて内大臣になった。内大臣で近衛の大将というのは名誉な地位であった。大炊御門の右大臣（左大臣が正しい）藤原経宗を主賓として祝賀の披露宴である大饗が催された。藤原師長が左大臣ではなく太政大臣に任命されたのは、謀叛を起こし敗死した父藤原頼長が左大臣であったので、その地位を憚ったからである。

北面は白河院の時代に始めて設置され、近衛府、兵衛府、衛門府などから多く採用された。為俊、盛重などは少年時代から千手丸、今犬丸と呼ばれて童形で伺候した者達で、大変な切れ者であった。鳥羽院の時代には季教、季頼父子が北面に伺候して、院への取り次ぎをする伝奏という重要な役目を勤めたこともある。ただし、その時代の北面の人々は分際を弁えていた。ところが後白河院の北面の人々は以ての外に過分な振る舞いをし、公卿や殿上人なども眼中におかず、礼儀も礼節も弁えていない。侍身分の下北面から諸大夫身分の上北面に昇進し、上北面から殿上人になる者まで現われ、北面の人々の心に驕慢さが生まれて、つまらぬ謀叛にも与したのだろう。

なかでも故少納言入道信西が召し使っていた師光、成景という者達がいた。師光はもとは阿波国の国府に出仕する官人であり、成景は都生まれで素性も卑しく低い身分の者であった。彼らは最初、健児童《こんでいわらわ》とか格勤者《かくごしゃ》とかいった下級の侍として召し使われていた。ところが賢い連中だったので、師光は左衛門尉、成景は右衛門尉として同時に左右の衛門府の三等官に任命された。信西が平治の乱で亡くなったとき、二人ともに出家して、師光は左衛門入道西光、成景は右衛門入道西敬（西景）と名乗った。その後は後白河院に召し出され院の御蔵の管理をする御倉預かりとして働いた。

その西光の子供に師高という者がいた。これも切れ者で、検非違使の尉にまで成り上がって、安元元年（一一七五年）十二月二十九日の追儺の日の除目で加賀守に任命された。師高は国務に携っている間に、神社や寺院それに権門勢家の荘園を没収するなど数々の違法行為や慣行を無視した行為を行った。

安元二年（一一七六年）の夏の頃に、加賀国の国司代行である目代に任命された師高の弟の近藤判官師経も乱暴な人物であった。加賀国の国府の近くにある鵜河寺という山寺の僧達が湯を沸かして浴びていた所に乱入したのである。僧達を追い除けて、自分は湯を浴び家来たちに馬を洗わせたりした。僧達は怒り、国府の官人の立ち入りを許さない不入の法に違反すると抗議した。目代師経は、これが法だ、とやり返し、僧達と乱闘となって、目代師経の秘蔵の馬の脚を折られてしまった。その後は、弓や太刀などの武器を手にした合戦となって数刻に及んだ。目代側は夜になって退却した。そこで目代師経は在庁官人として国府に出仕する加賀国の武者達を千人余りも召集して、鵜河寺を襲撃して一宇も残さず堂社を焼き払った。

鵜河寺は白山神社の末寺なので、智釈、学明、宝台坊、正智、学音、土佐の阿闍梨などの面々が事件を白山に訴えに赴いた。そこで白山の中宮三社と末寺の八院の大衆である人々がすべて集まって二千人余り、安元二年（一一七六年）七月九日の暮れがたに目代の屋形近くまで進撃し、合戦は明日と定めて陣を張った。目代はその威容に恐れて、夜逃げをして都に帰った。翌朝の六時ごろ、屋形に押し寄せた白山の大衆は仕方なく引き返し、山門に訴えることに決した。彼らは白山中宮の神輿を渡御のために飾りたて、比叡山へ振り上げた。八月十二日の正午頃に白山の神輿が比叡山の坂本に到着。その報が入るか入らない内に、八月なのに白雪が地面を埋め比叡山の山上も都も常盤の木々の梢まですっかり白一色となった。

三 「鹿谷」の句の綴じめ

始めに述べたようにこの句は実際には「北面という職は、ずっと昔にはなかった」という本文から始まる。「鹿谷」の内容は、安元三年（一一七七年）三月五日に藤原師長が太政大臣になり、平重盛が内大臣になったことを語るところまでである。二人の昇進は「鹿谷」で述べたように後白河院と平清盛の談合によって決められた。

安元三年正月の除目では、まず藤原師長に左大将を辞任させ、平重盛を左大将に平宗盛を権大納言の右大将に昇進させて、（補1）平家の兄弟を左右の大将に任命する。さらに平清盛の股肱の臣である藤原邦綱を権大納言に昇進させる。そして三月五日の除目で藤原師長を左大臣藤原経宗と右大臣九条兼実を超越して太政大臣に、平重盛を内大臣に昇進させる。三月五日のその除目も正月二十四日の除目の直前に折り合いのついた談合で、すでに了解済みだったのだろう。正月二十四日の除目は、三月五日の除目と抱き合わせの内容であったわけである。その談合の要点は「鹿谷」のところに表でしめした。

安元元年（一一七五年）十一月二十八日の除目では後白河院は自分の陣営の人々の昇進を思い通りに実現させた。しかし安元三年（一一七七年）の除目では、摂関の家筋に劣らない地位、つまり左右の大将を一門の手にと願う平家の野望を無視できなかったのだろう。それが、この談合となったのではないだろうか。そして摂関の家筋の人々はもちろん、ほとんどの公家の人々には苦々しい人事を安元三年には現実のものにしてしまった。後白河院がそうまでして藤原師長を太政大臣にしなければならなかったのはどうしてなのか。藤原師長を太政大臣にして自分の陣営に置くことが政治の上でそれほどプラスになるとも思えない。「座主流」が話題にする明雲一件の公卿僉議で後白河院は強引に太政大臣藤原師長を議長役である上卿にして後白河院の思い通りの決定をさせている。太政大臣が公卿僉議において議長役である上卿を務めることは異例であるにも拘わらず、そのように彼を利用した。太政大臣となった藤原師長にはそのような使い道もあった。

しかし、藤原師長を太政大臣にしたのは、そのような使い道が最大の理由とも思えない。証明はできないが、後白河院は保元の乱で憤死させた兄の崇徳院そして藤原師長の父の左大臣藤原頼長の怨霊に対する恐れと悔悟の念を常に抱いていたのではないか。後白河院の仏事好きはよく知られている。仏事好きは当代一般のことだが、後白河院の場合は度を超えている。その背景には保元の乱と平治の乱で身近な人々を憤死させたことへの恐れがあったように思われる。藤原師長を強引に太政大臣にした背景には、藤原頼長の霊を慰める鎮魂の意図があったのではないか。

安元三年（一一七七年）正月二十四日の除目と三月五日の除目は、後白河院と平清盛の談合によって実現された抱き合わせのものであった。『平家物語』の作者はその談合については匂わすことさえしていないのだが、藤原師長が太政大臣になり平重盛が内大臣左大将になったとする、この箇所までが「鹿谷」の実際の内容に当たる。

四　北面の人々

「鹿谷」の終わりに、平家打倒の企てに参加した人々について、

近江中将入道蓮浄　俗名成正（成雅が正しい）、法勝寺執行俊寛僧都、山城守基兼、式部大輔雅綱（章綱が正しい）、平判官康頼、宗（惟宗）判官信房、新平判官資行、摂津国源氏多田蔵人行綱を始として、北面の輩お

ほく与力したりけり。

と述べる。ちなみに『玉葉』にはこのうちの行綱を除く七人に加えて基仲法師、木工頭平成房などが謀議の参加者として逮捕されたことが記される。

「鵜川軍」の実質的な始まりは、「北面の輩おほく与力したりけり」とする箇所を承けた「北面は上古にはなかりけり」の本文からである。「鵜川軍」は、加賀国での争いが京都に波及し朝廷と山門を巻き込む歴史的な大事件に拡大していったその端緒を語る。そしてその原因を、軽い身分の下北面のものを後白河院があまりに重用した結果であるとする。そうした話題を「北面は上古にはなかりけり」とする本文によって語り出すのである。

院政は白河院によって始められた。北面はそのとき始めて設置され、後白河院の時代に至る。その北面も、白河院や鳥羽院の時代には院の専断で過分の出世をするなどはしたが、国政に口出しをするようなことはなかったし、彼ら自身、分際を弁えてもいた。ところが後白河院の際限ない扱いは、彼らを増長させ、その結果、国家に対して災いの種子を蒔くようなことまでしでかした。院政期以前、摂政関白の家柄を頂点においた身分、家柄の秩序の中で政治が行われていた時代はよかった。ところが院政が始まって後、朝廷内部の秩序が乱れ動乱の相次ぐ時代になってしまった。その悪政の行き着いたところが後白河院の院政である。その悪政が下北面の侍身分のものたちの横暴な振る舞いとなって現われた。「鵜川軍」に始まる一連の事件の根はそこにある。そのように『平家物語』の作者の歴史観と政治思想が、この句の始めに吐露される。

さて、北面には上北面と下北面の両北面がある。後白河院の北面にかんしては「後白河院北面歴名」と名付けられた巻物が伝わっている。小松茂美氏が古筆学の研究誌『水茎』第六号（一九八九年三月刊）に「右兵衛尉平朝臣重康はいた――「後白河院北面歴名」の出現」として紹介されたもので、下北面の人々の名前を中心としたリストである。そのリストからは北面にどのような身分、家柄そして職掌の人々が詰めていたかが分かる。それに、専従者だけではなく他の大貴族の家に仕えるものたちも兼参のかたちで北面伺候を許されていたことなどの分かる、実に興味深いものである。従四位下の権侍医の和気貞経、神祇権大副の卜部兼貞、権少副の大中臣為定を筆頭に、五位、六位さらに下位の文武の京官と地方官、内舎人、その退官者、蔵人所の雑色、蔵人所衆、院蔵人所衆、瀧口、武者所そして無官のもの、それに加えて伊勢神宮、上下の賀茂社、松尾社、稲荷社、住吉社、日吉社の神官の名前も掲げられる。その人々すべてで「三百四十九人」と一括される。その人数のあとに、後白河院の御用を勤めた仏師集団の院派の統領の院尊を筆頭に三十一名の僧たち、雑仕、催召次などの召使いの名前までが記されている。そこにはさまざまな分野で興味ある人々の名前がみえている。

　この節のはじめに引いた『平家物語』の本文に見られる人々のうち基兼、章綱、康頼、信房、資行（扶行、佐行）、行綱は北面の人々と推測してもおかしくない面々である。しかし彼らの名は「後白河院北面歴名」には見えない。もっとも、『平家物語』の本文は、かれらを北面として列挙しているのかどうか。『平家物語』の本文のこの箇所は、「かれらを含めて多くの北面の人々が企てに参加した」と取るのか、「かれらの他に多くの北面のものたちが企てに参加した」と解釈するのか、どちらがよいのだろうか。米谷豊之祐氏の労作『院政期軍事・警察史拾遺』（近代文芸社、一九九三年）は、『玉葉』の記事を取り上げてかれらを北面として説明を加えている。『平家物語』では「北面は上古にはなかりけり」とある本文のあとの白河院時代の為俊と盛重、鳥羽院時代の季教（範）と季頼そして後白河院時代の師光（西光）と成景（西敬）ははっきり北面として取り上げている。ただし師光の子の師高、師経までを北面としているのかどうか。このあたり『平家物語』の本文は曖昧である。師光、成景、師高、師経の四人はともに「後白河院北面歴名」にその名前が見えない。しかし師光と成景の二人は『尊卑文脈』にその名前が見え、北面として後白河院に近侍していたことが記される。二つの資料の不一致は気にな

る。その場合、『尊卑文脈』よりも「後白河院北面歴名」をどのように評価するかが問題になるように思われる。（補2）

白河院の北面の(イ)為俊と(ロ)盛重、鳥羽院の北面の(ホ)季範（教）と(ヘ)季頼、そして後白河院の北面の(ニ)師光と(ハ)成景は『尊卑文脈』に載せられている。その関係を系図で確認する。

かれら六人を系譜でしめすとこのようになるが、『尊卑文脈』には彼らには長い注記があって、それぞれに興味深い記事が付されている。

(イ)の為俊はもとは内蔵と呼ばれる御座所ちかい倉庫の出納役である小舎人童であった。それが白河院の目にとまり寵愛を受ける身となり、今犬丸という童名で童形のまま北面に出仕する。童形の少年の北面伺候は為俊が最初であった。かれは身分の軽い者であったが、じかに白河院と話すことを許され、夜、寝所に召された。白河院は彼にしかるべき身分を与えようと、近臣の藤原章俊の養子にさせた。今犬丸は元服して為俊と名乗り右衛門尉、検非違使、河内守を歴任し、鳥羽院の皇太子時代には春宮御所の帯刀の長もつとめた。『尊卑文脈』にはそう記される。ところで『平家物語』では為俊の童名は「千寿丸」とあり、「今犬丸」は(ロ)の盛重の童名とされている。鎌倉時代の説話集『続古事談』でも「今犬丸」を盛重の童名とする。どちらが正しいかは分からない。成人してのち為俊は帯刀《たちはき》の職についたとするが、帯刀は武芸に堪能な者が選抜されて任命されるもので、その長は帯刀先生《せんじょう》とも呼ばれ、院政期には源平のしかるべき武士が選ばれることが多かった。為俊は美男であるばかりではなく武芸にも長じていたのだろう。出身ではなく実力が身分や家柄の制約を越えた出世を可能にする時代が始まっていた。為俊はそれを体現した人物であり、彼の場合、院との男色関係が出世のきっかけを作っている。

(ロ)の盛重はもと周防国の者である。長門守高階経政の侍で、子供の時から東大寺別当の敏覚に児童として召し使われていた。そして、たまたま奈良で白河院の目にとまり召されて寵愛を受ける身となり童形のまま北面に伺候した。童名を千寿丸という。筑前守藤原国仲の養子となり元服の後、盛重と名乗った。元服の後は白河院の近習となり頭角を現わし従五位下にのぼる。右衛門尉、検非違使となって近藤右衛門尉と呼ばれた。さらに肥後守、信濃守、相模守、石見守を歴任した。『尊卑文脈』にはそのように記される。童名のことは為俊の所に記した。彼が今犬丸と呼ばれていた可能性もある。盛重は当時、有名な人物であったらしく『今鏡』をはじめ鎌倉時代の説話集『古今著聞集』『古事談』『続古事談』『十訓抄』あるいは室町初期の教訓所である『寝覚記』などといった書物に逸話が載せられる。『古今著聞集』などによると長門守も歴任している。また『十訓抄』によれば六条右大臣源顕房にも兼参の形で仕えていたらしい。盛重の逸話は彼が周到で機転のきく優れた人物であったことを伝えている。それだけではない。彼は優れた武者としても知られていた。たとえば永久元年（一一一三年）に延暦寺が興福寺の末寺である清水寺を焼いた。怒った興福寺の衆徒が報復のために上洛してくる。都での興福寺と延暦寺の武力衝突を回避するために朝廷は官軍を派遣し、宇治市の東南栗駒山で興福寺との間に合戦が起こる。『春日権現験記絵』にも合戦の様子が描かれる有名な合戦だが、『中右記』永久元年四月三十日の記事によると、そのとき藤原盛重も派遣されている。「天下武者源氏平氏輩」として平正盛、源光国などとともに藤原盛重の名前が掲げられている。武者としての当代の評価がそこに現われていよう。彼もまた、院との男色関係を通して北面に伺候し、それをきっかけに実力に

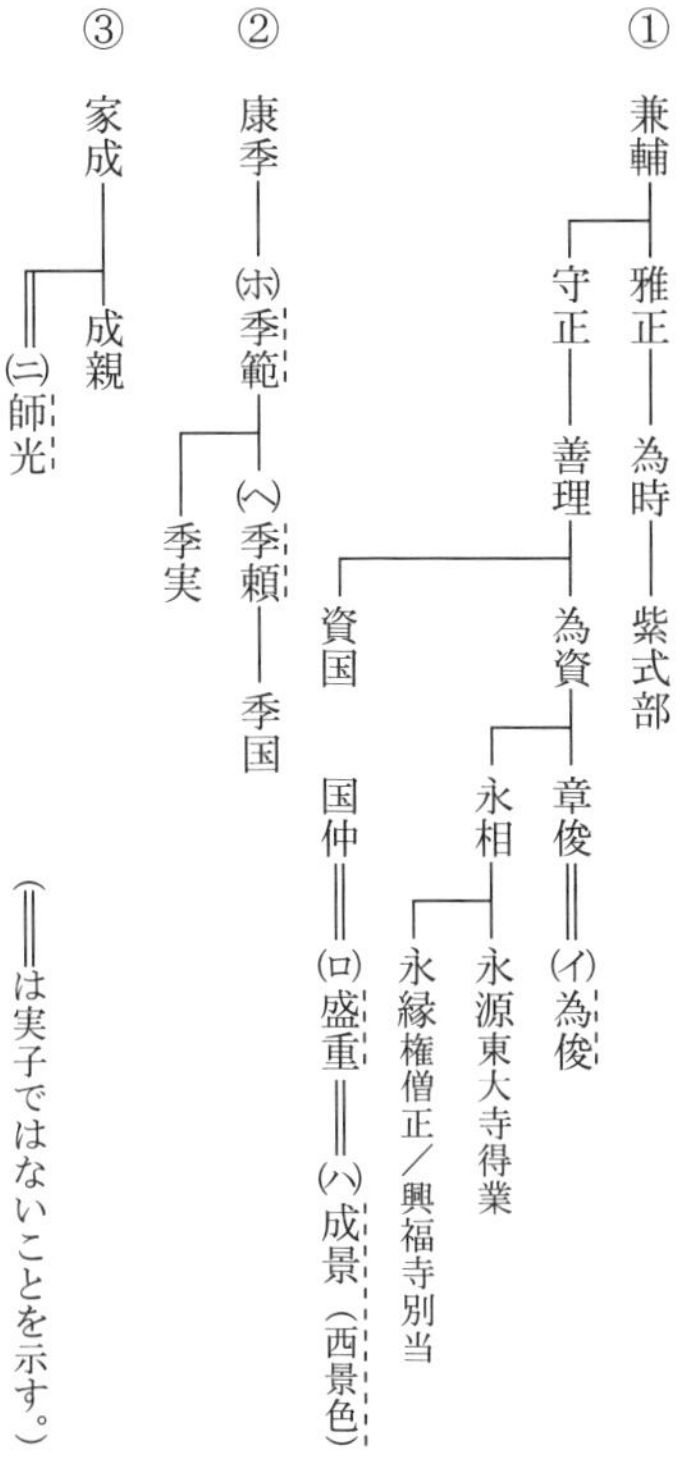

よって出世を遂げるという院政時代を象徴するような男であった。

ところで盛重の主筋にあたる高階経敏が藤原通憲（信西入道）の養父である点は注目に値する。ここに取り上げる人物のうち盛重、成景、師光の三人と院との関係には信西入道が介在していたことが推測されるからである。信西入道は、身分は軽いが能力のある人々を手元に集め、また彼のもとには出世の手蔓を求めてそうした者達が各地から集まっていたのかもしれない。それに関しては信西入道の子の静賢についての記事で、思い合わされることがある。延慶本や『源平盛衰記』の、覚一本でいえば巻三「法印問答」にあたる箇所の記事である。静賢は侍として金剛左衛門俊行、力士兵衛俊宗という五十人力の熊野育ちの兄弟を抱え、また市夜叉、滝夜叉という眉目すぐれ、しかも二十人力の召使いなどを使っていたという。信西入道一家の人達は、身分を問わず才能ある者を広く集めて、彼らを手足のように使っていたのかもしれない。

(ハ)の成景（西景）はその盛重の養子となっている。もとは藤原通憲（信西入道）の侍で、少年のころ鳥羽院の寵愛をうけ、養父盛重の例にならって童形のまま北面に伺候した。元服して成景と名乗る。その後、後白河院に召し出されて近習の列に加えられ、院への上申の取次役をも勤めた。平治の乱で信西入道が大和国の奥、田原の山中で自ら生き埋めになって自殺した平治元年（一一五九年）十二月二日に出家して西景と名乗った。『尊卑文脈』にはそう記す。彼が盛重の養子となるに当たっては、盛重と信西入道の養父の高階経敏との関係から推測して信西入道が仲立ちをつとめた可能性がある。

(ニ)の師光（西光）は侍身分のものが公卿の養子になるという珍しい例である。彼は後白河院の指示によって院の近臣である藤原家成の養子となった。もとは信西入道の侍で、同時に小舎人童という身分で宮中に出入りしていた。その後、後白河院の北面に列し、後白河院の御所の倉庫を管理する御倉預となる。さらに後白河院の近習者として後白河院への上申の取次ぎをする伝奏を勤めた。左衛門尉にも任官している。

平治元年（一一五九年）十二月二日に信西入道が田原に自ら生き埋めとなって自殺したとき師光も出家して法名を西光とした。その後、後白河院の院中の切り盛りをし、院政にも参与した。そうした中、天台座主明雲を非難し平家の滅亡を図ったので、安元三年（一一七七年）六月一日、平清盛の命令によって逮捕された。取り調べに際して平清盛に悪口を吐いたので口を裂かれ、六条河原で首をはねられた。『尊卑文脈』にはそう記される。

『平家物語』の「鵜川軍」には師光をもとは阿波国の土豪で阿波国の役所に現地の役人として出仕していた在庁官人としている。また『玉葉』承安三年（一一七三年）三月十日の記事は西光（師光）が仏堂を建立しその落慶法要に後白河院が公卿、殿上人、北面の人々を供に参列したと苦々しげに書き留めるが、そこに西光のことを「左衛門尉入道ナリ。故信西乳母子ト云々」と注記している。西光の母は信西入道の乳母であったというのだから、二人の繋がりは一代だけのものではなかったらしい。後白河院即位の一月余り後、師光は滝口に採用され（『山槐記』久寿二年（一一五五年）八月二十八日）、保元二年（一一五七年）十月二十七日にはすでに左衛門尉になっていた（『兵範記』同日の条）。西光のそうした抜擢は、彼の実力と働きによる所もあったようだが、信西入道の後押しによる所も大きかったのではないか。

彼は信西入道亡き後も後白河院の親任を得て近臣として権力を振るった。『玉葉』安元三年六月一日の記事は、平家打倒の謀議の嫌疑によって平清盛が西光と藤原成親を逮捕し後白河院の近臣達を一網打尽にしたことを記す。その中で西光を「法皇第一ノ近臣ナリ」と注記している。そればかりではない。かれは中納言にまで昇った藤原家成の養子、つまり公卿家の養子にさえなって破格の身分的上昇を果たしている。そうした破格の出世は、前の三人のように院との男色関係をきっかけにしたものではない。もっとも、養家先で西光の兄弟となった藤原成親は藤原頼長とも後白河院とも男色関係にあった。五味文彦氏が藤原頼長の男色関係を述べる中で詳述されている（『院政期社会の研究』山川出版社、一九八四年）。しかし西光の場合は、男色とは関係なく、信西入道との代々の関係がその出世に大きく役立ったように思われる。

(ホ)の源季範と(ヘ)の源季頼は前の四人とは素性が異なる。いかにも北面の武士にふさわしい身分と家柄の出身である。かれらの家は河内国の坂戸の牧を本領とする文徳源氏とされる。

源季範の父の源康季は白河院が始めて北面を設けたとき、最初に北面に列した「北面衆、最初之随一」（『尊卑文脈』文徳源氏）のものである。源康季は従五位下の検非違使を勤め、坂戸大夫判官と呼ばれた、坂戸源氏の祖である。源季範はその嫡男でその家に相応の官位を得ている。

源季範は鳥羽院の北面で近習者に選ばれている。従五位上に至り左衛門尉、検非違使、河内守、紀伊守、周防守を歴任した。息子の源季頼は鳥羽院の北面で近習者に選ばれている。従五位下に至り左衛門尉、検非違使、周防守を歴任した。源季頼の息子の源季国は後白河院の北面で検非違使であった。寿永二年（一一八三年）十一月の法住寺合戦のとき木曾義仲によって解官されるが、木曾義仲の没落ののち還任、出世して正五位下に至り、下野守になっている。その息子の源季景は後鳥羽院の北面であり、その子孫も代々の北面となっている。そのように『尊卑文脈』からはまさに典型的な北面の身分と家柄の一族の姿が浮かび上がる。

『平家物語』は白河院、鳥羽院そして後白河院の三代の北面を各二人ずつ掲げる。そのうち鳥羽院時代の二人は典型的な北面であり、白河院と後白河院時代の四人はまさに転換期の変化の相を如実に反映したところの北面であったことが分かるだろう。

五　白山神輿の日吉社への動座

覚一本の「鵜川軍」が語る鵜川の涌泉寺での暴力沙汰から白山神輿の日吉坂本への動座までの展開は梗概で見た通りだが、その展開は時期と期間が実際とはかなり違っている。

覚一本の展開は簡単に記せば次のようである。

①　安元元年（一一七五年）十二月二十九日、師高が加賀守に任命される。

②　同二年（一一七六年）夏の頃、師高の弟である師経が加賀国の目代として加賀に下向する。鵜川の涌泉寺で乱暴、夜まで合戦となり師経方《がた》は退く。師経は加賀国の在庁の武者千余人を率いて涌泉寺を焼く。(補3)

③　同二年七月九日、白山中宮八院と三社から二千余人が師経の館に向かう。

④　同二年七月十日、白山側の軍勢が師経の館を襲うが、師経は逐電して上洛。白山側は山門に訴えることを決意し神輿を上洛させる。

⑤　同二年八月十二日、白山神輿が日吉坂本に到着、白雪が降り積もる。

覚一本では④安元二年七月十日に白山側の軍勢が師経の館を襲うが、師経は逐電していて報復を果たせない。それで山門訴訟を決意し神輿を上洛させ、⑤同年八月十二日に神輿が日吉坂本に到着した、となっている。師経の逐電から一ヵ月あまりで白山神輿が日吉坂本に到着したとするのである。白山神輿の上洛が紆余曲折もなく実現されたかに見える。しかし『源平盛衰記』や延慶本『平家物語』はそれとは異なる。白山神輿の日吉坂本到着までには師経の逐電の時から数えて八ヵ月余りかかったとしている。しかも白山神輿の上洛を阻止しようとする様々な圧力に抗しての上洛であったとする。『源平盛衰記』巻四がその一部始終を順序立ててかなり詳細に記しているので、『源平盛衰記』によって要点のみを示してみよう。

①　安元二年（一一七六年）七月一日、白山側の数百人の軍勢が師経の館を襲うが、師経はすでに逐電して上

洛。白山側は二千余人が加賀国の国分寺で集会し山門に訴訟することを決議。寺官六人を上洛させた。

② 同二年十一月の頃、白山末寺の事件として山門は沙汰せず。寺官は空しく下向。白山では寺官を再度上洛させ、寺官は山門に交渉を続け年を越す。その期間に白山側は神輿を上洛させて山門に訴えることを決議。

③ 同三年（一一七七年）正月三十日、白山神輿の出発。

④ 同三年二月五日、白山神輿、願成寺に到着。武装した大衆六百人を供にして出発。

⑤ 同三年二月六日、白山神輿、加賀国の仏ガ原の金剣宮到着。

⑥ 同三年二月九日、加賀国の国衙の留守所からの、神輿動座を非難し上洛阻止の九日づけの勧告状到来。白山側は同日付けで勧告受け入れ拒否の返状。

⑦ 同三年二月十日、白山神輿、金剣宮出発。

⑧ 同三年二月十二日、白山神輿、越前国細呂宜山の麓の福龍寺の森の御堂（福井県坂井郡金津町）到着。神人や宮仕など九千余人が参集。留守所からの上洛阻止の使者が神罰を受け引き返す。

⑨ 同三年二月十七日、白山神輿、敦賀の津の金ケ崎の観音堂到着。

⑩ 同三年二月十九日、白山神輿の一行のもとに、現在、後白河院は熊野参詣で不在である、山門の側で朝廷に訴訟するので白山神輿の上洛を止めて結果を待て、という内容の二月某日付けの山門の書状が届けられる。山門から三百余人が書状とともに派遣されてきた。天台座主明雲の指示による白山神輿の上洛阻止の試みである。

⑪ 同三年二月二十日、白山神輿の一行は山門の指示に従い、神輿上洛を止めて裁許を待つ旨の二月二十日づけの返状を認める。山門の衆徒は引き返す。その後、白山側は六人の使者を訴訟のため延暦寺に派遣。

⑫同三年二月二十八日、訴訟の六人が比叡山の坂本に到着する。
⑬同三年二月二十九日、訴訟の六人が比叡山に登る。訴訟内容を延暦寺の三塔に披露。延暦寺の三塔の衆徒が何度も集会を開く。
⑭同三年三月九日、朝廷から、師経を処罰することを伝え、白山神輿の上洛を図った白山側の二人の僧の召喚を命じる天台座主明雲宛ての三月九日付けの院宣が山門に送られる。延暦寺の三塔の大衆が全体集会を開き、院宣の内容を不服として白山神輿を迎え入れ白山側と合同で強訴を行なうことを決議。
⑮同三年三月十二日、山門の決議が敦賀の津にもたらされる。
⑯同三年三月十三日、白山神輿が敦賀の津を出発。海津から船で琵琶湖を渡御。白雪、琵琶湖一帯を埋める。
⑰同三年三月十四日、子の刻頃、白山神輿、日吉社の客人宮の拝殿に入御。

『源平盛衰記』では白山側が師経の館を攻め師経の逐電を知ったのが安元二年（一一七六年）七月一日である。覚一本の七月十日とは異なる。それよりも大きな問題は、その後の展開が大きく異なることである。覚一本では白山神輿が動座して日吉社に迎えられるまでの紆余曲折が記されない。それに白山の側による師経の館攻めの一月余り後には白山神輿が日吉社に入御したことになっている。『源平盛衰記』はそれとは大きく異なる内容で、しかも展開が詳細に語られる。

『源平盛衰記』によると、師経の逐電を知って、すぐに神輿の発向が企てられたのではない。①まず山門からの朝廷への訴訟を請うために延暦寺に人が派遣され、②最初は問題にされず、再度の派遣の訴えは越年に及んだが、埒が明かないので白山神輿を上洛させて山門に助力を訴えようとした。⑥⑧その途中、加賀国の国衙が白山神輿の上洛を阻止しようとして書状と使者を二度にわたって派遣してくる。⑩また敦賀まで着いたところで、延暦寺からも座主の明雲の指示で、白山神輿の上洛を見合わせて山門による訴訟の結果を待つようにとの書状がもたらされる。⑪そのため神輿をいったん敦賀に留めて人を延暦寺に派遣し山門全体に白山側の訴えを披露する。⑬延暦寺では三塔の大衆が何度も集会を開き白山側の訴えに同調する。⑭朝廷は慌てて座主の明雲に師経の処罰の決定と白山側への処罰を匂わす院宣を送る。それに反発した延暦寺の三塔の大衆が集会を開き白山神輿を迎え入れることを決定する。⑰それで敦賀を出発した白山神輿が安元三年（一一七七年）三月十四日に日吉社の客人宮に入御する。白山側が訴えを起こすことを決定してから八ヵ月半ばかりもかかって白山神輿が日吉社に到着するまでが語られるのである。『源平盛衰記』では四通の書状と一通の院宣の本文を掲げて、以上のことが詳細に記される。

『源平盛衰記』の詳細な記事は机上の創作とは思えない。白山の側が記した上洛の日記とそれにかかわる延暦寺側の日記が延暦寺で保管されていて、それを利用して書いた可能性が想定される。『源平盛衰記』は『平家物語』の諸本の中で、本文の成立に延暦寺の関係者が拘わっていた可能性をもっとも色濃く示すテキストである。延暦寺の関係者であればこそ、白山側からの訴えと日吉社への白山神輿の動座の経過への興味も強くまたそれを詳細に叙述する材料を入手することもできたかと思われる。

最初、白山が延暦寺に助力を訴えたとき、「本社白山ノ事ナラバサモアリナン。彼社ノ末寺也」として延暦寺側は問題にせずなかなか重い腰をあげようとしなかった。しかし延暦寺の三塔全体に事件が披露されるに及んで延暦寺は積極的に動きだす。なぜ延暦寺の態度にそのような変化が起こったのか。浅香年木氏はそれを、白山および加賀国における階級闘争と延暦寺における階級闘争の利害の一致に拘わると説く（『治承・寿永の内乱論序説』第二編第一章「堂衆・神人集団の反権門闘争」法政大学出版局、一九八一年）。加賀馬場では経済的かつ社会的に成長を遂げつつある上層百姓と在地領主として勢力をもつ加賀斎藤の諸氏が手を結んで都の権力である国司と権門に対して抵抗しようとしていた。その一つの現われが国司師高と目代師経に対する糾弾訴訟であった。一方、山門内部でも上層に属する大衆と呼ばれる学僧の階層に対しての堂衆あるいは神人と呼ばれる下級の階層の人々による階級闘争が活発化していた。そのため三塔全体に師高と師経の横暴が披露された時、その利害の一致による共感が堂衆や神人を突き動かし延暦寺を白山の訴えに全面的に加担する方向に向かわせたと説く。

北陸における治承と寿永年間における歴史の大きなうねりの根本には、中央権力に対する在地側の階級的な闘争がある。浅香氏はそれを具体的に論じていて説得力がある。山門・延暦寺の内部に浅香氏が指摘するような大衆と堂衆・神人の間の階級闘争があったことは『平家物語』巻二「山門滅亡」でも語られている。しかし『平家物語』の作者が白山側の対立闘争の内実、山門の側のそれへの対応をどう見ていたのか、それは分からない。

白山側の援助の訴えに山門・延暦寺が加担することを決定した背景には、浅香氏が説くように、山門・延暦寺の堂衆や神人などの延暦寺の上層部への突き上げがあったのだろう。しかし、それだけでは説明は不十分である。山門・延暦寺の上層部にも、彼らに同調し彼らを利用しようとする意図があったのだろう。だからこそ、山門・延暦寺は朝廷への強訴に踏み切ったのである。それには延暦寺の上層部、とりわけ座主の明雲の政治的な立場が大きく作用したのではないか。それは二つの面で働いている。『平家物語』の導入部について説いた箇所および「額打論」で述べた対立の図式がそれである。延暦寺対興福寺・園城寺の対立そして平清盛対後白河院の対立、その二つの対立の図式である。

園城寺と延暦寺とは厳しい敵対関係にあって抗争を繰り返していた。白山に関わっても、治承元年（一一七七年）から三十年ばかり前の久安三年（一一四七年）に延暦寺と園城寺の間で対立があった。そのころ越前国にある白山の越前馬場の中心である平泉寺は、鳥羽院の時代、園城寺と延暦寺との間で争いの種となっていた。園城寺に肩入れする鳥羽院が平泉寺を園城寺の末寺にしようとした。延暦寺はそれを阻止し越前の白山領を自領に組み入れようと図った。延暦寺の僧綱たちは久安三年（一一四七年）四月七日にそろって鳥羽院の御所に押しかけ平泉寺を末寺にするよう訴えた。そして同じ月の二十七日に平泉寺を延暦寺の末寺とすることに成功する。そのことは『台記』をはじめ『百錬抄』『天台座主記』など多くに記されている。その園城寺にみずから園城寺の智証の門徒と名乗った後白河院が大きく肩入れしていた。後白河院は園城寺との敵対関係を介して延暦寺にとって対立的な存在であった。

治承元年（一一七七年）は後白河院と平清盛の対立関係が一段と鮮明になり、平清盛に有利に状況が展開しつつあった年である。鹿谷の陰謀が発覚して後白河院の近臣たちが平清盛によって処罰されるのは、白山事件の四ヵ月ばかり後の同年七月のことである。明雲は平清盛の出家のときに戒を授けた戒師であり、平清盛と親密な関係にあった。園城寺と対立する時、明雲が平清盛の権勢を利用したことは前に見た通りである。園城寺対延暦寺の対立関係は後白河院対平清盛の対立関係の構図に重なりつつあった。そうした状況のもとで、明雲とその一派をなす延暦寺の上層部は後白河院の手先となっている師高と師経の処罰を求める白山に加担することにしたのだろう。白山への助勢が後白河院への反抗となることを十分に承知のうえでの選択だったはずである。明雲たちは平清盛に未来を賭けたわけである。

明雲が主導する山門・延暦寺の上層部である大衆が、利害のうえで対立するはずの堂衆や神人の要求を受け入れた。そこには延暦寺（明雲・平清盛）対園城寺（後白河院）という山門・延暦寺内部の階級的な対立とは異なる次元での対立関係を反映する大衆側の判断も大きく働いていた。『平家物語』の作者はそれらの次元において山門・延暦寺の白山への助勢の動きを捉えている。「御輿振」「内裏炎上」と巻二「座主流」がそのことを語る。山門・延暦寺は日吉社の神輿を担ぎ朝廷に強訴する。後白河院は仕方なく国司師高を流罪にする。しかし後白河院はその報復のために明雲を処罰しようとする。その時、平清盛は明雲を助けようとするのだが、後白河院は強引に明雲を流罪に処する。白山騒動がそうした展開を見せる中、鹿谷の陰謀が発覚して平清盛による後白河院の近臣たちへの処罰が行なわれる。『平家物語』はそのように、白山対国司師高・目代師経の対立が山門・延暦寺と後白河院の対立へ、そして最後には平清盛対後白河院の対立へと展開していったと語るのである。

補注

1「安元三年正月の除目では、まず藤原師長に左大将を辞任させ、平重盛を左大将に平宗盛を権大納言の右大将に昇進させて」美濃部氏の誤解がある。安元三年（＝治承元年）正月二十四日の除目で、宗盛を右大将に任じた。また宗盛は昨年（安元二年）十二月五日に権中納言を辞任していたが、安元三年正月二十四日に権中納言に戻した。宗盛が権大納言になるのは翌治承二年（一一七八年）四月五日である。成親失脚の約一年後のことになる。

2 小松茂美氏の考証によれば、「後白河院北面歴名」の成立は文治五年（一一八九）七月以降建久二年（一一九一）の間とされ、安元・治承ごろの北面の者たちはこれには記載されていない。

3「涌泉寺」の名を出すのは『源平盛衰記』のみ。他の『平家物語』諸本は「鵜河」または「宇河」とあるのみ。

13 巻一 願立

一 緒言

「神輿をば客人の宮へいれたてまつる」から始まって「をのをの口をとぢ給へり」までの本文は「鵜川軍」の内容にあたる。「賀茂河の水云々」からが「願立」の内容となる。

「願立」は日吉社の神輿を振っての山門・延暦寺の強訴がいかに恐ろしいものかを語るのに、治承元年（一一七七年）より八十年ほど前の嘉保二年（一〇九五年）の事件を取り上げる。嘉保二年の事件は美濃国に新たに立てられた延暦寺領の荘園をめぐる係争に端を発した事件である。その事件は院政期を象徴する一齣であり、歴史的な側面を持つものであった。その事件は院政期を特徴づける二つの構図において捉えられる。一つは、院政を行う院および近臣達の勢力と摂関を頂点とする貴族や大社寺の勢力との衝突の構図である。院政においては公権力を手にした院による王法復権の志向が強権となって働く。その院の圧力に対して摂関を頂点に置く貴族や大社寺の私的権益を図る平安中期的な勢力が抵抗する。その二つの勢力の衝突の構図である。いま一つは山門などの大社寺に帰属して勢力を伸張しつつある地方の豪族や上層農民の利害と都の権門の権益との衝突という構図である。現代の歴史学からすれば、そうした二つの構図において捉えられる政治経済の大きな変革期を象徴する実に歴史的な事件なのである。

しかし当代の人々の目にはそうした歴史的な意味ははっきりと見えていない。それは山門・延暦寺の神輿を振っての強訴の恐ろしさと日吉山王の祟りの恐ろしさを印象づける事件であった。この時、日吉社の神輿はいったん比叡山に振り上げられ、比叡山から都に振り下ろされた。『天台座主記』によると、この嘉保二年（一〇九五年）の強訴の時が日吉社神輿の延暦寺登山の最初であった。比叡山の東麓、琵琶湖畔の日吉坂本から比叡山に振り上げられた神輿が西のかた都に向かって延暦寺根本中堂から振り下ろされる。怒りをあらわに日吉山王が猛々しい勢いで雲母坂を下ってくるのである。その印象は強烈で恐ろしいものであっただろう。その四年後の承徳三年（一〇九九年）に後二条師通が横死するが、それは山門・延暦寺の呪詛による日吉山王の祟りであるとされた。慈円も『愚管抄』の中で後二条師通の横死を日吉の神の祟りであると記している。嘉保二年の事件の顛末は御輿振りと日吉山王の恐ろしさを強く印象づける説話となって伝わった。十三世紀後半になって、その説話は『日吉山王利生記』・『山王絵詞』・日枝神社蔵『山王霊験記』などの絵巻に取り上げられ絵に描かれ文章化された。『平家物語』の本文はそれらのテキストの本文に近い。殊に『源平盛衰記』はそれら山門のテキストとの直接の影響関係を想像させるほどに酷似している。それは『源平盛衰記』の成立に山門・延暦寺の人々が関わっていたことを推測させる点で重要である。

二　概説

白山神輿を日吉山王七社の一つ客人宮《まろうとのみや》に安置する。客人宮は白山本宮の妙利権現で、いま安置された白山中宮の神は妙利権現の御子神の児宮であり、日吉社の客人宮の神とは父子の間柄である。父子の両神の対面の喜びは、浦島太郎が七世の孫に会った時、釈迦の王子である羅睺羅が霊鷲山で父の釈迦に会った時の喜び以上であったろう。客人宮には延暦寺の三千人の衆徒それに日吉山王七社の神人達が参会し、神に捧げる法施と祈祷が行われる。

山門の大衆は、加賀守師高を流罪に処し目代師経を禁獄するように朝廷に訴えるが、裁定がない。公卿や殿上人は、山門の訴訟は格別で、昔は大蔵卿為房や太宰権師季仲のような国家の重臣でさえ山門の訴訟によって流罪にされた。ものの数でもない師高などは早く処分すべきだ、などと互いには言うのだが、後白河院に向かっては口を閉じたままである。「高位のものは職を守ろうとして諫言しない。身分の低いものは罪をおそれて諫言しない」と、昔、慶滋保胤が書いた通りである。

「思いのままにならぬのは賀茂川の流れ、双六のサイコロの目、山門の法師だ」と、昔、白河院も言った。山門に深く帰依した鳥羽院は久安三年（一一四七年）に山門の訴訟に任せて「訴訟は道理に叶っていないが道理と認める」として、越前国の平泉寺を山門の末寺とする裁定を下した。その訴訟の時、神輿を振って強訴された場合の対応を鳥羽院に尋ねると、鳥羽院は山門の強訴は承諾せざるを得ないと答えたという。

かつて、嘉保二年（一〇九五年）三月二日、美濃国の国司源義綱朝臣が美濃国に新しく立てられた延暦寺の荘園を没倒した。その時の抗争で、延暦寺で修業を積んだ僧円応を殺害した。そこで日吉神社の神官、延暦寺の寺務担当者ら三十余人が申し文を捧げて強訴した。そのとき関白の後二条師通が大和国の源氏である中務丞源頼治に命じて防がせた。八人が射殺され、十余人が傷を負った。その訴訟のために山門の上綱たちが大勢の衆徒とともに下山してくるという。朝廷では武士や検非違使を一条下り松の西坂本に派遣して、彼らを追い返した。

そうした措置に怒った山門の人々は日吉山王七社の神輿を根本中堂に振り上げ、大般若経六百巻を読誦する七日間の法会を行い関白後二条師通を呪詛した。結願の日の導師は優れた説経師として知られる仲胤法印であった。仲胤は高座に昇り鐘を鳴らし表白を高らかに唱えた。「我らを菜種の二葉の時からお育て下さった大八王子権現様、後二条関白殿に鏑矢を一つ放ち当て給え」。その夜、人々は、日吉の八王子社の社殿から鏑矢の音が聞こえ、都をさして鳴って行くという夢を見た。翌朝、関白後二条師通の御所の御格子を上げると、露に濡れた樒が庭に一枝ささっていた。やがて後二条関白師通は重病に陥いるが、それは山王の咎めによるものであった。

父の大殿二条師実の奥方である後二条師通の母の麗子は、神の許しを乞うために、卑賤な身分に身を窶し日吉社に七日七夜参籠する。百番の芝田楽（『とはずがたり』巻一でも四条大納言隆親の病気平癒のために芝田楽の奉納を請願していて、日吉社には芝田楽の奉納が一般的なものだったと思われる）と祭りに使う人形百体、競馬、流鏑馬、相撲をおのおの百番、百座の仁王講、百座の薬師講の催し、それに胎内仏の大きさの薬師如来像を百体、等身大の薬師如来像一体の造立奉納を約束する願文が読み上げられた。心中の請願では三つの約束をしたが心中のことなので誰にも分かるはずのない内容である。

ところが不思議なことがあった。七日目の満願の夜、八王子社に参籠していた多くの参詣人の中にいた陸奥国の男巫が（補1）夜中に急に気絶した。社殿から担ぎ出して祈祷を施すと、息を吹き返した男巫は立ち上がり舞を舞い始める。一時間ばかり舞うと男巫に山王が憑依して、麗子の心中の三つの誓願とそれに対する山王の答えを伝える託宣があった。それは、助命が叶うなら、社殿の下殿に住んで雑役に従う宮籠もりの人々に交じって、千日の奉仕をすること、大宮の橋から八王子社の社殿まで回廊を造ること、八王子の社殿で法華問答講を毎日おこたりなく催すこと、という誓願である。山王の答えは、第三の誓願である毎日の法華問答講を行え、というものであった。託宣はさらに、訴訟に対する裁許がなく、神人や宮仕が射ころされ傷を負わされたことの怨みを述べ、彼らに当たった矢は、そのまま和光垂迹の神であるわが肌に刺さったものだ、と続き、童巫は肩はだ脱ぎになる。すると左の脇の肉が大きな土器の口ほども抉り取られているのが見えた。山王は、これが余りに辛いので、願い通りに叶えることは出来ない、法華問答講を催すならば、後二条師通の寿命を三年延ばす、そう託宣し終わって男巫から離れた。

その託宣は誰に分かるはずもない心中の誓願を言い当てている。麗子は敬虔な気持ちで託宣を信じて、その答えに満足して泣きながら都へ帰った。麗子は関白後二条師通の紀伊国の田中庄を八王子社に寄進し、その献上物によって八王子社では法華問答講が毎日怠りなく、今に至るまで続いているという。

後二条師通の病気は軽くなり本復したが、三年後の永長二年（一〇九七年）（承徳三年（一〇九九年）が正しい）六月二十一日、髪の生え際に悪性の瘡が生じ、同月二十七日に三十八歳で薨じた。

強い心と理性とを持った立派な後二条師通も重病に罹って生命を惜しんだが、四十歳にならずに、父の大殿二条師実に先立ったのは悲しいことだ。生死の定めは、万徳を具足する釈迦如来にも十地を達成した菩薩にもどうすることもできないことなのである。慈悲を十分に備えた日吉山王なのだが、衆生を救う方便として、時には罪を犯した者に罰を与えることもあり得るのである。

ここでは三　御輿振り、四　日吉山王の祟り、五　宮籠もりの三つを順次に話題にする。

三　御輿振り

加賀守師高の処罰を求めて神輿を振った安元三年（一一七七年）四月十三日の強訴は「御輿振」で語られる。それを語るに先立ち「願立」は神輿を振っての山門の強訴がいかに恐るべきかを語る。そのために後二条師通の横死と母堂麗子の話題によって強い印象を残した嘉保二年（一〇九五年）十一月の御輿振りを取り上げるのである。その御輿振りは比叡山に日吉山王の神輿を振り上げ、それを都にむかって振り下ろした最初の御輿振りでもあった。その後、安元三年の御輿振りまでに何度も御輿振りがあった。成立に延暦寺との関係が推測される『源平盛衰記』巻四「山王垂迹」は次の六箇度を列挙する。
①　鳥羽院の嘉承三年（一一〇八年）三月三十日、そのときは尊勝寺の灌頂阿闍梨のことについての強訴で下り松まで振り下ろし、裁許を得てそこから引き返した。

②　崇徳院の保安四年（一一二三年）七月十八日、平忠盛による日吉神人殺害に対する強訴で官軍が賀茂河原で防御。その後、祇園社に籠もった山門の大衆と官軍の合戦があった。

③　崇徳院の保延四年（一一三八年）四月二十九日、賀茂社の領民と日吉社との衝突で神輿は鳥羽院の御所まで振られ裁許があった。それで帰山したのだが、帰途に賀茂社の禰宜の屋敷を襲い破壊した。

④　近衛院の久安三年（一一四七年）六月二十八日、平清盛の郎等による日吉神人殺害に対する強訴で、神輿を御所の門まで振り、裁許を得て帰山した。

⑤　二条院の永暦元年（一一六〇年）十一月（正しくは十月）十二日、太宰府の竈門宮と安楽寺をめぐる菅原貞衡・資成との抗争で、後白河院の御所まで振り、裁許を得て帰山した。

⑥　高倉院の嘉応元年（一一六九年）十二月二十二日、（正しくは二十三日）、山門領の美濃国比良野荘をめぐる抗争で美濃国の知行国主藤原成親とその目代政友の処罰を訴えた強訴で大内裏の門まで振った。このときのことは次の「御輿振」でとりあげる。

この六箇度は『百錬抄』に御輿振りが行われたとする記事に一致している。じっさいには、この間、これら以外にも御輿振りは行われている。覚一本では「内裏炎上」に「永久元年よりこのかた治承までは六箇度なり」として永久元年（一一一三年）四月一日の御輿振りをあげている。永久元年は南都と山門が激しく抗争した年で、そのとき山門の神輿が鳥羽院の御所にむけて振られたのである。事件は『中右記』に詳しく記されている。神輿を日吉社から比叡山に振り上げ都に向かって振り下ろす御輿振りの最初は「願立」が取り上げる嘉保二年（一〇九五年）十一月の御輿振りであった。御輿振りをいうときにはぜひ取りあげるべき事件であった。

ここで、いま一つ掲げておきたいのは建保六年（一二一八年）九月二十一日の御輿振りである。というのも、その事件が左大臣良輔の薨去を日吉山王の祟りとする説話を生んでいること、それに『平家物語』の前半にあたる巻六までが成立したと思われるころの事件だからである。御輿振りは風化した過去のことではなくて『平家物語』の成立の時期のなまなましい話題であった。

建保六年（一二一八年）九月の御輿振りは九州、いまの福岡市にある筥崎八幡宮の支配をめぐる石清水八幡宮との抗争に際してであった。比叡山の末寺である九州の大山寺の神人であった船頭の長光安が殺害された。下手人は僧行遍とその弟の左近将監光助という人物で、石清水八幡宮別当の法印宗清の現地での代官であった。山門側の訴えで二人は禁獄される。しかし山門はさらに筥崎八幡宮を山門領にすること、責任者の法印宗清を流罪にすることを要求して神輿を振ったのである。建保六年九月二十一日のことである。神輿は順徳天皇の閑院内裏の門前まで振られた。それに対して後鳥羽院の下北面の武士と在京中の鎌倉武士とが防戦して日吉の八王子宮の神輿をかついでいた男の腕を切り落とし神輿を汚した。それで山門の人々は神輿を放置して帰山した。事件は鎌倉にも報告され『吾妻鏡』の同年九月二十九日の記事に記されている。京都側の史書、たとえば『百錬抄』の九月二十一日の記事にも記されている。

『百錬抄』の同年十一月十日の記事に九条兼実の子息で当時、左大臣であった良輔が天然痘で薨去したことが記される。九条良輔は八条女院の養子で八条の左大臣とも呼ばれた人物である。良輔の叔父にあたる慈円の著作である『愚管抄』もその薨去に言及する。同月十一日のこととし、死因をそのころ流行した天然痘に罹病したためと記す。ところが良輔の薨去を日吉山王の祟りによるとする伝えが残されている。同年九月の筥崎八幡宮の一件で山門側の訴えを退ける意見を主張したために日吉山王の怒りに触れたというのである。『日吉山王利生記』巻八に載せる説話がそれである。おもしろい内容なので現代語に改めて内容を紹介しておこう。

九州の大山寺の神人で張光安という船頭がいた。その男が建保六年（一二一八年）のころ石清水八幡宮の別当である宗清の現地代官と喧嘩をして殺された。大山寺は延暦寺の末寺である。怒った山門の大衆は宗清を流罪にするように朝廷に訴えた。ところが八条の左大臣良輔と藤原光親が山門の主張に道理なしとして退けるように強く主張した。そこで山門側は日吉社でかれらを呪詛した。その結果、左大臣良輔は同年十一月十一日ににわかに薨去した。

翌建保七年（一二一九年）二月十七日の夜のこと、左大臣邸に仕えていた十一歳の少女が夢を見たとして次のようなことを語った。「わたしは今夜、夢に左大臣さまを見ました。左大臣さまは右手にお経を持ち、左手に『止観』とかいうものを捧げもって、おっしゃいました。自分は日吉の神様のお咎めで死んだのだ。だけれども、日吉の神様に結縁が深かったので、すぐに往生することになるんだ。そうおっしゃって、詩とかいうものを口ずさみなさいました。こんな詩です。

月氏仏教猶千歳　日吉神光輝一天　人意浮雲数隠月　生涯流水早帰泉

インドの釈迦の教えはまだまだ千年も伝わろう。
日吉の神様の光は大空に輝きつづけよう。
人の思いは浮雲のようにしばしば月の光を隠してしまう。
人の一生は流れる水のようで、わたしはもう黄泉の国の人となった。

十一歳の少女が神の託宣でなくて、どうしてこんなことを語るだろうか。じつに不思議なことだ。

九条良輔の薨去を日吉山王の祟りとする伝えが日吉社あるいは延暦寺で行われていたことが分かるだろう。もっとも、九条良輔は山門の天台仏教と日吉山王によって極楽往生が約束されていると、この説話は語る。つぎの節で見るように死後も祟りに苦しめられて呻吟しているとされる後二条師通のような無残さは、九条良輔にはない。

建保六年（一二一八年）の御輿振りは承久の乱にかかわる話題にも現れる。『増鏡』巻二「新島守」で語られるもので後鳥羽院が鎌倉幕府とことを構えるにあたり日吉社に祈願を行った。そのときの童巫の託宣の言葉に建保六年の御輿振りのときの神の恨みが持ち出される。これもおもしろい内容なので現代語にあらためて紹介しよう。

後鳥羽院は日吉社に忍びの御幸をされる。大宮のお社の前で一晩中、念誦をされ、お心のうちに荘重な誓願をされる。夜がすこしふけ、あたりも静まり、社殿はもの恐ろしく灯籠の火もかすかである。そのとき参籠して寝ていた稚い童がにわかに怯えあがると、まっすぐ後鳥羽院のところに走ってきて託宣をした。「おそれおくも後鳥羽院さまがこのようにご参詣になって祈願される。耳をかさないわけにはいかないが、先年、御輿振りのとき、衆徒を傷つける無残なさりようで防戦をされた。傷ついた衆徒たちは自分たちを守ってはくれなかったと神である私を恨んで神輿を御所の門前に放置して逃げ散った。それでわたしは守護もされず道行く牛や馬に汚されてしまった。それをいまも恨みに思っている。だから今度の戦いでお味方にはなれない。日吉の七社の神殿を金銀で飾り立てようと誓願なさるが、それを受けるつもりはまったくない」。稚い童はそう託宣すると気絶してそこに倒れ伏した。その託宣を聞く後鳥羽院のお心はどんなだっただろう。たとえようもなく情けないお気持ちだったろう。ただ後鳥羽院は後悔の涙を流されるばかりだった。

託宣した稚い童は「願立」に出てくる童巫のような存在なのだろう。童は幼児あるいは少年の意味ではなくて、ここでは神が憑依するよりましなどの役を勤める巫を意味している。したがって「おさない童」というのは年少の巫である。その年少の巫に日吉山王が憑依して建保六年の御輿振りのときの恨みが忘れられないと言って後鳥羽院の誓願を退けたのである。承久の乱は日吉山王の加護を得ることもなく後鳥羽院方は空しく敗れさる。『平家物語』がいつごろ成立したかは確実な証拠はない。しかし別のところで説くように、承久の乱（承久三年（一二二一年））前後に前半の六巻までが書かれた可能性は高い。その内容に「願立」の嘉保二年（一〇九五年）の御輿振りの話題があったかどうかは分からない。しかし、その時期に近い建保六年（一二一八年）にこのような御輿振りが行われたことを思うと、御輿振りが強く印象づけられた、その最初としての嘉保二年の御輿振りが書き込まれたという想像もしてみたくなる。

四　日吉山王の祟り

『平家物語』の「願立」が語る、後二条師通の横死の物語は『日吉山王利生記』・『山王絵詞』・日枝神社蔵『山王霊験記』などにも載せられている。それら三書の物語には後二条師通が亡くなってのちの霊異をかたる後日談もある。さきに示した《物語》にはそれがない。『平家物語』の主要な諸本のなかで後日談をかたるのは『源平盛衰記』と長門本『平家物語』である。その後日談は日吉山王の霊験譚としての後二条師通の物語には欠かせない内容である。『源平盛衰記』によってそれを示してみよう。

後二条師通が薨去してのちのことである。日吉神社の八王子の社殿と三宮の社殿との間に（八王子社に所属する）大きな岩がある。雨の降る夜はその大岩の下でいつも誰かのうめき苦しむ声がする。参詣の人々はみなそれをいぶかっていたところ、いく人もの人が夢を見た。束帯姿の人物が現れて、自分は後二条師通である。八王子の神様が自分の魂をこの岩の下に封じ込めなさった。ふだんも苦しいのだが雨の降る夜は岩がいっそう重くなる。それで苦しみに耐えられないのだ、とおっしゃって、岩の下のお姿をお示しになった。その後、年月が経つうちに、うめき声も次第に聞こえなくなっていった。そうして、ある人の夢に後二条師通が現れて告げられた。自分は長いあいだ大岩の下に封じ込められていたが、長日の法華講経の功徳によって救われた。今は弥勒菩薩のいます兜率天に生まれている。そうお告げになった。その後、苦しみの声はまったく絶えた。後二条師通をそそのかした中宮大夫師忠もほどなくして亡くなった。また禰宜の友実を射た中務丞頼治も自害し、その仲間もみな滅んでしまった。神明は愚者を罰するといわれるが、まったくこのことをいうのだろう。

以上が『源平盛衰記』に載せる後日談である。長門本『平家物語』はいま少し手のこんだ物語となっているが、『日吉山王利生記』の本文は『源平盛衰記』とほぼ同じである。その後日談は後二条師通の死後の苦しみと兜率天往生を語る。後日談は二つの働きをしている。一つは日吉山王の怒りの恐ろしさをさらに印象づける。いま一つは後二条師通を救った八王子社の行事である長日の法華問答講の功徳を説く。その長日の法華問答講は後二条師通の母麗子が八王子社に寄進した紀伊国田中（田仲）庄の年貢によって継続的に営まれたものであったらしい。この後日談は、後二条師通の物語が日吉山王の祟りの恐ろしさを説く話題であるとともに、それが八王子社でおこなわれていたと思われる長日の法華問答講の起こりを説く縁起として物語化されたものであったことを推測させる。『日吉山王利生記』ではその講経の行事が八王子講と呼ばれていたことを記している。長門本『平家物語』はやや内容を異にするが、後二条師通を救済したところの法華講経の行事を法華八講とし、やはり紀伊国田中庄の年貢によって継続的に営まれることになったとしている。

日枝神社蔵『山王霊験記』は静岡県沼津市平町（もと駿河国大岡庄）に今も所在する日枝神社に伝わる、弘安十一年（一二八八年）の紀年を持つ一巻の絵巻である。後二条師通の横死の物語が一巻の絵巻に仕立てられてい

病に苦しむ師通（静岡・日枝神社蔵『山王霊験記』重文）中央公論社、続日本の絵巻23

る。小松茂美氏が『続日本の絵巻23　山王霊験記・地蔵菩薩霊験記』（中央公論社、一九九二年）で鮮明な写真を提供し詳細な解説を書かれていて裨益するところが大きい。その絵巻には日吉社の長日の法華講が田中（田仲）庄に加えて駿河国大岡庄の年貢によって営まれていることが記される。紀伊国田仲庄は摂関家領、近衛家領であったことが知られる庄園で『源平盛衰記』には「殿下ノ渡庄」と記される。「殿下ノ渡庄」とは摂政関白の地位にあるものが伝領する摂関渡り領の意味なのだろう。『源平盛衰記』では後二条師通が関白として伝領していた「殿下ノ渡庄」であるにもかかわらず紀伊国田仲庄を母麗子が日吉社の八王子社に寄進したとするのである。

いっぽう大岡庄は後には本家職が後白河院、領家が平頼盛そして地頭職が北条時政のちには北条氏の宗家たる得宗家のものとなることは知られている。しかしこの時期のことは他に資料がない。日枝神社の社伝によると同社は後二条師通の母麗子が日吉社をその地に勧請して創建した神社であるとする。また日枝神社蔵『山王霊験記』の奥付には、日枝神社に奉納するために、その縁起を絵巻物にしたことが記されている。日枝神社を介して大岡庄と後二条師通の母麗子との繋がりが示されるのである。そうしたことからすると大岡庄の本家職ないし領家はこの時期、後二条師通の母の手にあったと考えてよいのかもしれない。

ともあれ、日枝神社蔵『山王霊験記』は日枝神社の縁起を後世に伝えるために制作されたものであり、その縁起はまた日枝神社側から見た日吉社の長日の法華講の縁起でもある。後二条師通の物語は日吉社の八王子社の長日の法華問答講の縁起として日吉社において形成されたのだろう。そして『平家物語』の諸本のなかでは、『源平盛衰記』や長門本『平家物語』がその本来のかたちを残している。そしてさきに《物語》で示した覚一本のかたちはその縁起としての性格を希釈して日吉山王の祟りの恐ろしさを強調する方向に変容した物語と位置付けることができよう。

『平家物語』の諸本のうち延慶本『平家物語』はその内容から見て真言宗関係者の手になると見てよい。延慶本『平家物語』は高野山伝法院の建立者であり、のちに紀伊国の根来に移った覚鑁の開いた新義真言宗の寺院である根来寺に伝えられた伝本である。それに、現在われわれが読んでいる『平家物語』の原形は十三世紀の五、六〇年代に真言宗の大寺院である醍醐寺において制作された可能性が高い。いっぽう『源平盛衰記』は延暦寺関係者の手になるものと推測される伝本である。それに『平家物語』の前半部、覚一本でいえば巻六の終わりまでは十三世紀の一、二〇年代につくられたもので、天台座主の慈円の援助のもとになった可能性が高い。

『平家物語』の成立を示す一級資料はわずかに三点であり、あとは推測の材料となる伝承資料があるばかりで、実際のところは分からない。それははじめのところで説いた。ともかく現存の主要伝本のなかで延慶本『平家物語』は真言宗系のテキストであり、『源平盛衰記』は延暦寺系のテキストであることだけは確かである。その『源平盛衰記』が『日吉山王利生記』ともっとも近い本文をもつことは興味深い。そのぶん『日吉山王利生記』の成立時期は気にかかるところである。

日吉山王の霊験譚を集成したものとしては、現在、次のものがその存在を紹介されている。

・続群書類従に入っている全九巻の『日吉山王利生記』そして一巻の『続日吉山王利生記』。

・近藤喜博氏が京都の妙法院で発見され古典文庫『中世神仏説話　続』におさめられた全十四巻の『山王絵詞』。

・もともとは一具のものであったが今は分散して所蔵される三点の絵巻（和泉久保惣記念美術館蔵、潁川美術館蔵、延暦寺蔵の『山王霊験記』）。

・後二条師通の物語のみを描いた日枝神社蔵の『山王霊験記』である。

それらの解題とそれぞれの内容面での対照関係については小松茂美氏がさきに触れた解説のなかで示されている。また室町末期に十五巻からなる日吉山王の霊験譚の集成書が存在していたことが『言継卿記』天文十九年（一五五〇年）閏五月十五日また同年八月五日の記事から知られている。小松茂美氏はそれらを検討して、もともと三種類の作品、つまり原『日吉山王利生記』十巻、原『山王霊験記』十五巻、そして現存の日枝神社本『山王霊験記』一巻、それらが別個に作成されたと推測される。それを現存のものと対比すると（1）もともと十巻の『日吉山王利生記』であったものは現存の九巻の『日吉山王利生記』、（2）もともと十五巻の『山王霊験記』であったものは現存の十四巻の妙法院蔵『山王絵詞』、および三点に分断された各一巻と一巻の『続日吉山王利生記』、（3）日枝神社蔵『山王霊験記』一巻、ということになるのだろう。

そこで問題となるのは三種類の原本の成立時期である。その点については下坂守氏（『京都国立博物館学叢』第十一号、平成元年）と小松茂美氏の推測を示しておこう。
（1）の十巻の『日吉山王利生記』は文永年間（一二六四年〜一二七五年）に近江守源仲兼とその子息伊賀入道賢阿などの一族の依頼によって、日吉社の祠官の手で制作された。（2）の十五巻の『山王霊験記』は正和三年（一三一四年）ごろに西園寺公衡の依頼を受けた安居院覚守によって十巻の『日吉山王利生記』が改変されて制作された。そして（3）の日枝社蔵『山王霊験記』は奥書にあるように、日枝神社の宝物とするべく制作され弘安十一年（一二八八年）に同宮に奉納されたものである、というものである。
『平家物語』の成立時期そして現存の諸本の本文成立はいくつもの場合について推測に推測を重ねねばならず、「願立」の後二条師通の物語と『日吉山王利生記』などとの関係も屋上に屋上を架すような推測をすることになる。

ところで十四世紀なかばには延暦寺で『平家物語』の絵巻が制作されていたらしい。「山上平家絵詞」と呼ばれる絵巻が制作されていたことが青蓮院尊円筆の書道の作法書『入木口伝抄』の「絵詞」の項に記される。絵巻の絵詞の書きかたについての世尊寺行房の説を記す箇所においてである。『入木口伝抄』は文和元年（一三五二年）のものである。この貴重な記事は落合博氏によって紹介された（『軍記と語り物』第二十七号、一九九一年）。『平家物語』の絵巻で今に伝わる古くていい絵巻はない。しかし十四世紀なかばには延暦寺で『平家物語』の絵巻が作られていたのであって、そのなかで後二条師通の物語も絵画化されていたらしいのである。延暦寺にあって『平家物語』はどのような変容をとげていたのか。そして「願立」の後二条師通の物語もいつ『平家物語』に取り込まれ、どのように本文が変容をとげたのか、分からないことだらけである。それゆえその関係について意見をいうことは控えるが、『源平盛衰記』と『日吉山王利生記』との近似性に注目すべきことだけは留意しておきたい。

五　宮籠もり

後二条師通の母麗子の心中の三つの誓願のなかで、やや奇妙に思われるのが第一の誓願だろう。「お社の「下殿」に住んで雑役にしたがう身になりましょう」、という誓願である。それを《物語》では「宮籠もりの人々にまじって……奉仕する」と言い換えた。社殿の「下殿」にいる「宮籠」とはどういう存在なのか、今は多くのことが知られるようになっているので、簡単に触れておきたい。

覚一本の「殿上闇討」の得長寿院の記事では省略されているが、もとは得長寿院の落慶供養のときの導師のことが書かれてあったと思われる。そこに「宮籠」の存在を思わせる記事がある。延慶本『平家物語』と長門本『平家物語』にそれが見える。それは不思議な物語で、つぎのような内容である。

得長寿院の落慶法要のときの導師を勤めたのは、世にときめく高僧ではなかった。蓑笠を着て御所の門前にたたずんだみすぼらしい老僧を鳥羽法皇は導師に選ばれた。老僧は「坂本ノ地主権現ノ大床ノ下」に住んで、ときどき庭の草をむしることを仕事にしているという。その居所は、大床の下を掘りくぼめた空間のなかで油をひいた厚紙製の雨合羽で周囲をかこんだせまい場所である。そのなかに阿弥陀三尊の絵像をかけ前には花香の台を置いている。老僧はそこで松の葉と水を食事にして生活しているらしい。落慶供養の日、老僧は弱々しくなさけない雰囲気で十二人の召使いの法師を連れて現れる。ところが、いざ導師をつとめると釈迦の十大弟子のなかでも弁舌第一といわれた富楼那そこのけの説経をしてのける。そして参列の人々の驚嘆するなかを十二人の者たちとともに虚空を飛んで姿を消す。老僧はじつは地主権現の本地である延暦寺根本中堂の本尊薬師如来の化身であり、十二人の者たちは薬師如来の守護の十二神将の化身であったという。

蓑笠を着て出現するのはまさに民間信仰の神々の姿を彷彿とさせる異人としての登場である。また松と水だけを食事として阿弥陀に仕える生活は五穀断ちないし十穀断ちのヒジリを思わせる。そして見かけからは想像もつかなかった見事な導師ぶりを発揮する。はたして老僧は延暦寺の中尊である薬師如来の化身であったという。そのような卑賤さの印象と神秘性をもった不思議な老僧の生活する場所が大床の下であった。

この老僧には「宮籠」の人々のイメージが投影されている。卑賤視される存在であるけれども、その分、神仏に近い霊性と神秘性をもった存在、それが「宮籠」の人々なのである。イメージの上ではそのような、いわば両義性を帯びた存在なのだが、実際の生活は厳しいものであった。「宮籠」の人々の拠点とする聖なる場所は、社殿の建物の床下を掘りくぼめて作った狭い空間である。

その実態は今は復元的に明らかにされている。建築学者の黒田龍二氏の日吉七社本殿の実地調査にもとづくもので、もっとも保存状態のよい十善師宮本殿の「下殿」の平面図が同氏によって示されている（『日本建築学会論文報告集』第三一七号、一九八二年）。全体が六米四方ほどの空間である。中央奥が土間で、神泉が湧いていて、本尊ないしご神体を安置するための祭壇がある。その前方と両脇があわせて二十畳ほどの広さで床が敷かれていて、そこが人々の籠もる場所である。そこに多くの召使い身分の僧、不治の病人、乞食などが「宮籠」として参集するのである。

丹生谷哲一氏は「散所非人の存在形態」（『　』）黒田氏の論文を紹介しながら、(補2)

補注

1　「男巫」　原文は「童神子」（旧大系・新大系とも）。これを男子少年とみるか、女子少年とみるかは確定できない。旧大系・新大系・古典集成・新全集は女子説、全注釈は男子説。『盛衰記』は「出羽ノ羽黒ヨリ上タル身吉ト云童御子」、『長門本』は「出羽の国羽黒より月山の三吉と申ける童御子一人上りて」とある。また後世のものではあるが林原美術館蔵『平家物語絵巻』巻一の該当場面には、胸をあらわにした少女と思われる姿が描かれている。

2　美濃部氏の原稿はここで中断している。以下蛇足ながら、丹生谷哲一『検非違使　中世のけがれと権力』（平凡社選書、平凡社、一九八六年）の「Ⅳ　散所非人」の「散所非人の存在形態」（一八三頁）から引用しておく。

「宮籠は、日吉社・祇園社などの下殿・大床の下・片羽屋などに祇候し、庭上掃除・神楽・供茶・輿かき・処刑などの所役に奉仕する御子・巫女の一種であった。その中には「片端人」など不治の病者も含まれていたが、床下祭場としての下殿の構造からしても、宮籠という語義からしても、広く罪・穢（中世社会では重病・不具自体も罪穢と考えられていた）をキヨメるため、祈願をこめて人交わりを断ち、宮に籠って、上記のような諸役に奉仕するものであった。そして、人交わりを断ち忌み籠っているというその存在形態、ケガレのキヨメというその職能、乞食＝施行という社会的給養、などのゆえに、非人の一種とみられていたのであろう。」

また、現在の日吉七社本殿の床下の平面図と床下の写真は、黒田龍二『国宝と歴史の旅4　神社　建築と祭り』（朝日百科日本の国宝　別冊、朝日新聞社、二〇〇〇年二月）で見ることができる。

14　巻一　御輿振――換喩的文学『平家物語』

一　はじめに

巻一「鵜川軍」(補1)に続く「御輿振」「内裏炎上」、巻二「座主流」「西光被斬」にかけての展開は、一見、重なりがないかに見える二つの事件を一本の糸に撚り合わせる。「鹿谷」が語る鹿谷の謀議の場面から始まる物語と「鵜川軍」が語る加賀国での小競り合いに発端をもつ物語とが、そこで交差するのである。「御輿振」から「西光被斬」にいたるまでの背景をなす歴史的な事件は、『平家物語』の研究者また歴史家の興味を引くところである。(注　高橋昌明氏と佐々木紀一氏の最近の論稿(補2))　本書でも『平家物語』研究の立場から「御輿振」「内裏炎上」「座主流」「西光被斬」の背景をなす一連の事件を復元し、それらの本文と対比することを通して、テキストが明示する主題的なプロットが現実のコンテキストを覆い隠していることを確認する。〈見えるものは見えないものを隠す〉という命題は、『平家物語』においては作品の主題、プロット、そしてレトリックが、生の現実を覆い隠すかたちで現れている。

『平家物語』の作者は同時代の〈知るもの〉に向けてテキストを書いている。このあたりの本文が承久の乱前後に書かれたとするならば、現実の事件の展開とその複雑な内実を作者は十分に知っていただろうし、作者が念頭においていたはずの享受者、作者の周辺の人々の多くも知っていただろう。ここでは、〈知るもの〉の了解を、事件の復元とテキストにおける『平家物語』の主題的なプロットの作用を論じることで確かめる。それはテキストを、それが制作された時代に返して了解する試みであり、『平家物語』の制作を考えるための断章でもある。

二　「御輿振」安元三年四月の御輿振りと嘉応元年十二月の御輿振り（補3）

「鵜川軍」は加賀国の鵜川の山寺での小競り合いが山門対後白河院の対立となって安元三年（一一七七年）四月十三日の御輿振りに展開することを語る「御輿振」の前史である。「御輿振」はそれを受けて御輿振りの日の状況を語る。ところで安元三年四月の御輿振りに関わる状況は嘉応元年（一一六九年）十二月の御輿振りと似ている。安元三年四月の御輿振りで、後白河院が明雲を断罪するに際して明雲の罪科とした三箇条において嘉応元年十二月の御輿振りと安元三年の御輿振りが並べられる。（補4）またすでに指摘があるように「御輿振」が安元三年四月の御輿振りのこととする源頼政の話題は実際には嘉応元年十二月の御輿振りのときのことであった。（補5）そして政治的経済的な背景にも両者にはほぼ同じ構図が認められる。

政治的、経済的そして社会的な面において安元三年（一一七七年）四月の御輿振りが嘉応元年（一一六九年）十二月の御輿振り事件の延長上にあることは早くから指摘されていて田中文英氏のまとめが要を得ている（田中文英『平氏政権の研究』「第五章　二　後白河院政政権と寺院勢力との抗争」思文閣出版、一九九四年）。

嘉応元年十二月の御輿振り事件の背景には第一に保元の新制を打ちだす後白河院の政策、第二に僧団組織の拡大をともなう山門と称される延暦寺の勢力の肥大化、第三に反体制的な在地の動き、それら三者のあいだに生じた利害の対立がある。後白河院は王法優位を前提とした王法仏法の相互依存を唱道する王法仏法相依の思想のもとに国家権力と国家秩序の再編成の強化をはかる。山門は下級の構成員である悪僧、神人、寄人などの激増するなかで彼らを僧団組織に取り込み、政治的経済的勢力として成長しつつある。地方は武士階級を形成する在地領主層が国家や荘園領主に反抗をはじめる。そして田堵《たと》や農民が中央の貴族や在地領主の収奪に抵抗するため寄人や神人として権門寺院に帰属しようとする。

そうした情勢のなかで、後白河院は保元元年（一一五六年）に開始した保元の新制の政策路線を地方でも強行に推進する。地方で進行しつつある権門寺社の荘園の増大、権門寺社と結びついて成長する在地領主や有力農民たる田堵の勢力、それを後白河院は公権力としての国司と国衙の勢力を用いて押さえこもうとはかるのである。その結果、地方で起こった小さな衝突が朝廷を巻き込む後白河院対山門の大々的な対立抗争に拡大してゆく。美濃国の平野荘の荘民と尾張目代政友の喧嘩に端を発する嘉応元年（一一六九年）から二年にかけての後白河院対山門の対立抗争も、安元二年（一一七六年）の加賀国の鵜川合戦にはじまり安元三年（一一七七年）におよぶ山門対後白河院の対立抗争も、まさにそうした構図で捉えられる。そうした院政末期の変動の時代を象徴するような事件のクライマックスとなる安元三年四月の御輿振りの日のエピソードを語るのが「御輿振」である。

三　安元三年四月の御輿振り

安元三年（一一七七年）四月の御輿振りは鵜川合戦に始まる白山事件の張本とされた加賀守師高の配流を要求するものであった。加賀守師高は後白河院の近臣西光の子である。いま一人の張本人である加賀守師高の弟、後白河院の武者所で加賀目代の師経は山門の訴えによって三月二十八日に備前に配流されていた。しかし後白河院は加賀守師高の配流はがんとして裁許しない。そこで山門の衆徒は安元三年四月十三日、神輿を振って高倉天皇の閑院の内裏に強訴した。その日の状況はどのように展開したのか。三条実房の日記『愚昧記』と九条兼実の日記『玉葉』の安元三年四月十三日の記事そして壬生官務家の文書類を集めた『続左丞抄』所収の「安元三年日吉神輿入洛事」の記事でたどってみる。

『愚昧記』は次のように記す。

四月十三日は晴れだった。比叡山を下った山門の衆徒は卯の刻ごろ、強訴の入洛の折りの宿舎としていた祇陀林寺にいったん集合した。喧騒は耳を驚かすほどである。はじめ人数は四、五百人ばかりだったのが徐々に増えて二千余人に達した。かれらは二条大路を西に進み閑院の内裏に向かったという。閑院の内裏は北が二条大路に面し東が西洞院大路に面している。武士たちが禦ごうとするのをものともせず山門の衆徒は神輿を先に立て、防衛のために設けられたバリケードに押し入る。衆徒は武士たちに瓦礫を投げ付けたり、逆茂木の木を引き抜いて武士たちを突き刺したりする。逆茂木は最近、大路小路の辻ごとに設けられていたもので、戦争の兆しか、物騒なものだと人々の噂のまとだった。それが実際になったわけである。武士たちは衆徒の乱暴に堪えきれず、じりじりと後退する。それで衆徒は町尻小路からさらに西に進み西洞院大路にいたり、すでに閑院の内裏の門まで進出しようとする。それで圧力に抗しきれなくなった武士たちは堪えきれずに矢を射かけて衆徒を追い払おうとしたところ、矢が日吉社の神輿に当たってしまった。山門の衆徒のうち二、三人が矢で負傷した。さらに宮仕法師一人が即死、俗体の宮仕一人が負傷、神輿をかついでいた神人にも負傷者がでたという。衆徒は四方に散って比叡山に逃げ帰った。そこで神輿は商人の店が蝟集する二条町のあたり、陣の口に放置された。京都中から人が集まって神輿にむかって低頭し合掌し大騒ぎであったという。

以上は『愚昧記』の記事である。

『玉葉』の記事は簡単で、「昨日の夜半から山門の衆徒が下山をつづけ祇陀林寺に集合すると内裏の門、陣の口に押し掛けようとした。それで官兵がかれらを弓で射て追い散らした。衆徒は神輿を道端に放置して四方に逃げ散った。神輿には矢が刺さっていた」、とある。

『続左丞抄』（新訂増補国史大系　第二十七巻）巻三に収める「安元三年日吉神輿入洛事」には次のように記す。延暦寺の衆徒は七基の神輿を振って内裏の門に押し寄せようとする。日吉社の十禅師、客人、八王子の神輿、祇園社の三基の神輿そして京極三条にあった天台宗寺院の京極寺の境内に祀られる日吉末社の京極八幡の神輿を加えた七基の神輿である。武士が進出をくいとめようと矢を放った。矢にあたって二人が死亡、二、三人が負傷し神人たちは神輿を放置して四方へ逃げ散った。その日、検分に派遣された役人によると、七基の神輿は二条大路の北、西洞院の東に放置されていた。そのうち十禅寺の神輿には屋根の頂上にある葱坊主状の珠である葱花《そうか》の下あたりに矢が一筋刺さっていたという。そして朝廷は祇園別当の澄憲に命じ、その日の夕方に神輿を祇園社に渡して安置した。

『続左丞抄』には祇園別当の隆憲僧正と翻刻されているが、『愚昧記』『玉葉』また『平家物語』の諸本は祇園社別当澄憲としていて、そちらが正しいのだろう。

四　源頼政の話題

「御輿振」は安元三年（一一七七年）四月の御輿振りを描いたことになっているのだが、実際とは違っている。「御輿振」では一条大路を進み大内裏御所に向かったとする。大内裏の北側は一条大路に面しているのである。そして御輿振りに対して源平の武者が固めたという門もまた大内裏と大内裏御所の門とする。安元三年四月の御輿振りは実際には大内裏に向かったのではなく、閑院の内裏に向かったのである。閑院の内裏は北側が二条大路に面している。二条大路は道幅が十七丈もあり朱雀大路に次いでけた外れの広い通りであった。閑院の内裏の北側はその二条大路に面している。

一条大路を進み大内裏に向かって神輿を振ったのは嘉応元年（一一六九年）十二月の御輿振りのことである。覚一本は嘉応元年十二月の御輿振りと安元三年四月の御輿振りとを取り合わせた内容となっている。覚一本だけではなく『源平盛衰記』も同じである。一方、延慶本や長門本のように閑院の内裏に向かったと正しく伝える伝本もある。

武士が放った矢が衆徒に死傷者を生じ、十禅師宮の神輿に立ったのは安元三年四月の御輿振りの時のことである。この点は覚一本をはじめ『平家物語』の主要な諸本は正しく伝えている。

では「御輿振」が中心にすえた源頼政の話題の事実関係はどうだろうか。『平家物語』の主要な諸本はいずれも源頼政の話題をここに配している。しかし、三で見た日記類の記事には源頼政の話題は記録されていない。それは安元三年（一一七七年）四月の御輿振りの時の出来事ではなく、嘉応元年（一一六九年）十二月の御輿振りの時の出来事なのである。『玉葉』安元三年四月十九日の記事に、八年前の嘉応元年十二月の御輿振りのとき源頼政が左衛門の陣にいて建春門を護っていたことについて触れている。次のように記されている。

十九日。戊子。（前略）晩頭、定能朝臣来リテ談ズ。衆徒ノ間ノ事ノ次第ハ風聞ノゴトシ。神輿ヲ射タテマツル事ハ武士ノ不覚ナリ。先年、成親卿ノ事ニ依リテ、大衆参陣ノ時、左衛門ノ方ハ頼政、コレヲ禦グ。大衆、軍陣を敗ルアタハズ、又、濫吹ヲ出サズ。事ノ謂ハレ、其ノ人勢ハ今度之万分之一ニ及ブベカラズト云々。

（『玉葉』安元三年四月十九日）

嘉応元年（一一六九年）十二月の御輿振りのとき源頼政は左衛門の陣のある内裏の建春門をごく少数の軍勢で警

備して山門の衆徒を通さなかったというのである。その時の御輿振りは閑院の内裏ではなく大内裏御所に向かっておこなわれた。したがって源頼政の話題もまた大内裏を舞台にしたものであった。「御輿振」が語る源頼政の話題は、御輿振りが向かった先とともに嘉応元年十二月の御輿ぶりを安元三年（一一七七年）四月の話題に持ち込んだものとなっているのである。嘉応元年十二月の御輿振りは、安元三年四月の御輿振りの背景そして状況と密接な関係を持ち、それ故「御輿振」を理解する上でも重要な意味を持っている。そこでそれを確認する。

五　嘉応元年十二月の御輿振り、そしてその日の再現の試み

嘉応元年（一一六九年）十二月の御輿振りは安元三年（一一七七年）四月の御輿振りとよく似た背景をもち、事件の展開もよく似ている。それは美濃国での小競り合いに始まる。そのときも地方での小さな衝突が後白河院対山門の対立にまで発展した。その対立のなかで山門は後白河院の近臣である藤原成親と尾張目代政友の処罰を要求し、それに対して後白河院は座主明雲に対して報復をする。後白河院は嘉応元年の六月に園城寺の覚忠を戒師として出家している。その一年前の仁安三年（一一六八年）に平清盛は明雲を戒師として出家していた。後白河院が園城寺の智証門徒を称して延暦寺を目の敵にするのに対して、平清盛が延暦寺に肩入れするという対立の構図が生まれていたのである。同じ天台宗の寺院でありながら延暦寺と園城寺とは、戒壇の建立、座主職、四天王寺長吏職に関わる権益争いなどによって犬猿の仲であった。後白河院と平清盛の対立の構図は自然と延暦寺対園城寺の対立に波及し、両寺の対立もまた事件に影を落とした。平清盛は後白河院の延暦寺への強硬姿勢と座主明雲の処罰に対して強い反感を覚えたはずである。ただし嘉応元年十二月の時点ではまだ後白河院と平清盛とのあいだに決定的な亀裂は生じていなかった。

それに対して、八年後の安元三年四月には、両者のあいだの対立はさけられない状況へと展開する。後白河院

対平清盛の対立という面では微妙に温度差があるものの、後白河院対山門の対立という面では多くの類似点をもつ、それが嘉応元年十二月の御輿振りと安元三年四月の御輿振りなのである。

嘉応元年（一一六九年）十二月の御輿振り事件の発端は『源平盛衰記』巻七「成親卿流罪」や延慶本『平家物語』第一末「成親卿流罪事」によると次のようなものであった。尾張国の知行国主である藤原成親の目代として尾張国に下向途中の政友が美濃国の杭瀬川で宿をとった。そのとき、いまの大垣市大野町と神戸町あたりにあった山門領の美濃国平野荘の荘民が葛布を売りに来た。政友はその男から葛布を買おうとした。値段の交渉をしているうちに口論となり政友はかっとなって葛布に墨を塗り付けた。それで喧嘩となり憤った平野荘の神人たちが山門に訴えたという。その男は『兵範記』嘉応元年年十二月十七日の記事によると延暦寺根本中堂の御油寄人で日吉社神人でもあったらしい。それで事件は山門と朝廷を巻き込む大事件にまで展開する。

安元三年（一一七七年）四月の御輿振りの日の状況はさきに紹介した程度にしか知られない。いっぽう嘉応元年（一一六九年）十二月の御輿振りはいますこし細かなことが分かる。御輿振り当日のことは九条兼実の『玉葉』と平信範の『兵範記』の嘉応元年十二月二十三日の記事に詳しい。それに三条実房の『愚昧記』にも簡単な記事がある。出来事は高倉天皇の大内裏御所と後白河院の法住寺御所の二ヶ所で同時進行している。九条兼実は遅くに参内、その後、法住寺御所に参上する。平信範は早くから法住寺御所にいて、大内裏御所との間を伝令として往復する。かれら二人はともに現場におり、しかも事態の進行も十分に把握できる立場にあった。三条実房はかなり遅れてだが法住寺御所に参向、そこでの動きを見ていた。それゆえ三人が書いた三つの日記の記事はリアルな記録と見てよいだろう。そこで三つの日記を使って要点を整理して示す。

大内裏のなかにあった高倉天皇の大内裏御所と今の三十三間堂のあたりにあった後白河院の法住寺御所、二つの御所のあいだは距離にして数粁ちかく離れている。その二つの場所で事態が進行する。院の御所に来るとの予測が外れて、御輿振りは天皇御所に向かった。しかし守備のための武士や検非違使は院の御所に召集されていた。平家一門の平重盛、宗盛、頼盛たちも院の御所に参集していた。かれら三名の配下の武士はあわせて五百騎ほどであった。天皇御所では平経盛が待賢門、源頼政が左衛門の陣、平経正と源重定が修明門を警備していたことが知られる。源重定は重貞とも書く。山田先生《せんじょう》と名乗る美濃源氏でこの時、従五位下右衛門尉で検非違使を務め、後白河院の北面であったらしく、その名前が「後白河院北面歴名」の従五位上（源重定は嘉応二年（一一七〇年）に従五位上）の欄に前筑後守として載せられている。少数の源氏はいたが、法住寺でも内裏でも、ひたすら平家の下知の軍勢に頼っているのである。

神輿は大内裏の東門の陽明門と待賢門に振られ、そこに止まって裁許を待った。藤原成親と尾張目代政友の処罰を求める二か条の奏状は座主明雲と僧綱たちが内裏の建春門に設けられた左衛門の陣に入りそこで提出した。左衛門の陣は少数の源頼政の軍勢が守護していた。左衛門の陣には奏上役を衆徒からまかされた明雲と僧綱たちが向かったのだから、そこでの暴力沙汰は起こりにくかったはずである。神輿の門内乱入は衆徒の側でも意図していた可能性は少なく、武力での防衛の必要性は低かった。先ず話し合いによる交渉が行なわれたのだろう。明雲と僧綱たちは左衛門の陣の建物内に招じ入れられたのである。その過程で「御輿振」が言うような一幕があったとは想像しにくい。後に大衆が神輿を振って暴挙に出た際に、大内裏の陽明門まで進んだ北野の神輿二基が内裏の建春門つまり左衛門の陣まで入りそこに神輿を据えている。源頼政の話題はその時のことなのではないか。源頼政は北野の神輿を振って興奮している衆徒にうまく対応して建春門の内に入れなかったのだろう。

内裏には摂政基房、高倉天皇が東宮時代その東宮大夫を勤めていた権中納言藤原邦綱、後白河院の院司の権中納言藤原実国、それに遅くなって九条兼実そして権大納言三条実房などがいたが、その他の大部分の公卿は後白河院の御所に参集していて、内裏は人少なであった。九歳の高倉天皇は女房たち、それに藤原邦綱とともに萩の

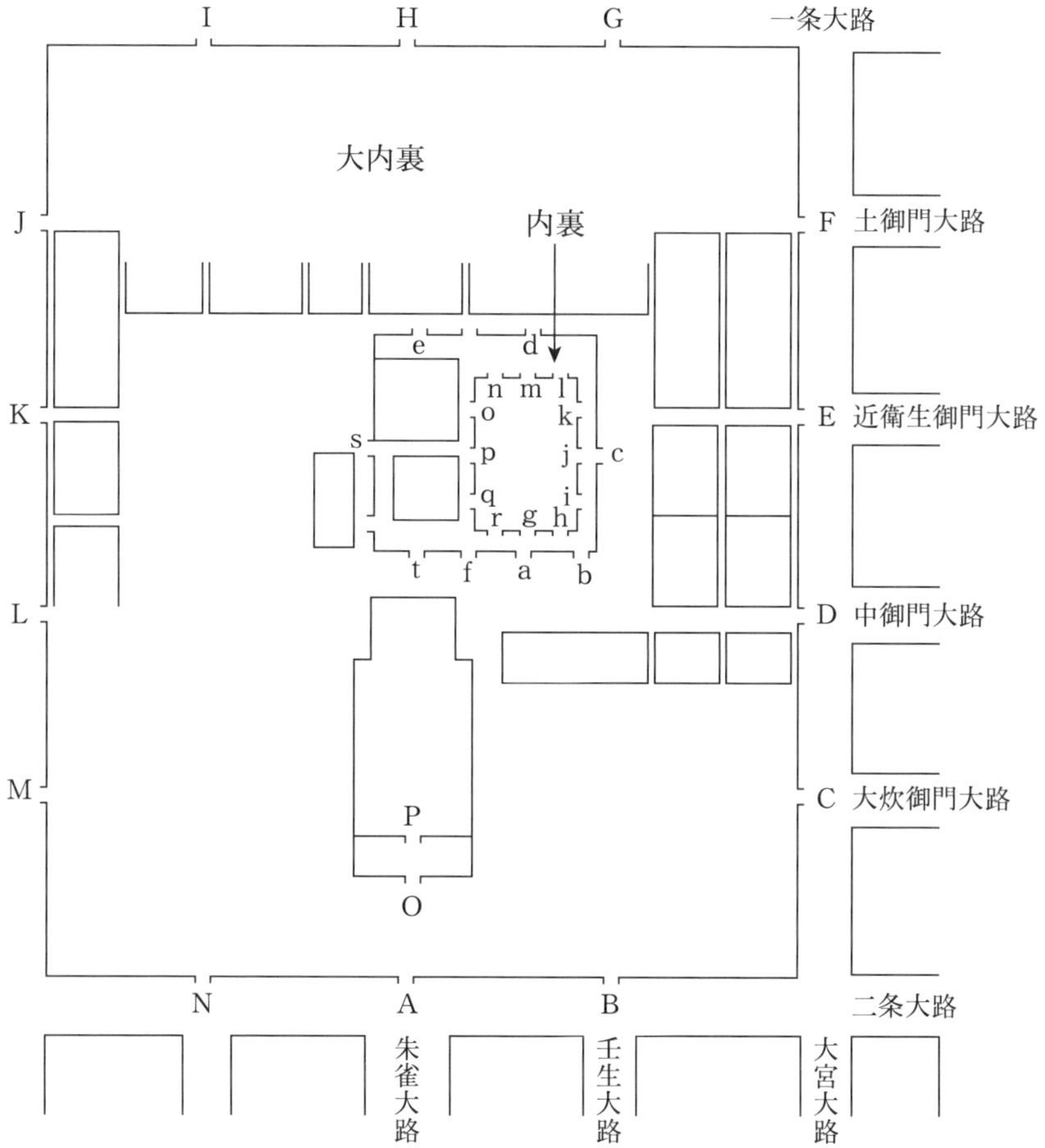

大内裏・内裏の諸門

A朱雀門	B美福門	C郁芳門	D待賢明	E陽明門	F上東門
G達智門	H偉鑑門	I安嘉門	J上西門	K殷富門	L藻壁門
M談天門	N皇嘉門	O応天門	P会昌門		

a建礼門	b春花門	c建春門（左衛門の陣）		d朔平門	e式乾門
f修明門	g承明門	h長楽門	i延政門	j宣陽門	k嘉陽門
l安喜門	m玄輝門	n徽安門	o遊義門	p陰明門	q武徳門
r永安門	s宜秋門	t宮城門			

戸に臨御していた。明雲によって提出された奏状それに以後の院の御所からの院宣の扱い、そして明雲との対応も摂政松殿基房が行なっている。松殿基房はその場での応急的な役割はきっちり果たすが、後白河院のいない内裏では何も決定できない。もし公卿が参集していたとしても、二か条の要求に対しては後白河院の決定を待たねば対処できない。それで奏状に関して院の御所に指示を仰ぐ。内裏からの使者は蔵人藤原兼光が一度派遣されただけで、後は後白河院の使者として平信範と藤原経房が内裏と御所との連絡役を務める。この御輿振りに対して衆徒に同調したとして後白河院の不興を買い、後に解官配流の憂き目にあうことになる平信範などは五回も二つの御所を往復している。

後白河院は御輿振りの衆徒も座主明雲以下の僧綱も院の御所に来るようにとの院宣を発し、それが大内裏の衆徒に伝えられる。衆徒は承知しない。そうしたやりとりが繰り返され、後白河院は強硬手段に訴えて衆徒を追い散らすべく平重盛たちを派遣しようとする。しかし平重盛は応じない。後白河院は平家の下知による軍勢に頼らざるを得ないのだが、嘉応元年（一一六九年）十二月の時点で平家はもはや治天の君の走狗ではなくなっていたらしい。平家は軍勢を動かそうとしないのである。

武力の脅しを使えない後白河院は院宣に重みを持たせようと公卿の同意を取り付けた上で、衆徒の要求は認められない、座主明雲以下、御輿振りの衆徒もみな院の法住寺御所に来るように、との命令を衆徒に送る。大内裏ではそれに怒った衆徒が大内裏の二つの門を押し入って、内裏の南門である建礼門と東門である建春門に神輿を据える。門がなく石の基壇だけになっていた建礼門方面の衆徒は更に内裏の庭にまで入りこむ。報告を受けた後白河院は対処に窮して責任を公卿たちにおしつける。公卿たちは玉虫色の決定しか行なわない。ただ後白河院の望んだ、二十三日夜の武士の派遣を止めることだけは決める。後白河院から三度にわたる命令を受けてしぶしぶ腰をあげかけた平重盛たちもその決定を受けて出動を取り止める。しかし二十四日払暁に武士を大内裏に派遣することが決定された。その情報を得た大衆は神輿を放置して退散する。全体を整理すると以上のようになる。ところで、ここで押さえておくべきことは、院の御所での武士派遣決定の情報はどこから大衆に伝えられたのか、という点である。私は、山門の大衆との衝突を避けたい平家のもとからその情報が伝えられたと想定している。

六　虚構の構図

安元三年（一一七七年）四月の御輿振りを語る「御輿振」には三つの要件が見られる。①御輿振りが大内裏に向かって行なわれたこと、②源頼政の話題、③平重盛の警備する門で武士が矢を射かけ衆徒に死傷者が生じ神輿に矢が立ったこと、それら三点である。しかし実際の安元三年四月の御輿振りの記録ではそれら三つの要件を揃えることはできない。「御輿振」は実際の嘉応元年（一一六九年）十二月の御輿振りと安元三年四月の御輿振りにおける出来事の取り合せである。

①「御輿振」がいうところの御輿振りが大内裏に向かったのは嘉応元年十二月の御輿振りのときである。安元三年四月のときは閑院の里内裏に向かっている。ただし『平家物語』の主要諸本である延慶本と長門本は実際どおり閑院の里内裏に向かったとする。大内裏に向ったとするのは「内裏炎上」で説くように、『平家物語』の主題に引き寄せた虚構であると思われる。

②源頼政の話題は実際には嘉応元年十二月のときのことらしい。それを安元三年のときの話題としたのである。なぜそうしてまで源頼政を「御輿振」で大写しにしなければならなかったのか、それが問題である。源頼政は『平家物語』前半部の主要な登場人物の一人である。その頼政を御輿振りに対処した源平の武者の功罪を対照的に印象づけるかたちで登場させ、治承四年（一一八〇年）四月から五月にかけての高倉宮以仁王の挙兵事件での登場に備えたのかもしれない。

③は「御輿振」が語るように、まさに安元三年四月の御輿振りでの事件であり、平重盛が警護する門で突発した。嘉応元年十一月の御輿振りで平重盛の軍勢が矢を神輿に射かけるなどということはありえない。五節で見たとおり、かれは大内裏ではなく後白河院の法住寺御所にいてそこから動かなかった。そのとき大内裏の待賢門を警備していたのは平経盛だったのだが、かれは強い抵抗もせずに衆徒と神輿の大内裏さらには内裏への乱入を許している。それに嘉応元年十二月の御輿振りで衆徒に死傷者が出たり神輿に矢が立つということはなかった。かれらは後白河院の法住寺御所からの平重盛たちの来襲の噂を聞いて衝突をさけ神輿を放置して大内裏から立ち退いている。

いっぽう安元三年四月の御輿振りでは衆徒は武士の攻撃にあって死傷者を出し神輿には矢が立った。攻撃命令を出したのが誰であったのかは分からない。しかし四月二十日に神輿を射た罪で処罰された六人はいずれも平重盛の郎等であった。『玉葉』では六名の官職姓名をあげるばかりだが、『愚昧記』では「内府（平重盛）ノ郎従六人」としている。それ故、平重盛配下の大勢の武士が警護する門で事件が起こったことは確かである。ただし、明雲の後押しを得ていたらしい大衆の御輿振りに明雲と親密な関係をもった平家が積極的に攻撃を命じたとは思えない。嘉応元年十二月の御輿振りでも平重盛たち平家軍は出動をしぶっていた。

安元三年四月には平清盛と明雲の親密度はさらに増していて、山門の大衆もまた平清盛と手を結んでいたらしい。両者のあいだでひそかに情報交換がおこなわれていたことを窺わせる記事が『玉葉』に載る。安元三年四月十四日の記事に「訴訟ヲ致サンガタメ、猶、公門ニ参ルベシ。早ク用心ヲ致サルベキナリ」という山門の大衆からの書状が平清盛のもとに届けられていたという。それから推測すると平重盛の命令とも考えられないし、法住寺御所にいた後白河院からの命令によってとも考えにくい。（三）節から推察されるように、引き抜いた逆茂木で突き刺し瓦礫を投げつけるといった山門の衆徒の圧力に堪えきれずに行なった武力行使による偶発的なものであったと思われる。
以上の①・②・③の要件に着目すると覚一本や『源平盛衰記』は二つの御輿振りから出来事を借りてきてこの場面を組み立てたことが分かる。嘉応元年十二月の御輿振りから①・②の場面を借り、それを安元三年四月の御輿振りのときの③に取り合せた、いわばモンタージュによって「御輿振」の場景が作成されたのである。ただし、『平家物語』の諸本のなかで延慶本や長門本は、覚一本や『源平盛衰記』と違って①の要件は安元三年四月の実際の御輿振りどおりに閑院の里内裏ということになっている。

「御輿振」は取り合せによって持ち込まれた源頼政の話題を大写しにしていて、文武二道の達者として源頼政を称揚するとともに源平二つの勢力を対比的に印象付けることがこの句の中心であるかにみえる。しかし『平家物語』の物語としてのプロットの展開のうえからは、衆徒と神輿が平家の総帥である平重盛の軍勢の放った矢によって傷つけられたという③に重心がある。③の要件が因果関係をもって次の「内裏炎上」に繋がるからである。「内裏炎上」は大内裏をはじめ京中を焼いた「太郎焼亡」と呼ばれた大火を日吉社の神の祟りとして語る。「太郎焼亡」は安元三年（一一七七年）四月二十八日のことである。閑院の内裏は焼けなかったのだが、大内裏は太極殿をはじめ多くの建物が灰燼に帰した。御輿振りが四月十三日だから、たった半月のちのことである。覚一本や『源平盛衰記』が御輿振りの場所を大内裏としたことは、「太郎焼亡」との因果関係を際立たせる意図からでた虚構の可能性が高い。日吉社の神輿に矢を射たてるという未曾有の事件が大内裏でおこり、日吉社の神の祟りによって未曾有の大火が京中を焼き大内裏が焼亡したというわけである。大内裏ことに大極殿の焼失は安元から治承への改元の主たる理由となるほどの大事件であった。①・②・③の要件を取り合せたモンタージュによる虚構は、源頼政の登場にとどまらず、「内裏炎上」との因果関係を強めることで神々と人との関係における《神の怒り》の主題を際立たせる働きをもしているのである。

七　平清盛　嘉応元年十二月の御輿振り以後の影の主役

嘉応元年（一一六九年）十二月と安元三年（一一七七年）四月の二つの御輿振りは政治的かつ経済的な背景において著しく似通っていた。それればかりか、後白河院の山門に対する強硬な姿勢の類似、さらには対立する当事者の面での連続性もある。そうしたことが二つの御輿振りをモンタージュした「御輿振」の作成を容易にしたのだろう。その類似性、連続性は五点に纏められよう。

①　山門側の要求は後白河院の近臣の処罰であり、後白河院はそれに強引かつその場逃れの対処の姿勢で臨む。嘉応元年十二月のときは藤原成親、安元三年四月のときは加賀守師高と目代師経の処罰を山門は要求した。どちらのときも後白河院がかれらを庇護したため紛争が長引く結果を生んでいる。

②　平時忠が山門との交渉のなかで登場する。嘉応元年十二月のとき、先の復元に使用した日記には記録されていないが、平清盛の陣営にある平時忠は山門の大衆よりの言動をしたのだろう。後白河院の怒りを買い処罰される。安元三年四月のときは、「内裏炎上」によると比叡山に登って朝廷ひいては後白河院の使者として立派に務めを果たしたという。「内裏炎上」では使命成功の原因としてかれの当意即妙の受け答えを称揚するが、もし実際にかれが務めを果たし得たのだとすると、嘉応元年十二月のときの因縁が山門の人々にかれの使命を受け入れる下地を作っていたのだろう。

③　後白河院は山門への憤りの矛先を明雲に向ける。明雲のことは①とともに二つの事件の類似性と連続性を印象付ける最大の要件である。天台座主明雲が階層の異なる衆徒の要求にどの程度、主体的に関わっていたか分からない。嘉応二年（一一七〇年）二月六日に藤原成親の処罰が決定されてのちも山門が和平派と騒動派に分かれ

たとき、明雲は和平派の側に立って紛争に終止符を打とうとしている。『玉葉』の嘉応二年二月十五日の記事にそのことが見えている。しかし、さきに田中文英氏の論に見たように、事件は政治経済さらには社会の構造的な変化に根をもっている。山門が衆徒・堂衆階層を抱え込み政治経済面で巨大化してゆくなかで、後白河院はその推進者を明雲と見てかれを目の敵にしていた可能性はある。実態は分からないものの嘉応元年の美濃国での紛争も安元二年（一一七六年）の加賀国での紛争もその責任は明雲の山上での政策にあるとして後白河院が明雲を処罰しようとしたのだろう。しかし明雲の側に後白河院と対決するはっきりした意図があったかどうかはあやしい。どちらの御輿振りのときも後で述べるように明雲は平清盛の調停によって後白河院との衝突を避けようとしていたように思われる。

嘉応元年十二月のときは分からないが、後白河院と平清盛の蜜月時代が過去のものとなっていた安元三年（一一七七年）四月のときは、平清盛による調停は難しかっただろう。安元三年のときの後白河院の明雲苛めは、明らかに平清盛苛めをも意図していたからである。

④　後白河院の頼りとするのは平家の下知による軍勢だが、平家は後白河院の意のままに動かない。安元三年（一一七七年）のこの年、平清盛はその武力を背景に後白河院に対して反撃に転じることになる。

⑤　後白河院と山門・明雲との対立のなかで平清盛が影の主役として存在した。①から⑤のいずれにも、そこに後白河院との対立を深めてゆく平清盛の存在が透けて見える。巻二「座主流」に語られる後白河院による明雲への残酷な断罪と、それに続く「西光被斬」のはじめに語られる平清盛による藤原成親や西光などの捕縛と残虐な仕打ちとは応報的な関係を持つ。平清盛の仕打ちには嘉応元年（一一六九年）十二月そして安元三年（一一七七年）四月のときの後白河院による明雲苛め、ひいては平清盛苛めへの報復的な面を読み取ることができる。そこには時代に支配された政治経済的な面での後白河院と平清盛の政治的対決といった視座だけでは計れない、人格

対人格ないし個性対個性の対立の側面が多分にうかがえる。それは事態の経過をみれば、おのずから明らかである。安元三年四月の御輿振り以後の展開は、後に詳しく見ることになるので、ここでは嘉応元年十二月二十三日の御輿振り以後の展開を『百錬抄』と『玉葉』で纏めてみよう。それに『愚昧記』の記事を添える。

嘉応元年（一一六九年）十二月二十三日の御輿振りの日、後白河院は尾張国の目代政友の処罰には応じるが近臣でも筆頭格の藤原成親の処罰には応じない。しかし神輿放置による衆徒の圧力に抗しきれず、翌二十四日、藤原成親の流罪を裁許する。それで大衆は神輿を迎え取って帰山する。『愚昧記』と『百錬抄』はその日の記事に記す。『玉葉』は二十五日の記事に「今暁」として記す。藤原成親流罪の裁許は山門を適当にあしらうための方便にすぎない。だから流罪を宣下しても実行に移さない。それどころか山門の人々の神経を逆撫でするような措置をとる。報復措置として二十五日に座主明雲を高倉天皇の護持僧の役目から下ろす。二十八日には、これも報復措置なのだろう、山門に同調していたらしい平時忠と平信範を解官し流罪にする。『愚昧記』によると、二十五日にすでに藤原成親召喚の噂が流れていた。三十日には藤原成親の罪を許し本官に復させたうえで、かれを衆徒の動きを制することのできる権限と武力を持つ検非違使の別当に任命する。後白河院の強引なやりかたは衆徒の憤りを倍加させただろう。嘉応二年（一一七〇年）正月の初旬から中旬にかけて大衆の下山がしきりに噂される。まさに武士の動員が必要とされるその時期に、平清盛の指示によって平頼盛は正月十三日に、平重盛は十四日に京都を去って福原に下向する。

平清盛は後白河院からも明雲からも距離をおいて山門対後白河院の抗争に巻き込まれまいとしたのだろう。大衆鎮圧に駆り出されることがないように平家の武者の主力を都から引き離したのである。すでに見たように、御輿振りの当日にも平重盛と平頼盛は衆徒鎮圧のための出動命令に従おうとしなかった。二十四日払暁の平重盛の出動が決まったときも、大衆に情報が伝わって衝突が避けられている。それらは平清盛の意向によるものにちがいない。

明雲そして平時忠に対する後白河院の強硬な処置は平清盛の存在を無視したもので、平清盛には不満だったはずである。正月十七日、平清盛は上京し調停に乗り出す。その日、藤原成親が検非違使別当をしきりに辞任した(補6)というのも、その背後に平清盛の圧力があったのではないか。正月二十日、後白河院は平時忠を配流地にむけ出発させる。平時忠の失脚は平家の政治的な力を削ぐことに繋がる。正月二十一日、京都が騒然とし六波羅に武士が召集される。それは平清盛の後白河院への反発を示す示威行動だったとも取れる。正月二十二日、後白河院の御所で会議が開かれ藤原成親の配流および平時忠と平信範の召還が審議される。その会議には平清盛も顧問として出席している。武力を背景にした平清盛の参加もむなしく会議は空転に終わる。正月二十七日、衆徒は僧綱とともに後白河院の御所に押しかけ藤原成親の配流および平時忠と平信範の召還を要求する。後白河院は要求を受け入れるような意向をもらす。山門の強訴には平清盛の後押しがあったはずである。平時忠の召還は平家の利害と深く絡んでいる。平家の六波羅邸は後白河院の法住寺御所と指呼の間にある。軍勢をそこに集合させたのは後白河院に対する平清盛の無言の圧力だったと思われる。後白河院には平家の軍勢が頼みの綱である。その平家に背を向けられた。それで後白河院は、実行に移すつもりはないものの、その場しのぎにいい加減な回答を与えたのだろう。二月一日、藤原成親の処罰を決定したことが山門に通知される。その日に平時忠と平信範の召還も決定された可能性が高い。しかしそれらの措置を実行に移すための宣下はされないままで数日が経ち、二月六日にやっと宣下される。二月八日には平時忠と平信範が都に帰還する。平清盛の斡旋と圧力が効を奏したのだろう。

他方、藤原成親の配流はうやむやのままで終わったらしい。

後に説く安元三年（一一七七年）のときと同じく嘉応元年（一一六九年）の御輿振り以降の展開のなかでも平清盛

が後白河院に対峙する影の主役であった。明雲は平清盛の調停を期待した。嘉応元年十二月のときは大内裏御所、安元三年四月のときは閑院の内裏と、内裏の場所こそちがえ、御輿振りは天皇御所へ向っている。田中文英氏はそこに院政という政治形態の弱点をついた山門の戦術的判断の働きを見て「上皇の国政関与は国家権力秩序をみだしたとみる政治勢力がたえず存在し、院権力の国政関与の拡大を否定しようとする思想と政治行動が陰陽さまざまな形態で執拗に展開されつづけたのであった」（『平氏政権の研究』一八六頁）と述べる。嘉応元年十二月の御輿振りのとき、幼主といえども天皇臨席のもとで行なわれる公卿僉議に裁定を仰ぐのが正しいやり方であると衆徒は主張した。（五）節に見るとおりである。院政の権威を知らしめ院権力の拡大をはかる後白河院が藤原成親のように覚えめでたい近臣の処罰に同意するはずはない。だから衆徒は本来は院より上位の権威である天皇とその朝廷に訴えるという手段をとった。衆徒は院政の弱点をつくかたちで要求を貫徹しようとして天皇御所への御輿振りを強行した。そのように田中氏は言う。五節に見える後白河院と衆徒とのやりとりを見ると、そうした戦略を読みとることはたしかに可能である。

ところで、天皇御所への御輿振りに関して、いまひとつ考えられるのは山門の衆徒ないし座主明雲の戦術である。座主明雲および延暦寺の上層部と衆徒のあいだの利害には一致する場合も対立する場合もあったはずである。平野の神人の一件、それに加賀国鵜川の一件で利害が一致したのかどうか。それは分からないが、すくなくとも対立はしていなかったのだろう。嘉応元年（一一六九年）のときは御輿振りにいたる前の段階でも明雲は衆徒の要請によって、朝廷に訴える労をとっている。そして御輿振りのときには同行する。明雲はその一年前、仁安三年（一一六八年）二月の平清盛の出家のとき戒師をつとめ親しい関係を結んでいる。だから衆徒は明雲を動かして、この時期まだ後白河院とは蜜月時代にあった平清盛の力を借りて院の裁許を得ようとする戦略を考えたのではないか。武士の厳しく警護する院の御所ではなく天皇御所に向かったのも、流血沙汰による交渉決裂をさけ、平清盛の仲介による交渉妥結に望みを託したのかもしれない。

次の推測も可能である。この年の六月に園城寺で出家し智証門徒を標榜する後白河院は宗門の上でも延暦寺との対決姿勢を強めている。明雲とのあいだにも溝ができている。それで衆徒の側は院の御所での直接交渉をさけ平清盛を仲介にした間接的な交渉によろうとしたとも考えられる。安元三年（一一七七年）四月の時も基本的には平清盛の調停に期待して院の御所での直接対決をさけ天皇御所に神輿を振ったのではないか。二つの御輿振りには温度差はあるものの寺門・後白河院対山門・平清盛の対立の構図の反映を見ることができる。嘉応元年十二月の時も安元三年四月の時も山門の衆徒の要求に強硬な態度をとる後白河院が頼りにしたのは平家の下知による軍勢であった。山門の衆徒にも明雲にもそのことは分かっていたはずである。訴えの成否の半ばは平清盛の動き如何にかかっていたのである。

嘉応元年（一一六九年）十二月そして安元三年（一一七七年）四月の御輿振りとその後の展開には福原にいて事態を静観していたかに見える平清盛の存在が大きな影を落としていた。後白河院に対峙する影の主役が平清盛であったこと、それは同時代の山門の人々また政治の要路にあったもの、またその話題を伝承する人々には分かっていた。『平家物語』のテキストでは〈見えないもの〉にされてしまった影の主役平清盛の働きを、かれら〈知るもの〉は当時の現実をコンテキストとして補完しながら「御輿振」を了解していったに違いない。

いっぽう『平家物語』のテキストは「内裏炎上」および「座主流」で説くように、〈神々との関係における罪と罰〉そして〈神の怒りを買った人々〉の主題を展開させるプロットにおいて、「御輿振」を了解するように作成されている。それ故、〈知るもの〉以外の享受者にとっては主題的なプロットが全てであって、その線に沿ってテキストを了解しその範囲の中で、いわば小説を読むようなやり方で、『平家物語』を理解することになる。〈見えるものは見えないものを隠す〉。『平家物語』のテキストにおいても、その命題は真実である。テキストの本文だけで理解しないで、本文によって見えなくされてしまった事件の背景を蘇らせ、それによって補完するかたちでテキストを了解しなければならない。

補注

1 美濃部氏稿には「鵜川いくさ」とある。高野本は本文に「俊寛沙汰 鵜川軍」とあり、巻一巻頭の目録には「鵜川いくさ」とある。美濃部稿の「鵜川いくさ」は「俊寛沙汰 鵜川軍」の中の「鵜川軍」の部分をさす。

2 美濃部氏稿にはこのようにあるのみだが、(補注3)にあげる美濃部論文には次のものが挙げてある。
高橋昌明「嘉応・安元の延暦寺強訴について―後白河院権力・平氏および延暦寺大衆―」(『延暦寺と中世社会』法蔵館、二〇〇四年)、高橋昌明・森田竜雄「『愚昧記』安元三年(治承元)春夏記の翻刻と注釈(上)(下)」(『文化学年報』22・23、神戸大学大学院、二〇〇三年)。佐々木紀一「語られなかった歴史―『平家物語』「山門強訴」から「西光被斬」まで―」(『文学』3巻4号、岩波書店、二〇〇二年七月)

3 これより以下は、美濃部重克「『平家物語』における〈換喩的文学〉〈隠喩的文学〉の二つの表情―ことに〈隠喩的文学〉巻一「御輿振」から「内裏炎上」への展開―」(「年報中世史研究」第三〇号、二〇〇五年五月)の(二)以降の一部にもとづいている。

4 『玉葉』安元三年五月十一日条の「安元三年五月十一日 宣旨 /前延暦寺座主僧正明雲条々所犯事」にあげる三ケ条。

5 『玉葉』安元三年四月十九日条、藤原定能の談話中に、「嘉応元年十二月の山門強訴の時、左衛門陣を守った源頼政は今度よりも少ない人数で防いだ」とあるのにもとづいて、このような指摘がなされている。「四 源頼政の話題」で触れられる。

6 「その日、藤原成親が検非違使別当をしきりに辞任した」『玉葉』嘉応二年正月十七日の条に、「成親可被停止別当之由、頻辞申云々」とある。嘉応元年十二月十七日、比叡山大衆から権中納言成親の流罪を要求された(『兵範記』)が、法皇は要求を受け入れるような無視するようなあいまいな態度と強圧的な姿勢に終始し、嘉応二年一月六日には成親を右兵衛督・検非違使別当に任じ、「世以驚耳目」（『玉葉』）とされた。十七日の暁には「入道相国」が入京し、上の記事に続く。「被停止別当」というのはこの「検非違使別当」のことであろう。

15 巻一 内裏炎上

一 御輿振りと安元の大火

「内裏炎上」の前三分の二の内容は、御輿振り当日以後の展開を語る。扱いに窮した後白河院は、近臣で祇園社の別当でもあった澄憲に命じて放置された神輿を祇園社に奉安させた。十四日に山門の衆徒が再度、下洛するとの噂があり、高倉天皇は閑院内裏から後白河院の法住寺御所に移った。後白河院は下洛を阻止するため、延暦寺の役職者たる僧綱たちを登山させ慰撫しようと図ったが、僧綱たちは比叡山への京都側の登山口である西坂本、いまの一乗寺・修学院のあたりで衆徒のために追い返された。そこで平時忠が登山して三塔の衆徒たちが集会している東塔の根本中堂に乗り込んで説得に当たった。暴力を振るって追い返そうとする衆徒たちに対して、平時忠はその場でさらさらと「衆徒の濫悪を致すは魔縁の所行なり。明王の制止を加ふるは善逝（底本は「善政」。「善逝」は「仏」のこと。）の加護也」と書いて衆徒の乱暴を止め、一旦、集会を解散させることに成功した。

「内裏炎上」は前三分の二で以上のことを語り、残りの三分の一で、安元三年（一一七七年）四月二十八日の京都の大火災について語る。『方丈記』でも有名なこの大火災は平安京の三分の一を焼いた。高倉天皇の里内裏であった閑院御所は火災を免れたが、大内裏の官庁の多くは罹災した。大内裏は後白河院の保元の新政の政策の一環として保元年間に少納言藤原通憲の働きによって復興されたもので、再建後まだ二十余年しか経っていない。それが焼けたのである。後白河院にとっても朝廷にとっても衝撃的な出来事であったにちがいない。

「内裏炎上」はその火災を日吉社の神々の祟りであると語る。比叡山から松明を持った二、三千もの猿が下りてきて洛中に火を放ったと夢に見た人がいるという。猿は日吉の神の使いであると信じられていた。火災の二週間前、四月十三日の御輿振りで神人を殺害し日吉の神輿に矢を射立てた罪に対する罰が日吉の神によって下されたとするのである。『平家物語』は「御輿振」「内裏炎上」と連ねて両者の因果関係をつよく意識させるなかで、〈神の怒りを買った人々〉、〈神々との関係における罪と罰〉の主題を暗示する。この一句の主題は安元の大火を〈神の怒りを買った人々〉の主題のもとに意味付けすることにある。

二　御輿振り後の事態の展開

御輿振りの翌日、四月十四日から加賀守師高配流の日となる二十日にかけての事態の展開は、九条兼実の日記『玉葉』と三条実房の日記『愚昧記』、神祇伯顕広王の具注暦日記『顕広王記』などによって、すでに復元が試みられている。（注　高橋）（補1）しかしながら本書でもわたくしの理解を示す必要があるので、独自に展開を辿ってみる。「内裏炎上」のコンテキストとなる現実がそこに見えてくるはずである。

安元三年（一一七七年）四月

十四日

　この日の未明に、武装した衆徒が京都に下ってくるとの情報がもたらされ、高倉天皇の法住寺への行幸が行なわれた。『玉葉』によると山門の大衆から平清盛のもとにひそかにその旨を伝える書状が寄せられた。それで平清盛は、衆徒が十三日のように閑院の内裏までおしかけてくる可能性を考え、不測の事態をおそれて行儀の整わないままの行幸を敢行したのである。『愚昧記』によると公卿は藤原邦綱ひとり、殿上人が五、六人、あとはすべておびただしい数の護衛の武士、そして天皇は鳳輦ではなく腰輿に乗る、などの慣例を無視した無茶な行幸が行なわれた。関白の随行は行幸に必須のことであるにも関わらず、『玉葉』によると関白松殿基房は前もっての報知がなかったために遅参、また携行すべき天皇渡りものの御椅子、時の簡《ふだ》、殿上の雑具などもまるで火事にあったときに内裏から運びだすようなやりかたで扱われる、といった体たらくであったという。そしてもっとも大事な内侍所の渡御は行なわれなかった。すべて平清盛の独断専行によるものであった。内大臣左大将平重盛は威儀の整わない異例の行幸に反対であったらしく、代替案を提示して行幸を阻止したい考えであったらしい。『愚昧記』によると、官兵を派遣して高野川東岸の切堤あたりで防衛するという代替案を提示しようと思うがいかが、と左大臣藤原経宗に相談している。高橋昌明氏は、そこに藤原成親一家と姻戚関係をもつ平重盛の立場の反映を見、この時期すでに平重盛と平清盛とのあいだに疎隔が生じており、平重盛に後白河院の政治路線に同調しようとする向きがあったと見ておられる（高橋昌明『平清盛　福原の夢』講談社選書メチエ、二〇〇七年、一七七頁など）。私はむしろ平重盛のこの言動に彼の人格ないし性格の反映が見られるように思う。平重盛はきわめて理性的な人物で、公私両面にわたって公正で、かつ端正に両者を使い分ける対処をする。この場合、平重盛は朝廷に仕える公人として振る舞った。平重盛は、内大臣左大将として平清盛の措置を朝廷の制度に違背する専横と見、官兵派遣の代替案を提示したのではないか。

しかし行幸は先に記したような異例のやり方で実施され、高倉天皇は法住寺の南殿に入りそこが行在所となった。御所の建物周辺そして南殿周辺に軍兵が充満する法住寺の様子を『愚昧記』は平治の乱のときのようだと記す。『玉葉』によると後白河院は衆徒への対処をどのようにすべきかを人々に問うた。十三日の衝突の際、閑院の内裏の門近くで神輿に矢を射立て宮仕を殺害してしまった。後白河院は永暦元年（一一六〇年）十月に法住寺御所の鎮守として日吉社を勧請し御所近くに新日吉神社を造営している。今度、武装した山門の衆徒が武者の充満する法住寺御所に押し掛ければ戦闘になり死人が出ることは目に見えている。後白河院は神慮を恐れ弱気になって公卿たちの意見を訊いたのだろう。後白河院の下問に対して人々は途中で防衛すべしと答える。

『玉葉』の十六日の記事によると、後白河院は十五日のうちに、神罰を恐れるゆえに要求を裁許する旨を衆徒に報知せよと命じる御教書を近臣の高階泰経の名前で書かせて明雲に送ったという。『玉葉』にその御教書が載せられているが、文面には裁許のことが書かれていない。

十五日

『玉葉』によると後白河院は払暁に、登山して裁許の旨を衆徒に伝えよと延暦寺の僧綱に命じる院宣を発する。しかし使いの僧綱は使命を果たすことができず衆徒に追い返されたという。『愚昧記』によると、後白河院が明雲に裁許の旨を伝えたのはこの日であり、裁許の内容は加賀守師高とその父の西光の配流それに神輿を射た武士十人の禁獄というものであったとする。『玉葉』のこの日の記事にも、裁許の旨が明雲に内々に仰せだされ、それで大衆の下向が沙汰止みになったとする。裁許の内容は加賀守師高の配流と神輿を射た武士の禁獄で、執行は翌十六日の賀茂祭り以後に予定されるというものであった。払暁の僧綱の登山は使命を果たせなかったが、その後も裁許を伝える使者が登山を試み、誰かが使命を果たした結果なのだろう、衆徒下向が沙汰止みとなったらしい。そのことを確認したからか、この日の夕方に高倉天皇の閑院への還御が行なわれた。『玉葉』の十七日の記事によると還御には鳳輦が用いられた。

十六日

『愚昧記』に「時々、微雨。或ルヒト云ハク、大衆、和平ノ儀ナシ。是、裁許ノ条、未マダ一定ナラザレバナリト云々。但シ、京中ニ武士、見エズト云々」とある。裁許のことが不確実なために、衆徒は和平にむかう気配を見せない。ところが洛中からは武士の姿が見えなくなったと記す。これは後白河院を牽制する平清盛の動きで重要である。『玉葉』の十七日の記事によると、十五日の御教書に重ねてこの日も明雲のもとに後白河院のもとから高階泰経の御教書が遣わされたという。『玉葉』は御教書の全文を載せ、文章は支離滅裂の悪文で内容にも誤りがあると扱き下ろしている。その御教書には加賀守師高の配流と神輿を射た官兵への処罰のことが記されている。『愚昧記』には、この日、三条実房が陰陽師で天文博士の安倍業俊と彗星について話題にしたことが書かれる。安倍業俊は彗星出現の原因を二説あげるが、その一つは陰陽師の説で「愁民ノ気、天ニ昇リテ変ヲ成ス。陰陽家ハ此ノ説ヲ用ウト云々」というもので、中世の語源辞書である『名語記』に載せる「ノミの息、天に上る」という諺の説明と同じで、悪政に苦しむ農民の憤りの気が天に昇り凝集して星となって現れるのが彗星である、と説くのである。天変が話題にあがったのは、この時、熒《けい》惑星《こくせい》が太微《たいび》に入る天変が起こっていて、人々の不安がいっそう掻き立てられていたからなのだろう。

十七日

『愚昧記』によると、この日も衆徒発向の噂が立った。それで京中の貴賤が家財を提げ避難をはじめた。多くは京都西北の仁和寺や嵯峨あたりに向かったという。三条実房が左大臣藤原経宗邸に行くと、そこでも避難の用意がなされ重書は他所に移すべきかなどと不安な様子である。左大臣邸では家司の清光を藤原経宗の甥の平等坊の法印延源のもとに遣わして、山門が和平と争いのどちらに向かうかを問い合せる。延源は、はっきりしたことは分からないが、左大臣邸に伺うと答えたという。

十九日

『愚昧記』によると、後白河院はこの日から七条殿で故建春門院の供養のために百ケ日の法華八講を始めさせる。山門からも澄憲がその行事に参加している。『玉葉』には後白河院の近臣であり、九条兼実夫人の兄弟で九条兼実の耳目また股肱的存在でもあった藤原実能が九条兼実と交わした会話が記されている。藤原実能は九条兼実に、武士が神輿を射たというのは事実であり、武士の不覚のせいであること、嘉応元年（一一六九年）の御輿振りのとき源頼政は不祥事を起こした今回よりもはるかに少ない軍勢で左衛門の陣を守りきったことなどを語ったという。この記事は「御輿振」の「四　源頼政の話題」ですでに触れた。

二十日

加賀守師高の尾張国への配流が行なわれた。また六人の武士が神輿を射た罪で禁獄された。『玉葉』にはその六人の名前が記されるが、ここでは省略する。『愚昧記』にはその六人を平重盛の郎等であるとする。また「此条ハ大衆、訴へ申スニ及バズ。神慮ヲ恐ルルニ依リテ、謝辞ヲナスナリ。又、内府、進ミテ申シ請クト云々」とも記している。神輿を射たものの処罰の要求は衆徒の側からは出ていなかった。ところが後白河院は神慮を恐れるゆえ神に謝罪するということでかれらを罰したらしい。敬語が使用されていないため、ここを平重盛の意志によるとする解釈も可能かもしれない。しかし「此条……也」とするこの文は行為の主体まで示すものではなく、事柄の中身だけを伝える文と解釈することもできる。更に、かれらの身柄を申し受けようとしたその後の内府（平重盛）の動きを見ても、さきのように解釈するのが自然だろう。

三　平清盛　治承元年四月の御輿振りの影の主役

御輿振りの翌日の四月十四日から加賀守師高配流の二十日までの事態の展開は前節で見たとおりである。そこに透けて見えるのは後白河院を牽制する平清盛の動きである。二十日になって後白河院もついに屈し、加賀守師高の配流が実行に移されることになる。それは平清盛と山門の連携による圧力が効を奏した結果である。それまでは後白河院は嘉応元年（一一六九年）のときと同様に専制君主的な姿勢を崩さなかった。もちろん衆徒が武装して下洛するという噂は後白河院を恐れさせはしただろう。しかし内裏と院の御所を守り、衆徒を撃退するに足るだけの軍勢が京都にいるかぎり後白河院には要求をのむつもりなどない。場当たり的に裁許をちらつかせて衆徒をあしらい続ける。明雲や僧綱に対しては高飛車な態度で臨む。かれらには裁許の旨を伝えて衆徒を宥めよという命令を発する。

十四日から十五日にかけて裁許の旨を伝える使者が何度も山上に派遣されたと思われる。しかし衆徒はそれを空約束として使者を受け付けない。それでも十五日のうちに衆徒は裁許の旨を受理したらしい。『平家物語』によると、使命を果たした使者は平時忠ということになる。「御輿振」でも触れたように平時忠は平清盛はもちろん明雲とも気脈を通じて動いていたと思われる。平時忠の登山が本当だとすると、それは明雲と平清盛の斡旋によったものかもしれない。衆徒は嘉応元年の事件で平時忠に対してよい心証をもっていたはずである。それに衆徒は平時忠の背後に平清盛がいて、かれが後白河院に圧力をかけてくれることを期待したのだろう。ともかく衆徒の下洛はいったん沙汰止みとなった。

平清盛にその旨が伝えられたはずである。それで十五日の夕方に高倉天皇の閑院内裏への還御が行なわれた。平清盛は明雲とはもちろん、衆徒ともひそかに連帯していたと思われる。後白河院もそのことは分かっていただろう。しかし後白河院には嘉応元年のときと同様に近臣を処罰する気はない。加賀守師高配流の宣司を下そうとはしない。うやむやの内に事態が終結することを期待して裁許の旨を連発するだけである。ところが十六日には洛中から武士の姿が見えなくなった。それは後白河院に圧力をかけるための平清盛の指令によるものだったと思われる。そうなると後白河院の下北面の武士また近臣が動員できる程度の武士ぐらいでは衆徒に対抗できない。翌十七日には無防備都市となった京都に武装した衆徒がやってくるという噂が流れる。京都は恐慌状態におちいり、危険地帯の住民は避難をはじめる。そうした十六日から十七日にかけての動きは平清盛と衆徒とが連携して後白河院に圧力をかけようとしたものなのだろう。

危険が予測されるなか、十七日に左大臣藤原経宗は甥の延源法印から正確な情報を得ようとするが、延源にも答えられない。延源は延暦寺の西塔宝幢院の検校を勤めたこともある人物である。延源ほどの地位にある人物が確実な情報を持っていないというのも奇妙だが、それも無理からぬことであった。山門は堂衆・衆徒と大衆・学僧との間の階級対立があり学僧に衆徒の動きを制御する力は失われている。それに学僧内部にも一枚岩の連帯はなかった。

延源は承安二年（一一七二年）六月に入寂した西塔の快修の弟子である。「座主流」で取り上げるが、快修は西塔の本覚院に始まる妙法院と深い関わりを持ち後白河院と親しい関係にあった。かれは天台座主のとき、東塔の梶井流の明雲によって暴力的に天台座主の地位から追われている。いっぽう座主明雲は「座主流」で触れる「明雲ハ門徒広キ者ナリ」（『愚昧記』治承元年（一一七七年）五月八日）という覚快の言葉にもあるように、この時期、山門で大きな勢力をもっていたらしい。山門の上層部は平清盛と結ぶ明雲の主導によって動いている。だから延源には明雲の意図も、さらに明雲に連帯する平清盛の動きも読めない。延源には衆徒が和平に向かうか闘争を激化するか否かが分からなかったのである。左大臣邸に出向いて話しましょうという延源の答えは、その複雑な事情を説明しようとしたものなのだろう。山門の動きは後白河院に対して激昂する衆徒、かれらに担ぎ出された明雲、明雲を支持する平清盛の三者によって舵取りされていたと見てよいだろう。

平清盛と山門によって作り出された十六日、十七日の際どい状況のなかで後白河院はやむを得ず衆徒の要求をのまざるをえなくなる。それは十八日のことであったと思われる。十九日に後白河院は一年まえの安元二年（一一七六年）七月に三十五歳で亡くなった最愛の女性、建春門院の供養のため百日の法華八講の法要をはじめさせている。山門の僧で後白河院の側近でもあった澄憲もそれに参加している。もちろん早くから準備をしてのことなのだろうが、この日に始めることができたのは、その前に一旦の和平を確実にする事態の展開があったからなのだろう。二十日に宣旨が下され衆徒の要求し続けた加賀守師高の配流が実行される。

ところが処罰は加賀守師高に下されただけではなかった。神輿を射たとされる六人の武士もまた禁獄されたのである。かれらはいずれも平重盛の郎等であった。その処罰は衆徒の要求によるものではなかった。かれらの処罰を要求に加えてもよさそうに思えるのだが、衆徒は要求しなかったらしい。そこには平家との関係への配慮が働いていたように思えてならない。

『愚昧記』の記事は、その禁獄が神慮を恐れ神に謝罪しようとする後白河院の自発的な意図から出たものとする。後白河院は武士が日吉社の神輿に矢を射立てたことで神罰を恐れていた。新日吉社を建立するほどに日吉信仰の篤かった後白河院だから、それは確からしい。それにしてもこの処罰には裏があるように思われる。嘉応元年（一一六九年）のときも近臣の藤原成親の処罰と抱き合わせのようなかたちで平時忠と平信範を処罰している。今度もまたそれとよく似た報復的な措置だったのだろう。平清盛の斡旋と圧力に対する報復として後白河院は平重盛の郎等を処罰したのではないか。平重盛はすぐにかれらの身柄を申し受けようとした。後白河院対平清盛・明雲の暗闘がその処罰とそれへの反応に反映していると私は考える。

後白河院と平清盛とはこの度の御輿振りの一件で対立の溝を深くしたはずである。「鵜川軍」で語られる加賀国での事件が後白河院対山門の対立に発展した時点ですでに、事態は後白河院対平清盛の対立を生むことを予想させた。そして「御輿振」「内裏炎上」の時点で事態は後白河院対山門の対立のうえに後白河院対平清盛の対立が重なるかたちで展開した。明雲を憎む後白河院と明雲を支持する平清盛という明雲を軸にした対立の構図のもとに、この度の御輿振りは両者の対立に拍車をかける事件でもあった。「御輿振」と「内裏炎上」は後白河院対平清盛の対立に関わるはずの事件でもあった。しかし『平家物語』は平清盛の関与を書かない。この度の事件に関して、平清盛の関与を書くことは同時に後白河院の非を鳴らすことになる。この度の、影で糸を引く平清盛の行為は防衛的かつ受け身的なものであり、後白河院の感情的でかつ強引な政略の進め方に対するやむにやまれぬ面を持っていた。

『平家物語』は全編を通して平清盛の悪を印象付けるが、後白河院をあからさまに指弾することは憚っている。この度の事件もその顚末をよく知る、〈知るもの〉にのみ了解が可能な春秋の筆法を用いた書き方をしているのである。たとえば平時忠が登山して衆徒の怒りを静めたくだりは、平時忠の剛胆と機知を印象付ける本文とは別に、〈知るもの〉には、嘉応元年（一一六九年）十二月の事件との因果関係そして影の主役としての平清盛の動きを想起させたに違いない。『平家物語』の作者がこの事件への平清盛の介入を書かなかったのは、知らなかったからではない。もし慈円の庇護のもとに『平家物語』が制作されたとするなら、当時の山門の状況そして平清盛の関与は十二分に知っていたはずである。

〈図〉としての本文は、〈地〉としての現実のコンテキストを見えにくくしてしまう。「御輿振」では源頼政の英姿が、そして「内裏炎上」では安元の大火が一枚絵（タブロー）的に描かれ、後白河院対山門の対立の構図そして〈神の怒りを買った人々〉の主題は〈図〉として見えている。しかし、その〈図〉は後白河院対平清盛の対立の現実を見えにくくしている。二つの日記を介してここに浮かび上がらせたような現実の状況をコンテキストとして補完することのできる〈知るもの〉のみがそれを了解する。影の主役として平清盛、そして後白河院の悪を読み取ることは〈知るもの〉の享受にまかされているのである。

四　安元の大火　天変と災厄

「内裏炎上」の話題である安元の大火を含め「御輿振」から巻二「座主流」さらには「西光被斬」が語る一連の大事件は、当時、天の諭し、また怨霊の仕業といった見方がされていた。天の諭しというのは、『漢書』の「天文志」と「五行志」そのほかに説かれる儒教の政道観に基づく天変観による。当時、天変でもっとも恐れられたのは彗星の出現であり、それに次ぐのは熒惑星《けいこくせい》が太微《たいび》の星垣《せいえん》に入る天変であったらしい。『玉葉』安元二年（一一七六年）十月七日の記事に「熒惑、太微ニ入ル之変ハ希代ニシテ彗星之外、第一ノ変ナリ。公家ノ御慎シミ、大臣ノ慎シミ、天下ノ兵乱、疾病、洪水、其災一ニアラズ。就中、公家ノ御慎、兵乱等、尤モ重シト云々」と陰陽師の安倍時晴が九条兼実に語ったと記している。安元二年（一一七六年）と安元三年には相次いで熒惑の太微に入る天変が起こった。

怨霊の仕業としては、崇徳院と藤原頼長がこの時期にはじめて怨霊として意識に登り、公式に怨霊として祀られることになる。安元三年七月二十九日に、それまで讃岐院と仮称されていた尊霊に正式に崇徳院という院号を贈り、従一位左大臣が極位極官であった藤原頼長に正一位太政大臣の官位を贈ることが宣下される。それが執行されるのが八月三日であり、翌四日に安元が治承に改元される。それは「御輿振」から「西光被斬」に至る一連の事件を崇徳院と藤原頼長の怨霊の仕業であると公に認めたことを示している。そして改元を院号と官位の追贈の儀式の翌日に行なっているのは、怨霊の祟りから一気に解放されたいという願望によるものであったのだろう。

『平家物語』の作者は「内裏炎上」で安元の大火にどのような意味を与えたのか。安元の大火は大内裏なかんずく大極殿を焼失させた。それは王法にとって重大事件であった。その重大な事件に関して「内裏炎上」が与えたところの意味は、そこに書かれていないことを確認することによって逆照射することができる。その際、崇徳院と藤原頼長の怨霊の働きとともに、注意を引くのが天変についての言及がないことである。

この時期は熒惑星が太微に入るという天変が人々を不安にし、それを大火の警告とする解釈が行なわれていた。ところが『平家物語』はそのことに触れない。『平家物語』は天変地異や物怪を随所で意図的に取り上げている。たとえば安徳天皇の懐妊を語るときは、彗星の出現について触れる。巻三「赦文」に「同（治承二年）正月七日、彗星東方にいづ。蚩尤気とも申。又、赤気共申。十八日光をます。去程に入道相国の御むすめ建礼門院、其比は未中宮と聞えさせ給しが、（中略）御懐妊とぞ聞えし」と記す。それは、安徳天皇が不吉な星のもとに生まれた皇子であることを示すとともに、平家の王法における専横を批判する意味を帯した記事でもあった。ところが安元三年（一一七七年）二月十日から同五月六日のあいだに起こった熒惑の太微に入る天変については諸本ともに言及がない

二月十日、熒惑星が逆行して太微のなかに入った。熒惑星が太微の星垣を構成する上将星、右執法星、左執法星に異常接近するという天変が観測されたのである。熒惑星は火星のことである。『准南子』の「道応訓」によると熒惑星は天罰をつかさどる星とされる。太微は天子の宮廷を象る星垣である。二月十日に観測された天変は、王法に災厄の起こることを示す予兆であった。

そうしたなかで天変の話題はしきりであったと思われる。清原頼業が九条兼実とかわした談話のなかでも、その天変観が語られる。清原頼業は大外記として活躍した人物で九条兼実はその人物と学問を高く評価していた。清原頼業は天変について次のように語る。

全経ニテ判ズル所、天変ニ二義アリ。一ハ変異先ニ呈ハレ、禍福、後ニ顕ハル。是、必然ナレド感ゼズ。一ハ変異必ズシモ果ヲ成スベカラズ。所以ハ如何ニ。君ヲシテ治世ヲホドコサシメ、臣ヲシテ忠節ヲ竭サシメ、悪ヲ棄テ善ヲ取ラシムル謀ヲモテト、天、コレヲ示ス。コレニ因リテ、聖主徳政セバ、変、早ク退クナリ。此説ヲモツテ勝トナスト云々。

清原頼業は次のように語ったという。天変には二説ある。変異がさきに現われ、禍福がその後に来る。天変はかならず禍福をともなう。ただし、それは感得を伴わない、それが一説である。また、天変が起ったからといって、かならずしも後に禍福をなすわけではない。天変は、君主に善政を行わせ、臣下に忠節を尽くさせようと、悪を捨て善をなさしめる天のはかり事である。天変を見て君主が徳政を施すならば天変はただちに消え、災いも起こらない、それがもうひとつの説である。経学の書はあとの説をよい説と認め、「勝ち」と判定している。これは『玉葉』安元三年（一一七七年）三月七日に記される記事である。

清原頼業と九条兼実のあいだで天変はもっとも関心のある時事的な話題であったからなのだろう。二月十日に熒惑星が太微を犯す天変が現われ、それが続いている。そして前年度からの山門と後白河院の対立は舞台が京都に移り緊張の度を高めている。加賀守師高の配流を求める山門の衆徒に対して後白河院は態度を変えない。『玉葉』の二月二十一日の記事によると比叡山を下りて衆徒が強訴に来るという噂まで流れる。そうした情勢下で天変が続いている。聖君ならば天の意志を悟って事態を好転させる手を打つはずである。後白河院は猛省を必要としている。さもなければ大変な災厄に見舞われる。清原頼業の談話にはそうした思いがこめられており、それを九条兼実は常に非難と蔑視の対象としてきた近臣さらには後白河院に対する批判をも込めて書き付けたのである。

安元三年（一一七七年）二月十日、天変が報告された最初の日の『玉葉』の記事に、陰陽師の安倍泰親が、昨年十月にも同じ天変が起こったが、今度は熒惑星が逆さまに太微に入った。そんな天変は平治の乱のとき以外起こっていない、天下の大事が出来する予兆か、と語ったと書き付けている。はたして後白河院と山門の対立はいっこうに収まらず、四月十三日には神輿に矢を射立てるという不祥事が出来する。さらに四月二十八日には平安京の三分の一を焼く安元の大火が起こる。その時、人々は天変がその大火の予兆であったかと考えた。『玉葉』安元三年四月二十八日の記事に

熒惑、太微ニ入リ、旬ニ渉リ月ニ渉ル。熒惑ハ是、火ノ精ナリ。太微ハ即チ宮城ナリ。華洛ノ灰燼トナル。変異ノ験、掲焉ト謂ベキカ。故殿（藤原忠通）、常ニ仰セテ云ハク、末代ノ天変ハ咎ノ徴、速疾ナリ。是、化ヲ施サズ徳ヲ行ハザルノ致ス所ナリト云々。

とある。天変は十日をこえ、一月をこえた。天空において、大内裏にあたる太微に火の精である熒惑星が入るという天変が起こり、その状況が長く続いたのである。だから地上でも京都が焼けた。天変が今度の大火の予兆であったことは明らかである。亡父近衛忠通は、衰えた時代には天変の予告する災いは時をおかず起こる。それは為政者が民を導き徳政を行なわないからだ、と常に語っていた。九条兼実はそのように記す。

三条実房の『愚昧記』安元三年四月二十八日と三十日の記事にも件の天変が安元の大火を予告するものであったとする見方を記している。三十日の記事が詳細なのでそちらを見よう。

（天文博士安倍業俊）示シテ云ハク、此ノ火災ハ已ニ熒惑ノ為ス所ナリ。去年十月ヨリ泰微ニ射ル、鈎已ノ後、又、相ヒ侵ス。未ダ先蹤有ラザルモノナリ。又、入リテ数月ヲ経タルハ、同ジク希有ノ事ナリ。鈎已〔二度相ヒ侵スヲ謂フト云々〕ノ後、今度、又、扉星ヲ侵ス〔是左大臣ヲ司ドル星ナリ〕。仍リテ相府ノ御事、恐レ思フ処、朱雀門焼亡シ了ハンヌ。已ニ此ノ災ヒ、短門ヲモチテ朱雀門ニ擬スルモノナリト云々。熒惑太微

ニ入リタルハ、内裏若シクハ宗廟ノ火事ノ由、重ネテ密奏シ了ハンヌ。今、已ニ相ヒ叶フ。

天文博士の安倍業俊は、三条実房に次のように語った。今度の天変では左大臣の運命をつかさどる扉星（未勘）に熒惑星が異常接近した。それで三条実房の妻の父である左大臣藤原経宗の身の上に凶事がおこるかと恐れた。ところが藤原経宗には何事もなく、安元の大火がおこり朱雀門が焼失した。それで今度の天変は朱雀門の焼失の予兆であったかと合点した。太微の星垣のなかの一星である端星は大内裏の中央門である朱雀門になぞらえられる星である。その星に火の精である熒惑星が異常接近した。その天変は朱雀門の火災と符合する。そのことを自分は何度も天文密奏のなかに記し朝廷に警告していた。それは正しかった。三条実房は天文博士安倍業俊の談話をそのように書き付けている。太郎焼亡と呼ばれた（『清獬眼抄』）安元の大火がその時期熒惑星の太微に入る天変と結びつけて理解され、それが識者の間で喧伝されていたわけである。安元の大火の罹災のなかでも、大極殿焼失は国家の大事であった。「内裏炎上」もそのことに言及している。

覚一本、屋代本、延慶本、『源平盛衰記』、長門本など『平家物語』の主要伝本は触れないが、この年の八月四日に元号が安元から治承に改められる。『改元部類記』によると、その理由は太郎焼亡のときの大極殿の焼失とその後の天変とによるものであった。「治承」という元号が選ばれたのは、「治」はさんずい偏、「承」も水を字形に含み持つからであった。治承は大極殿の火災によるこの度の改元に相応しい元号とされたのである。安元の大火は改元にもおよぶ王法の重大事件であり、天変がそれを予告したこと、これは興味をひく話題であったはずである。

しかし「内裏炎上」は天変に言及せず、大火を日吉社の祟りであるとする。その書き方はどのような効果を生むのか。ひとつは後白河院批判の回避であり、いまひとつは安元の大火と「御輿振」との因果関係の強調である。

　安元の大火を日吉社の神罰であるとする「内裏炎上」の説は資料が少ない。鎌倉時代成立の年代記である『皇帝紀抄』巻七に

　（治承）元年（一一七七年）四月二十八日ノ夜、ノ朱雀門ノ北ヨリ、大極殿、小安殿、八省院オヨビ神祇官、焼失ス。火ハ樋口富小路ヨリ起コリ、京中ノ三分ノ一ハ灰燼ス。世人、日吉神火ト称ス（補2）

として触れられる程度である。大火の直後に日吉の神の祟りが噂されたのであろうか。日吉社の神威を示す説話類にそのことは見られない。日吉社の神使である猿が火事にかかわる説話は『日吉山王利生記』第九巻にひとつ見られるぐらいである。元久二年（一二〇五年）に焼失した比叡山東塔の大講堂再建のために集積されていた材木が焼けそうになったのを多くの猿が榊葉や松葉をもって消し止めたという話である。

　再建の任にあたっていたのは『平家物語』にも後白河院の近臣として登場する近江守源仲兼であり、かれは建永元年（一二〇六年）にその妻が後白河院の霊託を受けた源仲国の弟である。この説話は源仲兼の日吉社への信仰に関わる利生譚である。ちなみに『日吉山王利生記』は源仲兼と仲遠父子の一族の依頼によって日吉社の祠官が文永年間（一二六四年～一二七五年）に制作したものかとされている（下坂守「『山王霊験記』の成立と改変」『京都国立博物館学叢』第十一号　平成元年）。だとすれば『日吉山王利生記』は、もし安元の大火を日吉の神の祟りとする伝えがあったとしても、それは載せなかったろう。というのは、源仲兼の父光遠は後白河院の判官代を務める院の近臣であり、源仲兼もしかり、また源仲国の妻の一族などは鳥羽院以来の院の近臣の家柄であった。後白河院と山門・明雲の対立が神輿に矢を射立てる不祥事を生み、山王の怒りが安元の大火となったとするのは後白河院と院の近臣、いずれにとっても名誉な話題ではない。それ故、「内裏炎上」が語るような話がもしあったとしても、かれら一族の依頼による霊験集には入れられなかったと考えるのが自然である。だから『日吉山王利生記』とそ

の類本に載せないことをもって、その噂がなかったとすることはできない。

しかし日記類に記事が見えないのはやはり不審である。広く喧伝された話ならば、記事があって然るべきことだからである。

また神の祟りについては『愚昧記』安元三年（一一七七年）五月四日の記事がある。それによると大極殿の火災がいずれの神の祟りであるかを占うようにと、朝廷は神祇官と陰陽寮に下問している。五日の記事にその占形が記されるが、それには巽《たつみ》の方角の神社、伊勢・稲荷・祇園、乾《いぬい》の方角の神社、平野・北野の祟りであるとする。そこにも日吉社の神の祟りとはされていない。


天変が政治の悪を責め、安元の大火が天変の警告したところの凶事であるとすると、それは後白河院の治世に対する指弾である。大内裏は後白河院が保元の新制にかかわる一大事業として復興したもので、それが炎上したことは後白河院の政治の悪を天が厳しく責めたことを意味する。ところが紛争当時に天変が起こっていて、それが盛んに取り沙汰されていたことを『平家物語』は書かない。天変を話題にせずに、大火の意味付けを日吉社の神の祟り一本に絞る。それは意味の分散を避ける措置、一種の〈表現のエコノミー〉であるが、その措置によって後白河院批判が回避されている。日吉社の神の罰とすることで安元の大火は神輿に矢を射立てる不祥事にのみ関係づけられる。しかも不祥事は平重盛の固める陣頭においてであった。その事実を書くことによっても後白河院批判が回避され、また平家の瑕疵が印象付けられていると言ってよい。

「鵜川軍」から始まる後白河院対山門の対立は「御輿振」「内裏炎上」「座主流」さらに「西光被斬」へと展開するなかで、後白河院対明雲の対立、後白河院対平清盛の対立なかんずく後白河院の近臣対平清盛の対立へと様相を転じてゆく。そして「座主流」を説くなかで明らかにすることだが、「座主流」から「西光被斬」へと展開するところで、「鵜川軍」から始まる一連の事件が〈鹿谷のプロット〉のなかに埋め込まれ、〈神の怒りを買った人々〉、〈神々との関係における罪と罰〉の主題のもとに照らし出される。そこでは後白河院対山門の対立はもちろん後白河院対平清盛の対立の印象も希釈され、平清盛対後白河院の近臣の対立に重心が移る。それによって後白河院の近臣と平清盛一門が神々の罰を受けるもの、〈神の怒りを買った人々〉として大写しになる。天変を書かず日吉社の神の祟りのみをいう「内裏炎上」は〈知るもの〉以外には安元の大火を後白河院の悪と関係づけて享受することは難しい。〈知るもの〉以外の享受者の目から後白河院の悪は巧みに逸らされているのである。

補注

1　美濃部氏の原稿には「(注　高橋)」とあるのみで、後に手を入れる予定であったらしい。これはおそらく次の文献を考慮しておられたのであろう。
高橋昌明編「『愚味記』治承元年秋冬記の翻刻と注釈」(「(神戸大学大学院)文化学年報」19、二〇〇〇年三月)
高橋昌明・森田竜雄編「『愚味記』安元三年(治承元年)春夏記の翻刻と注釈(上・下)」(「(神戸大学大学院)文化学年報」22・23、二〇〇三年三月・二〇〇四年二月)
また、高橋昌明・樋口健太郎「国立歴史民俗博物館所蔵『顕広王記』承安四年・安元二年・安元三年・治承二年巻」(『国立歴史民俗博物館研究報告』第153集、二〇〇九年一二月)があるが、美濃部氏は実見することができなかった。

2　「(治承)元年(一一七七年)四月二十八日ノ夜、ノ朱雀門ノ北ヨリ大極殿、小安殿、八省院オヨビ神祇官、焼失ス。火ハ樋口富小路ヨリ起コリ、京中ノ三分ノ一ハ灰燼ス。世人、日吉神火ト称ス」『皇帝紀抄』巻七(群書類従　第三輯　所収)三〇七頁には、「元年四月廿八日夜、自二朱雀門一北至二于大極殿、小安殿、八省院及神祇官一焼失。火起二樋口富小路一、京中三分之一灰燼。世人称二日吉神火一」とある。傍線部は「朱雀門ヨリ北、大極殿・小安殿・八省院及ビ神祇官ニ至ルマデ焼失ス」と訓むべきか。

16　巻二　座主流

一　緒言

「内裏炎上」で加賀国司師高は尾張国に配流された。さしもの後白河院も山門と平清盛の圧力によって押し切られたのである。しかし後白河院はそのまま引き下がるタイプの人間ではない。「御輿振」で問題にした嘉応元年（一一六九年）のときは明雲が報復措置の対象となった。安元三年（一一七七年）の今も、腹いせに明雲を報復の対象とした。天台座主だから山門の代表として、という理由も考えられるが、それだけでは説明がつかない。後白河院を責め立てたのは山門の衆徒のなかでも下層に位置する堂衆たちである。それ故、堂衆を代表するもの、あるいはその扇動者に報復するのが筋である。後には恵光房珍慶が堂衆をたばねる存在となるが、この時期のことは分からない。明雲は担ぎ出されるかたちで加担した可能性が高い。にもかかわらず嘉応元年のときと同様、今度も後白河院は明雲を処罰の対象に選ぶ。後白河院はなぜか明雲に怒りのはけ口をむけたのである。

明雲と結託する平清盛への嫌がらせの意図もあったかもしれない。また「額打論」で話題にした山門と寺門との対立が背景にあるのかもしれない。しかしそれとは別にもっと個人的な理由があったと思われる。

安元三年（一一七七年）のこのときには明雲の罪科が公に問われ、ついに流罪とされるのである。それは強引なやりかたで行なわれた。冤罪であることはまず間違いない。専制君主となって後の後白河院は個人的な感情を公の場所に持ち込むことをいとわない。何かのことがあって、明雲に仕返しをしないでは治まらない感情を後白河院はくすぶらせていた。それが他の要件と重なって、安元三年の御輿振りをきっかけに爆発したとも考えられる。

平清盛が藤原成親や西光などの後白河院の近臣を捕縛して残酷な処置に及んだのはどうしてか。『平家物語』は、その処罰が鹿谷での陰謀についての多田蔵人行綱の密告によってであると語る。そのあたりの書き方は『愚管抄』の叙述に酷似している。多田蔵人行綱の密告は『百錬抄』にも記されていて、実際の出来事であったのだろう。

しかし、時間の著しく経過した、しかも『平家物語』の叙述を信じれば酒宴の座興とともになされたような陰謀の露見だけが、平清盛による治天の君の寵臣に対する残虐な処罰の原因であったとも思われない。真の理由は、明雲への後白河院の強引なやり方と事態の展開に対する平清盛の反発と危機感であったと、わたしは推測する。反撃に転じたときの平清盛の残酷さには後白河院の明雲の残酷な扱いに対する報復的な側面が現われている。明雲の処罰が平清盛苛めとなり、しかも平家を不安にするような展開を示すなかで平清盛の隠忍自重が限界に近いところまで来ていた。ちょうど、そのタイミングで多田蔵人行綱の密告が行なわれている。密告そのものは事実なのだろうが、密告の行なわれた時期が問題である。密告は平清盛に後白河院への反撃に転じるための恰好の口実を与えた。

換喩的文学である『平家物語』のテキストを十全に読むためには、書かれていない現実をコンテキストとしてテキストの外に求める必要がある。〈知るもの〉ならばテキストを補完的に了解するのに必要な現実についての知識を持っていたはずである。その補完的な知識は換喩的文学である『平家物語』を了解するためのいわば補助線となる。「御輿振」から「西光被斬」への展開のなかで後白河院対山門のプロットが明雲の処罰を媒介に後白河院対平清盛のプロットに重なる。本書は、それを了解するための補助線を史料を通して具体的に示すことになる。

二　明雲の配流と山門による奪還まで

天台座主明雲に対して安元三年（一一七七年）五月二十一日に伊豆国配流が宣下される。四月十三日の御輿振りを明雲の扇動によるなどとする三ヵ条の罪状に対して流罪の宣旨が下されたのである。それは後白河院の強引な意向のもとに決定された。断罪の強引さは専制君主ならではの感情に支配されたものと見ることができる。後白河院の近臣また近習者のなかでも取り巻き的で短慮な人々は院の尻馬に乗って過激な行動に走る。『平家物語』は後白河院に対する筆致は控え目だが、そのあたりのことはかなりよく分かって書いていると思われる。

後白河院による明雲苛めは他面、平清盛苛めの意図も含んでいる。嘉応元年（一一六九年）十二月の御輿振りのとき以上に、このたびの後白河院対山門・明雲の対立は、後白河院対平清盛の対立の側面を強くはらむものであった。

後白河院の明雲の扱いは憎しみを帯びた残酷なものであり、院は強引に有罪に持ち込もうとする。明雲と強いきずなを持つ平清盛の反発と敵愾心はそれによって助長されたと思われる。しかし専制君主たる後白河院は平清盛をまだ苛めのきく相手と見ていて、たかをくくっていた感がある。そのあたりのことは『平家物語』でも本節で詳述する諸記録においても明記されない。しかしそれはいずれの本文の行間からも伺い知ることができる。

平清盛はそうあまくはなかった。明雲の配流決定の直後、十日も経たないうちに藤原成親、西光ほか後白河院の近臣を処罰する。後白河院と平清盛の暗闘は激しいもので、明雲に対する苛烈な断罪のしかたに対して平清盛は機会さえあれば報復する決意を固めていただろう。藤原成親、西光ほか後白河院の近臣が平家打倒の陰謀をめぐらせているという多田蔵人行綱の密告がその機会を与えた。明雲は安元三年（一一七七年）五月二十一日に流罪に処せられるが、同月二十九日の夜半に西光がそして翌日の六月一日には藤原成親が捕縛される。

陰謀発覚が藤原成親、西光ほかの後白河院の近臣に対する処罰のきっかけであったが、その背景には今回の事件を通して後白河院と近臣による平清盛に対する圧力が強まったことに対する反撃と明雲の扱いに対する報復的な意図が大きく働いていた。報復的な意図は藤原成親や西光に対する残酷な扱いとなって現われる。『平家物語』ではそれら二つの側面は本文の上に明示的に現われていない。しかし「一行阿闍梨之沙汰」の挿話をはさんで「座主流」に続けて「西光被斬」が配置されている。そこをどのように読むのか。西光と藤原成親たちへの断罪を多田蔵人行綱の密告だけを媒介に鹿谷での陰謀とのみ関係付けるのは後世の読みである。『平家物語』の成立当時の読者は、西光と藤原成親の断罪が明雲断罪とそれに絡む後白河院対平清盛の対立と強い因果関係を持つことを、〈知るもの〉の知識によって補完しながら読み取っていたと思われる。

『玉葉』『愚昧記』『顕広王記』『百錬抄』また『清獬眼抄』[補1]などの諸記録は後白河院の明雲断罪のやり方がいかに強引なものであったかを記している。『平家物語』の「座主流」では希釈されているその事実は事件の重要な側面である。「座主流」で五月十二日のこととしている検非違使による明雲への拷問にちかい取り調べは実際には五月四日に始まる。その日から明雲が一切経谷の別所を発って配流の地に向かった五月二十三日までの二十日間の出来事、まずそれが問題である（高橋昌明「嘉応・安元の延暦寺強訴について—後白河院権力・平氏および延暦寺—」『延暦寺と中世社会』法蔵館、二〇〇四年。佐々木紀一「語られなかった歴史—『平家物語』「山門強訴」から「西光被斬」まで—」「文学」3巻4号、二〇〇二年七月）。その状況についての解釈を示す必要がある。復元的にその状況を辿る作業はすでに行われているが、本書の論述を導くために、独自にその状況を復元してみる。

五月四日。三条白川にある梶井門跡の御所である白川御所に明雲を監禁し検非違使二人が取り調べにあたる。白川御所と呼ばれる梶井門跡の御所があったことは「三千院文書」によって知られる。明雲はこのとき梶井の門跡であり白川御所を住坊としていた。『玉葉』によると、検非違使たちは御所の人々をすべて追い出し、門を縄で結い井戸に蓋をかぶせ、竈の火に水をかける。検非違使庁の下部たちまでが座敷に上がり明雲と同座したという。明雲は自分の住坊にいながら身分を剝奪され、未決囚としての屈辱的な扱いを受けたのである。『玉葉』によると取り調べにあたった検非違使の一人は左衛門尉惟宗信房であった。惟宗信房は後白河院の北面（『吉記』安元二年（一一七六年）四月二十七日の後白河院の比叡山登山に随行）で後白河院の近習者であった。やがて藤原成親や西光とともに平清盛によって処罰される。かれは六月三日に俊寛や平康頼とともに逮捕され、四日に平康頼など他の三人の近習者とともに解官されることになる。かれは明法道の家筋である惟宗姓だから法律家の立場で取り調べにあたったのだろう。白川御所では後白河院の意向のままに明雲を苛酷に扱ったことは想像にかたくない。この日、明雲の、高倉院の護持僧の役割も奪われた。

五日。明雲は天台座主、僧正、法務の地位それにともなうすべての現職を解任されることになった。それは明雲の有罪を示す証拠の文書が見つかったことによるらしい。『愚昧記』のこの日の記事に証文が見つかったことが記される。

先年、成親ト時忠ノ時ノ事、再ビ今度ノ衆徒ノ事共、是、明雲ノ下知ノ由ノ証文出来スト云々。事ノ体、信受セラレズトイヘドモ、証文ノ有ルニオイテハ、何ヲカ為サンヤ。不便々々。

嘉応元年（一一六九年）と今度の事件、そしてその結果としての御輿振りはすべて明雲の指令によったことを示す文書が見付かったというのである。その情報は蔵人頭で近衛中将の地位を与えられた後白河院の近臣の藤原光能によって『愚昧記』の記主である三条実房にもたらされている。藤原光能は後白河院の覚えめでたくつねに院の手足となって働いている人物である。この日に発見された文書は明雲を有罪にする有力な証拠となる。厳しい尋問によって明雲がその所在を吐いたのだろうか。後白河院あるいは藤原光能の教唆によって検非違使惟宗信房のもとでその文書がでっちあげられたのか。信じられないような事態となった。しかし文書の真偽に関わりなく明雲の天台座主などの所職解任はそれを口実に、有罪決定を見ないうちに手早く行なわれた。

六日。『愚昧記』によると山門の大衆が大挙して京都に降りてくるという噂がたつ。

七日。『玉葉』『愚昧記』『顕広王記』によると明雲のあとの座主に鳥羽院の第七皇子で七宮と呼ばれた覚快が補任されたという噂がたつ。「座主流」にもあるとおり覚快には正式には十一日に座主補任の宣旨が下される。

八日。『愚昧記』によると、記主の三条実房はこの日、覚快に拝謁している。そのときの会話のなかで覚快は実房に今の状況に困惑していることを告げ意見を求めている。

宮、示シ給ヒテ云ハク、座主ニ補スベキコト、先ヅ内々ニ仰セヲ蒙ルベキカ。而ルニ未ダ其ノ事有ラズ。仰セラルル詞ニツキテ、子細ヲ申スベキナリ。而ルニ全ク仰セヲ承ル事ナシ。只、人々ノ告ゲ示スバカリナリ。凡ソハ齢、未ダ爛ケズ。只今ハ天台座主ノ望ナシ。況ハンヤ近日ニオイテヲヤ。明雲ハ門徒広キ者ナリ。大衆等、定メテ蜂起ヲ称センカ。無極ノ不祥ナリ。已ニ是、勅勘ト云フベキカト云々。

人々が天台座主補任のことを覚快に告げにくるが後白河院からは内々の話もない。直接の話があれば辞退を申し上げたい。しかしその機会もない。まだ修行の年限も足りない自分なのだから座主の望みはまだない。それに明雲は山門で広く勢力を張っている。だからこんな状況で自分が天台座主になったら大衆が蜂起するなどと言って騒ぎ立てるだろう。自分にとってこの上ない不祥事だ。こんな時期の天台座主任命は勅勘をこうむるのと同じだ。覚快はそのように三条実房に訴えている。三条実房は、成り行きですからお受けになるべきでしょうと答えたらしい。覚快が勅勘などという言葉を使っているのは、十三日のところで問題にする四月三十日の内裏闌入事件および五月一日の落書事件と関係がある。覚快は五月六日に、おそらくその件でだろう、法橋陽弁とともに検非違使の尋問を受けている（『顕広王記』同日の条）。後白河院と近臣たちはその事件を山僧の嫌がらせと見たらしい。三条実房は五月八日、青蓮院の覚快の御所に向かう途中、白川御所の前を通ったので、その様子も簡単に記している。御所の門はみな閉じられ検非違使庁のものたちが少々いるだけで、北門には大幕が引かれていて、大納言源定房の牛車がそこに停まっていたという。源定房は明雲の従弟である。後白河院の命令で明雲を訪ねたのか、あるいは心配で様子を見にきたのか、それは分からない。この記事は、厳しい尋問を受ける明雲にも外部の情報を得、外部と連絡をとる手立てがあったことを示している。

九日。『愚昧記』によると、明雲が梶井の門跡として相承している寺院と寺領の没収が決まり、この日、宣旨が準備される。

御輿振り、大火そして現在にいたる事態を崇徳院と藤原頼長の怨霊の仕業と人々は考えた。この日、朝廷では鎮魂の行事について話し合われたらしい。左大臣経宗が三条実房に次のように語ったという。

相府ノ示シ給ヒテ云ハク、讃岐院ナラビニ宇治ノ左府ノ事、沙汰有ルベシト云々。是、近日ノ天下ノ悪事、彼人等ノ所為ノ由、疑ヒ有リ。仍リテ、彼ノ事ヲ鎮メラレンガタメナリ。無極ノ大事ナリト云々。

とある。その行事内容が決まり朝廷に文書のかたちで提出されるのは十八日である。

十日。この日付けの宣旨によって、明雲が知行する寺院の所領がことごとく官に没収された。そのリストが

『玉葉』に載せられている。そのなかの一つには「座主流」がいうところの加賀国の「座主の御坊領」の荘園というのも含まれていたはずである。「恵心院　七ケ所」とあるが、加賀国には恵心院支配の梶井門跡領として加賀郡の英田保、気屋保、今南西郡の帆山寺、吉田郡の吉田保が知られている。そのうち英田保はこの時期、恵心院支配の梶井門跡領であったことは確実視されている（竹森靖「北陸における山門領の形成」『北陸社会の歴史的展開』能登印刷・出版部　一九八二年）。加賀国の国司師高の讒奏にいう「座主の御坊領」の荘園というのは英田保あるいは他の恵心院支配の土地のいずれかを指す可能性が高い。

十一日。この日、覚快に座主補任の宣旨が下される。『玉葉』と『百錬抄』にそれが記される。覚快はこの日以後、治承三年（一一七九年）十一月の平清盛のクーデターによって後白河院の院政が停止され明雲が座主に返り咲くまでのあいだ天台座主の地位にある。その間に山門で地歩を築いていったのだろう、治承四年（一一八〇年）十二月の時点では三分された山門の勢力の一つは覚快の勢力となっている。平家の奈良焼き討ち前、近江源氏の反乱で都付近の情勢も風雲急を告げる治承四年十二月三日の『玉葉』の記事に次のような文章がある。「山ノ大衆、三方ニ相ヒ分カレ了ハンヌト云々。〔一分ハ座主（明雲）方ノ大衆ト与力ノ官兵。一分ハ七宮（覚快）方ノ大衆。両方ニ与力スベカラズ。一分ハ堂衆ノ党。近州ニ与力スト云々〕」（補2）とある。近江源氏を追討しようとする官兵、つまりは平家勢に協力しようとする座主明雲の勢力、近江源氏に協力しようとする堂衆の勢力、そして中立を守ろうとする覚快の勢力が存在するというのである。座主を勤めた三年半ばかりのあいだに山門における覚快の存在も大きく成長していたらしい。そして、その時期には現在、明雲を押し立てて後白河院に対立している衆徒のなかの堂衆は明雲と敵対関係にあり、明雲は平家がた、堂衆は反平家勢力となっていたことが確認できる。

またこの日、罪科の対象となる明雲の所行三ヵ条が示され、それに対する罪名を考えるよう後白河院の命令が左大臣藤原経宗に下される。『玉葉』と『愚昧記』によると、それは①仁安二年（一一六七年）二月に東塔の悪僧を語らって座主快修を山門から追い払ったこと、②嘉応元年（一一六九年）、美濃国比良野荘の荘民と結託して訴訟を起こし御輿振りによって宮城を騒がしたこと、③この度の山門の大衆蜂起、以上の三ヵ条である。

①の快修の一件がここで持ち出されるのは奇妙な感じがする。その感は当時においても同様だったようで『愚昧記』のこの日の記事に記主の三条実房は「相府（左大臣経宗）示シ給ヒテ云ハク、快修ノ事ニ至リテハ、沙汰ニ及ブベカラザル事カ」と書きつけている。快修の一件は明雲が堂衆勢力を利用して快修を座主の地位から追い落とし、自らが座主の地位に着いた事件だったらしい。『天台座主記』と『愚管抄』がその事件を僅かに伝えるが、資料が少なく全体像を掴むのに欠けるところが多い。『愚管抄』巻五には「明雲ハ山ニテ座主アラソイテ快修トタタカイシテ、雲ノ上ニ五仏院ヨリ西塔マデ四十八人コロサセタリシ人ナリ」と記す。快修は第五十二代・第五十四代と二度、天台座主を務めるがいずれのときも堂衆との対立抗争の結果、座主の地位を追われている。『愚管抄』が言及する抗争は第五十四代座主の時代、仁安元年（一一六六年）の秋から同二年二月にかけての赤袴騒動と呼ばれる（『天台座主記』）。仁安元年（一一六六年）十二月二十一日、西塔の衆徒が東塔南谷の定心院、実相院、五仏院、丈六院そして梶井門跡の本坊で明雲の住まいであった円融房を襲ったのをはじめ、何度かの合戦が東塔と西塔の間で行なわれた。同二年正月十六日に西塔から赤袴党が東塔の政所（大黒堂）と岡本を襲撃した際は、襲撃側は二十五人の死者と九人の負傷者を出して撃退されたという。二月十日に西塔の城郭が落ち赤袴騒動が終わり、同十五日に快修が座主を辞任、明雲が座主に任じられ、法眼宗延が座主追却の騒動の責任者として伊豆に流罪になった。宗延は堀川太政大臣藤原宗輔の子で、また中山宗忠の甥にあたる人物で天台の二会の講師にも選ばれた（『僧綱補任抄出』）一廉の学僧であった。

快修は後白河院が後に初代門跡となったとされる妙法院の本寺である西塔本覚院の住職であり、妙法院綾小路の祖とされる。また後白河院の篤い帰依を受け妙法院の基礎を作り法住寺および新日吉社を管領した妙法房昌雲の師でもあった（妙法院蔵「妙法院門跡伝」、「五二　宝幢院検校職相承次第」『妙法院史料　第五巻』古記録・古文書一、「五〇妙法院門流伝」『妙法院史料　第六巻』古記録・古文書二、「妙法院志稿　一」京都府文庫『京都府寺誌稿』）。後白河院とは深い繋がりを持っていたと見てよい人物である。『天台座主記』では明雲の関与を言わないが、『愚管抄』は明雲が赤袴騒動を利用して快修を座主の地位から追い落としたかのように書いていて、それが事実だったのだろう。後白河院はそれに怒りを覚え、長く根に持っていたわけである。明雲の断罪には快修一件に由来する後白河院の明雲への憎悪が働いていたと見てよい。

②の嘉応元年（一一六九年）の事件は「御輿振」のところで詳述した一件である。この三ヵ条は『源平盛衰記』にも『玉葉』とほぼ同じものが載せられている。『源平盛衰記』が作文にあたって『玉葉』を参照した可能性を示す箇所のなかの一つである。

『顕広王記』には明雲に対して土佐国流罪の院宣が出されるという噂がたち、山門の衆徒が蜂起しようとしているらしい、ということが記されている。

十二日。『顕広王記』によると武士が宮城警護にあたったと記す。前日の山門衆徒の下洛の噂に備えてのことなのだろう。

『愚昧記』の十三日の条によると、この日、左大臣藤原経宗に崇徳院と藤原頼長の鎮魂の行事内容について考えるようにとの後白河院の命令が下った。深刻な事態の進行するなかでいよいよ鎮魂の実施に迫られたのである。崇徳院と藤原頼長の霊がつよく意識されたのは高松院、建春門院、六条院、九条院がたてつづけに逝去した安元二年（一一七六年）のことで、その時に鎮魂の行事が予定されたという。外記のなかでも有能なことで知られる清原頼業と中原師尚にその内容を考えるよう命令が下された。しかし安元二年には鎮魂の行事は行なわれなかった。ただ、勘文だけは作成されていた。それがこの日、参考のために左大臣藤原経宗に下された。

十三日。『玉葉』には山門衆徒の下洛の噂があるが、本当ではないと記す。『愚昧記』によると、昼ごろ京中は山門の大衆が下洛するというので大騒ぎで、さまざまな噂が乱れ飛んだらしい。ある噂では、かれらは後白河院の御所である東山の法住寺に向かっている。延暦寺から下洛するのに雲母坂を北白河の西坂本に下るいつものコースではなく、如意岳を越えて鹿谷に出る、いわばからめ手から来るという。如意岳は園城寺の東門にあたる東山連峰の最高峰である。後白河院が親近する寺であり延暦寺と抗争を繰り返してきた寺である園城寺の鼻先をかすめてくるわけである。また、如意岳から南下して山科に向かい西光が営む師光法師堂を焼き討ちにしようとしているという噂もある。また、明雲が配流と決まったので、明雲の身柄を比叡山に奪い返すための下洛であるともいう。いずれもまことしやかな噂なのだが虚誕の説で、実際は明暁に下洛するのだともいう。左大臣藤原経宗が内裏周辺の様子を見にやらせると、平維盛が十人あまりの武士を率いて閑院内裏の西側の二条堀川の近衛少将の詰め所にいた。しばらくして再び見にやらせると閑院内裏の東にある東三条殿のあたりに平家の郎等である左衛門尉藤原忠景（忠清の本名）が五十騎ばかりを率いていた。そのとき平維盛に交替するため弟の平資盛がやってきた。そして多数の武士が南の方に向かって急いでいたという。『顕広王記』にも武士が内裏を固めたていたことが記されている。

『愚昧記』によると、この日、後白河院は左大臣藤原経宗に明雲の罪名を考えるよう再び命令する。その際、十一日に示された罪科の根拠となる三ヵ条に「一夜内裏闌入事」の一条が追加されている。それは佐々木紀一氏も説かれるとおり、四月三十日の事件であり、翌五月一日の後白河院御所の落書事件にも関わるもので、その下手人が山門の僧と見られていたらしい。『愚昧記』五月六日の記事に「凡ソ、近日、連夜、京中騒動シ奔走スト云々」とあるように山門の衆徒が連夜、京中を騒がしていた。事件は『愚昧記』と『吉記』に詳しいが、閑院内裏に隣接する中宮庁の仮庁舎に何者かが押し入り火事騒ぎになり、あまつさえ矢が二筋、右衛門の陣の四足門に射立てられたという。『百錬抄』には強盗とするが、不審な点が多々あったことが『愚昧記』の五月一日には記される。五月一日の落書は「伝ヘテ云ハク、院ノ御所ニ落書有リト云々。但シ、偏ヘニ落書ノ体ニアラズ、名ヲ書クト云々。其状多キガ中ニ、一両凶徒ノ結構ニ依リテ、王法ヲ傾ケ奉ラムトス。若シ然ラバ、仏法マタ何ノ憑ミ有ラムヤト云々」というものであった。「一両凶徒」が藤原成親と西光あるいは西光・師高親子を指すものか他の誰かを指すのかは不分明だが、後白河院の二人の近臣が直接の非難の対象となっていたことは分かる。たくさんの落書が書かれたとあるが、『源平盛衰記』巻五「山門落書」や長門本巻二「明雲僧正被流罪事」に載せる五月日づけで平清盛に宛てるかたちで記された山門の落書なども、その類だったのかもしれない。

五月八日のところで触れたように、山僧の示威運動の責任は覚快や陽弁にも問われているが、淵源を明雲にありとされたのである。明雲解放の訴えとそれに便乗した山門の暴力行為を後白河院と院の近臣たちは山門による王法紊乱と捉えた。いっぽう九条兼実を始めとする多くの公卿は山門の怒りを正当と考えていたふしがある。『百錬抄』によると、明雲への尋問が続き、山門の大衆の明雲奪取の噂で警備を厳重にする。検非違使庁のものたちは明雲と同座して尋問に当たっているらしい。山門の大衆は蜂起して日吉社の神輿を東塔の大講堂に振り上げているという。それで京中は大騒ぎで、戦場のようになっている、そのようなことが記されている。

このところ奇怪な噂が飛び交い十五、六日に大火がおこるだろうといったことが囁かれているともいう。

十四日。『玉葉』によると、比叡山では明雲のことで大衆の蜂起がいっそう熱を帯びている。ただし下洛のことはまだ意見がまとまらず、この日の僉議によって決められるという。これは山上にいる慈円が現在の山上の実情を伝えたものである。九条兼実は大衆の怒りを正当であると考えている。『愚昧記』によると、十三日には明雲が配流されるという情報が大衆の耳に入り、あわやというところまでいったが、まだ宣旨が下っていないことが分かり下洛が中止されたという。京都でも大衆の動きには過敏になっていて防衛の陣地がそこここに設けられた。『顕広王記』はその様子を「凡ソ、陣ヲ張リ盾ヲ突クノ体、孚囚之地ニ同ジ。当時、合戦ノ庭の如シ。只是、魔縁ノ誑セシムル所カ」と記している。柵を築き蝦夷の襲来に備えたかつての東北の地のようだといい、魔性のものが取りついたとしか思えないと感想を書く。

この日、明雲の罪状についての明法家の勘文が左大臣藤原経宗のもとに提出された。流罪ということであった。左大臣藤原経宗はそれを三条実房に話している。十三日に下洛を企てた山門の大衆の情報収拾はどの程度正確であったのか。このあたりの動きを見ると、やや不確かさを感じさせる。

十五日。明雲の尋問はその身分を無視した厳しいやり方で行なわれていた。検非違使庁の下部までが明雲と同座していたことを、『玉葉』のこの日の記事も記している。そして九条兼実は明雲がこの二、三日、飲食ものどが通らないほどに衰弱していると記す。また十三日から検非違使平兼隆が尋問に加わって、その責めは「切り焼く」がごときものであったらしいとも記す。『玉葉』の十六日の記事によると明雲は十五日の夜には気を失ったという。

平兼隆は治承四年（一一八〇年）八月十七日の伊豆における山木合戦で源頼朝によって討ち取られたことが『平家物語』にも載る人物である。『吾妻鏡』治承四年八月十七日の記事によれば平兼隆は父平信兼の訴えで伊豆国山木郷に流されていたが、何年かの後、同じ平氏だということで平清盛の威勢を借りて伊豆で武威を奮っていたという。『曾我物語』では北条政子が結婚するはずの相手であったともいう。いつ平兼隆が伊豆に流されたかは分からないが、治承元年（一一七七年）のこの時期は京都にいて検非違使尉として活躍している。ただしこの時期の平兼隆はまだ平清盛の依怙を得ていなかったのだろう。依怙を得ていたなら平清盛を憚って、「切り焼く」ような尋問を明雲に加えたりはできなかったはずである。

『百錬抄』によると、この日、山門の僧綱たちは大衆の使者として後白河院を訪れ、折紙にしたためた大衆の訴えを提出した。『玉葉』と『愚昧記』の十六日の記事にも昨日のこととしてそのことが記されている。僧綱の数は十一人とも十人余りであったともいう。その折紙には（1）天台座主の流罪は前例がない。（2）明雲は天台宗の棟梁である。（3）堂塔などの修造に多大な功績があった。（4）高倉天皇の法華経の師匠を勤めた。（5）後白河院の受戒の師を勤めた。そうしたことを述べて流罪と所領の没収をやめるよう訴えた。

『愚昧記』の十六日の記事には、その時の僧綱への後白河院の返答が記されている。政略的な物言いのなかに、喧嘩をする子供のような感情がはしなくも吐露されていて後白河院像を考えるうえで興味深いので本文をそのまま訓読文にして掲げておこう。

仰セテ云ハク、先々日、登山シテ大衆等ヲ制止スベキ由、仰セ下サルルノ時ハ、各以ツテ固辞シ了ハンヌ。而ルヲ今、大衆ノ使ニ依リテ参上ノ条、返ヘスガヘス奇怪ニ思シ食ス。次ニ、王法ヲ傾ケ奉リ、欲滅門徒之仏法ヲ滅サントスル者ニ、罪科ヲ行ハントセラルルニ、何ゾ怨ミ申スベキヤ。誤リテ讐申スベキニテコソ有レ。返ヘスガヘス奇怪ニ思シメス。退出スベシト云々。（補3）

後白河院の返答のはじめの部分は僧綱への忿懣をそのまま叩きつけたものだろう。つい先だっての師高一件のとき、山上で蜂起した大衆を説得するために登山せよと命じた時には頼みを聞かなかった。そのお前たちが大衆の使いを引き受けて、のこのことやってきて、かれらの言い分を聞けとは、どういうことだ。そのように感情剥き出しの返答を返している。対処の戦術というより後白河院の感情的な性格の反映と見てよかろう。ともかくも僧綱は追い返され大衆の申し出は一蹴されてしまった。

十六日。十七日の明け方に山門の大衆が下洛して明雲宥免の裁許を得ないかぎり帰山しないと言っているという。そのように記したあとに『愚昧記』は次のような藤原成親の過激な科白を写し止めている。

成親云ハク、大衆ノ明雲ヲ奪ヒ取ルベキノ由ノ風聞アリ。仍リテ、平兼隆〔検非違使ナリ。和泉守信兼ノ子ナリ〕院宣を奉ジテ守護ス。仰セテ云ハク、大衆、奪ヒ取ラムトシテ責メ、答フルニ去リガタケレバ、只、明雲ノ頸ヲ切ルベシト云々。

山門の大衆が下洛し明雲を奪取しようとしているという噂がしきりである。それで後白河院は平兼隆を警護に派遣していた。その平兼隆に藤原成親が明雲の頸を斬れと命じたという。頸を斬るべき状況として「責答難去」とあるが、その意味は解釈しにくい。かりに「大衆、奪ヒ取ラムトシテ責メ、答フルニ去リガタケレバ」と読んでおいた。次のように解釈しての読みである。大衆が下洛して三条の白河御所まできて明雲を返せと責め立てるかもしれない。返さないと返答しても、かれらが立ち去らない場合は、奪取されるまえに明雲の頸を斬ってしまえ。藤原成親が平兼隆に下した命令をそのように解釈してみた。その解釈の是非は分からないが、藤原成親が明雲を斬ってよいという命令を下したということは動かない。藤原成親自身がそう語ったと、三条実房は『愚昧記』に書き付けている。後白河院の意向を受けてのことだろうが、後白河院周辺の人々の過激な姿勢に注目しなければなるまい。そのような命令を藤原成親が発したという噂は、当然、人々の間に広まり、平清盛の耳にも達したにちがいない。平清盛による藤原成親や西光の処断の際の苛酷さと残忍さには感情的でしかも報復的な意図が働いたと考えてよいだろう。

十七日。『愚昧記』によると、崇徳院と藤原頼長の鎮魂の行事内容についての案文が完成し、この日に清書され、翌日に出されることになっているという。十三日に左大臣藤原経宗にその策定が命じられていたものであった。崇徳院に対しては五ヵ事、藤原頼長に対しては四ヵ事が策定された。箇条書きされたその本文は省略するが要点を示せば次のようである。崇徳院に対しては（1）その墓を山陵に列する。（2）そのはじめに陰陽師と僧侶を派遣して呪術的な儀式を行なう。（3）崇徳院崩御の忌日には院の御願寺である六勝寺の一つ成勝寺で法華八講を行なう。（4）国忌を設ける。（5）讃岐国の墓所には三昧を修する堂を建てる、以上の五項目である。藤原頼長に対しては（1）正一位を贈る。（2）正一位太政大臣とするか、諡号を贈るか、准三宮に列するか。（3）保元の乱の際に藤原頼長に対して出された詔、宣旨の内容をすべて撤回する。（4）墓所に三昧を修する堂を建てる、以上の四項目である。

このたびは鎮魂行事の必要が安元二年（一一七六年）以上に切実なものになっていた。それでもただちにその案が実行には移されなかった。まずは院号の贈与と贈官贈位が行なわれることになるが、それは平清盛による藤原成親や西光などの後白河院の近臣たちへの粛正が行なわれて後の事であった。仮に讃岐院と呼ばれていた崇徳院に正式の呼称として「崇徳院」の院号が授与され、藤原頼長は正一位太政大臣の贈官贈位を受ける。安元三（一一七七年）八月三日のことである。その宣下が行なわれたのは七月二十九日で、『百錬抄』のその日の記事には「天下不静。彼ノ怨霊有ルニ依リテナリ」と記している。保元の乱で後白河院と平清盛に破れた二人の霊はこの時点で史書にはっきりと怨霊と記されることになる。怨霊の怒りと苦しみを宥めるために「徳」の字を使い「徳」を讃えるという意味で「崇徳」としたこの命名には九条兼実などは何かいやなものを感じている。『玉葉』安元三年七月二十九日の記事に「崇徳ノ字、未ダ甘心セズ」と書き付けている。「崇徳」の「徳」の字はのちに

「安徳」「顕徳（のちに改められて後鳥羽）」「順徳」と不吉な最期を迎えた天皇の院号の命名の仕方の最初となる。

院号と贈官贈位が行なわれた八月三日の翌日四日に安元三年は改元されて治承元年となる。改元のタイミングをその日にしたのは、安元二年から始まり、安元三年の御輿振りの不祥事、安元の大火、明雲事件、そして平清盛による藤原成親、西光らの後白河院の近臣に対する粛正と続く一連の事件への崇徳院と藤原頼長の怨霊の影を一気に払拭しようとしたからなのだろう。しかし、その後も怨霊の影はさらに濃くなってゆき時代の闇はいっそう深くなってゆく。

十八日。後白河院から九条兼実のもとに二十日に明雲の罪科を評議するための陣の定めを行なうので参列するようにと指示があった。頭中将で後白河院の近臣の藤原光能が書状で報せて来たのである。九条兼実は病気なので出席できないと返事している。

十九日。九条兼実のもとに兄の関白松殿基房から書状が届く。二十日の陣の定めには是非に出席するように。後白河院がそれを強く望んでいる。九条兼実の欠席の返事を伝えた藤原光能が院にきつく叱られた。藤原光能からもう一度、依頼がゆくので承諾するように、という内容であった。再度の要請を受けた九条兼実は、仮病で欠席の返事をしたのではない。後白河院の強い思召しならば病気をおして出席する、との返答をしている。『玉葉』の記事の行間からは明雲の処罰を公式なものとして押し通そうとする後白河院の強引な姿勢が読み取れる。

『愚昧記』は、明日の陣の定めでは宜しくお願いするという依頼が、夜に入って明雲のもとからもたらされたと記す。八日の記事から推測されるように明雲は外部の情報を得、外部に連絡する手段を持っていたのである。三条実房は出席が予想される他の公卿たちにも同じような事前の依頼が明雲からあったと推測してよいだろう。

服喪中なので会議には出席できないむねの返答をした。そう記したあとに三条実房は、そんな依頼がなくても誰も明雲に不利な発言などするはずがないと感想を書き付けている。天台の菩薩戒を授ける大和尚、後白河院の受戒の師、高倉天皇の法華経の師なのだから罪科を与えられるはずがないというのである。

二十日。明雲の罪名を評議する陣の定めが行なわれた。議長役の上卿は太政大臣藤原師長であった。太政大臣は名誉職である。上卿は左大臣以下のものが勤めるもので、太政大臣が勤めるのは異例中の異例である。後白河院の指示による措置であった。藤原師長は後白河院の陣営に取り込まれているお飾りのような人物であった。この日、右大臣九条兼実は出席したが左大臣藤原経宗は欠席している。太政大臣藤原師長に上卿を務めさせるために後白河院が欠席を強要したのではないか。藤原師長の会議の進行には不手際が多々あったらしい。

会議は身分の低いものから意見を述べてゆく。この日の最下位の公卿は前年の十二月に参議になったばかりの葉室家の藤原長方で、かれがまず意見を述べた。その日、会議に出席した九条兼実が『玉葉』に記したところによると、要点は三点であったらしい。(1)治承の御輿振りの折りの合戦は偶発的なもので謀反とはいえない。(2)高倉天皇の法華経の師である。(3)菩薩戒を後白河院に授けた授戒の師である。だから明法家の勘文が妥当とするところの流罪に処するのは如何なものか、というもので、それを直言したらしい。これはほとんどの者の考えを、後白河院の意向を憚ることなく代弁したものであった。他の出席者の発言はあまりに声が小さくてよく聞き取れなかった。藤原朝方だけが明法家の勘文どおりという意見で、あとは藤原長方の意見と大同小異の内容であったらしい。

陣の定めで評議はどのような方向で纏ったのか。『玉葉』には最終的に明雲が配流に決まったか否かは書かれていない。会議の書記役は藤原長方でかれが定め文の案文を作成している。九条兼実は藤原長方から翌二十一日に定め文の案文を入手して、それを書き付けているが、そこにも評議が配流に決まったとは書いていない。『顕広王記』には「前座主明雲配流ノ定メ有リ」として会議の出席者の名前を記し、「指セル罪過ナシ。斜メ行ハルベシ、ト定メ申シ了ハンヌ」として、これといった罪科は認められないから、処罰はゆるい目にと評議決定がなされたとしている。『愚昧記』には二十三日に左大臣藤原経宗が定め文の案文を入手し、それを読み、三条実房にも見せてくれたとして、「其ノ詞、区々ニ分レタリトイヘドモ、大都ハ宥寛セラルベキカノ趣ナリ」としていて、『顕広王記』と同様な理解を記している。歴史書である『百錬抄』も、この日に明雲配流が決定されたとは記していない。陣の定めが行なわれたと記すばかりである。そして二十一日の記事に「前座主明雲、伊豆国ニ配流ス。公卿ノ定メ文、時議ニ叶ハザルニ依リテ、コレヲ下サレズ」とあって、陣の定めと伊豆国配流の処置とが違背する内容であったらしいことを匂わせている。

いっぽう『清獬眼抄』の記事だけがそれらとは異なる。『清獬眼抄』が引く検非違使で左衛門志の清原季光の『後清録記』の二十日の記事は、『玉葉』に載せるのと同じ定め文の案文を載せるのだが、その前に、陣の定めにおいて出席者が「流サルベキノ由、定メ申サシメ了ハンヌ」と記している。しかし、左衛門志の検非違使が陣の定め当日に陣の定めの正確な評議決定と定め文の内容とを知り得たとは思えない。その記事は後の結果を踏まえて書いたものに違いない。二十日の陣の定めの評議は明法家の勘文が答申した明雲流罪を妥当とせずという内容のものであったはずである。それにも関わらず二十一日には伊豆配流が決定されていて明雲は配所に向かって追い立てられた。『玉葉』の二十二日の記事に「此ノ議タルベクハ、素ヨリ仗議ニ及バルベカラザルカ。政道ノ体、後鑑ニ恥有リ。憐ムベキ世ナリ」として、後白河院は始めから明雲を流罪に処するつもりで、その意向を押し通した。それなら公卿僉議などする必要もなかったのだ。後世の人々がなんと思うか、恥ずべき政治のやり方だと批判している。明雲流罪は後白河院が強引に仕組み強引に実行に移したものなのである。

二十一日。この日、明雲は伊豆国の配所に送られるべく三条白河の本坊を出た。『百錬抄』や『清獬眼抄』によると本坊からいったん一切経谷の別所に移されたのである。一切経谷は粟田口の南にある谷で京都を出たところである。「座主流」にもそのように書かれている。追ったて役の追使は検非違使で右衛門志の中原重成で、その日もかれは明雲に譴責を加えたという。中原重成は四月二十日に加賀守師高を尾張国に配流したときの追使も勤めた。延慶本『平家物語』第一本「師高等被罪科事」に載せる配流の宣旨に見えている。『愚昧記』によると、配流当日の儀式を支配する上卿は検非違使別当の中山忠親がその任にあたった。流人には京都を出るところで流罪を宣言する太政官の官符を読み聞かせる。東国への流人の場合は粟田口のあたりで、配所まで護送する領送使が読み聞かせる。領送使にはこの時、検非違使尉を用いることになった。僧正は大臣に準ずる扱いをするからだと『愚昧記』に記している。

二十三日。この日、明雲は伊豆国に向かって一切経谷を発った。『玉葉』や『清獬眼抄』によると山門の大衆が近江国の勢多のあたりあるいは勢多橋のあたりで一行を襲い明雲を奪い取って帰山したという。『愚昧記』の二十四日の記事は近江国の粟津のあたりとする。『顕広王記』と『清獬眼抄』によると襲来した大衆は二千人に及んだという。それに対して護送の任務に携わっていたのは『清獬眼抄』によると領送使のほかに護衛のために加えられた伊豆国の兵士が五、六騎ばかりであったらしい。『玉葉』は護衛の兵士について次のように記す。当時、伊豆国の知行国司は源頼政であった。それで後白河院は二十二日から二十三日にかけての夜半に、源頼政に兵士を派遣して道中を警護するように命令を下した。ところが山門の大衆の襲来の可能性を伝えなかったので、源頼政は何も知らないままに、ちょっとした郎等を一人二人派遣しただけであった。そのため防戦もできず簡単に明雲を奪われてしまったのである。後白河院は源頼政を召してお叱りになった。あとで源頼政は、もし前もって山門の襲来の可能性を承っていたら、護衛の兵士派遣の要請を辞退していたと言ったという。『顕広王記』には「座主流」にもあるように、明雲が固辞するのを推して、大衆が無理に奪還したとして「座主、頻リニ固辞ストイヘドモ、衆徒、敢ヘテ承知セシムル由ナリ。違勅ナリ」と記す。『清獬眼抄』には源氏の多田蔵人行綱と頼政の甥で養子の大夫尉兼綱が追跡を企てたが及ばなかったと記す。明雲を奪還された後白河院は大きに怒り、東坂本と西坂本を武者で固めさせ、山攻めを行なうことを企図していると『玉葉』は記す。しかし、平家の軍勢を借りないで、大軍をどのように準備できるのだろうか。

以上が明雲に流罪が宣下され、山門に奪い返されるにいたるまでの細かな経緯である。そこまでの後白河院のやり方の強引さと明雲に対する苛酷な扱いは、平清盛の神経を逆撫でする行為であった。そして明雲が奪取された日の翌五月二十四日から六月二日に西光が頸を斬られ、藤原成親が備前に流されるまでの動きを細かに辿ると、平清盛が隠忍自重の限界を越え反撃に転じるに至る経緯がありありと見えてくる。

三　平清盛の反撃

二十四日。『顕広王記』には比叡山攻めを企図した後白河院の動きが次のように記される。院は左大将平重盛と右大将平宗盛を召して比叡山を攻めるため東坂本と西坂本に軍勢を集めるように院宣を出した。もちろん近衛府の兵士などではなくて平家の軍勢をあてにしての命令であった。平清盛は清盛苛めでもある後白河院の強引な明雲への迫害に対抗措置をとらずに隠忍自重していた。そうして今度の事態が出来したのである。後白河院はいくら怒ったとしても山門の大衆を処罰するのに必要な武力を持たない。平家が睨みをきかすなかで院と近臣が動員できる兵力は多くなかったと思われる。すでに見たように山門の衆徒は四月十三日の御輿振りにも五月二十三日の明雲奪還の折りにも二千人余りを動員している。この情勢下では後白河院は軍事力を平家に頼らざるをえない。平清盛はそれを十分に心得ていたはずである。平清盛は平家一門の人々に山門攻めには加わらないよう指示を出していたのだろう。平重盛と宗盛は遁辞を構えて後白河院の要請をきかない。そこで後白河院は平清盛に直接に命令するしかない。『顕広王記』は後白河院が北面で近習者の紀宗季（『後白河院北面歴名』）を福原に派遣したことを記している。

二十五日。福原にいて後白河院の命令を受けた平清盛の反応は慎重である。『顕広王記』は次のように記す。「入道殿ノ御返事ハ不分明カ。然リトイヘドモ、申ノ時、入道、上洛セラル」。平清盛は後白河院との対決の時が来たと考えたのだろう。福原にいて様子を伺っていた平清盛が院の使いには明瞭な返答をせず、自ら上洛したという。『玉葉』の二十七日の記事には二十七日の夜になって平清盛が京都に入ったとする。二日の時間差があるが、その間、たとえば難波江にあった藤原邦綱の寺江亭のような場所に逗留し、後白河院と近臣の動きを見極めた上で入京したからなのかもしれない。後白河院は山門攻めを実施する手段を持たないまま、切歯扼腕する日々が続くなか平清盛の実力を思い知らされたはずである。

二十八日、『顕広王記』に「僧綱等、山上ニ差シ遣ハサル。座主ヲ召シ進ラスベキノ由ト云々。大衆返事ヲ申サズト云フナリ」と記す。後白河院に実際にできるのは僧綱を脅しつけて登山させ、大衆に座主を返せと言わせることだけであった。しかし大衆は返事もしなかったという。『玉葉』の二十九日の記事では、後白河院の命令は二十八日に出されたのだが、登山したのは二十九日になってからであるとする。『愚昧記』の二十九日には「昨今登山」としている。

『玉葉』の二十九日の記事によると、二十八日に平清盛が後白河院の法住寺御所に参院した。後白河院は平清盛に面会し、東坂本と西坂本を固め延暦寺を攻めることについて話し、その結果、山攻めがほぼ確実になった。しかし平清盛は内心、悦んでいないらしい、と記している。

二十九日。二十八日に後白河院がどのようなことを平清盛に言ったのかは分からない。しかし、平清盛の協力を得られなくても、山門を攻める手はあると言ってかれを脅したのではないか。後白河院は明雲が奪還されて後、いくつかの手を打っていた。『玉葉』のこの日の記事にそれが記されている。(1)武器を帯びて洛中をゆくものは逮捕する。これは四月三十日の内裏闌入事件に象徴される京中での山僧の暴力沙汰への警戒措置だろう。(2)諸国の国司に命じて延暦寺の末寺と荘園の目録を作成させ提出させる。これは延暦寺の荘園を停廃し経済的に締め上げようとする措置である。(3)近江国、美濃国そして越前国の国司に命じて国内の武士のリストを作成し提出させる。これは平家の軍勢に頼らず、これら三国から武士を徴発して後白河院みずからの命令下におき、その軍勢をもって延暦寺を攻めようという計画なのだろう。

なぜ、その三国の名が上がったのかは分からない。美濃守は藤原定経で後白河院の院司である。美濃国には後に反平家の反乱を起こす山田氏ほかの清和源氏がいる。近江守が誰かは不明だが平家一門ではない。近江には山門と確執を繰り返している前左兵衛尉山本義経の一族がいる。彼らは後に反平家の活発な動きを示し山門の堂衆と連携して寿永二年(一一八三年)には木曾義仲とともに入京する清和源氏である。しかし、この時期は山門と衝突していたらしく山本義経は安元二年(一一七六年)十二月三十日に根本中堂の堂衆殺害の罪で山門に訴えられ佐渡国に配流されている(『玉葉』)。いっぽう、越前守は平通盛であり、平家の一門である。越前には寿永二年(一一八三年)に木曾義仲とともに平家を追って入京する河合系、疋田系などの越前斎藤氏の有力な武者がいる。

しかし当時は、たとえば河合系斉藤氏は斉明が白山宮越前馬場の平泉寺長吏であり、また上野国の住人となり源氏と平家の両方に仕えた斉藤別当実盛が当時は平家の家人であるといったように、その有力者が山門とも平家とも親近する一族であった。それ故、実際に山門攻撃を命じられた場合、越前守平通盛はどうすればいいのだろうか。三国の選択には微妙な賭けが含まれていたはずである。事情はどうであれ三国から武者が供与された場合、かれらは後白河院の傘下に入ることになるだろう。（1）（2）（3）の措置が実行に移されたなら、延暦寺と後白河院の間で戦争が勃発するだけでなく国中が大混乱におちいることは必至である。そして山門が屈した場合、勝ち誇りしかも武力を手中におさめた後白河院が平清盛の前に立つことになる。それは平家にとって実に危険な状況である。

また『顕広王記』の六月五日に「法勝寺執行俊寛解官サル。事ノ発リヲ尋ルレバ、事ヲ大衆ニ寄セ、謀リテ禅定相国ヲ誅セントスト云々」とする記事があり、四節で触れるように、長門本にいう藤原成親の企みと関連するのだろう。『保暦間記』にも「（後白河院の近臣たちが山攻めの軍兵を整えたこの機会を）成親ヨキ次ト思テ日来ノ本望（平清盛の暗殺）ヲ達セントスルニ」という記事がある。そこからは、後白河院の命令で近臣たちが独自に武士を動員して山攻めを行なう用意をしているらしいこと、それに俊寛や藤原成親などはその兵力を使って平清盛を謀殺しようと企んでいた可能性があったことが推測される。近臣たちに武士を動員させて山を攻めるという案についてもまた後白河院は平清盛に話した可能性は高い。平清盛の協力を取り付けるために半ば脅しのようなかたちで、後白河院はそれらの施策案をかれに話したのではないか。後白河院は専制君主的な治天の君として、まだ平清盛を圧伏し得ると考えていたのだろう。二十八日のところで記したように、比叡山攻めを引き受けたかのような印象を与えるかたちで平清盛はその場を引き下がった。平清盛は危うく虎口を脱したのである。『玉葉』の二十九日の記事もまたそれを暗示している。

昨日、禅門相国参院ス。御対面有リト云々。大略、東西ノ坂を堅メ、台山ヲ責ムベキノ議、一定シ了ハンヌト云々。然レドモ、入道ハ内心、悦バズト云々

暗殺をさえ考えている近臣たちの詰める法住寺御所を無事に抜け出すのに、平清盛は山攻めに同意するかに見せかけたのだろう。

虎口を脱した平清盛はただちに牙を剝いた。治天の君に対する反撃など人々の想像のほかのことであったはずだが、平清盛は思い切った手を打った。後白河院自身も平清盛の心を決定的に読み違えたのである。『顕広王記』によれば、この日の夜半に平清盛は西光を捕縛した。

夜半、西光ヲ搦メ取ラル。故有ルベシ。申ノ刻ヨリ、軍兵等、洛中ニ充満シ、都ノ上下ヲ馳ス

とある。西光の捕縛に始まり藤原成親以下の後白河院の近臣の捕縛と処分に向う平清盛の二十八日の夜半から二十九日にかけての動きは、二十八日の話し合いと強い因果関係を持っていることは明らかである。後白河院の打つ手が明雲と山門にのみ向かうものではなく平家にとっても危険をはらんでいることを平清盛は感じ取った。それに加えて、折からの多田蔵人行綱の密告が恰好の口実をかれに与えた。その機を捉えて平清盛は隠忍自重の姿勢を変えて反撃に出たのだろう。五月は小の月で二十九日まで、翌日は六月一日である。

六月一日。『愚昧記』の記事から掲げよう。

早旦、衆人謳歌ス、相国入道、西光ヲ搦メ取リ了ハンヌト云々。又云ハク、成親卿同ジク八条ニ籠メ置クト云々。此ノ間、衆説ノ区々分々ニシテ信ヲ取リガタキカ。又云ハク、捕取ノ儀ニアラズ。示スベキ事有リ、只今、来ルベキノ之由、示シ遣ハスノ処、則ハチ行キ向カフ。仍リテ、捕取シ了ハンヌ。成親卿、以ツテ同前ト云々。

早朝すでに、平清盛によって西光が捕縛され、藤原成親が西八条の邸に監禁されたという話題で持ちきりだったらしい。諸説乱れとび、二人とも逮捕されたのではなく、西八条の邸に呼び出され、そのまま監禁されたという噂もあったという。

『顕広王記』には次のように記す。

入道相国ノ八条亭ニ新大納言成親卿ナラビニ西光法師等ヲ召セシメラル。軍兵、路頭ニ満ツ。奇異ノ事カ。大納言ハ面縛籠楼サル。西光ハ足ヲ挟ミ拷問サル。凡ソ、院ノ近習者十二人、刑罰ニ及ブベシト云々。凡ソ、咎ニ処サルベキ者、七人ト云々。(補4)

西八条邸では藤原成親は縛られて監禁され、西光は拷問されている。後白河院の近臣が十二人あるいは七人が処罰されることになるだろう、などと噂されているという。

『玉葉』には、平清盛が西八条邸に西光を監禁し、長年の悪事、今度の明雲配流、多くの人を後白河院に讒言したこと、などについて問責している。また六月一日の朝に藤原成親を招きよせ、そのまま監禁し縛り上げてさえいるらしい。武士が洛中にあふれ内裏に集合している。いっぽう後白河院の御所はひっそりとしている。院の近臣などもすべて捕縛されるらしい。それでも後白河院の御所では四月十九日に始められた故建春門院のための百ケ日の法華八講は催された、などと記す。

『百錬抄』は、平清盛が後白河院の恩顧の厚い藤原成親と子息の藤原成経そして西光を西八条に監禁した。多田蔵人行綱がかれらの陰謀を密告したからである。夜に入って西光は頸を斬られた。この日、山門の大衆が下洛したが、このことを聞いて喜んで帰山した。明雲配流は西光の讒奏のせいである。藤原成親は備前に流された、などと記している。

それでは『百錬抄』『愚管抄』そして『平家物語』が言うところの多田蔵人行綱が密告した時はいつで場所は

どこだったのだろうか。それに関しての確たる記録はないので、後で推測する。

二日。『玉葉』によると、一日から二日にかけての夜半に西光は頸を斬られた、また藤原成親は備前国に流されたという。それに先んじて西光が尋問を受け陰謀を白状したことを次のように記す。「或ヒハ云フ、西光、尋問セラルル間、入道相国ヲ危ブムベキノ由、法皇及ビ近臣等、謀議セシムルノ由、承服ス。又、其ノ議定ニ預カル人々ノ交名ヲ注シ申スト云々」。この記事には「承服」とある。それは謀議があったはずだとして西光が責められたことを伺わせる。『百錬抄』『愚管抄』あるいは『平家物語』が言うように、密告をもとにしての拷問による白状かどうかは分からないが、その可能性は高い。その白状に従って多くのものが捕縛されたという。藤原成親は備前への道中で殺されることになっているとの噂もある。平重盛が低頭して藤原成親をかばったとも言われる。

『愚昧記』は次のように記す。

西光ノ頸、今暁、斬リ了ハンヌ。五条坊門朱雀ニオイテ、コレヲ切ルト云々。成親卿ハ川尻ノ辺ニオイテ入水ノ由ト云々。弾指スベシ、哀憐スベシ。世上ノ事如何。恐ルベシ、歎クベシ。

『顕広王記』は次のように記す。

納言ハ配流。西光ハ今暁、斬ラルト云々。

『百錬抄』は藤原成親が備前国に送られたことを記すだけである。そして七月九日に備前国で逝去したと注記している。

以上、山門による明雲奪還後の後白河院の動きに対して平清盛が反撃に転じるまでの動きを中心に事態を復元的に追ってみた。

二節と三節のなかに見えてくるのは、影の主役であった平清盛が姿を顕にしてゆき後白河院・近臣対平清盛の対立の構図が顕在化してゆく過程である。後白河院の明雲と山門に対する強引な施策が平清盛を追い詰め、その挙句に平清盛が反撃に転じるに至る過程がそこに見えてくる。ところで『平家物語』はそれを描きだしているだろうか。否である。『平家物語』では「鹿谷」に描く鹿谷謀議と多田蔵人行綱の密告の繋がりに比重が置かれていて、それが二節三節に示した平清盛の隠忍自重の破断界に至る過程を見えないものにしてしまっている。

四　隠喩的文学『平家物語』の主題とプロット

多田蔵人行綱の密告がいつどこで行なわれたかは確定できない。『愚管抄』は、平清盛が密告を受けた場所を福原とするが、その日時を示さない。そして密告を受けた平清盛は六月二日に上京して西光を捕縛したとする。それは（三）で見た記事と照らし見ると不正確な記事であると言えるだろう。『源平盛衰記』は、多田蔵人行綱が五月二十四日に西八条を訪れたとき平清盛は福原に下向したのちで邸内では公達が集まって貝覆いの遊びをしていた。それで五月二十七日に福原に下って密告をしたとする。そこに言う五月二十四日の西八条邸の遊宴の様子はこれまでに確認したような緊迫した当時の状況を知らないものの筆になる叙述である。五月二十七日に福原でというのもすでに見たことに照らして正確とはいえない。

覚一本は五月二十九日に西八条でとする。延慶本と長門本は五月二十九日とし、場所は明記しないが前後の本文から西八条でということなのだろう。それらは知られている事実との整合性が高い。そこで仮に覚一本、延慶本、長門本の記事を前節で確認した記事に重ねるならば、後白河院の使者を迎えた平清盛は五月二十五日に福原を発ち二十七日に入京して西八条邸に入り、二十八日に後白河院と平清盛との面談が行なわれ、二十九日に多田蔵人行綱が西八条邸で平清盛に密告し、その日のうちに西光が捕縛されたというふうに事態が進行したことになる。多田蔵人行綱の密告は絶妙のタイミングで行なわれたといえる。後白河院と平清盛とのあいだの緊張がもっとも高まり五月二十八日の面談で平清盛の隠忍自重が破断界近くにきていた。密告はその時機になるからである。密告は平清盛が反撃に転じる絶妙の口実を与える。

以上、「御輿振」「内裏炎上」「座主流」の流れの中で、治承元年（一一七七年）の御輿振りから明雲一件そして平清盛による西光と藤原成親の捕縛に至るまでの事件の展開を復元的に追ってみた。それを『平家物語』が語る「鹿谷」「鵜川軍」「御輿振」「内裏炎上」「座主流」「西光被斬」の冒頭までの展開と照応させると隠喩的文学としての『平家物語』の相貌が確認できる。その便宜のために、同時進行また順次的進行の両方なのだが、対立関係を念頭にして鹿谷事件以来の展開を時系列的に整理して示してみよう。

A　鹿谷謀議と藤原成親の私怨。　後白河院・近臣対平清盛
B　鵜川合戦の抗争の拡大。　後白河院・近臣対山門・明雲
C　御輿振り。　後白河院・近臣対山門
D　明雲一件。　後白河院・近臣対山門・明雲・（清盛）
E　多田蔵人行綱の密告。　（後白河院）・近臣対平清盛
F　藤原成親と西光の捕縛。　（後白河院）・近臣対平清盛

『平家物語』では、「鹿谷」が語る謀議の場面から始まる物語と、「鵜川軍」が語る加賀国の小競り合いに事件の発端を持つ物語とが、「御輿振」から「座主流」そして「西光被斬」の冒頭にかけての展開のなかで一本の糸に撚り合わされる。その撚り合わせかた、そこに隠喩的文学としての『平家物語』の表情が現われる。その撚り合わせの始まるのがEの多田蔵人行綱の密告を語る「西光被斬」の冒頭である。密告の内容、密告に至る直接の

状況は精粗があるものの諸本で共通している。順次に番号を付すならばそれは次のように展開する。(1)武家が後白河院の山攻めの命令に従わない。(2)後白河院は藤原成親以下の近臣に武士を集めさせ、その軍勢による山攻めを図る。若い近臣や下北面の武士は勇みたつ。(3)山門は後白河院に従おうという派と闘争を続けようという派の二派に二分される。(4)山門騒動で鹿谷の謀議の実行は後回しになり、首謀者の藤原成親も積極性を失っている。(5)陰謀の実行が後送りにされるなかで冷静さを取り戻した多田蔵人行綱は平家の実力を実感して恐ろしくなり密告に走る。

以上が諸本に共通する記事だが、長門本だけは(5)で、いまひとつの要件を記している。藤原成親は近衛大将一件の私怨を忘れず、六月七日の祇園社の神事の紛れに多田蔵人行綱の指揮下に法勝寺の執行(俊寛)、平判官(康頼)、近江入道(成雅)、式部大夫(章綱)に兵力をもって平清盛を襲わせ暗殺しようと考えた。その計画に危惧を覚えた多田蔵人行綱が裏切りを決意した、と記すのである。その内容は、俊寛の平清盛謀殺の企みを言う、前節で見た『顕広王記』の六月五日の記事(二七六頁)と重なる面があって、ある程度、根拠はあったらしい。長門本は、Fの藤原成親と西光の捕縛事件にDの明雲一件および(2)の近臣の軍事力動員との因果関係を見ていて、因果関係を鹿谷の謀議にのみ結びつけようとする諸本よりも一歩現実に近いものとなっているのである。

さて、「鹿谷」の冒頭で語られた左右の近衛大将の話題と「鵜川軍」で語られる鵜川合戦の話題の二つの糸は、A鹿谷謀議、B鵜川合戦、C御輿振り、D明雲一件、E密告、と展開し、Fの藤原成親と西光の捕縛において交差して一本の糸に撚り合わされる。

F藤原成親と西光の捕縛は、A鹿谷謀議の帰結であり、またB鵜川合戦、C御輿振り、D明雲一件の帰結でもある。しかしB鵜川合戦、C御輿振り、D明雲一件の叙述には欠落している要件がある。そのために二つの糸の撚り合わせには木に竹を接いだようなぎこちなさがある。C御輿振り、D明雲一件の事件には二節三節で見たように後白河院対平清盛の対立が働いていたにも拘わらず、それがテキストの内に明示されていないからである。

　諸本はその対立をそれぞれの仕方で暗示的に示しているのかもしれないが、〈知るもの〉以外の享受者の眼にはその程度の叙述ではそれが見えてこない。たとえば延慶本、長門本、覚一本では、明雲の処罰に向かって事態が進行しているとき平清盛が宥免を願って後白河院に面会を求めようとして断られたと記す。また『源平盛衰記』と長門本は「山門落書」と呼ばれる平清盛あての落書を載せる。それは後白河院の近臣を糾弾し明雲奪還を正当化する内容のものであり、後白河院の責任を近臣の悪にすり替えた内容となっている。それ故厳密には後白河院対平清盛の対立は問題にされていないと言ってよい。諸本はそれぞれに暗示的な記事を僅かに記すものの、C御輿振り、D明雲一件を語るテキストの中に、後白河院対平清盛の対立の要素はほとんど見えない。その一方で、A鹿谷謀議の話題の延長線上にあるE密告が大写しに扱われる。そのためにF西光と藤原成親の捕縛がA鹿谷謀議との因果関係のみ印象づけられることになる。その結果、『平家物語』は、後白河院の悪が覆われ平清盛と近臣の悪が大写しにされるテキストとなっているのである。その点において『平家物語』はまさに『愚管抄』と一致する。それは『平家物語』と『愚管抄』の密接な関係を推測する上での重要なポイントとなる。

〈知るもの〉は『平家物語』の記事だけで十分で、そこに春秋の筆法あるいは憚りなどのニュアンスを含め、さまざまなメッセージを読み取るはずである。自らの知見によって補完的にテキストを読むことができるからである。しかし〈知るもの〉以外の享受者はテキストの筋立てに誘導されてA鹿谷謀議との因果関係のもとにF西光と藤原成親の捕縛の意味を了解する。〈鹿谷のプロット〉の筋の上、〈鹿谷のプロット〉が示す主題のもとにおいてである。藤原成親と西光の深い欲望が神々と仏に対して拭い去ることのできない罪を作る。その罪に対する罰が神々そして仏の憤怒の教令たる明王によってかれらの身の上に下される。『平家物語』を一貫する〔神々との関係における罪と罰〕、〔神の怒りを買った人々〕の主題が、A鹿谷謀議、E密告、F藤原成親と西光の捕縛の三者を直結させることによって立ち現われるのである。

『平家物語』は、現実をコンテキストとするテキストとしての換喩的文学の表情と、主題およびプロットが織り成すテキストとしての隠喩的文学の表情、その二つの表情を持っているのだが、〈鹿谷のプロット〉においては物語としてのプロットそして主題を優位においた隠喩的文学の表情を持つテキストとなっているのである。

補注

1　挙げられている資料のうち、『顕広王記』『百錬抄』と『清獬眼抄』は次の翻刻があるが、美濃部氏はaの翻刻を見ることができなかった。

a『顕広王記』高橋昌明・樋口健太郎「国立歴史民俗博物館所蔵『顕広王記』承安四年・安元二年・安元三年・治承二年巻」（『国立歴史民俗博物館研究報告』第一五三集、二〇〇九年一二月）、b『百錬抄』新訂増補国史大系　第十一巻、c『清獬眼抄』群書類従　第七輯（本稿に引用されるのは五九四・五九五頁）

2　美濃部氏の原稿には、「山ノ大衆、三方ニ相ヒ分カレ了ハンヌト云々。（一分ハ座主（明雲）方ノ大衆ト与力ノ官兵。一分ハ七宮（覚快）方ノ大衆。両方ニ与力スベカラズ。一分ハ堂衆ノ党。近州ニ与力スト云々）」とあるが、傍線部、『玉葉』治承四年十二月三日には「一分七宮方大衆不与両方」とある（国書刊行会『玉葉』および『圖書寮叢刊　九条家本　玉葉』とも）。これは「一分は七宮方の大衆、両方に与みせず」と読むべきか。

3　美濃部氏の原稿には、「…次ニ、王法ヲ傾ケ奉リ、欲滅門徒之仏法ヲ滅サントスル者ニ、罪科ヲ行ハントセラルルニ、何ゾ怨ミ申スベキヤ。誤リテ讐申スベキニテコソ有レ。返ヘスガヘス奇怪ニ思シメス。退出スベシト云々」とあるが、高橋氏による翻刻は次のとおりである。

「…次奉傾王法欲滅門徒之仏法之者、被行罪科何可□（憤カ）申哉、誤可訴申ニテコソ有レ、返々奇怪、早可退出云々、」（安元三年五月十六日）

4　高橋氏翻刻『顕広王記』の本文は次のとおり。傍線部が美濃部氏引用と異なる。
「入道相国八条亭被召籠新大納言成親卿幷西光法師等、軍兵満路頭、奇異事歟、大納言面縛籠楼、西光交足拷問、…」

＊　本稿は、美濃部重克「〈隠喩的文学〉としての『平家物語』―巻二「座主流」を中心に―」（『伝承文学研究』55号、二〇〇六年八月）に基づいて書き直しがなされている。

17　巻二　西光被斬

一　概説

「西光被斬」の句の後半三分の一あたりのところから句の末にかけて、西光の捕縛と拷問そして斬首が語られる。厳密には、それが「西光被斬」の内容である。そこまでの前半三分の二は、「座主流」の句で取り上げた藤原成親を始めとする後白河院の近臣たちの捕縛について語っている。本書では「西光被斬」の句の後半三分の一で語られる、厳密な意味での「西光被斬」を取り上げる。この句は〈鹿谷のプロット〉が開く〈神の怒りを買った人々〉、そして〈神々との関係における罪と罰〉の主題のもとに、西光を神の怒りによって無惨な最期を迎えた最初の人物として語っている。

梗概から記すことにする。

平清盛による後白河院の近臣たちの捕縛の情報を得た西光は、後白河院の庇護を得ようと自邸を出て、院の御所である法住寺殿に向かう。その途中で平家の侍に捕縛され、平清盛の西八条の邸に連行される。西光は緊縛されて邸の坪庭にひき据えられた。平清盛は激昂の余りに庭に降り立ち、履き物のままで西光の顔を踏みつけ口汚く面罵する。下臈の分際で過分の振る舞いをし、座主明雲を讒言して流罪にし、更に平家打倒の謀反を企むとは、とその罪状を並べる。そして平家打倒のクーデター計画に参画したものの名前を白状するように迫る。西光は剛胆な男で、負けてはいない。藤原成親のクーデター計画に参画したことを悪びれずに認めた上で、平清盛の面罵に対してやり返す。平清盛こそ成り上がりの最たる者だろう。殿上の交わりをさえ嫌われた平忠盛の子で、十四、五歳になって位も官もなく、職を求めて藤原成親の父の藤原家成の家に出入りしていた卑小の身だったではないか。その身が父平忠盛の武勇の手柄を切っ掛けに、過分の出世をして太政大臣にまで成り上がった。侍身分の者が受領になり、検非違使になった例はいくらでもある。侍身分のものが太政大臣に成り上がった、それこそが過分だ。憚りない西光の応答に、怒り心頭に発した平清盛は西光を拷問してクーデター計画の全容を吐かせよと命じる。命じられた松浦太郎重俊は、北九州の松浦党に属する侍である。松浦党は、海運および大陸との交易を重要な財源とした平家が北九州支配を展開するなかで平家の配下となった海の豪族である。厳しい拷問の末に西光の白状を得ると、平清盛は西光の口を裂かせ、五条西朱雀で斬首の刑に処した。

西朱雀というのは、平安京の東西の中心を南北に走る朱雀大路のことである。時代とともに京都は東に発展して繁華の中心がそちらに移り、本来は平安京の東の端の大路であった東京極大路が東朱雀と呼ばれることになる。その結果、本来、平安京の中心であった朱雀大路が西の外れのようになり、東朱雀に対して西朱雀と呼ばれるようになったのである。五条西朱雀は、西国方面への流人に配流の宣旨を読み聞かせ、領送使に流人を引き渡す刑執行の境界的な役割を与えられた場所であった。検非違使のための部類記である『清獬眼抄』（群書類従　第七輯）に「京外ニ追出シ了ンヌ。西国ハ七条朱雀ノ辺ニ至リテ、東国・北陸道ハ粟田口ノ辺ナリ」とある。西光は刑執行の場所として公に認められていた場所において斬首されたのである。それは平清盛の私怨による斬首ではなく、公の罪人としての処刑の印象を与えようとする処置であったのだろう。尾張国に流されていた西光の嫡男の前加賀守師高も、次男の近藤判官師経、その弟の師平そして郎党三人もその時、処刑された。蛇足ながら付記しておくと、『尊卑分脈』の藤原師光（西光）の注記では六条河原で頸を切られたとなっている。六条河原もまた東に広大な墓地である鳥辺野を控えた境界の地で公の処刑が行われた場所であった。いずれにしても平清盛は藤原師光（西光）の処刑を公の行為に擬そうとしたのだろう。

作者は「西光被斬」を「是等はいふかひなき物の秀《ひいで》て、いろうまじき事にいろひ、あやまたぬ天台座流罪に申おこなひ、果報やつきにけむ、山王大師の神罰冥罰をたちどころにかうぶッて、かかる目にあへりけり。」と結ぶ。院の近臣の出頭を苦々しく語る、その言葉は公家の身分意識に発する物であることは紛れもないことである。この句は、西光の無惨な最期を、分際を超えた余りにも深い欲望の故に日吉の神と山門を怒らせた結果であるとして、〈神の怒りを買った人々〉、〈神々との関係における罪と罰〉の主題に収斂させて終わる。

二　素性卑しき者　西光

『平家物語』巻一から巻六までの「治承物語」の中で、無惨と残酷の印象を最も強く与えるのが、西光の拷問、「大納言死去」が語る藤原成親の誅殺、そして巻三「僧都死去」が語る俊寛僧都の鬼界島での逝去の場面である。それは平清盛の彼らに対する憎しみが如何に大きなものであったかを語っている。ただし三人の中で拷問を受けたのは西光ひとりである。西光は拷問され、しかもいとも簡単に処刑された。それは何故なのだろうか。

その答えは、彼が公家の出身でなく、地方の在庁官人出身の侍身分のものであったことに求めることができる。「俊寛沙汰　鵜川軍」に後白河院の失政の責を近臣の過分な登用に帰する本文があり、その中で西光の素性を語っている。

此御時の北面の輩は以外《もってのほか》に過分にて、公卿殿上人をも者ともせず、礼儀礼節もなし。下北面より上北面にあがり、上北面より殿上のまじはりをゆるさるる者もあり。かくのみおこなはるるあひだ、おごれる心どもも出きて、よしなき謀反にもくみしけるにこそ。中にも故少納言信西がもとにめしつかひける師光・成景と云者あり。師光は阿波国の在庁、成景は京の者、熟根いやしき下臈なり。健児童もしは格勤者などにて召つかはれけるが、さかざかしかりしによって、師光は左衛門尉、成景は右衛門尉とて、二人一度に靫負尉になりぬ。信西が事にあひし時、二人ともに出家して、左衛門入道西光・右衛門入道西敬とて、是は出家の後も院の御蔵あづかりにてぞありける。

藤原師光（西光）はもとは阿波国の在庁官人であったのが、京に出て、後白河院の寵臣の信西入道（藤原通憲）に召し使われた。信西入道亡き後は後白河院に召し使われ北面に列し過分の出世を遂げたと語る。現在の徳島県に彼の遺跡が点在する。西光は本文に言うとおりもとは阿波国の在庁官人だったのだろう。因みに鬼界島に流された平判官康頼もまた阿波国の在庁官人出身である。

さて、この本文には、上京した藤原師光が信西入道のもとで「健児童《こんでいわらわ》」「格勤者《かくごしゃ》」として使われたとある。「健児童」「格勤者」は、ここでは主人の身近に精勤する膂力のある召使い身分のものを指すのだろう。『尊卑分脈』の藤原師光の注記にも、もとは「小舎人童」であったとしている。「小舎人童」は「健児童」「格勤者」と同じ召使い身分のものである。ただし、彼の出自は、それよりも高いものだったかもしれない。『玉葉』承安三年（一一七三年）三月十日の記事に母がその乳母であった縁で、西光は信西入道（藤原通憲）の侍として仕えることになったと記しているからである。[補1] もっとも、彼の母がどのような手づるで信西入道の乳母になったのかは明らかではない。「健児童」「格勤者」とするのは『平家物語』の作者が彼の出自を卑しめるために誇張した表現であって、実際は侍身分のものだった可能性が高い。『尊卑分脈』には「侍ノ子」とも記している。

藤原師光の出世の糸口は巻三「法皇被流」で述べるとおり、久寿二年（一一五五年）八月に、当時、天皇であった後白河院の勅命によって滝口の武士に任命された時にある。米谷豊之助氏（『院政期軍事・警察史拾遺』）によると、滝口の武士は射技や馬術などの武術に秀でたものが選ばれ、その勇武を買われて本来の役割以外に衛府や検非違使の任務を負わされたりもしたという。鹿谷の謀議の席で行われた即興の寸劇である当弁に加わった西光が、「（平氏の）頸をとるにはしかず」と謳って瓶子の首をボキリと折ったという所作も滝口出身ということで首肯できる。院政期の滝口の武士は公役に精勤するよりも、その推挙者への勤仕を優先させたらしい。推挙者との私的関係の強い存在だったのである。西光は推挙者である後白河院の身近で精勤する格勤の者の振る舞いをしたのだろう。そのような官職に西光が就くことができたのは、巻三「法皇被流」にも記すように信西入道による斡旋によるものであったと思われる。

藤原師光は信西入道と後白河院の二人に同時に奉仕する身となった。保元二年（一一五七年）には微官ながら左衛門少尉に任命される（『兵範記』同年十月二十七日）。時期は不明だが、後白河院の下北面の武士に列する。後白河院の御倉預かりを勤め、『尊卑分脈』によると後白河院の近習となり伝奏をも勤めたという。そして藤原師光は後白河院の下命によって、中納言藤原家成の猶子となったとされている。登用するに当たって藤原師光に箔をつけようとしたのだろう。『尊卑分脈』に「侍ノ子ノ公卿ノ子トナル例ナリ。勅定ニヨリテ子トナス」とする注記は、それが余りにも違例で周囲のものを驚嘆させたらしいことを伝えている。この措置は後白河院の近臣・近習者への偏愛と絶対支配の実態を伝えている。

ただし、この件に関しては疑問がある。藤原師光が後白河院の恩顧を得るのは滝口の武士を経て下北面に列した時期からのはずである。彼が滝口の武士に任命されたのは、先に述べたように久寿二年（一一五五年）八月のことである。いっぽう、中納言藤原家成はその前年の久寿元年（一一五四年）五月に薨じている。信西入道が平治の乱（一一五九年）で無惨な最期を遂げた時、彼は出家して西光という法名を名乗る。それ以後は後白河院にのみ格勤したものと思われるが、それまではもっぱら信西入道に侍として奉仕していたと思われる。そうした履歴から見て、久寿元年（一一五四年）五月に薨去した中納言藤原家成本人に、藤原師光を猶子とする要請があったとは想像しにくい。ずっと後に、西光が後白河院の近臣として辣腕を振るうようになって後、彼に箔を付けるために、後白河院が近臣の筆頭格である藤原成親に要請して、彼の亡父の猶子とさせたのかもしれない。

西光が捕縛された安元三年（一一七七年）六月一日の記事に、九条兼実は「入伝ヘテ云ハク、今暁、入道相国、八条亭ニ坐シテ、師光法師ヲ召シ取ル」と記した上で、「法名西光。法皇第一ノ近臣ナリ」と注記している。侍身分から破格の出頭をし、公卿の猶子にさえなったのである。しかし、素性は所詮、侍身分の者であり、平清盛は後白河院も藤原成親家をも憚ることなく、侍身分のものとして躊躇いなく拷問にかけ簡単に斬首したのである。

いまひとつの答えは、感情の問題であって論述は出来ないが、平清盛の藤原師光（西光）に対する憎悪によるものとも考えられる。平清盛と西光とは似たもの同士なのである。後白河院に侍身分から引き立てられ近臣第一として辣腕を振るう西光の奢りは、平清盛にとってかつての自分を見るようなものであったのだろう。自分を小型にしたような西光の振る舞いの中に嫌悪すべきものを平清盛は見ていて、それが鹿谷のクーデター未遂事件で増幅されて、残酷な拷問と斬首となったと推測する。平清盛の積年の怒りの暴発という面も見逃せないのではないか。

三〔神の怒りを買った人々〕の末路

藤原師光（西光）の末路を語るに際して、『平家物語』の作者は身分上の理由は暗黙の了解事項とし、平清盛の積年の憎悪の内実は暗示するに止めている。西光の最期の無惨さを了解するために設定されているのは〔神の怒りを買った人々〕、そして〔神々との関係における罪と罰〕の主題である。神の怒りは中途半端なものではなく生やさしいものでもない。極めて怖ろしく残酷である。主題が解釈に方向性を与え、物語を導いて行くのである。

神輿に矢を射たて、神人に死傷者を生じさせた山門と後白河院の深刻な対立は、いつに藤原師光（西光）による後白河院への讒奏によるものだとされた。巻二「座主流」には「西光法師父子が讒奏によッて、法皇、大に逆鱗ありけり」としている。その後、伊豆に配流となった明雲を山門の衆徒が山に奪い返すのだが、その時、西光は後白河院の怒りを煽り立て、「是ほどの狼藉いまだ承り及候はず。よくよく御いましめ候へ、とぞ申しける。西光身の只今亡びんずるをもかへりみず、山王大師の神慮にもはばからず、かやうに申て宸襟をなやまし奉る」「西光被斬」と躊躇する後白河院に山攻めを進言する。山門の衆徒の西光への憎悪の激しさは、『平家物語』の作者の筆先だけのことではなかった。巻二「座主流」でも話題にしたように、安元三年（一一七七年）五月の御輿振りの時期に流れた山門の衆徒下山の噂にも現れていた。山門と後白河院の対立が激化する中で、五月十三日に山門の衆徒が大挙して下山し強訴に及ぶという噂が流れた。その時のことである。『愚昧記』はその日の記事に次のような山門の衆徒の動静の噂を記している。

一隊は園城寺の鼻先をかすめるかたちで如意岳を超えて鹿谷に出るコースを取るらしいという。それは後白河院側の寺である三井寺を挑発し同寺をも争いに巻き込む危険性を孕んだコースである。さらにまた、如意岳から南下して山科に向かい、西光が営む師光法師堂を焼き討ちにするという噂も立ったという。それは強訴とは直接関係を持たない、余分な行動と言ってよい。師光法師堂の焼き討ちは、後白河院への憎悪が西光への憎悪にすり替えられ、山門側からの西光の懲罰として練られた計画なのかもしれない。

師光法師堂は浄妙寺の領内の西の外れに西光が建立し承安三年（一一七三年）三月十日に落慶法要が行われた寺である。浄妙寺は藤原氏の広大な墓地である木幡の一画、今の伏見区六地蔵と宇治市木幡の境あたりに藤原道長が一門のために建立した三昧堂であった。発掘調査によってその場所が今の木幡小学校の校庭にあたることが明らかになっている。現在、京都のお盆の習俗である六地蔵廻りの出発点となっている大善寺が師光法師堂の後身であった可能性が高い。師光法師堂の落慶供養は実に盛大に行われた。九条兼実は『玉葉』承安三年（一一七三年）三月十日の記事に「上皇渡御。公卿、殿上人、院北面等、済済トシテ行キ向カフト云々。弾指スベキ世ナリ。導師ハ三井寺ノ前僧正、院宣ニヨリテ請ケラルと云々」と記す。一介の身分の卑しい近臣が建立した堂の落慶供養のために、後白河院をはじめ公卿、殿上人、北面が大勢揃って参列したことに対する苦々しい思いが吐露されている。十二日の記事には「十日ハ上皇、西光堂供養ニ渡御アリテ、終日、事ヲ奏スルアタハズ」として、十日は政務が停滞して困ったと記す。後白河院が周囲の眼を意に介さず自儘に行為することは珍しくはないが、多くはお忍びである。しかし、多数の公卿、殿上人、北面の公人に扈従されての落慶法要への参列は、格別のことと云わねばならない。西光が愛顧甚だしい近臣であったから、というだけでは説明がつかない。

時代が下るが江戸時代の地誌の『雍州府志』の「大善寺」の項目に、その地にかつて藤原通憲（信西入道）が六体の地蔵を造立安置し、その堂が六地蔵と呼ばれていた、と記す。師光法師堂がその跡に建立されたとすれば、それは西光の発案ではなく、後白河院にとって、かけがえのない存在であった信西入道の意志を継ぐ行為であったことになる。後白河院の破格の御幸は西光の面目をいや増しにするだけでなく、信西入道追悼の意味をも持っていたのかもしれない。西光自身も六地蔵信仰を持っていたのだろうか。現在の六地蔵廻りの習俗が不信の身を恐れる西光が京都七口に地蔵を祀り、自らの来世への廻向としたことに始まるとする『源平盛衰記』巻六「西光父子亡」の記事はよく知られている。

法住寺殿への強訴と連携して師光法師堂を焼き討ちにしようとする計画は、山門の後白河院とその近臣への憎悪が西光に集約されていたことを示している。御輿振りから明雲流罪に至る事件の展開は西光の子の近藤判官師経が引き起こした加賀国での鵜川合戦に端を発する事は間違いない。山門の憎悪は西光父子に対して怨みの最大の的を絞った結果なのだろう。

「座主流」には、彼ら父子の名字を書いた紙を、根本中堂の十二神将のうち、金比羅大将の左の足の下に踏ませ、「十二神将・七千薬叉、時刻をめぐらさず西光父子が命をめしとり給へや」と呪詛したと語る。件の十二神将は一山の中心である一乗止観院の薬師堂に安置される秘仏、最澄手彫りと伝える薬師如来を守護する恐るべき教令の神で藤原道長の奉納と伝える。実に怖ろしい呪詛がなされたのである。『平家物語』の作者は西光の無惨な最期を主題のもとに締めくくる。鹿谷の謀議の場で、藤原成親が切っ掛けを作った即興劇に参加して〈神の怒りを買った人々〉、〈神々との関係における罪と罰〉を体現する者として登場した西光は、「西光被斬」において、山王の怒り、山王の罰を受けたのである。

因果は巡る。藤原師光（西光）を無惨に処刑した平家がやがては無惨な最期を迎えることになる。平家の権勢の綻びは平清盛とともに平家の屋台骨であった平重盛が治承三年（一一七九年）八月一日に薨去したことから生じる。[補2] その時期に平重盛の薨去は西光の怨霊の仕業であるとの噂も流れたのである。『平家物語』には記されていないが、『玉葉』治承三年八月十七日の記事に、その噂が書き留められている。

補注

1　「『玉葉』承安三年（一一七三年）三月十日の記事に母がその乳母であった縁で、西光は信西入道（藤原通憲）の侍として仕えることになったと記しているからである。」『玉葉』には「今日伺候院之入道法師、〔名西光。左衛門尉入道也。故信西乳母子云々。〕浄妙寺領立堂、令供養云々。」とある。

2　「平家の権勢の綻びは平清盛とともに平家の屋台骨であった平重盛が治承三年（一一七九年）八月一日に薨去したことから生じる。」波線部、電子版にしたがった。

18　巻三　御産—指図（『山槐記』）と高倉天皇と守覚法親王の書状

一　概説

この句は安徳天皇の誕生の日の出来事を中心に語る。

治承二年（一一七八年）は不吉な兆しとともに始まった。最も不吉とされ、まためったに起こらない天変である彗星が正月七日に巽（東南）の空に現れたのである。建礼門院はその正月のうちに懐妊した。『山槐記』治承二年六月二十八日着帯の日の記事に懐妊五ヶ月目であると記す。言仁親王のちの安徳天皇が誕生したのはその年の十一月十二日の未の一点（午後二時半ごろ）であった。治承二年の新嘗会はその月の十八日からで誕生後七日のうちに始まる。新嘗会は宮中の神事のうち最も重要なもので天皇はもちろん公卿・殿上人の多くが携わる。神事は穢れを極端に忌むが、黒不浄の死穢とともに赤不浄とされるお産もまた穢れとして避けねばならない。大事な神事を前にした歓迎されない時期の皇子誕生であった。安徳天皇は不吉な星のもとに生まれたのである。

降誕の日にも不吉な出来事が多々あったらしく、この句にも記されている。その一つである甑《こしき》落としの不手際（巻三「公卿揃」）は記録によって確かめることが出来る。甑落としは御産遅々の時、産所の建物の棟から転ばすかたちで甑を落として割るまじないだが、皇子降誕のときは南、皇女降誕の時は北に落とす。その甑をこの時は北に転ばして、やり直しをした。お産当日のことを克明に記録した『山槐記』治承二年十一月十一日の記事は甑落としの不手際を記している。男女が逆の不吉な扱いは安徳天皇の壇ノ浦での入水との繋がりを当代の人々に想像させることになったと思われる。そのことは次の「大塔建立」および巻十二「先帝身投」で説くことにする。

后御産に際しては主立った神社に朝廷から神馬を奉納するのが習いだが、それに加えてこの時は、建礼門院の兄で養父でもあった平重盛が伊勢大神宮をはじめとする諸社に神馬を奉納した。上東門院彰子のお産の際の藤原道長の前例に依ったらしい。『平家物語』のみならず『山槐記』にも記している。藤原道長に擬したその振る舞いは摂政関白の家の九条兼実などには苦々しいものであったのか、『玉葉』には記していない。平清盛と昵懇で大富豪であった藤原邦綱もまた神馬を奉納している。『山槐記』には「懇志の余りか」と記し、『平家物語』では「心ざしのいたりか、徳のあまりか」と記す。「徳」は「得」の意味で財産にかかわる意味である。

皇子誕生の時は、赤子の枕元に金銭九十九文を置き、耳元で「天をもつて父とし地をもつて母となせ。金銭九十九文を領じて児の寿とせしめよ（補1）」と祝詞を三反唱える。天子たるべき未来と長寿を予祝するその祝詞を唱えるのは『后宮御産当日次第』では関白の役目であるとする。当時の関白は藤原基房であったが、『平家物語』でも『山槐記』でも平重盛がその役目をしたと記す。『平家物語』では平重盛は上記の祝詞に加えて「御心には天照大神入《いり》かはらせ給へ」と唱えたと語る。生まれたばかりの皇子を未来の天皇であると平重盛がはっきりと宣言したことになる。平家一門の昂ぶりと奢りがそこに語られているのである。

産所を平清盛の弟の平頼盛の邸である六波羅池殿に設けたとする覚一本の記事は誤りで、正しくはその一町ばかり北にある平清盛邸の六波羅泉殿に用意された。掲載したのは『山槐記』治承二年（一一七八年）十一月十二日の条に載せる図面にもとづくものである。寝殿の母屋に「御所」とあるのが建礼門院の産所で、「仁和寺宮」は孔雀経の修法を行っている仁和寺御室の守覚法親王の席で、彼は後白河院の皇子であり高倉天皇の兄である。「座主宮」は七仏薬師の修法を行っている天台座主の覚快法親王の席で、後白河院の弟であり高倉天皇の叔父である。「豪禅、房覚、昌雲、俊尭、実詮」は験者の役を果たす高僧たちである。物の気を退散させる加持祈祷を

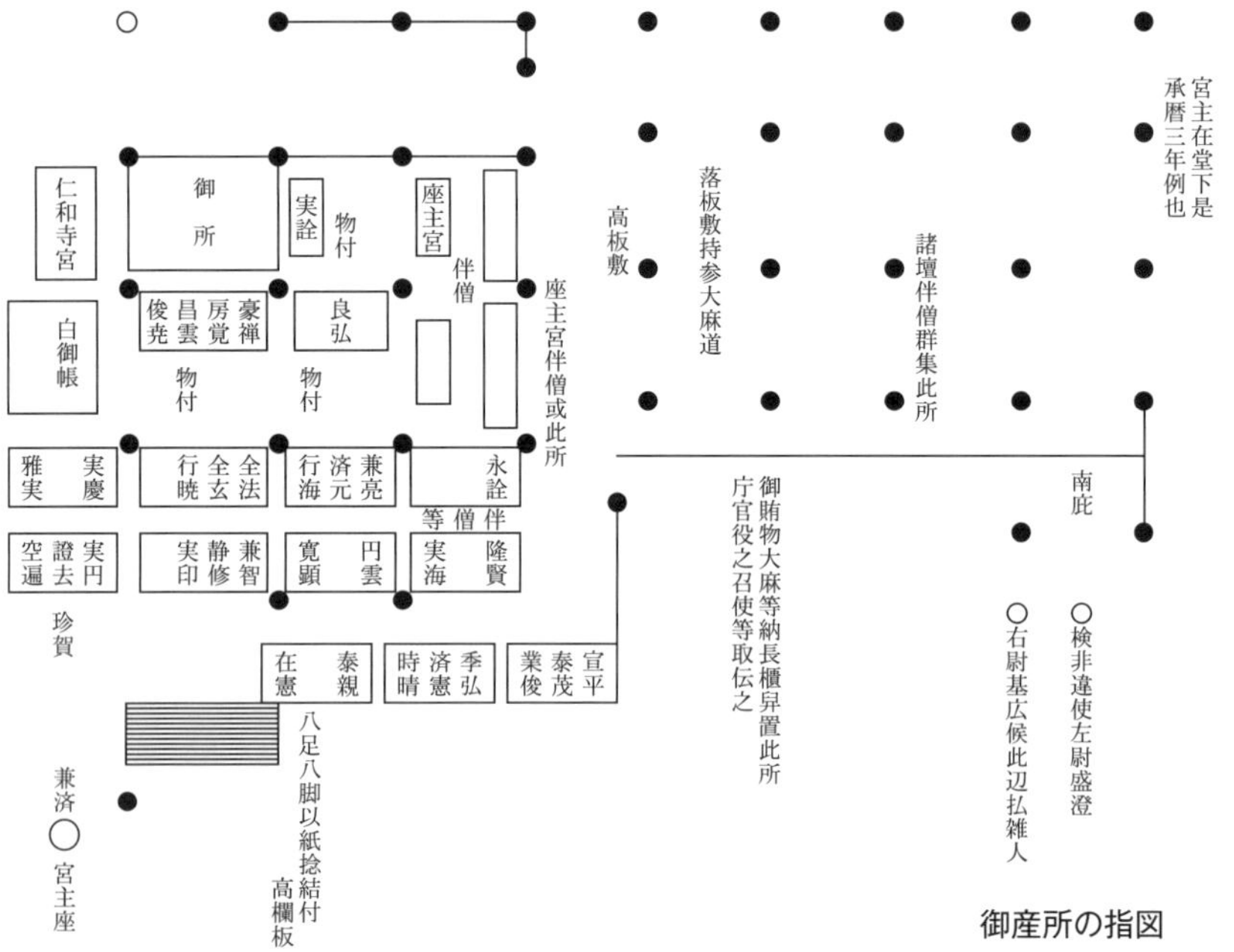

御産所の指図

するのが験者である。この時は『平家物語』にもあるように平家に恨みを持つ藤原成親、西光、俊寛などの生き霊や死霊の祟りが特に恐れられた。「物付」は怨霊をのり移らせるために験者が使うよりましで、この時は三人であった。「良弘」はお産平安を念じる真言師の役目を務めた高僧である。その南に畳が八帖敷かれている。そこは寝殿の南庇の間で諸壇の阿闍梨と伴僧が対座する。その南に畳が三帖敷かれている。そこは南簀の子で陰陽師の席である。安倍晴明の子孫で当時もっとも有名な陰陽師であった安倍泰親やその時の陰陽頭であった賀茂在憲、また参仕途中に混雑で冠を落とすという不祥事を演じたと『平家物語』が語る安倍時晴などの名前が見える。彼らの前の高覧の外側に八脚の八足があり呪具が置かれている。寝殿には修法に勤仕する役割の高僧や陰陽師のみが座席を得ている。白い帳を垂らした「白御帳」は生まれた皇子が渡される場所で、そこで金銭九十九文を用いる三反の祝詞が唱えられる。平重盛は白御帳の中に入って唱えごとをしたのである。寝殿の南の階段下の西砌の外、庭

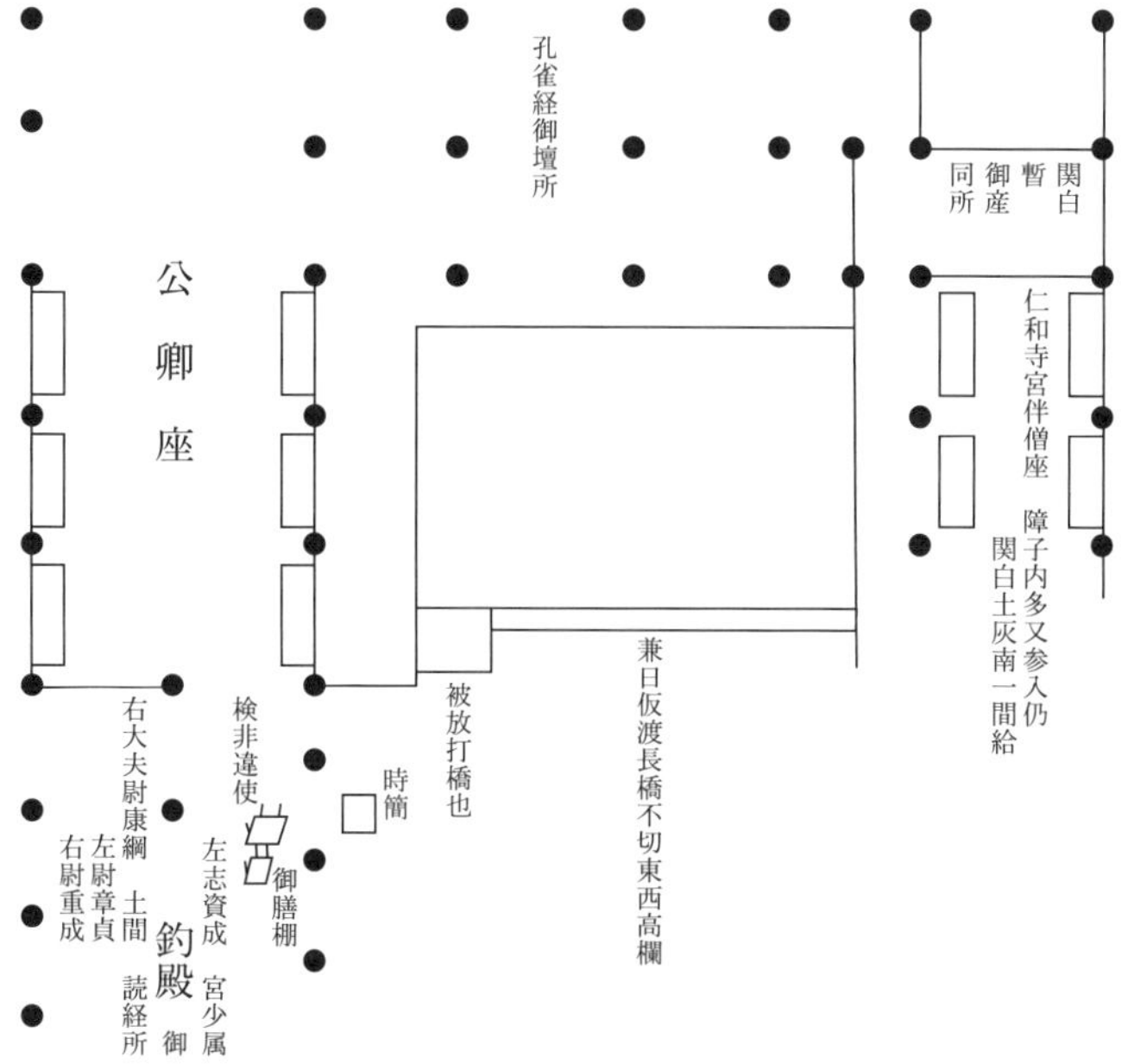

上の丸い敷物には禊ぎの役に奉仕する宮主の卜部兼済が座った。

寝殿の西に繋がる西廊には守覚法親王が行う孔雀経法の御壇所が設けられている。孔雀経法は仁和寺が得意とする法である。その法は雨乞いやお産の際に魔障を退けるために修せられた。毒蛇を食う孔雀のイメージをもとにした法である。天台座主の覚快法親王は七仏薬師の法を行ったが、その壇所は泉殿ではなく池殿に設けられていた。七仏薬師法が行われるときは免物（ゆるしもの）といって恩赦を伴うが、この時は十三人が赦免された。孔雀経法と七仏薬師の法は十月二十五日から始められたが、七日の修法が二度延引され、三度目に入った十一月十二日にやっとお産が成就した。大変な難産で怨霊の祟りを人々は思ったはずである。

関白藤原基房の座は寝殿の西庇の北の間にしつらえられている。その南の畳四帖が敷かれた間は孔雀経法の伴僧の座と記される。「公卿座」は中門廊に設けられ、そこに公卿が参列することになっていた。お産がなったとき「御所」の内に入って、それを確認する役割は中宮大夫が行う。『平家物語』では中宮亮の平重衡がその役目を果たし、「御産平安、皇子御誕生候ぞ」と披露したとするが、誤りで正しくは中宮大夫で建礼門院の伯父である平時忠が行った。西廊と中門廊に出てそこに参列する人々に告げたのである。

難産におろおろした平清盛が「こはいかにせん、いかにせむ」と嘆いたと『平家物語』は語るが、彼はその時、どこにいたのか。寝殿や西廊また中門廊には居場所はなかったはずなので、泉殿のどこか別の場所でやきもきしていたのだろう。

『玉葉』によると後白河院は朝から泉殿に御幸している。『山槐記』には後白河院が修法の僧たちの声が小さいと叱咤激励し、自らも阿闍梨として加持祈祷の験者の列に加わったと記す。後白河院は行真という法名を持つ阿闍梨でもあった。『平家物語』は物の気に向かって「いかなる物気なり共、この老法師がかくて候はんには、争《いかで》かちかづき奉るべき。就中《なかんづく》にいまあらはるる処の怨霊共は、みなわが朝恩によッて人となッし物共ぞかし。たとひ報謝の心をこそ存ぜず共、豈《あに》障碍をなすべきや。速にまかり退き候へ」と一喝して数珠をおし揉むと、無事に皇子が誕生したと語る。

二　高倉天皇と守覚法親王の書状

皇子が誕生した治承二年（一一七八年）十一月十二日を修法成就の結願の日として、修法の壇を撤する。孔雀経法のその日を結願の日として壇所が撤せられた。その翌日に父となった高倉天皇から孔雀経法を行った兄の守覚法親王に送った礼状と守覚法親王からの返状が仁和寺に残されている。

高倉天皇から守覚法親王に送られた礼状は次のようである。この時、高倉天皇は数え年で十八歳、建礼門院は『山槐記』治承二年六月二十八日の着帯の時の記事には二十四歳とするが、年齢には諸説ある。

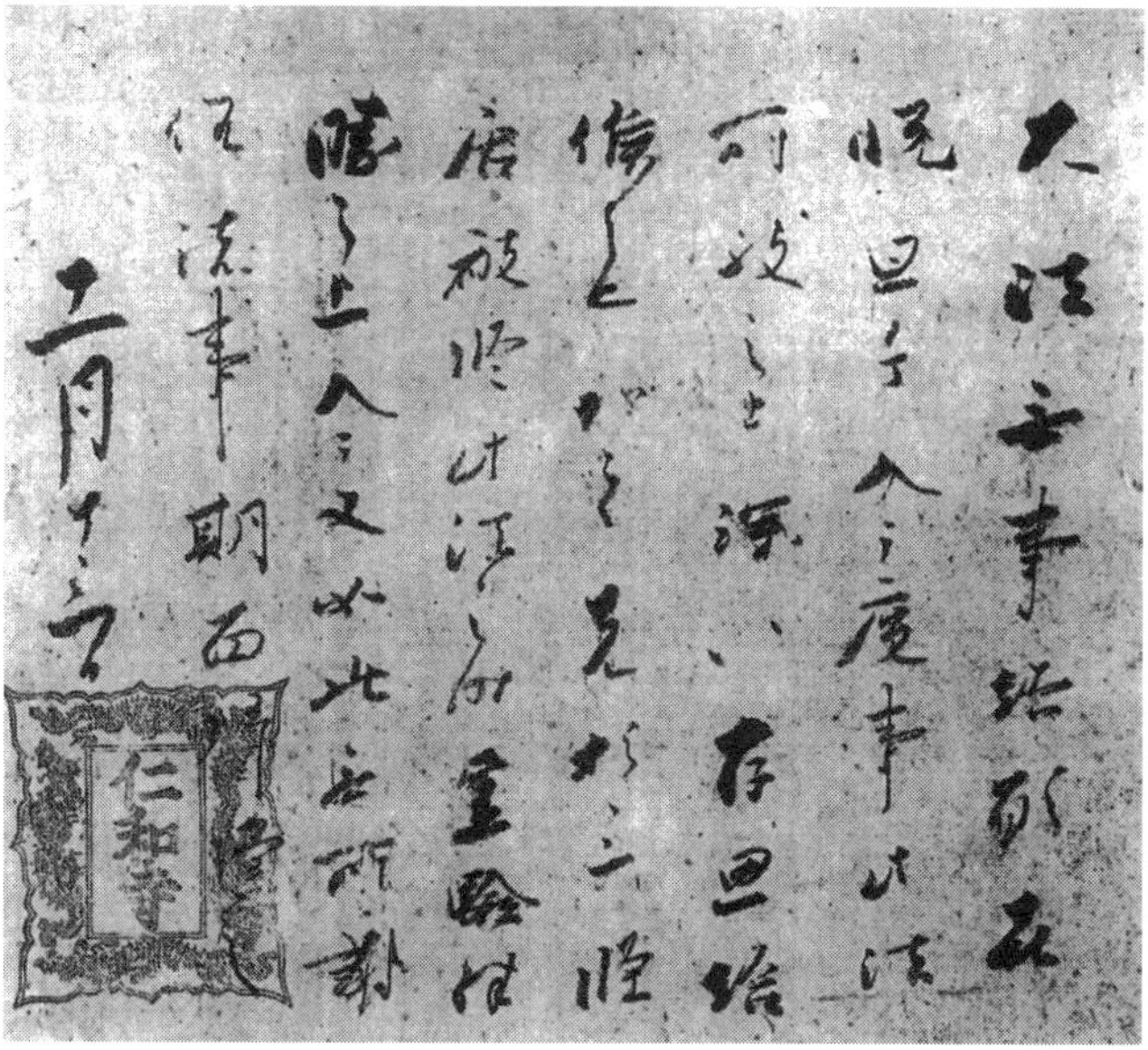

仁和寺蔵　高倉天皇宸翰消息（『書の日本史　第二巻　平安』平凡社）

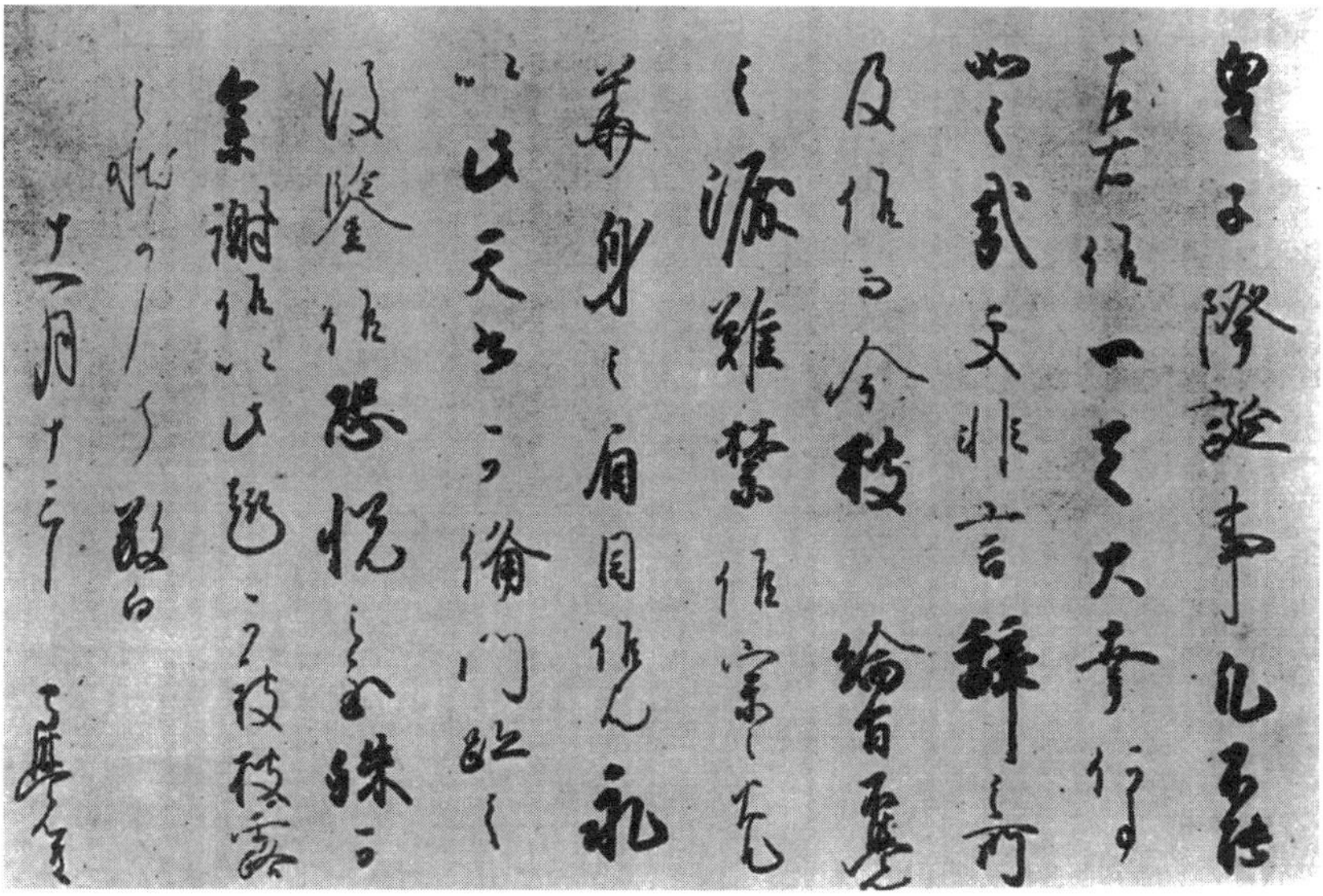

仁和寺蔵　守覚法親王御消息（同）

大法、無事結願す。喜悦且つうは千《ちぢばかり》なり。(補2)今度の事、此の法の致す所の由、深く以つて存じ思ひ給ひ候ふ者也。(補3)加之《しかのみならず》、先に三條殿に於いて此の法を修せらるるの時、霊験殊勝の上、今また此くの如し。謝する所無く候ふ。諸事、面拝を期す。謹言。

十一月十三日

十月二十五日から行われた孔雀経法が成就して昨十二日に結願したことを「大法、無事結願す」と記す。それ以前に三條殿で孔雀経法を守覚法親王が修したとあるが、三條殿というのは後白河院邸の一つ三条室町にあった三條室町殿のことである。いつ何のための修法であったかは確認できないが、六月二十八日の建礼門院の着帯の時期、ないしそれ以後に物の気に襲われた時のことかもしれない。

兄である守覚法親王がその日のうちに書いた返状は次のようである。

皇子御降誕の事、凡《すべ》て左右《とかう》する能はず候ふ。一天の大幸、何事か之《これ》に如《しか》ん哉《や》。更に言辞の及ぶ所に非ず候ふ。而るに今、綸旨を被《かうむ》り、不覚の涙、禁じ難く候ふ。宗の光華、身の眉目に候ふ也。(補3)永く此の天書を以つて門跡の後鑑に備ふ可《べ》く候ふ。恐悦の至り、殊に参り謝す可く候ふ。此の趣きを以つて披露せ被《ら》る可《べ》きの状、件んの如し。敬白。

十一月十三日　守覚奉る

高倉天皇の礼状（天書）は、仁和寺が修する孔雀経法が殊勝のものであることを示すお墨付きとなり、それを後々まで仁和寺の御室に伝えてゆきたいと思うと返状の中で守覚法親王は述べている。

補注

1　『山槐記』治承二年十一月十二日には、「内大臣誦祝詞三反〔以天為父、以地為母、領金銭九十九令児命〕被置銭於御帳御枕上」とある。

2　「喜悦且つうは千《ちぢばかり》なり。」（原文は「喜悦且千」）について。「喜悦且千《きえつしゃせん》」（あるいは「しょせん」）と読むのが一般的。「且千」で一語（数量の多いこと）。書状によく使われるが、日本では慣用的に「且つうは千《ちぢばかり》」と訓むこともある。

3　「身の眉目に候ふ也」は「候歟」か。『書の日本史　第二巻　平安』（平凡社、一九七五年）参照。

19　巻三　大塔建立

一　概説

この句は、平清盛が権力の座につき外孫として未来の天皇となる皇子を得たのは厳島明神の冥助のお陰であるとして、彼が厳島明神を氏神として崇敬するに到った経緯を語る。

平清盛は安芸守時代に安芸国の貢租をもって高野山の大塔を再建した。大塔は密教の説く真実世界たる金剛界と胎蔵界を象徴する塔として高野山の真言密教の中核をなす。竣工の日、平清盛は高野山の奥の院にある弘法大師のお廟にお詣りした。すると不思議な老僧が現れ、「越前国の気比の宮と安芸国の厳島の宮は両界曼陀羅の垂迹である。金剛界曼陀羅の垂迹たる気比神社は富み栄えているが、胎蔵界曼陀羅の垂迹たる厳島神社は荒廃している。だから厳島神社を修築し復興して欲しい」と告げて姿を消す。平清盛は不思議なお告げに従って、現在の規模の厳島神社を完成させる。竣工の日、通夜の参籠をした平清盛の夢に厳島明神の使者である天童が現れ、「この剣をもって朝家の固めとなれ」と告げ、夢覚めた平清盛は銀を延べて蛭巻きをした小長刀を枕上に見つける。その時、厳島明神の「悪行超過すれば子孫までは叶わぬぞ」という託宣があった。『平家物語』はそのように語る。

平清盛の厳島信仰を大塔再建との因縁において語るのは『平家物語』だけではない。十三世紀の初頭に源顕兼が編纂した説話集である『古事談』巻第五にもその異伝が見える。『古事談』では大塔と厳島神社を繋ぐのは大日如来となっている。大塔の中尊は大日如来であり、厳島神社の祭神は大日如来の垂迹とされる。それ故、平清盛は空海とおぼしき不思議な僧に厳島神社修築を依頼されたとするのである。『平家物語』でも『古事談』でも平清盛の厳島信仰は高野山の持つ宗教的なイメージと密接に繋がっている。大塔再建譚は厳島神社修築の契機として語られる話題だが、文脈とは別に平清盛が高野山において功徳を施しその果報を得る身であることを示すメッセージともなる。そのメッセージにおいて「大塔建立」の大塔再建譚は善因善果の体現者としての平清盛を印象付ける。それは悪因悪果と善因善果とを二つながらに体現する者として平清盛を描き出そうとする『平家物語』の作品全体の意図を反映するものとなる。

大塔は高さ十六丈もある巨大な多宝塔で高野山真言宗の中心となる拠点である。高野山の記録や縁起また弘法大師空海の伝記によると、空海は寺院建立の勝地を求めて大唐から三鈷杵《さんこしょ》を投げた。その三鈷杵の落ちた所に嵯峨天皇の御願によって建立されたのが大塔であるという。その三鈷杵は大塔の中尊である大日如来の頭部に籠められたとされる。高野山正智院の道範が十三世紀の中頃に著したところの『高野山秘記』によると、真言八祖相承の宝珠がその下に埋められている。下居《おりい》の帝である院や摂政関白の高野山参詣の古記を後に書写編集した『高野山御幸御出記』（続群書類従　二十八輯上）には「一十六丈之制底ハ嵯峨皇帝ノ御願ニシテ、金薩灌頂之鉄塔ヲ模ス」として、大塔を鉄塔に相当する建物であると説く。鉄塔とはその中で大日如来の教法が金剛薩埵から龍猛《りゅうみょう》に伝授されたとされる鉄で建てた建物で南インドにあった。高野山で鉄塔と言えば、南インドの鉄塔を模して作られた高さ六尺の中院小塔を指すが、この文章は、働きの上で南インドの鉄塔に当たるのは大塔であると説くのである。龍猛は二世紀から三世紀にかけて生きたバラモン出身の僧で真言八祖の首位に置かれる。空海は真言八祖の第八祖であり、龍猛の生まれ変わりとする伝えもあった。空海を祖とする日本の真言密教伝播の根本の道場、それが大塔なのである。

大塔は久安五年（一一四九年）落雷で焼失し、平清盛の手によって久寿三年（一一五六年）に再建され、四月二十九日に落慶供養が行われた。『平家物語』が語るのはその日の出来事ということになる。

二　弥勒信仰

高野山は真言密教の根本道場であっただけではなく、弥勒の救済を濃厚に感得させる聖地でもあった。『高野山秘記』には空海を弥勒菩薩の等流身つまり人間の姿を取った弥勒菩薩であると説く。また臨終の様子を伝える諸書は、空海が自身は大日如来の印を結び、弟子達は弥勒菩薩の宝号を唱える中で入定したと伝える。そして遺骸は奥の院にある御廟の石室に納められ、空海はそこで弥勒菩薩の下生の暁を待っているとされる。

空海は大唐長安で真言七祖の青龍寺の慧果《けいか》から真言密教を伝授されたが、それ以前に修学した寺は長安の西明寺であった。西明寺もまた弥勒菩薩と深く関わる。空海の遺言を記す『御遺告』（大正新脩大蔵経　七十七巻など）に「吾が後生の弟子門徒等、大安寺を以つて本寺となすべき縁起第八　夫れ以んみれば大安寺は是れ兜率の構へ、祇園精舎の業なり」とある。弥勒菩薩が教主をする世界が兜率天でその内院が四十九院である。四十九院の建物を模したのが祇園精舎で、祇園精舎を模して造営されたのが空海の修行した長安の西明寺である。そして西明寺を手本に造られたのが奈良の大安寺とされていた。空海にとって弥勒信仰が極めて大事であったことをこの遺言は示している。空海の私願によって建立されたのが高野山の金堂だが、その建物は兜率天の四十九院を模して作られたという。大塔もまた『高野山秘記』によると四十九本の柱は兜率天の四十九院の数によるなどとして弥勒菩薩との関係が説かれる。御廟の石室の中で生き続ける弘法大師空海に同行され、空海つまりは弥勒菩薩の救済を感得することのできる濃密な空間、それが高野山なのである。高野山への納骨は平安時代末期に既に盛んであったが、その習俗もまた弘法大師空海に関わる弥勒信仰に結びついたもののように思われる。

弥勒信仰というのは、輪廻転生をせず今のこの身のままで未来仏である弥勒の救済を得ようとする信仰である。「大塔建立」の前半で語られる高野山での出来事は、厳島神社修築の因縁を語る文脈上の意味とは別に、平清盛が未来仏である弥勒菩薩の救済を得る身であったことを印象づけるものとなっている。そこには善因善果の体現者としての平清盛の姿が浮かび上がる。

三　平家と厳島信仰

「大塔建立」の主題は平清盛の厳島信仰が安徳天皇の誕生を実現したことを語る後半部にある。平清盛と平家一門の厳島信仰は平家納経をはじめとして多くのことが知られている。厳島神社は北九州の宗像神社と同じ海の神を祭神とし、瀬戸内海の要衝を扼する位置にある。瀬戸内海交易さらには日宋貿易で利を得る平家が氏神として選び取るのに相応しい神であった。

平家は洛中にも厳島神社を勧請していた。安徳天皇誕生に関わる祈祷は安芸国の厳島神社だけではなく洛中の伊都岐島神社でも行われたことが『山槐記』に記されている。着帯の日である治承二年（一一七八年）六月二十八日から様々な祈祷が始められ、平清盛室の二位尼も多くの社寺に祈祷を依頼するが、その中に伊都岐島神社の名前が見える。その社地は五条坊門富小路にあり別宮と呼ばれていた。同年十月十四日には平清盛の沙汰で伊都岐島別宮で神楽が奉納されている。その別宮は平清盛の邸である六波羅泉殿の巽（東南）の隅に祀られていた。十月十七日には西八条の平清盛の邸である八条亭で祀られていた伊都岐島別宮において平知盛の沙汰で神楽が奉納された。誕生二日前の十一月十日には常光院総社で八乙女の田楽を催して神を遊ばせたという。常光院総社は六波羅泉殿の巽の隅に祀られた伊都岐島別宮がそれに当たる。この日の記事には伊都岐島を「伊津伎島」と表記している。

厳島を一字一音の漢字で表記するとき、「つ」に当てる漢字は「都」と「津」の両方がある。「都」と書くのが正式であったらしく、そのことが『玉葉』安元三年（一一七七年）六月十八日の記事に見える。その日、九条兼実は平宗盛に揮毫を依頼されていた厳島神社の扁額を平宗盛のもとに送った。平宗盛は平清盛に同道して安芸国の厳島神社に参詣しその扁額を奉納する予定であった。扁額を書くに当たって九条兼実は「都」と「津」のどちらが正式なのかを疑問に思い、大内記で大学者でもあった小槻隆職に太政官に保管されている文書類で確かめさせた。そして「都」が正しいとの回答を得ている。一年前のその時期は延暦寺の御輿振や鹿谷のクーデター未遂事件があり、平家にとっても朝廷にとっても多難な時期であった。そんな時期に宗盛が扁額を奉納しようとしたのは、その年の正月に右大将に任命された、その報賽のためだったのだろう。

厳島神社は後白河院も最愛の女性であった建春門院とともに承安四年（一一七四年）に参詣している。高倉天皇もまた治承四年（一一八〇年）の三月から四月にかけて『平家物語』巻四「厳島御幸」にも語られる初度の御幸そして同年九月の再度の御幸と二度、厳島神社に参詣している。その祭神である厳島明神は海龍王の娘の龍女で女神である。たとえば高倉院の再度の御幸の折りに捧げた願文に「色紙墨字ノ妙法蓮華経一部八巻・開結・般若心・阿弥陀等ノ経各一巻ヲ書写シ奉ル。手ヅカラ金泥ノ提婆品一巻ヲ書写シ奉ル」（『源平盛衰記』巻廿三「入道奉勧起請」）とある。奉納した経典の中で『法華経』第五巻「提婆達多品第十二」は他の人に誂えず高倉院が自ら書写したという。「提婆達多品」はその後半に海龍王である娑竭羅龍王の娘の龍女の成仏の物語を説く章である。そして厳島神社の祭神はその龍女の妹にあたると考えられていた。たとえば三井寺で編纂された『寺徳集』（続群書類従 二十八輯下）に「安芸国厳島明神託宣ニ云ハク、我ハ是、娑竭羅龍王ノ女子ナリ。姉ハ是、法華ノ提婆品ノ時、即身成仏シ畢ンヌ」などとある。つまり厳島明神と有縁の「提婆達多品」を手ずから書くことで高倉院は厳島明神への懇志を示そうとしたのである。

四　安徳天皇

龍女である厳島明神は女性の姿でイメージされていた。高倉院の初度の御幸の記録である『高倉院厳島御幸記』に「けだかき女房、うしろの障子に映りて宝殿に向ひ給へる姿を見たるなど申す人もあり。つねにありと思へぬ匂ひ、神殿のうちより香ばしく匂ひこし、あまた驚き騒ぎあひき」とあり、厳島明神が女性の姿で顕現したと記す。『平家物語』巻五「物怪之沙汰」の青侍の夢で神祇官の建物の末座から追い出された上﨟は女性の姿をしていたのだろう。その女神から平清盛は王権代行を認可する宝器となる小長刀を得たのである。

そしてこの度は未来の天皇となる皇子の外祖父となることを得た。安徳天皇が不吉な星のもとに生まれた皇子であることは「御産」で説いた。平清盛の切なる祈りに応えた厳島明神からの賜物として誕生したのが安徳天皇であると語る「大塔建立」は「御産」から始まり巻十一「先帝身投」に続く不吉な安徳天皇の文脈の上にある。それは安徳天皇の正体についての説に関係する。安徳天皇の正体については『愚管抄』（五・後鳥羽）に「コノ王ヲ平相国イノリ出シマイラスル事ハ、安芸ノイツクシマノ明神ノ利生ナリ。コノイツクシマト云フハ、龍王ノムスメナリト申シツタエタリ。コノ御神ノ、心ザシフカキニコタヘテ、我身ノコノ王と成リテムマレタリケルナリ。サテ、ハテニハ海ヘカヘリヌル也トゾ」と記す。平清盛の懇志に応えて厳島明神が自ら建礼門院の胎内に宿って皇子として誕生した、それが安徳天皇だと言うのである。安徳天皇は龍女の変化であり、本来は女性であったというのである。「御産」において甑を北に落としたのは、実は間違いではなかったということになる。天皇は自然と社会の秩序を体現する存在なので、在りかたが逆転したり欠落があったりすることは忌むべきことであった。男女が逆転した安徳天皇の存在は不吉なものであった。安徳天皇のそうした在りかたが平家に災厄をもたらしたとする解釈が当代の人々の意識に上ったことだろう。

ところで安徳天皇が壇ノ浦で入水した時の年齢は数えの八歳であった。龍女であったとする説とその年齢とが結びつくと、八歳で成仏したことが説かれる『法華経』の「提婆達多品」の龍女のことが想起されただろう。先にも引用したとおり『寺徳集』には厳島明神は自分のことを、「娑竭羅龍王ノ女子ナリ。姉ハ是、法華ノ提婆品ノ時、即身成仏シ畢ンヌ」と述べる託宣が伝えられている。厳島明神は「提婆達多品」の龍女の妹であると言うのである。八歳で海に帰って龍女に戻った安徳天皇もまた成仏する身であるとする解釈が生まれる。「灌頂巻」で竜宮城に住むと説かれる安徳天皇は仏の救済を約束される存在であった。

「大塔建立」は悪因悪果の体現者とされる平清盛が善因を作り善果を得るだろうこと、そして災厄を背負って八歳で入水する安徳天皇が仏の救済を得る身であったことを暗示する句であった。

20　巻三　僧都死去

一　概説

この句は、はるばる鬼界島を訪れた有王が俊寛を介護しその最期を看取ったことを語って鬼界島の物語を結ぶ説話である。この句はさらに、巻二「鹿谷」で開かれた〈鹿谷のプロット〉を終結する作品構成上の役割をも担っている。〈鹿谷のプロット〉は本書でも既に述べ、詳しくは別稿（「平家物語の構成―鹿谷のプロット」『文学』一九八八年三月）でも述べたように『平家物語』の主題部の最初に配されたプロットであり、平家が滅亡に向かって踏み出す契機を、〔神の怒りを買った人々〕、そして〔神々との関係における罪と罰〕の主題において語る。『平家物語』は、その主題によって平家の滅亡を運命悲劇として語る作品であり、〈鹿谷のプロット〉は作品の全体像を縮約したような構図をもつのである。

鬼界島の流人三人のうち丹波少将成経と平判官康頼の二人は赦されて都に帰還した。治承三年（一一七九年）三月のことという。俊寛一人が鬼界島に残され、帰還を待ちわびた人々の落胆も一入であった。京都に残された北の方と若君は鞍馬でひっそりと世を送っていたが、その年の二月に六歳の若君は疱瘡で亡くなる。そして北の方は重なる嘆きで、その後を追うように三月に亡くなる。召使いの有王は鬼界島に渡り俊寛を訪ねることを決意する。十二歳になる姫君は奈良のおばのもとに身を寄せていたが、有王は彼女を訪ねて俊寛にあてた手紙を預かる。姫君の手紙を元結いに巻き込め有王は危険な旅路を重ね薩摩の港から鬼界島へ渡った。有王は、やせ衰え蹌踉たる有様の俊寛に島の磯辺で行き逢う。手紙を見せ京都の消息を告げる有王の介護を受けて二十三日目に俊寛は息をひきとった。有王は俊寛の遺骸を荼毘にふし、遺骨を携えて奈良を訪れる。姫君はそのまま奈良の法華尼寺で尼となる。有王は高野山に上り奥の院に遺骨を納めたのち蓮華谷で頭を剃り廻国聖となり、全国を修行して俊寛の菩提を弔った。そのように語った後に、『平家物語』の作者は「か様《やう》に人の思《おもひ》歎きのつもりぬる平家の末こそおそろしけれ」という言葉で「僧都死去」を閉じる。

二　〈鹿谷のプロット〉における位置

鬼界島の物語は〈鹿谷のプロット〉を展開するにあたって、事件の悲劇性を描き出すのに恰好の話題であった。その物語は二つの系統の物語を合体させている。ひとつは「少将乞請」「阿古屋之松」「康頼祝言」「卒都婆流」「少将都帰」で語られる丹波少将成経および平康頼を中心に据えた恩愛に絡む愛別離苦、そして孝子成経を描き出す「子は宝」、それら二つを主題にした説話群で、平康頼の帰洛後にその活動拠点となった東山双林寺周辺で形成された物語と推測される。いまひとつは「足摺」「有王」「僧都死去」で語られる俊寛の悲劇に主眼を置いた物語で、高野山の蓮華谷を拠点に有王を名乗って廻国した高野聖の語りによるものと推測される。

神々への不信に起因する俊寛の悲劇の物語は、鬼界島の物語の悲劇性を増幅し〈鹿谷のプロット〉の悲劇の図柄を際だたせるとともに、作品全体の展開と構成に関わる意味をも付与されている。「僧都死去」の末尾の一文は「か様《やう》に人の思《おもひ》歎きのつもりぬる平家の末こそおそろしけれ」となっている。鹿谷の謀議の顚末を語る〈鹿谷のプロット〉は、鬼界島での俊寛の死をもって、王法の紊乱そして平家に対する怨霊の恨み、それらを禍根として残した一連の事件として結ばれる。そのプロットの結びの位置に配された「僧都死去」は、怨霊俊寛の祟りの可能性を強く印象づけ、安徳天皇ひいては平家一門の将来が不吉なものであることを明言して閉じる。そのメッセージは白河院の皇子を取り殺した頼豪の怨霊を語る「頼豪」のなかでもすでに「今度さしも目出《めで》たき御産に、大赦はをこなはれたりといへ共《ども》、俊寛僧都一人《いちにん》、赦免なかりけるこそうたてけれ」として明示されていた。〈鹿谷のプロット〉は、平家が滅亡への第一歩を踏み出した事件の顚末を、俊寛に収斂する形での怨霊誕生をもって結ぶのである。

「僧都死去」に続く「颰」は、〈鹿谷のプロット〉の結びの本文を受けた上で、物語の新たな展開に向けての幕を開けるところの結節の句として配置される。「颰」は天変地異である辻風が「いま百日のうちに、禄《ろく》をおもんずる大臣の慎み、別しては天下の大事、幷《ならび》に仏法王法共に傾きて、兵革相続《さうぞく》」する予兆であると記す。そして「颰」に続く「医師問答」以後の展開は、内大臣平重盛の薨去、院政停止と後白河院の幽閉、高倉宮以仁王の乱へと予兆通りの様相を辿る。「颰」は結節の句として構成・構造の上で重要な役割を担っているである。そのような意味と役割を与えて「颰」をこの位置に配したのは『平家物語』の作者の企みであり物語の詐術である。

「颰」は作品の中では俊寛の死に続く時期、治承三年（一一七九年）五月十二日の出来事とされる。ところが実際の辻風は治承四年（一一八〇年）四月二十九日に京都を襲った。事実面での齟齬を承知の上で、『平家物語』の作者は「颰」をこの位置に配したものと思われる。『平家物語』は出来事を逐一編年的に歴史の時間に繋ぐばかりでなく、〈真実らしさ〉を虚構する物語の詐術をもって再構成する作品である。また『平家物語』は歴史と人間に関わる深甚な事態を人間界、自然界、霊界の多元的な関わりの中で捉える総合的かつ複眼的な眼をもって解釈する。「颰」はその総合的かつ複眼的な眼と〈真実らしさ〉を虚構する物語の詐術とによって、〈鹿谷のプロット〉を受け、物語の新たな展開の幕開けをする句として、「僧都死去」の後、「医師問答」の前に配されているのである。

〈鹿谷のプロット〉は西光および藤原成親の誅殺そして俊寛、丹波少将成経、平康頼の鬼界島配流を平清盛の報復措置として語る。それらは平家打倒のクーデター計画の失敗によって導き出された悲劇として語られるのだが、前者と後者とでは印象が自ずと異なる。「西光被斬」と「成親死去」が語る西光および藤原成親の誅殺はそのやり方の残忍さによって嫌悪感を伴う無惨な印象が強い。それに対して「足摺」「有王」「僧都死去」に結末をもつ鬼界島配流は『平家物語』を享受する者の共感を喚ぶ悲劇性を色濃く持っている。三人の都人の鬼界島配流は折口信夫が物語の源泉と説くような貴種流離譚に繋げて見るむきもある。しかし俊寛の体験に極まる鬼界島配流の悲劇は王朝物語の語る貴種流離とは似て非なるものである。貴種流離の物語は在原業平の東下りや在原行平の須磨流謫あるいは光源氏の須磨明石での生活に見られるように色好みの主題性を帯びている。それに対して鬼界島の物語は、恩愛による愛別離苦の主題と鬼界島という場所の厳しさによる生活の辛苦を語るもので、悲哀と苦しさのみが強調される。

三　鬼界島配流は制度の枠内か否か

悲哀と苦しさを際だたせるのは鬼界島という場所の持つイメージである。鬼界島は、鹿児島県の南の海上に位置する島々の中に遺跡と伝説を持つ島々があり、また奄美諸島の一島に喜界島があるが、実際はどの島であったかを特定することは難しい。『平家物語』は、鬼界島を薩摩国の港から渡海する活火山の島であり、硫黄を産出する硫黄島の異名であると記す。吉田東伍氏は『大日本地名辞書』で硫黄島を薩摩国川辺郡に所属した川辺三島の中の硫黄島として「川辺郡籠港の正南三十二海里に位置し、東西五十町、南北二十五町」と説明する。十一世紀後半、平安後期に藤原明衡によって書かれたとされる往来物の逸品『新猿楽記』の中に八郎真人なる大商人の活動範囲を「東ハ浮囚ノ地ニ臻リ、西ハ貴賀ガ嶋ニワタル」と記す。日本の国土は東西に長く横たわると捉えられており、八郎真人はその東の果てから西の果てまで国土の全域を交易の範囲としていたというのである。東の果てである「浮囚ノ地」は蝦夷の人々の住む東北地方であり、西の果ての地である「貴賀ガ嶋」は硫黄の取れる鬼界島つまり硫黄島を指す。鬼界島は日本の西の最果ての島と意識されていたのだろう。『平家物語』は、その住民を色黒く体毛の濃い人々で言葉も通じない半裸未開の生活を送っている異類・異形のものと描写している。

そのような人外の土地と都の人々に想像されていた鬼界島は果たして配流の地であったのだろうか。『太平記』巻二「三人僧徒関東下向事」には大塔宮の鎌倉幕府転覆の企てに加わったとして三人の僧が流罪に処せられ、その一人である文観は硫黄島に流されたとする。そして硫黄島を遠流の地としている。

流人の流される国は『延喜式』に遠流、中流、近流と三等級に分けられ、遠流は伊豆国、安房国、常陸国、佐渡国、隠岐国、土佐国の六カ国であった。『玉葉』文治二年（一一八六年）正月二十二日の記事には、平安末期にはそれらに越後国、周防国、長門国の三国が加わって遠流の地が九カ国となっていたことが記される。中世の百科事典ともいうべき『拾芥抄』下巻には流罪の地として『延喜式』に示す国々の他に、「式外近代遣国々」として上総国、下総国、陸奥国、越後国、出雲国、周防国、阿波国の七カ国を挙げている。薩摩国に属する鬼界島はそれらのいずれにも入っていない。では鬼界島は配流の制度から外れた地であったのだろうか。平安末期には太宰府の主管する「管国」と呼ばれた国々も配流の地となっていたらしい。『玉葉』の同日の記事にそれが記されている。その記事によると、配流の地とされた「管国」は日向国、大隅国、薩摩国、壱岐国、対馬国である。それ故、薩摩国に属していた鬼界島への配流は「管国」への配流であり、制度内でのことと認められていたと見てよいのだろう。それにしても、鬼界島配流は人外の地の果てへの極めて厳しい異例の措置であったのは間違いなかろう。

三人が硫黄島に流され、俊寛がその地で逝去したことは事実であったらしく、『愚管抄』巻三に「俊寛ト検非違使康頼トヲバ硫黄島ト云フ所ヘヤリテ、カシコニテ又、俊寛ハ死ニケリ」と記している。丹波少将成経への言及はないが、『顕広王記』にはそれと思しき記事が見られる。顕広王は安元三年（一一七七年）六月二十三日の具注暦に「今日、丹波少将、福原ニ向ハントスト云々」と記し、その後に「此ノ事、術無シ」[補1]と書いている。その日、丹波少将成経が福原に出立したという噂のあることを記して、何ともやりきれないことだ、と感想を漏らしているのである。『平家物語』諸本には鬼界島に配流されることになった丹波少将成経が同年六月二十二日に福原に着いたとする記事がある。一日のずれはあるものの『顕広王記』の記事はそのことに関係するものなのだろう。治承年間の三人の鬼界島配流はよく知られた話題であったらしい。『吾妻鏡』正嘉二年（一二五八年）九月二日の記事に平判官康頼の孫の平内左衛門尉俊職が公人の立場にあって鎌倉幕府の御家人の所領争いで不正を働いたとして硫黄島に流罪になったことを記す。その記事のあとに『吾妻鏡』の編者は「治承ノ比ハ、祖父康頼、此ノ島ニ流サレ、正嘉ノ今マタ孫子俊職、同所ニ配セラル、寔ニ是、一業ノ所感ト謂フベキ歟」と感慨を記している。

『平家物語』によると鬼界島配流という苛酷な措置は、配流の時も赦免の時も平清盛の決定によって行われたかに記されている。この度の赦免は巻三「赦文」に「俊寛をば思ひもよらず」として平清盛が俊寛を大赦の対象から外し、「入道相国ゆるしぶみ下されけり」として平清盛が赦免状を発給したとする。赦免は公卿僉議を経、天皇の宣下を受けた上で太政官符が下され、それによって実施されるのが制度に適ったやり方である。ところが、三人の流罪は配流の決定も赦免の決定も平清盛の専横によって成されたと『平家物語』は語るのである。時の権力者の意向によって制度がほしいままに曲げられることは院政期に入って甚だしさを増していた。流罪に関しては、例えば備中国に配流した藤原成親を四日の後に召還した嘉応元年（一一六九年）十二月の後白河院の専権ぶりは有名である。ただし、後白河院は院政の主である治天の君であって、平清盛とは立場がまるで異なる。時代が下り平家滅亡後の元暦二年（一一八五年）には源義経が、流罪を宣告された平時忠の京都淹留を許している。

同年五月二十一日に能登国配流が決定したにもかかわらず源頼朝の圧力を受けるまで配流は実行に移されず、平時忠が能登国に送られたのは九月二十三日になってからであった。軍事力を背景にした源義経の専横による制度侵害が許されているのである。もっとも、義経の専横が許されたのは、後白河院の公私にわたる思惑が働いたからなのだろう。鹿谷事件の際の鬼界島への配流と赦免の決定には後白河院の意向も朝廷の権威も無視され、平清盛のまったくの専横によるものであった。その分、配流された三人、なかんずく俊寛の平清盛と平家に対する怨みは言語を絶するもので、その遺恨の恐ろしさは当代の人々の想念に上ったことと思われる。

四 「足摺り」の動作

俊寛の怨みの深さは悲痛の大きさに比例する。そして俊寛の悲痛を印象づけるのは「足摺」が描く、一人で島に残されることになった俊寛の痛ましい振る舞いである。去りゆく船を見やった俊寛の激しい悲しみを本文は「おさなき者のめのとや母などをしたふやうに、足ずりをして、「是《これ》のせてゆけ、ぐしてゆけ」と、おめきさけべ共《ども》、漕行《こぎゆく》船の習ひにて、跡はしら浪ばかり也」と語る。その本文中の「足摺り」が鬼界島の俊寛の悲痛を象徴する言葉として人口に膾炙することになる。

足摺りという言葉は、古く『万葉集』巻九の高橋虫麻呂の歌に「立ち走り叫び袖振り返側（ふしまろび）足受利（あしずり）しつつ」とあり、また『伊勢物語』第六段「芥川」に愛する女性を夜の間に鬼一口に食われてしまった昔男の悲しみを「足ずりをして泣けどもかひなし」などと述べるように、多くの用例のある、悲しみの激しさを表現する言葉として理解されている。それを踏まえた上で『平家物語』で問題となるのは、俊寛の足摺りの動作がどのようなものであったかということ、そして俊寛の足摺りがテキストの文脈の上で担っているところの意味の解釈である。

高山寺蔵　華厳宗祖師絵伝（『続日本の絵巻　8』中央公論社）

まず足摺りの動作から説いてゆこう。激情のあまり伏しまろぶ、あるいは立った姿勢で地団駄を踏む動作とする解釈と、仰向けに寝て両手両足を挙げて激しく動かす動作とする解釈の二通りが考えられる。前者は遡れば葬礼における奉誄の所作に繋がるものであり、後者は幼児が激しく泣いて訴える所作に繋がるものである。前者は中国古代の『礼記』に記される哭踊、爵踊、雀踊、辟踊などと呼ばれた死の直後に行われる哀悼の踊りに関連する。死者を悼む誄（しのびごと）を奉ずる際に手足をわななき震わせて激しい悲しみの情を現す、その動作に足摺りの源を見る考え方である（上野誠「神話の担い手―記紀成書化前夜の日継の奉誄者たち」『講座　日本の伝承文学3　散文文学〈物語〉の世界』三弥井書店、一九九五年）。

「足摺」が語る俊寛の足摺りは、それではない。俊寛の足摺りは後者の足摺り、つまり幼児の悲しみの訴えと同質のものである悲痛と哀訴とが混在する所作と見るべきだろう。その動作そのものは絵画資料に求めねばならない。『伊勢物語』第六段「芥川」の場面を描く東京国立博物館蔵の『伊勢物語絵巻』は昔男の足摺りをする様子を仰向けになり両手を挙げ両足を投げ出す姿態に描いている。徳田和夫氏はお伽草子『小男の草子』の高安六郎旧蔵の奈良絵本の絵を新たに紹介する（徳田和夫「足摺りの図」『高校　国語』vol.5　東京書籍、二〇〇六年春）。その絵では右手で眼を拭い、地面に腰を落として両足を投げだし、左手をついて上体を支える小男の姿が描かれる。絵の中に書き込まれた画中詞に小男のその様を「あしずりをしてぞなきいたり」としている。美しい上﨟女房の愛を求めて泣きじゃくる小男の動作を足摺りとし、そのような姿態に描くのである。

俊寛の足摺りの動作を考える際の絵画資料としてもっとも相応しいものは鎌倉時代（十三世紀）に制作された『華厳宗祖師絵伝』（『華厳縁起絵巻』）の「義湘絵」の場面である。華厳宗を学ぶために唐国で修行をする新羅の僧義湘に土地の娘善妙が恋をする。善妙の思いに応えぬままに帰国の時期が来て義湘は密かに船出する。急を聞いた善妙は港に駆けつけるが、船はすでに出帆している。漕ぎ行く船を走り追った善妙はやがて浜辺に倒れて泣き悲しむ。絵はその様子を描いている。直前の本文に欠落があるため、善妙の動作を足摺りと呼んでいたかどうかは分からない。しかし仰向けになって両脚を上げて泣きじゃくる善妙を描いたその絵はまさに足摺りの絵画資料となる。置き去りにされた人物が漕ぎ行く船を慕って激しく訴え泣くという状況は俊寛と善妙に共通するものである。善妙の絵から俊寛の動作を想像することができるだろう。足摺りは、仰向けになって泣きじゃくり、仰向けのままで膝を曲げて地団駄を踏む動作である。その動作は後で取り上げる足摺岬の地名伝説で「足跡が地面を穿つ」「岩に足跡が残る」とすることとも抵触しない。

五　「足摺り」と観音の霊験譚そして鬼界島の物語

次に、より重要な問題である、俊寛の足摺りがテキストの文脈の上で担っているところの意味について説く。一人鬼界島にとり残された俊寛の悲痛を表現する動作として足摺りを語るのは何故だろうか。その所作は鬼界島の物語のテキストに埋め込まれた観音霊験譚の文脈上のものではないか。〈鹿谷のプロット〉は、見え隠れに走る幾つもの物語の脈絡を有機的に絡ませながらテキストを織り上げている。『平家物語』は断片的な場面を串刺し風に並べたような単純な作品ではない。足摺りの場面は単に俊寛の悲痛の大きさを示すだけの断片的シーンなのではない。俊寛の足摺りは、鬼界島の物語に埋め込まれた観音の霊験譚の結末としての意味を担う重要な表現なのである。「足摺」の句の末尾は「昔、早離《さうり》・速離《そくり》が海岳山《かいがくせん》へはなたれけむかなしみも、いまこそ思ひしられけれ」となっている。早離・速離の説話は観音の縁起に関係する。そして、足摺りという動作もまた観音信仰に関わるものであり、俊寛の足摺りは、鬼界島における三人の物語が観音の霊験譚の脈絡をなす上での重要な構成要素なのである。

鬼界島の物語に埋め込まれた観音の霊験譚は、巻二「康頼祝言」「卒都婆流」の冒頭、巻三「赦文」「足摺」においても熊野権現の霊験譚として語られる。

「康頼祝言」は、熊野の神々への強い信仰心を持っていた丹波少将成経と平判官康頼の二人は、熊野三所権現の社を建て、常に参詣して帰洛を祈った。俊寛は「天性不信第一の人」であったので信心を拒否し、二人の行為に批判的であった、と語る。

「卒都婆流」の冒頭はそれを受けて、二つの不思議を記す。

一つは、熊野の社に通夜籠もりをしたある夜に平判官康頼が見たという夢である。沖合から白い帆をかけた小舟が漕ぎ寄せて、紅の袴を着た女房が二三十人渚に上がり、「よろづの仏の願《ぐはん》よりも　千手の誓《ちかひ》ぞたのもしき　枯《かれ》たる草木も　忽《たちまち》に　花さき実《み》なるとこそきけ」という今様を謡って姿を消した、という夢を平判官康頼は見たという。この今様は千手観音の霊験を謡った法文歌で『梁塵秘抄』巻二にも載せる。『梁塵秘抄口伝集』第十巻には、応保二年（一一六二年）の熊野参詣の折り、後白河院がこの今様を法楽のために謡うと熊野権現が納受して、「心溶ける只今かな」と応じる声がしたという不思議が記されている。熊野三所権現の内、西御前は千手観音を本地とする神で、その神が後白河院のこの今様を嘉納したのである。平判官康頼は後白河院の近臣であり、『梁塵秘抄口伝集』第十巻によると後白河院の今様の弟子でもあって、後白河院の熊野参詣にも扈従《こしょう》している。

その平判官康頼が自ら夢解きをして、件の夢を西御前が彼らの祈りを納受したことを示すお告げであると解釈した。

いま一つは、丹波少将成経と平判官康頼が通夜籠りをしたある夜、二人同時に見たという夢である。沖からの風が梛《なぎ》の木の葉を二人の袂に吹きかけた。見ると、葉には虫喰いの跡が文字となっていて「千はやぶる神にいのりのしげければなどか都へ帰らざるべき」という和歌が書かれてあった。梛の木は熊野の神木であり、その葉に記された虫喰い文字の和歌は神助によって二人の帰洛が叶うだろう事を伝える熊野権現の託宣であった。

「康頼祝言」は鬼界島に流された三人のうち、丹波少将成経と平康頼の二人が熊野権現に帰洛を願い、俊寛がそれを非難したこと、「卒都婆流」の冒頭はそれを受けて、二人の帰洛の願いが熊野の西御前つまり観音菩薩によって納受され、その助けによって二人の帰洛が実現するだろうことが語られる。

巻三「赦文」は建礼門院が懐妊し安産のための恩赦が行われ、丹波少将成経および平判官康頼の二人の赦免が決まったことを語る句である。この句は鬼界島の物語に埋め込まれた観音の霊験譚の脈絡上にあるが、一方で安徳天皇の物語の脈絡を新たに開くものとなっている。安徳天皇の物語の脈絡においては、この句は安徳天皇に祟りをなす恐るべき怨霊俊寛の誕生の契機を語る。観音の霊験譚の脈絡の上では、この句は、熊野権現を祀った丹波少将成経と平判官康頼が熊野の西御前つまり観音菩薩の助けによって帰洛の恩赦に浴し、不信のものであった俊寛が恩赦から漏れたことを示すものとなっている。

さて問題の「足摺」の句である。「足摺」の句は「昔、早離・速離が海岳山へはなたれけむかなしみも、いまこそ思ひしられけれ」と、置き去りにされて悲しむ俊寛の心を思いやる文章で終わる。俊寛の境遇に重ねられた早離と速離という二人の兄弟についての説話は平判官康頼が鬼界島からの帰洛後に著述したとされる『宝物集』にも載せられている。その説話は、継母に孤島に置き去りにされた早離と速離が、飢えて死ぬ間際に立てた誓願によって実母の摩那斯羅女とともに阿弥陀三尊となったと語る。それは『観世音菩薩浄土本縁経』に原拠を持つもので、阿弥陀三尊の本縁譚となっているが、経典名からも分かるとおり、観音菩薩の本縁を語ることに重心がある。

観音菩薩を本尊として祀る土佐国の足摺岬の補陀落院金剛福寺の縁起は早離と速離の物語を変容した内容で、所在地の地名起源説ともなっている伝説である。鎌倉時代後期に後深草院の女房であり愛人であった二条という女性が書いた日記『とはずがたり』巻五そして『平家物語』の古い伝本で旧国宝の長門本『平家物語』巻四にも紹介されている。

『とはずがたり』には、後深草院二条が現地で聞いた話として次のように記している。もっとも、後深草院二条が現地を訪れた可能性は低く、瀬戸内海の旅中での伝聞を、そのように記したのではないかと考えられている。

足摺岬に、住持もいない辻堂のような堂がある。観音菩薩を祀っている。その堂の縁起は次のようである。昔、そこで修行する一人の坊主がいた。坊主は小法師を一人、召し使っていた。慈悲の心が深い、その小法師のもとには、午前・午後二度の食事の時になると、どこからともなく一人の小法師がやってくる。もとの小法師は来訪する小法師に必ず食事を分け与えていた。それが度重なったある時、坊主は小法師を食事の施与を諫め止める。翌朝、来訪した小法師に、もとの小法師は、坊主に諫められたので、これが最後だと伝えて食事を施す。食し終えた来訪者の小法師は、これまでの恩返しに、と言って、自分の住処にもとの小法師を招待する。不審に思った坊主が跡をつけると、二人の小坊師は岬にもやってあった小舟に乗り込んで南に向かって漕ぎ出す。坊主が、自分を捨ててどこへ行くのか、と呼びかけると、補陀落世界へ、という答えが返ってくる。見ると、小舟の二人の小法師は観音菩薩と勢至菩薩であった。残された坊主は足摺りをして嘆き悲しんだ。それからその岬は足摺り岬と呼ばれるようになった。渚の岩には足摺りをした、坊主の足跡が残っているという。

この話の中の小堂は補陀落院金剛福寺の前身であった可能性が高く、金剛福寺は南方海上にあると伝える観音菩薩の補陀落浄土に向かって小舟を出して入水する捨身の行である補陀落渡海の行場となる寺である。南方に向けて大洋の広がる先端の地としての足摺岬は補陀落浄土への渡海願望と悲嘆の行為である足摺りが密接に結びつくことで命名された地名と考えてよいのだろう。

長門本『平家物語』は、鬼界島に配流される途次、豊後水道を南下する船中から足摺岬を遠望した丹波少将成経が想起したとして、次のような伝説を記している。

　昔、理一という聖がいた。千日の行をして後、補陀落渡海を志し、弟子のりけんと二人、舟出をする。しかし逆風にあって渚に吹き戻される。そこで理一はさらに百日の行をして、今度は一人でうつほ舟に白帆を掛けて舟出する。順風に乗って舟は遥の沖に消えてゆく。一人残されたりけんは渚に倒れふし足摺りをして声を限りに泣いた。激しい足摺りが地面を穿ちりけんの身体が隠れんばかりであった。理一を慕う心の切なるあまり、りけんの身から魂が離れて、理一とともに補陀落渡海を果たし、補陀落山に詣でることが出来た。りけんの姿はこの地に留まって足摺明神となった。本地は観音菩薩であり、垂迹が足摺明神なのである。

足摺明神の縁起を想起しつつ、丹波少将成経は「本地観世音菩薩、すいじやく大慈大悲足摺明神」に帰洛を懇願して船中から遙拝した、と長門本は語る。

渚に残される者の悲嘆の行為としての足摺りは足摺岬の地名伝説またその地で祀られる足摺明神および観音菩薩の縁起として知られていた。渚に一人取り残された俊寛の悲嘆を表現するところの足摺りは、単に俊寛の悲痛の大きさを示す表現であるに止まらず、丹波少将成経、平判官康頼そして俊寛を主人公とする鬼界島の物語に観音菩薩の霊験譚の文脈が埋め込まれていることを示す指標なのである。見え隠れするその文脈によって、丹波少将成経と平判官康頼の帰洛の喜びと置き去りにされた俊寛の悲痛は観音菩薩の霊験の有無が、その明暗を分けたとする解釈が可能となる。俊寛の激しい悲痛を足摺りの動作で表現したのは、観音菩薩の霊験譚の脈絡によるものと考えられるのである。

六　終わりに

私はいま覚一本を対象に『『平家物語』の領分』（仮題）と題する『平家物語』論の書物を執筆中である。『平家物語』を隠喩的文学としての表情、そして現実との換喩的関係における換喩的文学としての表情を論じることを通して、作品世界の豊饒さを明らかにしたいと考えている。『平家物語』は、たとえば『源氏物語』がテキストの内に文脈のすべてが用意されている隠喩的文学であるのに対して、作品のコンテキストとして当代の現実を〈地〉に持つ換喩的文学である。予定している書物では〈見えるものは見えないものを隠す〉という命題のもとに巻一から巻六、つまり覚一本のテキストの前半、いわば「治承物語」を、順次、句を辿って、その世界を論じようとしている。当該句の〈地〉をなす現実のコンテキスト、そして作品世界の構想、主題、展開との関係における意味、更に当該句それ自体の意味を解き明かしたいと考えている。本稿はその断章なのである。

補注

1　「此ノ事、術無シ」　高橋昌明・樋口健太郎「国立歴史民俗博物館所蔵『顕広王記』承安四年・安元二年・安元三年・治承二年巻」（『国立歴史民俗博物館研究報告』153集、二〇〇九年一二月）の翻刻には、「今日丹波少将向福原云々、此事無儀、」とある。

21　巻三　颸(1)

一　平教盛消息

ここに影印し釈文をほどこすのは宮内庁書陵部蔵「平教盛卿消息」である。平教盛消息の末尾部分を切り出した「切」で軸表装されている。その様態は次のとおりである。

軸　縦は八十三糎、横は二十七・七糎で、行の行の仕立てになっている。

天地　鼠色の染紙の上に緯糸だけの布を貼りつけてある。布は濃い海松色に近く変色し、多くの箇所が剥落し鼠色の地紙が見えている。

天は約二十六糎、地は約十五糎。

中縁　海老茶色の地に金糸で紅葉の葉を織りだした裂を用いる。

縦が約四十三糎で、その上に本紙および一

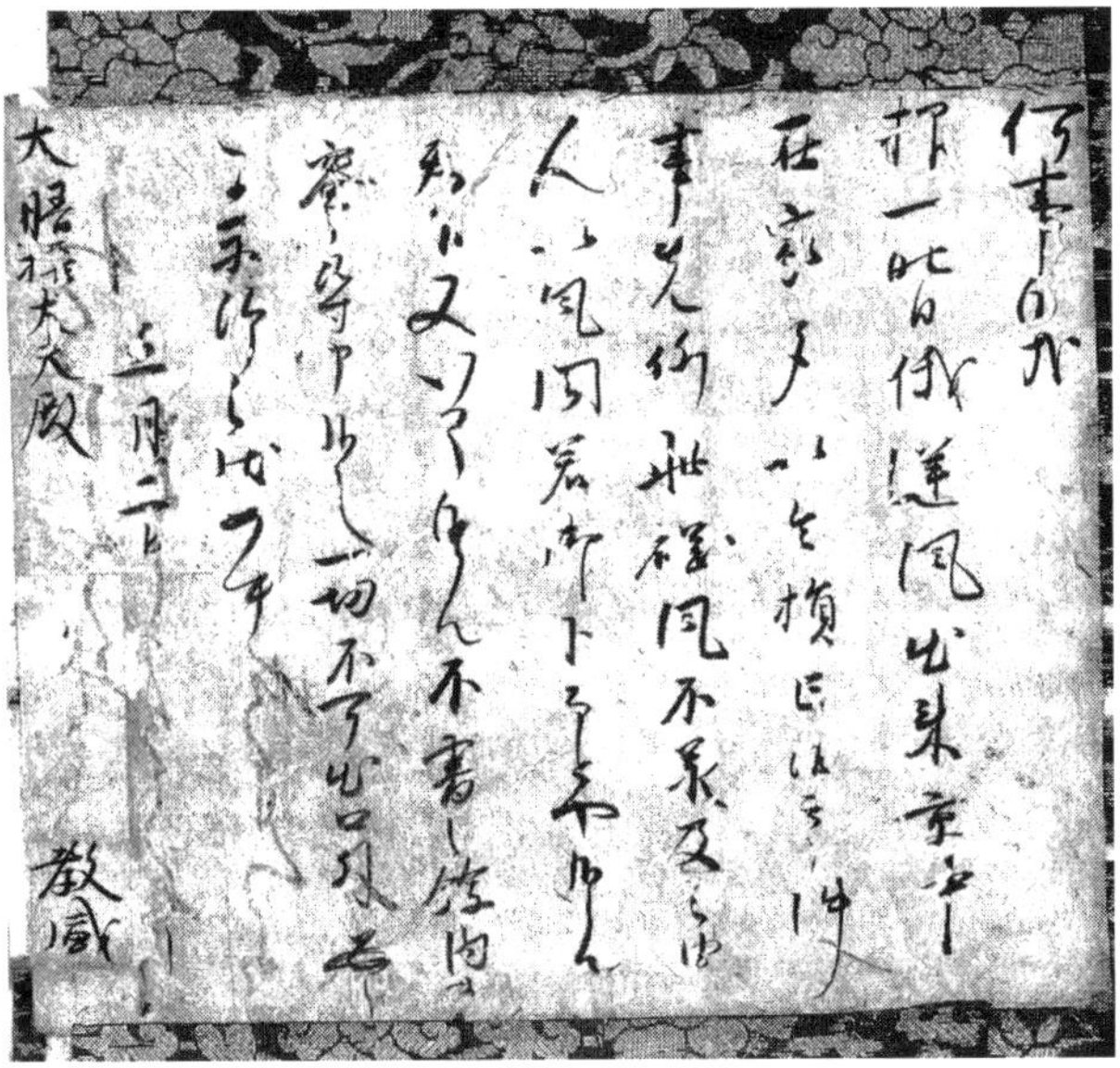

宮内庁書陵部蔵「平教盛卿消息」

文字が貼られている。

中の上が約十・五糎、中の下が約五・八糎。

一文字　松葉色の地に金糸で牡丹唐草の模様を織りだした裂を用いる。

上の一文字は縦が約三・二糎、下の一文字は縦が約一・八糎。横は約二十五・四糎。

本紙　縦約二十六・七糎、横二十二糎。薄様の消息の紙背に書かれたもので虫食いがあり、料紙全体が裏打ちされている。紙背の消息の文字は本消息の第七行目から四行にわたって見られる。

軸先　紫檀

風帯および紐はない。

軸の様態は以上である。

本紙は消息の最末尾の部分の「切」である。紙背に消息のものらしい文字が見られることから、清書された消息ではなく消息の案文かとの疑問が残るが、紙背の文字の解読が難しいため、容易に判断はできない。次にその釈文を示す。

〔釈文〕

何事候哉

抑一昨日俄逆風出来京中　　抑、一昨日、俄ノ逆風、出来シ、京中ノ

在家多以令損亡候云々件　　在家、多クモッテ損亡セシメ候フト云々。件ノ

事先例此程風不承及之由　　事、先例、此ノ程ノ風、承ハリ及バザルノ由、

人以風聞若御トなどや候らん　　人モッテ風聞ス。若シ御トナドヤ候フラン。

天下又いかか候らん不審之余内々
密々尋申候也一切不可出口外忩
可示給之状如件
五月二日　　　　　教盛
大膳権大夫殿

天下マタ如何候フラン。不審ノ余リ、内々、
密々ニ尋ネ申シ候フ也。一切、口ノ外ニ出ス可ラズ、忩ギ
示シ給フベキノ状、件ノゴトシ。
五月二日　　　　　教盛
大膳権大夫殿

〔解釈〕

消息の末尾にあたるこの文章は、「何事候哉」「抑」とあることから、新たに書き起こされた事項で、この箇所だけで纏まりをもつ文章として解釈を施してよいもののように思われる。さらに言えば、消息のメッセージの重心はこの箇所にあるとも推測し得る。

それでは、この手紙はいつのもので、この箇所は何を言うものなのだろうか。それを解く鍵は、平教盛が「天下又いかか候らん」と畏怖の念を抱き「大膳権大夫」なる人物に占いの結果を聞くほどの「逆風」、「五月二日」という日付、差出し人の「教盛」、名宛て人の「大膳権大夫」、その四点にある。

「五月二日」の二日前の「逆風」とあるから、その「逆風」は、大の月ならば四月三十日、小の月ならば四月二十九日に起こっている。とすれば、その「逆風」は治承四年（一一八〇年）四月（小の月）二十九日の申の時（『玉葉』同日の条、五月四日の条）に起こった竜巻（『玉葉』では「廻飄」「暴風」「飄風」。『山槐記』『百錬抄』では「辻風」、『明月記』では「飆」と記す）と判定できる。「教盛」はこのとき、正三位の参議で五十三歳、後に見るように活動の盛りは過ぎていたが、平家の重鎮の一人であった。では、「大膳権大夫」は誰だろうか。大膳職の長官である大膳大夫および大膳権大夫は各一人である。その時期の大膳権大夫は安倍泰親であった。安倍泰親は安元二年

（一一七六年）には大膳権大夫であり（『玉葉』同年十月二十五日の条）、治承四年（一一八〇年）十一月にも大膳権大夫であった（『玉葉』同月二十八日の条）。それゆえ、この消息は治承四年四月二十九日に京都を襲った強い竜巻を問題にして、同年五月二日に、正三位の参議平教盛が大膳権大夫安倍泰親に送ったものであると判断できる。内容および差出し人と名宛て人のやや特殊な点からみて、この消息を後世の偽作とみることはできない。教盛の手になるものかその写しかということになると、判定は難しいが、前者の可能性が高いと見ている。本物か写しかの問題はさておいて、この消息が後世の偽作ではないことを、この消息が書かれた事情を考察することを通して次の節で論じることにする。

二　消息の背景

平教盛そして安倍泰親はこの消息の差出し人および名宛て人と見てよいだろう。

平教盛は平忠盛と後二条関白師通の子である少納言家隆の娘を父母として生まれた。母は鳥羽院の中宮であり後白河院の母である待賢門院璋子に仕えた女房で歌人として知られていた。その点で歌人忠盛に相応しい女性であったろう。その出自とも関係するのか、平教盛は平家一門のなかでも、とくに貴族社会の内部に深く入り込んだ人物であると推測されている（安田一〇四頁）。それに母が後白河院の生母待賢門院璋子の女房であったということは、平教盛が後白河院に親近する位置にあったことを伺わせる。かれは後白河院の院判官、院司をも勤めていた（『公卿補任』仁安三年（一一六八年）の条）。平治の乱の後、武門の平家として初めて越中守に、また後白河院と二条天皇の確執の時期である応保二年（一一六二年）に、これも武門の平家としてはじめて能登守に任命されている。いずれも後白河院の意向に沿った人事であった可能性が高い（浅香二三、二六頁）。平教盛は兄の平清盛との良好な関係に加えて、官途の初期、後白河院のひいきを得ていたらしい。後に見る、高倉天皇に近侍するかれの履歴は、そのこととも関係していよう。

平教盛の越中守および能登守補任以後、北陸道は平教盛一家と繋がりをもつ。ちなみに治承三年（一一七九年）正月の時点で、越前国は知行国主が平教盛、国守が息子の平通盛であり、治承三年十一月十七日の平清盛による政変ののちは、越前国は知行国主が平教盛、国守が平通盛、能登国は、国守が平教盛の息子の教経である（安田六五、六六頁）。検出し得る限りにおいてだが、政変ののち平家の知行国は七カ国から十五カ国に増える。平教盛は越前国主に加えて土佐国の知行国主となる。この時期、平清盛の正妻時子の子で、平重盛薨後の平家統領の位置にあった平宗盛が駿河国、播磨国、阿波国の三カ国、平時忠が尾張国、伊豆国、伯耆国の三カ国、平教盛の弟ではあるが平忠盛の正妻腹の平頼盛が紀伊国、佐渡国の二カ国、兄の平経盛が若狭国、但馬国の二カ国、平清盛の正妻腹の平知盛が能登国、同じく平重衡が備前国、平重盛の子で平清盛の孫にあたる平維盛が周防国の知行国主となっていた（安田六五頁）。藤原邦綱は他姓ながら平清盛との親密な連携をもって出頭し、とくに経済面での活動を通して平家を支えた人物として知られる。山陽道の大国である備前国は治承四年（一一八〇年）四月二十二日の時点では、その藤原邦綱が知行国主となっていた（『山槐記』同日の条。田中二五一頁）。国の大きさ、京都からの距離、紛争の有無などの諸点を勘案して、これらをもって序列を推測することは難しいが、平教盛が平清盛の弟として平家一門のなかで然るべき位置を占めていたことは分かるだろう。

序列は官途に、より大きく反映していたと思われる。治承四年（一一八〇年）の時点における平家と準一門の公卿は、（1）平宗盛が散位の正二位の権大納言、（2）藤原邦綱も同じく正二位の権大納言、（3）平時忠が正二位の権中納言、（4）平頼盛が正三位の権中納言、（5）平教盛が正三位の参議、（6）平経盛が散位の正三位の参議、（7）平知盛が散位の正三位の参議、（8）平清宗が散位の従三位の参議である。官職の面からすれば平教盛の序列は第五位の位置にあった。しかし序列的にはかれの上位に位置する藤原邦綱は他姓であり、平時忠は同姓ではあるが日記の家の平家、そして平忠盛の正室腹の平頼盛は治承三年（一一七九年）十一月十七日の政変の際に異腹の兄平清盛と離反する行動を示したらしい（政変後の除目で右衛門督を止められ、『玉葉』治承三年十一月二十日に六波羅邸にいた平頼盛が平家の軍勢に攻められるとの噂までたった）。また（6）の平経盛は平教盛の兄だが、官途はいつも平教盛の後を追うような格好で（安田一〇四頁）、後に言及する治承五年（一一八一年）閏二月七日の平宗盛の静賢への返答にも見られるように、平家内部での扱いは、やや軽いものであったように推測される。平経盛は平家を代表する歌人で、子息には平経正や平敦盛がいて、風雅な一家として知られていた。

いっぽう平教盛には『平家物語』巻九にいう「六ケ度軍」をはじめ、平家都落ち後の合戦の場で活躍する平通盛や教経、それに平家滅亡後、関東にあって源頼朝、実朝それに関東の武者の尊崇を受け、また台密の小川流の祖となる忠快などの子息がいた。そうした諸点に加えて、平清盛が目をかけていた弟であったこと、娘が本宗家の平宗盛の室となっていたという点などを勘案すると、平教盛は朝廷での公卿としての活躍以上に、平清盛・平宗盛を軸とする平家中枢の内側にあって、相談役的な役割をもって平家一門に重きをなしていたことが推測される。

平教盛は極官が中納言で、その昇進もようやく平家都落ちの直前にあたる寿永二年（一一八三年）四月のことである。表立った政治の場で活躍した平家の公卿は平時忠であり、それに対して平教盛は目立たない存在で、儀式要員的な側面が強かったと評価されてもいる（安田一〇四頁）。とはいうものの、政治面での活動を期待された時期は二つあったと見てよい。ひとつは平清盛の子息たちがまだ若かった高倉天皇の初期のころである。高倉天皇の東宮時代は東宮亮として東宮大夫平清盛および東宮権大夫藤原邦綱を補佐し、仁安三年（一一六八年）二月十九日に高倉天皇が受禅すると直ちに蔵人頭となる。そしてその年の八月十日に参議になった。

高倉天皇に近侍するかたちで政務に携わった平家親近の人物は、平教盛のほかに藤原邦綱と源通親（田中二八五頁）がいる。藤原邦綱と源通親が愛情をもって高倉天皇に接していたらしいことは諸日記から伺えるが、とくに高倉院崩御の折りのことを記す源通親の『高倉院昇遐記』の文章がそれを伝えている。源通親はすぐれた政治的手腕をもち、平家による高倉親政体制の構築の一翼を担った少壮官僚政治家で、高倉政権下における唯一の公卿の新任人事の対象者となっている（田中二八五頁）。治承四年（一一八〇年）一月二十八日、三十一歳のときのことである。その源通親は平教盛の女婿であった。平教盛が参議になった年、平清盛の子息では権大納言平重盛と参議平宗盛の二人のみが公卿の地位にあり、平宗盛はまだ二十二歳の青年であった。平頼盛が参議、藤原邦綱それに平時忠が権中納言であったとはいえ、公卿としての平家の勢力はわずかであった。そうしたなかで東宮亮そして蔵人頭を経験した平教盛は高倉天皇の初期の宮廷での活躍が期待されたはずである。

ところが、この消息の書かれた治承四年（一一八〇年）五月二日の時点では事情がすこし変化している。一年前の治承三年（一一七九年）十一月十七日の政変において後白河院の院政は停止され、平家主導の政権の確立が目指される。そして治承四年二月二十一日に高倉天皇は安徳天皇に譲位する。その時期、平宗盛の同腹の弟で二十九歳の平知盛はすでに治承元年（一一七七年）に参議になっていたし、同じく平宗盛の同腹の弟で二十五歳になる平重衡は東宮亮を経て安徳天皇の受禅とともに蔵人頭に任命されている。平清盛の子息たちが宮廷政治家として育ち始めていたのである。そして統領としての平宗盛はすでに権大納言になっており、その子で九歳の平清宗が非参議ながら従三位に任じられている。平宗盛を中心とする平家政権の構築が行なわれつつあるなかで、いまだ参議の地位にあった平教盛に期待されていたのは、平家政権の裏側で一門を支える意味での重鎮としての役割であり、そちらの比重が大きくなりつつあったと推測してよいだろう。

いま一つ、政治面での活動が期待された時期は治承五年（一一八一年）閏二月四日の平清盛薨後の時期である。同月二十三日には平清盛の薨去を追うようにして藤原邦綱が薨去する。源頼朝あるいは木曾義仲の勢力をはじめ全国規模で反平家の勢力が強大になりつつあった時期である。その年の正月十七日に幽閉を解除された後白河院の院政が再開されている。平清盛薨去後の難局を平宗盛は平家一門の統領として乗り切らねばならなかった。それは東海道の源頼朝および甲斐源氏、北陸道の木曾義仲などの源氏、さらに各地の反平家勢力との軍事的衝突のみならず、京都にあっては源頼朝に大天狗と評された後白河院を相手にした政治的かけひきを必要とした。治承五年のこの時期、朝廷における喫緊の課題は尾張国まで進出している源頼朝に対する対策であった。平清盛薨去直後の閏二月七日に後白河院は公卿僉議の決定による一種の宥和策を静賢法印を使者として平宗盛に伝える。そのときの平宗盛と静賢とのあいだのやりとりが『玉葉』の同日の条に載せられる（田中四一九・四二〇頁）が、返事に窮した平宗盛は「招頼盛教盛等卿、相議、重可令申」と答える。逃げ口上であった可能性もあるが、平頼盛と平教盛の意見を聞いてとする平宗盛の返答は、平清盛は薨じておらず、宮廷政治の経験の浅い弟たちに期待できないこの時点で、この両名の一門の政治家としての比重が増しはじめたことを反映したものと見てよいだろう。平時忠の名前を上げていないところにも留意する必要があるかもしれない。平宗盛が心を割って相談のできる一門の人物のなかに平時忠は入っていなかったように思われるからである。

この消息が書かれた時点での平教盛の平家内部における位置は、高倉政権構築に際して平家の公卿としての働きを求められていた時期、平清盛薨去ののちの平家の危機的状況における一門の重鎮としての判断を迫られる時期、実質的な働きを求められるその二つの時期の中間の時期にあたっている。その時期、かれは実質的な働きよりも、平家政権の中枢の裏側にあって一門を支える相談役的な役割が求められていたのではないだろうか。平教盛自身、そうした自覚を持ちはじめていて、この消息はその自覚のもとに出されたのではないか。「天下又いか か候らん、不審之余、内々密々尋申候也。一切不可出口外、可示給」とする書きぶりに、それが現われているように思われる。

平教盛は私的な消息を出すほどの面識を安倍泰親に得ていたのだろうか。親近の度合いは分からないが、平教盛は平家一門の公卿であり、安倍泰親はその時期、陰陽助また大膳権大夫の官職をもち、当代きっての陰陽師として公また私の依頼に応じていたことから推測して、二人の間に面識のあったことは当然のことと推測しえる。それも早くからの面識があったことは、たとえば『玉葉』仁安元年（一一六六年）十二月五日の記事が示している。その日、東宮（後の高倉天皇）の御着袴の定めが行なわれ、その日の上卿であった九条兼実の筆致から推測すると東宮亮平教盛は行事のきりもり役をうまくこなしていた。儀式は御着袴の日時の占いから始まり、占いにあたったのは安倍泰親であった。東宮亮平教盛はその取次の役目をはたしている。「使余仰云、可令勘日時者。教盛退帰、令泰親朝臣勘申之、持来〔入筥〕。余（九条兼実）取之、加一見」とある。安倍泰親の奏した日時勘文には「陰陽助安倍朝臣泰親」とあり、その年、かれは陰陽助であった。

仁安元年（永万二年、一一六六年）は、その年の天文密奏を含め天変地異にかかわる事項を中心に記した『安倍泰親記』（本稿では内閣文庫本を使用）が残され、その方面での安倍泰親の活動の実態が知られる年である。安倍泰親のそうした方面の活動においても、東宮時代また即位後の高倉天皇の公私にわたる側近としての位置にあった平教盛がかれに接する機会は多かったと推測できる。『安倍泰親記』にも見られるとおり、天変地異の観察と占いは陰陽師の大事な職掌であった。彗星の出現や熒惑星が太微に異常接近するなどの天変とともに、地震もまた凶兆として占いの対象になっていた。『安倍泰親記』の仁安元年（一一六六年）の記事のなかにも地震についての報告とその勘文が載せられる。たとえば「謹奏　変異等事　一、今月（二月）十日甲申、丑時、地震有音月在鬼宿　謹検天地瑞祥志云、二月地動、三十日有兵起（中略）天地災記云、宮室有驚。不出一年、国有喪」などといった具合である。鳴動を伴う地震が起きた場合はとくに問題とされたようで、陰陽道や天文道の典籍を抜粋した本文を掲載した勘文が陰陽寮から朝廷に提出されたのである。

院政期の地震のなかでは平家滅亡の年である文治元年（一一八五年）七月九日の大地震はとくに有名で、『平家物語』巻十二や『方丈記』などにも取り上げられる。大きさと規模はそれよりも劣ったようだが、この消息の書かれた前年にあたる治承三年（一一七九年）十一月七日の亥刻にも京都で大地震が起こった。『玉葉』は「亥刻、大地震無比類」、『山槐記』は「亥剋、大地震」と記す。そして、その地震のすぐあと、同月十七日に後白河院に対する平清盛のクーデターが勃発する。延慶本をはじめ『平家物語』のいくつかの諸本はそれが平清盛によるクーデターの前表であったとする解釈のもとに、その地震を取り上げている。延慶本はその地震を次のように記す。

十一月七日ノ申剋ニハ、南風ニワカニフキヰデ、碧天忽ニクモレリ。万人皆怪ヲナス処ニ、将軍塚鳴動スル事、一時ノ内ニ三反也。（中略）同日ノ戌時ニハ辰巳ノ方ヨリ地震シテ戌亥ノ方へ指テ行。此モ始ニハ事モナノメナリケルガ、次第ニツヨクユリケレバ、山ハ崩レ谷ヲウメ、岸ハ破テ水ヲ湛ヘタリ。（後略）（延慶本『平家物語』第二本　廿四「大地震事」）

この本文によると、地震は将軍塚の鳴動を伴ったものであったらしい。延慶本はこの本文に続けて、翌朝早く、安倍泰親が後白河院の御所にかけつけ、前日の地震がただならぬものであると訴え、後白河院の求めに応じて勘文を提出して、

金貴経ノ説ヲ案ジ候ニ、（中略）仏法王法共ニ傾キ世ハ只今ニ失候ナムズ。コハイカガ仕候ハムズル。以外火急ニ見候ゾヤ。

と説いたとする。その予測は的中し、同月十七日の平清盛のクーデターによって後白河院の院政は停止され、後白河院は鳥羽に幽閉、後白河院に与力していた関白藤原基房、太政大臣藤原師長をはじめとする公卿たちまた近臣たちは解官、流罪あるいは禁獄などの処分を受けた。大地震はまさに政変の前表であることが証明された。そ

のとき人々は安倍泰親の異能に驚嘆し、間違いなく未来を予見する陰陽師という意味で、かれを「指すの神子」と呼んで称賛したという。延慶本『平家物語』第二本　卅「法皇ヲ鳥羽ニ押籠奉ル事」はそうしたことを次のように記している。

去七日大地震ハ、カカル浅猿キ事（平清盛による後白河院の幽閉および粛清）ノ有ベカリケル前表ナリ。（中略）陰陽頭泰親朝臣馳参テ、泣々奏聞シケルモ理ナリケリ。彼泰親朝臣ハ晴明五代ノ跡を稟テ、天文ノ淵源ヲ究ム。上代ニモナク当世ニモ並ブ者ナシ。推条掌ヲ指ガ如シ。一事モ違ワズ。サスノミコ、トゾ人申ケル。

延慶本のこの記事が事実を伝えるものか否かを判断することはできない。少なくとも安倍泰親を陰陽頭とする点には誤りがある。この箇所に限らず『平家物語』諸本は安倍泰親の登場するほぼすべての箇所においてかれを陰陽頭と誤って記している。実際は、この消息と同じく大膳権大夫とするのが正しい。そうした誤りがあるものの、上掲の記事を虚構として退けることもできない。この内容の真偽はともあれ、安倍泰親がすぐれた陰陽師として知られていたことは確かで、『平家物語』諸本の他の箇所、さらに『古今著聞集』『続古事談』などの説話集の記事や説話がそれを伝えている。平教盛もまた安倍泰親に対する高い評価、そして治承三年（一一七九年）十一月の出来事の一部始終を十分に知っていたはずである。それで治承四年（一一八〇年）四月二十九日に未曾有の竜巻が京都を襲ったとき、それが何かの前表ではないかとする不安に捉われ、かねて面識があり「指すの神子」と噂に高い安倍泰親に問い合わせをしたと思われる。

三　平教盛の不安の中身　付『平家物語』巻三「颰」

治承四年（一一八〇年）四月二十九日の竜巻の叙述・描写は『方丈記』それに『方丈記』の文章をも取り込んでいるらしい『平家物語』巻三「颰」だけでなく、日次の日記である『玉葉』『明月記』『山槐記』の同日の条にも見られる。それ以外にも『玉葉』治承四年（一一八〇年）五月四日の条に、安倍泰親の子息である陰陽大允阿部泰茂による、この竜巻についての勘文が載せられる。後掲の『玉葉』の記事から推測すると、それは九条兼実の提言によって高倉院がわたくし的に命じて提出させたものと思われる。そこには陰陽師の観察による竜巻の叙述と解釈が示されていて面白い。竜巻の状況は

> 四月二十九日〔辛亥〕申時、飄風忽チ起リ、過グル所ノ屋舎、多ク以チテ顚倒ス。即ハチ黄気ヲナスコト、楼ノ天ニ至ルガ如シ。其ノ上ニ黒雲有リテ右旋ス。蓋ニ似タリ。(補2)又、雷鳴シ雹降ル。（『玉葉』五月四日）

と描写される。午後四時ごろ急に竜巻が発生し、その道筋にあたる建物の多くは倒壊し、黄色い粉塵が辺りに立ち籠め、風に巻かれて塔のように天に上る。右回りで渦を巻く黒雲がその上にあって、その黄色い塔の蓋のように見えた。また雷鳴が轟いて雹が降った、というのである。その後に天変地異に関する典籍から

> （翼氏）曰ハク、廻風、屋ヲ発コシ木ヲ折リ沙ヲ飛バシ石を走ラセバ、軍ノ敗有リ」「又（翼氏）曰ハク、廻風、数起レバ、臣君ノ政ヲ迷ハス」「春秋ノ緯ニ曰ハク、天赤クシテ大風有リ、屋ヲ発シ木ヲ折ラバ、兵起ル」「京房曰ハク、廻転スル風ノ宮ニ入レバ、人主コレヲ慎ム」「師曠秘決云ハク、疾風、屋ヲ発シ木ヲ折リ沙石ヲ飛ビ揚ゲナバ、三年ヲ出ズシテ、五穀豊ナラズ、兵革縦横シ、民道ニ出ズ。

その他の本文を引用し列挙する。竜巻の状況が御占の対象となり前兆としての解釈が施されているのである。それらの本文は戦争勃発、官軍敗北、政道の混迷、為政者の慎み、飢饉、難民の発生などの可能性を指し示す。そうした凶兆はやがて現実のものとなるのだが、この時点で人々はどの程度にこの勘文を切実に受けとめたのか、それは分からない。どのようにそれに向き合うかはともかく、この勘文に接した人々は漠然とながら凶事の予感に襲われたはずである。一般の人々もまた、件の竜巻が何かの凶兆であり、天の諭しであるとする漠然とした不安に捉われたことは、後になって書かれたものだが、『方丈記』の「さるべきもののさとしか、などぞ疑ひ侍り

し」などとする文章からも伺うことができる。

五月十四日になってはじめて公式の御占である軒廊《こんろう》の御占《みうら》が行なわれ、竜巻が問題とされた。ただし伊勢大神宮の高欄の金具の紛失、賀茂神社での羽蟻の発生、平野神社の松の木の顛仆とともに行なわれたもので、受けとめ方の深刻さの度合いは減殺されている。平清盛による前年度の政変によって誕生した平宗盛を統領とする平家政権の未熟未練、また現状認識の甘さと危機感の欠如の然らしめるところであった可能性が高い。（『山槐記』五月十四日）

平家が主導的地位にある朝廷にあって、未熟未練な平宗盛を影で補佐する位置にあったと思われる平教盛は「先例、此程風不承及」と世間の人々も噂する竜巻に直後から不安を感じていたのだろう。消息には「天下又いかか候らん。不審之余」とある。竜巻が朝廷にとっての凶事の前表ではないかと恐れたのである。その際、平教盛の念頭には治承三年（一一七九年）十一月の地震とクーデターのことが去来したものと推測される。平教盛のようにこの竜巻を考える人々も多くいたはずである。しかし平宗盛は危惧を示さず、災い回避のための祈祷を行なうなどの手立てを講じようともしなかったらしい。九条兼実は『玉葉』治承四年（一一八〇年）五月二日の記事に次のように記している。

未刻、前大納言（藤原）邦綱卿来タリ、新院（高倉院）ノ仰セヲ伝ヘテ云ハク、一昨日ノ暴風、已ニ朝家ノ大事タリ。御祈已下ノ事、何様ニ行ハルベキ哉。計奏セシムベシテヘリ。〔内々ニ語リテ云ハク、只今、（平）宗盛卿等ノ（高倉院の）御前ニ候スレド、此事惣ベテ未ダ其ノ沙汰ニ及バズ。先ヅ忩ギ参リテ此ノ旨ヲ申スベキノ由、仰セ下サルベキナリ。(補3)〕余申シテ云ハク、先ヅ例ヲ外記ナラビニ天文道ノ輩ニ問ハルベシ、又、御占ヲ行ハルベキナリ。彼等ノ趣キニ随ヒテ御祈ノ如キ事、沙汰有ルベシ。常ニ異ナルヲ恠ト謂フ。辻風ハ常ノ事タリトイヘドモ、未ダ今度ノ如キ事有ラズ。仍リテ、尤モ物怪トナスベキカ、テヘリ。

九条兼実のもとを訪れた藤原邦綱は、四月二十九日の竜巻は国家にとって凶事となる大事件の前兆と思われる。回避のための御祈祷などをどのように行なえばよいのか、それを考えてほしい、とする高倉院の仰せを伝えた。その折り、内緒の話だがとして、藤原邦綱は、平宗盛たちが高倉院の御前に祗候しているが、御祈祷のことも何も考えていない、と述べる。そのように平宗盛たちの未熟未練をほのめかした後に、すぐに高倉院のところにお出で下さって、かれらに御祈祷などの手立てを講じるよう命じていただきたい、と九条兼実に頼む。それに対して九条兼実は、まず前例を外記および天文道の人々に調べさせ、また御占を行ない、その結果に従って御祈祷をどのように行なうかを決めるのがよい。「常」と異なる現象は「恠」である。竜巻は「常」の現象だが、今度のような竜巻は未曾有のものである。だから、これは「物怪」と言ってよい、と答えたという。高倉院、藤原邦綱、九条兼実などはこの竜巻が朝廷にとっての凶事の前兆であり、政道の悪に対する天の諭しと捉えていて、九条兼実は藤原邦綱にこの竜巻を天変に準じる「物怪」とする解釈を伝えたのである。この記事は，練達の公卿ならば当然対処するべき事態への平宗盛の無策ぶり、そして未熟未練の平宗盛に対して藤原邦綱が自ら指針を示すことを憚る雰囲気にあったことをも示していて面白い。

そのような状況のなかで強い危惧の念に捉われていた平教盛はひそかに安倍泰親に消息を送ったのである。『玉葉』によると高倉院のもとから御占の依頼が出されたのは五月二日である。だれに依頼したのか断定できないが、五月四日付けの勘文の謹奏者が安倍泰茂であることから推測すると、かれであったのかもしれない。安倍泰茂は先に記したように安倍泰親の子息である。五月二日の時点で平教盛がその情報を得ていたか否かは分からない。しかし、安倍家において占方が行なわれているであろうことは容易に推測のつくことであり、安倍泰親の陰陽師としての異能は噂に高い。それで平教盛は安倍泰親のもとに消息を送ったのだろう。「内々密々尋申候也。一切不可出口外忩」と断りを付したのは、平家主導の現在の朝廷に危惧を感じていることを知られたくなかったからなのだろう。その憚りは、そのとき福原にいた平清盛に対してよりも、直接には平宗盛に対するものだったのではないか。

平教盛に強い危惧を感じさせた不安材料は何であったのか。それは竜巻発生の僅か七日まえの四月二十二日の安徳天皇の即位であったと思われる。前年十一月の平清盛による政変に続き、治承四年（一一八〇年）二月二十一日にはまだ二十歳の高倉天皇を譲位させ三歳の幼児を帝位に即け、そしてこの度、即位が行なわれた。鹿谷の政変における後白河院との対立抗争に直接の端を発する一連の平家の専横は、王法侵害として王法創始の神々また天の怒りを買う可能性を秘めた危うさをもつものと意識されていたはずである。その専横が安徳天皇の即位で頂点に達した、その直後に九条兼実が「物怪」と解釈したほどの竜巻が起こったのである。みずから平家の影の重鎮でありながら、安元三年（一一七七年）に始まる一連の政治的事件を平家専横と見、それを強く危惧する思いが平教盛の念頭に去来したのだろう。

なかでも竜巻に直結する不安材料は安徳天皇の即位であったはずである。安徳天皇は不吉な星のもとに懐妊されている。建礼門院が懐妊したばかりの時期にあたる治承元年（一一七七年）十二月二十四日、同二年正月七日に立て続けに彗星が現われたのである。彗星はもっとも不吉な天変と考えられていた。『玉葉』治承二年（一一七八年）正月十八日の条に九条兼実のもとを訪れた安倍泰茂が「彗星者天変第一之変也」と語っている。彗星は人民の嘆きが積もって天に変異を起こさせるものであるとの認識があった。『愚昧記』安元三年（一一七七年）四月十六日の条に、三条実房邸を訪れた安倍泰親の子息の天文博士安倍業俊が「彗星ニ二説有リ。（中略）愁民ノ気、天ニ昇リ変ヲ成ス。陰陽家ハ此ノ説ヲ用フト云々」（陽明文庫本）と説いている。陰陽師の所説とするこの彗星天変観は花山院家出身の醍醐寺僧経尊が建治元年（一二七五年）に完成させた語源辞書である『名語記』（注1）にも載せられていて、鎌倉中期にはやや一般化したものであった。政道の悪を象徴しかつ最も不吉な星である彗星が天に現われた時期に胎内に入り、生まれたのもまた穢れを忌む大嘗祭直前の十一月十三日という時機の悪さであった。『平家物語』巻三「御産」が縷々述べる誕生日の不吉な出来事が事実か否かは分からないが、すべてに渡って不吉な星の下に生まれた皇子であったことは間違いない。さらに即位の儀式に際しても多くの違例があったらしい（『玉葉』治承四年（一一八〇年）四月二十二日）。治承四年五月三日に九条兼実のもとを訪れた、大外記で大学者として知られる清原頼業の談話を『玉葉』に「御即位ノ間ノ事、及ビ一日ノ暴風ノ間ノ事ヲ語ル」と記している。「御即位ノ間ノ事」の話題が儀式の際の不手際の範囲に止まる内容であり、「一日ノ暴風ノ事」が竜巻の被害と御祈祷ないし御占についての範囲に止まる内容のものであったかどうか。二つの出来事が続けて話題にされていることと、その書きぶりから推測して、安徳天皇の即位と竜巻とを関連づけた解釈が語られたと理解してよいように思われる。安徳天皇の即位に極まる平家専横と竜巻とを結びつける解釈は、政治の要路にあるものや朝廷に関わる多くの人々の念頭を去来したと推定して間違いではあるまい。

竜巻の直後に起きた大事件は言うまでもなく後白河院の皇子で高倉院の兄君にあたる高倉宮以仁王の乱である。『吾妻鏡』によると、源頼政と高倉宮以仁王とが共謀しての反乱はすでに治承四年（一一八〇年）四月九日に準備され同月二十七日には源行家が挙兵を勧める使者として伊豆の源頼朝のもとを訪れたとされている。『玉葉』『山槐記』治承五年（一一八一年）五月十五日の条また『明月記』同十六日の条によると、高倉宮以仁王の謀反はそれ以前に発覚しており、十五日に配流が決定されたことが分かる。竜巻の発生した時点あるいは消息を認めた時点において、高倉宮以仁王の謀反の噂がすでに平教盛の耳に入っていて、それがかれの不安を助長したのかどうか、それは分からない。謀反は宇治平等院の合戦における源頼政の討ち死と敗走途中における高倉宮以仁王の落命でいったんの決着を見た。『玉葉』は同月二十六日の条で「入道相国之運報也」として平清盛の強運に目を瞠っている。竜巻が起こったのは治承四年四月二十九日であり、高倉宮以仁王の謀反が表面化したのは同五月上旬から下旬にかけてであった。時期の近接から見て、事件の後には両者の間に関連を見る解釈が生じていただろうことは、当然推測しえることである。

件の竜巻は、直前の安徳天皇の即位、直後の高倉宮以仁王の謀反、その二つの出来事に関連づけて解釈される前表としての意味を持ち得る「物怪」であった。消息を認めた時点において平教盛にどこまで見えていたのか、それは分からない。しかし安徳天皇の即位が平家に危機をもたらす凶事につながるとする漠然とした不安が、異常な竜巻の発生によって強い危惧となって、平宗盛たちへの憚りを覚えながらも筆を執った、それが、平教盛のこの消息ではなかったか。

『平家物語』諸本における、この竜巻の扱いかたについて（注2）、ことさらな言挙をする積もりはないが、一言、述べて本稿を閉じよう。この竜巻の扱いかたは諸本で大きく二つに分かれる。

ひとつは覚一本や『源平盛衰記』のように、治承三年（一一七九年）七月二十九日の平重盛の薨去の直前の位置に竜巻をおいて「いま百日のうちに、禄をもんずる大臣の慎み、別しては天下の大事云々」（覚一本巻三「颷」）とする扱いかたである。これは明らかに竜巻発生の時期をずらせ、平重盛の薨去の前表としての意味づけを与えたものである。ちなみに「別しては天下の大事」が示唆する治承三年（一一七九年）十一月十七日の平清盛による政変の前表としては、先に述べた治承三年十一月七日の大地震を更に配置している。その場合、時期をずらしてまでの竜巻の配置は、主題部の最初にすえた鹿谷のプロットを収斂し、物語を次に展開させる『平家物語』の主題および構成上の意味を与える措置に関わるものであったと解釈できる（注3）。

いまひとつは延慶本や長門本で、それらのテキストはこの竜巻を時期の異なる二つの箇所に配置している。ひとつは覚一本や『源平盛衰記』と同じ位置で、その意味はいま述べたとおりである。いまひとつの箇所では治承四年（一一八〇年）二月二十九日申時として、安徳天皇の受禅記事に続くものとしている。その受禅の期日は両テキストともに日付を二月二十一日とすべきところを「二月十九日」と誤っている。そして安徳天皇の即位は正しく四月二十九日として、竜巻よりあとに配している。それらのテキストは〈京中ニ旋風吹事〉（延慶本）として記す竜巻の記事の最後を「昔モ今モタメシナキ程ノ物怪、トゾ人々申アヒケル」（延慶本。長門本もほぼ同じ）と結んでおり、そうしたことからすると、前表としての意識をもって件の竜巻をこの位置に配したことを伺わせる。その場合、それと関連付けて解釈し得るのは、安徳天皇の即位あるいは、やや離れた配置となるが、高倉宮以仁王の謀反ということになる。ただしその関連性は、現在のテキストの展開から見るとかなり希釈されたものとなっている。結論のみを記すと、後者の位置における『平家物語』での竜巻の配置に対する意味付けと評価はむつかしいと言わざるをえない。

注

本文中、「田中頁」「浅香頁」「安田頁」は次の書物とその頁である。

「田中」　田中文英『平家政権の研究』思文閣出版、一九九四年

「浅香」　浅香年木『治承・寿永の内乱論序説　北陸の古代と中世』法政大学出版局、一九八一年

「安田」　安田元久『平家の群像』塙新書　塙書房、一九六七年

（1）佐古愛己「平安末期〜鎌倉中期における花山院家の周辺―『名語記』著者経尊の出自をめぐって―」『立命舘文学』第五九八号、二〇〇五年三月）

（2）早川厚一、佐伯真一、生形貴重『四部合戦状本平家物語評釈（七）』一九八七年一二月、二七頁〜三二頁参照）

（3）拙稿「平家物語の構成―鹿谷のプロット」『文学』第五六巻三号、一九八八年三月）

補注

1　本稿は「平教盛消息―『平家物語』巻三「辻風」論に向けて―」（『南山大学日本文学科　論集』7号、二〇〇七年）とほぼ同じものである。

2　「蓋ニ似タリ」　原文は「似盖」。「盖」は「蓋」に同じ。カサ。

3　「仰セ下サルベキナリ」　原文は「所被仰下也」。「仰せ下さるる所なり」と訓むべきか。なお、補注1の論文でも「可被仰下也」とある。

22　巻三　医師問答

一　概説

この句は平重盛の熊野詣でと罹病そして薨去を語る。

おなじ年の夏の頃、平重盛は熊野詣でをした。皇太子の外祖父となり権力の増大した平清盛の横暴はつのるいっぽうである。その横暴が後白河院にまで及ぶならば平家の将来は危うい。危惧を抱いた平重盛は熊野の神に願をかけようとしたのである。本宮に通夜して「父の横暴が続けば平家に未来はない。自分は生きて平家の沈淪は見たくない。だから父の悪心を和らげて横暴を止めさせるか、沈淪する未来を見ないですむように自分の生命を絶ち後世を助けるか、そのどちらかをお願いしたい」と証誠権現に祈った。その夜、灯籠の火のような人魂が平重盛の身体から抜け出るのを周りの人々は見た。そして帰途、岩田川で水に濡れた平維盛たち公達の衣装が喪服のような薄墨色に見えるという不吉な出来事があった。帰京して間もなく平重盛は病気になるが、医療も祈祷もせず病気を進行するにまかせる。福原にいた平清盛は折から来日中の宋の名医による治療を受けさせようとするが、平重盛は辞退する。外国人を私意によって都に入れることへの憚り、寿命は天の与えであること、外国の医師の受診は日本の医道の恥となること、などを理由とした。平重盛の病は重篤になり七月二十八日に出家、八月一日に四十三歳で薨去した。その死は天下の嘆きであったが、弟の平宗盛の一家は平家の宰領権が自家に移ることになるのを喜んだ。『平家物語』はそのように語る。

熊野詣での時期を「颱」の時期との関係で治承三年（一一七九年）の夏の頃とするが、実際は三月のことである。出家もまた七月二十八日ではなく五月二十五日が正しい。薨去したのは『玉葉』によると七月二十九日、『愚管抄』や『百錬抄』では八月一日とする。

『玉葉』治承三年七月二十九日の記事には「二十九日。乙酉。今暁、入道内府薨去スト云々。或ル説、去ンヌル夜ト云々」とある。日付は子の刻（午前零時ごろ）を境に変わる。しかし「昨日」「今日」の境は日の出の時刻である寅の刻（午前四時ごろ）にある。現在は日付変更の境目と「昨日」「今日」の境目とを同じ午前零時とするが、当代では子の刻そして寅の刻と境目が異なっていたのである。それ故、『玉葉』の記事の「去ンヌル夜」というのは二十九日の日の出前を意味している。従って『玉葉』の記事は平重盛の薨去は七月二十九日の日の出前ないし日の出後のことであったことを記しているのである。

二　平重盛像

『平家物語』はこの句でも、平重盛を一門の将来を思い、両立し得ない忠と孝のはざまに悩む儒教的賢人として描く。それは『平家物語』が造形する平重盛像である。清盛の横暴を止めるか、さもなくば自分の生命を召せという選択肢は、儒教的な理念を体現する優れた人格者平重盛ならではのものである。慈円が『愚管抄』（巻四）で平重盛の薨去について記すくだりに「コノ小松内府ハイミジク心ウルハシクテ、父入道ガ謀反心アルトミテ、トク死ナバヤナド云ト聞ヘシニ」とある。『愚管抄』では熊野参詣には触れないが、『平家物語』が造形する平重盛像そして「医師問答」が示す平重盛の祈願内容を彷彿させる記事である。その願いは『平家物語』の文脈の上で真実味を持ちかつ実際面での根拠らしきものもあって、一概に虚構とすることは出来ないが、その内実については改めて考える必要がある。この時の平重盛の切羽詰まった健康状況こそが熊野参詣の動機であり、生身の平重盛の切実な願いを想定することが必要だからである。「医師問答」はその面が切り捨てられている。

平重盛の置かれた政治的状況を考えてみても、儒教的賢人平重盛を彷彿させるくだんの選択肢は額面どおりには納得しにくい。前年十一月に誕生した皇子は、妹の建礼門院の養父である平重盛には外孫に当たる。皇子は前年十二月に立太子し皇位は目睫の間にある。即位すれば平重盛は天皇の外祖父となる。彼は皇子誕生以後、未来の天皇の外祖父であり平家の統領としての立場にある平重盛は朝廷での発言力を著しく増していた。『玉葉』によると右大臣九条兼実も食指を動かしていた皇太子傅の地位を左大臣藤原経宗に割り当てたのも平重盛であった。後白河院と関白藤原基房が結託しての平家牽制も平清盛の政治への容喙も、平重盛に死なねばならぬと本気で思わせる程のものであったとは思えない。平家一門の内にあっても、入道の身でありながら政治力を行使しようとする平清盛そして対立的な弟の平宗盛への配慮が必要であっただろうが、平重盛の才幹と実力そして政治的立場は確乎たるものになりつつある。平重盛は政治的には追い風に乗る状況にあった。そんな時期の平重盛が意欲的な将来像を描くことはあっても、ことさら悲観的な願いを選択肢とする必要はなかったはずである。熊野詣でを決意した動機の背後には政治的な面よりも、むしろ切羽詰まった個人的な事情があったと考えるのが妥当である。

三　平重盛の罹病

この時、平重盛は病気であった。それも回復を期待し得ないと自覚するほどの症状を伴うものであったのだろう。それが熊野詣での直接の動機だったと思われる。これほどの悲観的な将来展望を平重盛が実際に持っていたとすると、それは病気の自覚によるものだろう。王法また一族全体の将来を思っての現世の祈りならば厳島神社に参詣してもよかったはずである。にもかかわらず熊野に詣でたのは、死を意識した平重盛の祈願の中心が現世の祈りではなく、来世の極楽往生を願うことにあったからではないだろうか。

平重盛は皇子誕生から治承二年（一一七八年）十二月の立太子、東宮傅の決定にも意欲的に精勤している。ところが『山槐記』治承三年（一一七九年）五月二十五日の記事によると、平重盛はその日、病気によって出家している。ものが食べられなくなっていたという。彼は治承三年二月二十二日の東宮の御百日の儀式までは精勤したが、その後、出仕をやめ籠居している。その儀式までは何とか持ちこたえたのだが、そこで無理がきかなくなったのだろう。『山槐記』治承三年三月十一日の記事によると平重盛は内大臣の辞表を提出し、その日に熊野詣での精進を始めた。『公卿補任』によると辞表の提出は病気が原因であったとする。『山槐記』の五月二十五日の記事は、平重盛が熊野詣でのための精進期間に精進屋で食事の最中に吐血、それ以後、どんどん痩せ衰えていったと記す。そして余命がいくばくもないと自覚したのが五月二十五日だったのだろう。それ故、その日に出家したのである。

『百錬抄』治承三年（一一七九年）八月一日の平重盛の薨去を記す記事に「去ンヌル比、熊野ニ参リ祈請有リ」とあって、熊野権現への祈請と薨去との因縁が噂になっていたことが知られる。熊野権現に平重盛が死を願ったのが実際であったとして、その内容は果たして「医師問答」が語る、平清盛の横暴を止めるか、自分の生命を召すか、といった儒教的賢人ばりのものであったのだろうか。「医師問答」は病気には言及せず、鹿谷事件以後の平清盛の王法を脅かす所行を危惧したために平重盛は熊野詣でを決意したとし、平重盛の罹病は熊野から帰京後のことで、祈願納受の結果とする。それ故、「医師問答」では平重盛の熊野参詣は、その動機と祈願内容とが整合性を持ち、王法と平家一門の将来への危惧や後白河院への忠と平清盛への孝の板挟みに悩む平重盛を語るものとなっている。それは鹿谷事件の物語の一環をなす「小教訓」「教訓状」から始まる平重盛像造形の文脈上のものである。

しかし実際には平重盛を熊野参詣に向かわせた動機は病状が悪化する中で死を強く意識したことにあった。不食の状態の続く病気のために内大臣の辞表を提出し、しかもその日に熊野詣での精進を始め、精進屋では吐血してやせ衰えていった。そうした個人的な状況が熊野参詣決意の動機であることを考えると、その祈願は「医師問答」がいうような儒教的賢人平重盛を際だたせるような願いだけでなく、個人的な色彩の強い願いが籠められ、むしろそちらに重心があったと思われる。すなわち来世の極楽往生の願いがそれである。

下向の途次、岩田川を渡るとき公達の衣装が水に濡れて喪服の色に見えたとき、「わが所願既に成就しにけり」と言って喜びの奉幣をしたと「医師問答」は語る。文脈の上では平重盛は、死ぬことによって平家の亡びを見ないで済むことを喜んだということになる。岩田川の場面が事実であるなら、生身の平重盛の喜びは極楽往生の所願成就に対するものであったはずである。熊野本宮の祭神である証誠権現は極楽浄土の教主阿弥陀如来である。熊野の証誠権現は阿弥陀信仰と密接に結びついている。鎌倉時代中期に時宗を開いた一遍上人が熊野本宮に詣でて証誠権現の神託によって阿弥陀の他力本願の深意を悟ったとする『一遍聖絵』巻三の伝えなどによってもそれが知られよう。死期を意識した平重盛の熊野詣では証誠権現が阿弥陀如来の垂迹であることを強く意識したものであったと思われる。

四　平重盛の極楽往生の願い　「医師問答」「灯爐之沙汰」「金渡」

「医師問答」は儒教的賢人平重盛像の造形を優先して、生身の平重盛を見えにくくしている。それ故、平家の末路を見ないで済むように命を縮めてほしいと死を願う第二の選択肢においても公人平重盛の面目ばかりが目立って、来世を願う平重盛の生身の姿が霞んでしまっている。しかし薨伝として後に置かれた「灯爐之沙汰」「金渡」の句は平重盛の来世への思いを語る逸話であり、それらの句が光源となって「医師問答」では見えにくくなっている平重盛の極楽往生の願いを照らし出す。

「灯爐之沙汰」の灯爐堂は平重盛の営む浄土堂であり、この句はそこで阿弥陀の四十八願が華やかに演出された様を語る。それは平重盛の極楽への熱い思いを印象づける。灯爐堂の後身とされる浄教寺の縁起である『浄教寺縁起』によると、灯爐堂はもとは平重盛邸のあった小松谷にあり堂の脇には鎮守社として熊野権現が祀られていたという。(補1) 平重盛の熊野信仰が極楽往生の祈願と密接に結びついていたことをそれは伝える。重病をおして熊野に参詣した平重盛の願いの重心がどこにあったのかが自ずと推測されるだろう。

「金渡」は、平重盛が自らの来世のために唐人妙典に托して育王山の仏照禅師徳光に砂金を喜捨したことを語る。育王山については『玉葉』寿永二年（一一八三年）正月二十四日に俊乗房重源が語った面白い記事を載せる。中国北方にある五台山は重源にとって憧れの地であったが金国の領土となっていて参詣出来ない。その代わりとして宋人が勧めたのが天台山と育王山で、重源はそこを礼拝したという。金に破れて南遷した南宋が銭塘江下流に建てた首都臨安また国際的貿易港として栄えた杭州港の南東に位置するのが育王山であった。育王山の徳光は有名な人物で、栄西の前に禅宗を日本に伝え日本達磨宗の始祖とされる能忍の師である。「金渡」は日宋貿易を通じて平重盛が彼の地の情報を十分に得ていたことを推測させる。真偽はともかく中国から平重盛への返礼と伝えられる宗像神社の阿弥陀経碑と馬蝗絆と呼ばれる龍泉窯の青磁茶碗は有名で、今に残っている。「金渡」は平重盛の宋との交流とともに来世の救済への切実な願いを伝えるものであり、来世安穏の可能性を印象づける働きをするのである。

ところで熊野への道は『梁塵秘抄』にも謡われるとおり和泉国から紀伊国の沿岸をまわる紀伊路と安濃津から伊勢をまわる伊勢路の二通りあった。巻一「鱸」が語る安芸守時代の平清盛が取った道は現在の津市の市域である安濃津から舟を利用した伊勢路であった。平清盛は北伊勢と伊賀国の平氏と連絡を取りながら父祖の地である安濃津の港から船出したのだろう。「医師問答」で平重盛が取ったのは九十九王子を辿る紀伊路であったと思われる。紀伊路は藤原定家が『明月記』にも記録している通り、遠い道のりであり嶮岨な山中を分ける厳しいものである。紀州出身の作家神坂次郎氏（『熊野御幸』平成四年二月　新潮社）も『明月記』の道を辿り、その行程の厳しさを記している。病気の平重盛にとっては難儀な旅であったと思われる。神仏の御利益は艱難の度合いに比例する。それ故、生命がけで熊野参詣を企てたのだろう。

「医師問答」は証誠権現の宝前で起請する平重盛の身体から人魂が飛び出すのを人々が見たと語る。人々はそれによって平重盛がやがて死病に罹るであろうことを知ったのである。現在の人々は人魂を遺骸から離れ出た燐光と理解している。しかし当代の人々は人魂を生きている人の身体から離れ出た魂であると理解し、その魂の主がやがて死ぬことになることを恐れた。たとえば鎌倉末期に洞院公賢が著した一種の百科事典である『拾芥抄』上巻〈諸頌部第十九〉に人魂を見た時の対処法について、「玉ハ見ツ主ハタレトモ知ラネドモ結ビ留メツ下交ヘノ褄」という呪歌を三反唱えて着物の褄に結び目を拵えよ、と記す。(補2)目の前を飛ぶ人魂が誰の身体から離れ出た魂なのかは分からない。しかしそれがわが身から離れ出た魂であるならば自分がやがて死ぬことになるかもしれない。それ故、呪歌を唱え着ている着物の褄に結び目を作って、魂がそれ以上にわが身から離れ出ないように結び留める。『拾芥抄』が記すのはそうした招魂の呪いである。

鎌倉後期から末期にかけて後深草院二条が著した女流日記『とはずがたり』巻一に後嵯峨院の人魂を宮中の人々が見たことを書き記している。文永八年（一二七一年）八月のころ、夜中の二時ごろに後深草院の冷泉富小路御所の橘の壺と呼ばれる中庭で十ちかくの人魂が青白く光りながら御所の東寄りに生えている大柳のところまで飛んでいった。人々が見て恐れ騒ぎ、ただちに占いをさせると、それが後嵯峨院の人魂であることが分かった。招魂祭や泰山府君の祭りを陰陽師に行わせたが、九月に入って後嵯峨院は罹病、翌年の正月末ごろから重篤な病状となり、二月十七日に崩御した、という。人は幾つもの魂を持っていて、それが緒によって結ばれている。その緒が緩くなって魂が身体から一つ二つと離れ始めると、健康が損なわれ、やがては生命の危険に陥る。人魂が見られたのが八月で、御不例とされたのが九月だから、人魂が見られた時点では後嵯峨院の病状はそれほど進んではいなかったのだろう。しかし人魂の遊離は後嵯峨院に死が近づきつつあることを推測させる不吉な現象とされたのである。

「医師問答」では平重盛の場合も同様で、熊野参詣の時点で病気は自覚されてはいなかった。しかし祈願の納受によって彼の魂の緒が緩み、やがて切れること、つまり平重盛の死を予告するものとして、人魂の遊離が語られているのである。

重病に罹った平重盛に父の清盛は折から福原滞在中の中国人医師の診断を受けることを勧める。宋の新しい医学は他の多くの文物とともに日宋貿易を通じて平清盛のもとに集積されていた。実際的な平清盛は当然のことにそれを利用しようとする。「医師問答」は、平重盛がその勧めを辞退したことを語る。それは平重盛が公人としての立て前と面目とをこの上なく重んじる人間であったことを示す話題である。聖君と謳われた宇多天皇の遺言である『寛平御遺誡』に、外国人を謁見するときは御簾ごしに行えと、身分の高い公人の外国人との接触には憚りがあることを言う条がある。それは『源氏物語』の「桐壺」などでも話題にされる、よく知られた誡めであった。右大臣である平重盛は日本人としての一種の民族意識と公人としての立て前と面目を貫いて薨去したと語られるのである。「医師問答」は実際的な平清盛と立て前と面目を重んじる平重盛とを映し出した句であるとも言える。

鹿谷のプロットそして直前の句である「飈」との関係からは、平重盛の薨去は鹿谷のクーデター未遂事件で非業の死を遂げた藤原成親や西光の死霊や鬼界島の俊寛の生き霊の祟りということになるはずだが、『平家物語』

はその点に触れない。しかし、当時、天皇の御所内には平重盛の薨去を西光の怨霊の祟りであるとする噂があった。平重盛の薨去後間もない『玉葉』治承三年（一一七九年）八月十七日の記事に、平清盛の娘で六月七日に逝去した近衛基実室の白川殿とこの度の平重盛の相次ぐ逝去は西光の怨霊の祟りであるとする落書が禁中に出まわったと記す。七、八枚ほどの分量で片仮名で書かれていたという。

補注

1　印刷された原稿には、欄外に美濃部氏の鉛筆による書き込みで「高橋昌明氏」とある。これは、高橋昌明「平重盛の小松殿と小松谷」（『日本歴史』672号、二〇〇四年五月）をさすのであろう。高橋氏は、小松谷（東山区上馬町。現在浄土宗の正林寺がある）に重盛の邸があったとする伝承を史実ではないとされ、「小松殿」といわれる邸は、清盛の西八条亭のすぐ近く、八条大路北堀河西にあったものとされる。なお『浄教寺縁起』は元禄七年（一六九四年）の成立。

2　増訂故実叢書十一『拾芥抄・禁秘抄考註』の『拾芥抄』（二七四頁）には、

「見㆓人魂㆒時歌
　玉ハ三ツ。主ハタレトモ。シラネトモ。結留メツ。シタカエノツマ、
誦㆓此歌㆒結㆓所㆑著衣ノ妻㆒〔云云。男ハ、左ノシタカヒノツマ、女ハ、
同右のツマヲ結云云、〕」

とある。

23　巻三　大臣流罪（補1）

一　概説

治承三年（一一七九年）十一月十七日、平清盛のクーデターによって後白河院の院政が停止され、三十九名の官職が解かれた。藤原師長もまた解任され尾張国に流された。この句は配所での藤原師長の生活を白楽天の詩「琵琶行」に託して哀切に語る。ある日、彼は熱田明神に参詣、法楽の琵琶を弾じた。呂律を弁じ得ない田舎人もその音に感じてその場を去らない。数曲を尽くして夜更けに至り、「今生世俗文字の業」と朗詠しつつ秘曲を弾じるにおよび、神明は感に堪えず、ために社殿が大きく揺れた。満座の人々はあまりのことに身の毛がよ立ったという。この句は物語作者の好む貴種流離譚の一齣である。

名古屋市瑞穂区に妙音通りという東西に走る二粁ばかりの通りがある。かなりの交通量のある、道幅の広い県道なのだが、そうした道路にしては奥ゆかしい名前が付けられている。妙音とは音楽の意味である。七福神のひとり、宝冠、青衣で手に琵琶を持つ女神である弁財天はまた妙音天とも呼ばれる。件の通りも音楽に関わる由緒を主張している。

妙音通の南側の土市町に師長屋敷跡といいまた妙音院屋敷とも呼ばれる遺跡がある。そこは妙音院大相国と呼ばれた藤原師長にゆかりの地とされる。妙音通りの地名は音楽の大家でもあった彼の名前にちなんで命名されたのである。通りの北側の井戸田町の龍泉寺には彼を祀る祠もある。配流の貴人藤原師長にはその土地の長である横江氏の娘とのロマンスが伝えられる。赦免されて都へ帰る時、彼は愛人に守り本尊の薬師如来の像と白菊と名付ける琵琶を残した。傷心の娘はあとを追おうとして果たさず、「四つの緒の調べもたえて三瀬川沈み果てぬと君に伝へよ」という和歌を琵琶に書き付けて入水自殺した。人々は遺骸を琵琶とともに埋め塚を築き、その地を枇杷島と名付けた。名古屋市西区枇杷島町の清音寺はその由縁の寺で、同寺の薬師如来像の縁起にもその伝説が記されている。

藤原師長は保元の乱から源平の時代へと続く武者の世の幕開けの時期に生まれ合わせて、二度の配流という憂き目を見た人物である。彼は歴史の激しい動きの中で、主体的ないし能動的に時代に関わったわけではなかった。藤原頼長の子として摂関の家に生を受けたこと、それが彼の運命を決したのである。彼はその生涯を父の影を引きずりながら歩いた人間であった。父の藤原頼長は保元の乱（保元元年、一一五六年）の首謀者で無惨な敗死を遂げた人物である。その人となりは藤原師長の人生を大きく左右した。

二　藤原頼長の子　藤原師長

藤原頼長は刻苦精励型の勉学家であった。読書は経史の学を中心に和漢の書にわたり、その父の近衛忠実が彼を評して日本一の大学者と言ったとも伝えている。行政家としては左大臣という地位にあって内覧の宣旨を蒙り執政の権を得るや、長いあいだ廃されていた朝儀を復興し、ルーズになっていた事務の規則通りの運営を励行させる。彼は自らに課すところの厳格さを他人にも要求して、綱紀の粛正は苛酷なほどであったという。人々はそうした厳格で激しい彼のやり方を恐れ、猛々しい左大臣という意味で彼に悪左府という異名を呈している。過ちを許せない、不寛容なその性格はいろいろな場面で出てしまう。久安四年（一一四八年）九月二十一日、四天王寺に御幸した鳥羽院は絵堂で聖徳太子の絵伝をご覧になり絵解きを聴かれた。その折りのことを、御幸に随行した藤原頼長は自身の漢文日記である『台記』に「御絵堂で僧に絵解きをさせた。自分と信西は法皇の左右に侍して、ともに聴聞し、僧の説くところに誤りがあればそれを訂正し、僧の話に不備があればそれを補訂した」と記す。因果な性分なのかもしれない。彼のような地位の人間のそうした態度は周囲を畏縮させ、反感を助長させるだけであることに気がつかなかったのだろうか。

周知のとおり保元の乱は敗北に終わる。藤原頼長は敗走の途中に流れ矢に当たり、奈良まで落ち延びたがそこで絶命する。乱の後、実検使が派遣され、遺骸が掘り起こされ検知を受けた。美しかった容貌も腐乱して見分けもつかなかったために、再び埋めることもせずうち捨てたまま実検使は帰京したという。怨霊信仰の盛んであった当時、非業の死を遂げた彼の霊は崇徳院の霊とともにきわめて恐るべき怨霊となった。うち続く戦乱、世情や政情の不安に際して、人々はその怨霊の発動を幻視することになる。そのように生前また死後にさえ人々を畏怖せしめた巨大な人間、それが藤原師長の父藤原頼長であった。

藤原師長は保元の乱の時、摂関の家の御曹司として従二位権中納言兼左中将という高い地位にあった。年齢はまだ十九歳である。その彼が父の謀反にどの程度加担していたのかは分からない。しかし、乱の後、彼も三人の兄弟も父の罪の縁座によって流刑に処せられる。藤原師長の流刑地は土佐国の畑であった。流刑地は『延喜式』に、遠流、中流、近流の三等が定められ、土佐国は遠流に当たる。畑の地は今の高知県幡多郡大方町である。藤原師長は畑の宮路山のあたりに住んだとされ、今の大方町有井川の宮路山の付近がその地であるという。彼はその地で大事な青年時代をあしかけ九年の長きにわたって流人として過ごしたのである。長寛二年（一一六四年）、二十七歳の時、赦されて都に帰り本位に復す。帰洛後、彼は官途の上では順調な出世をとげる。大納言、左右大将、内大臣と昇進し、安元三年（一一七七年）、四十歳の時には右大臣と左大臣を飛び越えて、ひととびに太政大臣となる。太政大臣は本来、政治の実際には携わらない名誉職に近いものだが、太政官にあって最高の官職である。謀反人の子であり自身も罪を得た者としては異数の出世であった。

当時の朝廷は、平清盛の専横が露骨な形で示されてはいたものの、実際のところは三つの勢力の暗闘する場であった。治天の君である後白河院とその近臣がひとつ、平清盛とその一門がひとつ、摂関の家がひとつ、その三つの勢力が三つ巴をなしていた。その中で、摂関の家は保元の乱で勝利を得た近衛忠通の子息達のうち近衛基実・基通父子、松殿基房・師家父子そして九条兼実、それら三つの家が角逐する状態にあった。そのうち近衛家の父子は二人とも平清盛の聟となり、平清盛の朝廷内部における勢力扶植に利用されていた。松殿父子は後白河院と持ちつ持たれつの関係にあり、平家とは対立することが多かった。九条家はまだ若い当主の兼実が、後白河院と平清盛のどちらの干渉も強く受けることなく着々と地歩を固めていた。藤原師長は摂関の家の一員とはいっても、継子的な存在であったはずである。保元の乱の時には父同士が敵対関係にあり、謀反人の一家という負い目を持っていたのだから、摂関の家内部にあっては見下された居心地の悪い状態であったに違いない。それに青年期の九年もの空白は宮廷人として復帰するに際して、経験不足からくる気おくれを覚えさせもしただろう。

当代の常識からすれば彼は出家していて当然であった。『保元物語』によると、乱の直後、実検使によって父の遺骸に恥辱が与えられたことを聞いた藤原師長達兄弟は、祖父の近衛忠実を訪れ、出家の意思を告げている。それに対して祖父は「おまえたちは、たとえ罪せられ遠国へ流されても、生命を全うして都に帰ることができたら、出仕の機会にも恵まれ、摂政関白の地位につくことにならぬとも限らない。今は堪忍して出家はせぬように。それはわしの望みであり、苔の下のおまえたちの父もそれを望んでいるに違いない」といった言葉でそれを止めたという。もちろん『保元物語』の文章を鵜呑みにするつもりはないが、そこにいくばくかの真実味を感じる。

藤原頼長は『台記』康治元年（一一四二年）十二月三十日の日記に、宮廷政治や行事の故実となる記事を諸家の日記や代々の記録から抜き書きして類聚した書冊を作っていたことを記す。それに自身の出仕している宮廷での出来事を克明に『台記』に書き付けている。それらは貴族政治家として活躍するだろう彼の子孫にとって貴重な手引きとなる財産であった。そうした文書類を書き溜めていたことから判断すると、藤原頼長には自身を祖とする家を興そうとする強い意志があったように思われる。父の意思は子供達に伝わっていたに違いない。しかし藤原頼長の子息のうち、官途の栄達を期待し得た藤原師長の兄の藤原兼長は保元三年（一一五八年）に配所の出雲国で客死した。となると、帰洛が許された時、藤原師長の歩む道は決まっていたのだろう。官途への未練とも取れる再出仕は、もちろん彼自身の意志による選択であったのだろうが、そこに父頼長の強い影の意志が看取される。

選んだのか選ばされたのか、藤原師長の宮廷生活は再開された。官途の出世はきわめて順調であったのだが、宮廷人としての日常は緊張の連続する辛いものであったようである。摂関の家の一員でありしかも孤立した立場にあった彼は、後白河院にとっても平清盛にとっても、その家柄を利用できる格好の存在であった。

『玉葉』仁安二年（一一六七年）五月一日の記事には次のような噂が見える。「藤原師長は前月二十七日に突如、側室と別れて行方をくらませた。その日の昼、衣装が彼のもとに届けられ、夜に入ると弓矢を帯びた二十人ほどのものが車十両ばかりをひいてきた。彼らは藤原師長の琵琶、箏の琴そして文書類をその車にすべて積み込んで、牛車に乗った師長ともども平清盛の弟の平経盛の邸に向かったという。彼は今もそこに滞在しているらしい。平経盛邸は藤原師長の旧居なのだ。それは藤原師長を聟に取ろうとする平清盛の差し金だともいう。平清盛は娘の一人を大宮（巻一「二代后」の徳大寺多子）の養女にして彼に娶せようとしているともいい、また彼の娘で、昨年薨去した摂政近衛基実の未亡人である平盛子に娶せようとしているのだともいう。信を取るに足らぬ噂だが、こんな世の中だから、なんとも分からぬ」といったことが記される。噂の真偽は不明だが、藤原師長は平清それは平清盛の勢力扶植のための強引なやり口と藤原師長の脆弱な立場を伝えるものとしての迫真性をもっていた。

盛の聟にはなっていないし、むしろ後白河院の側に立つことになる。たとえこれが単なる噂であったとしても、

　藤原師長も地位が昇るにつれ、大事な宮廷行事の責任者の役割を果たさねばならなくなる。彼はたびたび大役で失態を演じる。のちのちまでも引き合いに出されたのは、嘉応二年（一一七〇年）の賭弓の節における失態である。その年の賭弓の節は一月二十日に行われた。賭弓というのは左右の近衛府と兵衛府の舎人などが弓場殿で左右対抗して弓を射て、ご覧になっている天皇から勝った側には賭物を賜わり、負けた側には罰酒を賜わるという宮中の年中行事である。藤原師長は当時、左近衛府の大将で、その節の最も重要な任に当たっていた。彼はその日のことがかねてから気にかかっていて、十五日には九条兼実に作法の教えを請うている。十分に用意はしていたのである。ところが当日、射手の勝ち負けを記す役である的付けの名前を確かめる手順を抜かしたために、的付けを召す段になって慌ててしまい大失態をさらしてしまった。その日、帰邸した藤原師長は飲食が喉を通らず苦しんだという。当日、欠席していた九条兼実の耳にも高倉天皇の女房からその始終が伝えられている。その失態は彼の資質によるところもあっただろうが、他の人ならば感じる必要のなかった極度の緊張にも原因を求められるだろう。脆弱な立場の藤原師長には地位に伴う権勢も権威もなかった。地位だけでは人を圧服できない時代になっていたし、彼の履歴につきまとうひけ目もまた大きかったのだろう。

　承安三年（一一七三年）の正月七日の白馬の節会でも左大将の藤原師長は行事の最高責任者である上卿の任に当たった。その時、彼は特殊な故実によるのかまたは単なる間違いか、下役には異例に見える命令を何度か下した。下役たちはそれをすべて無視した。『玉葉』の同年二月二日の記事はそれにふれて「近ごろは下の者が上の命令に従わなくなった。権勢を持たぬ上卿はよほど用心してかからねば」と記している。

三　太政大臣　藤原師長

そうした権勢のない藤原師長が右大臣と左大臣を越えて内大臣から一挙に太政大臣に任命された。巻一「鹿谷」でも説いたように、それは後白河院と平清盛との裏取引による人事によって実現したものである。平清盛は長男の平重盛と弟の平宗盛を左右の大将にしたかった。いっぽう後白河院はそれに譲歩する代わりに、御しやすい藤原師長を左大臣藤原経宗と右大臣九条兼実の二人の上級者をとび超えて太政大臣にすることの了解を取り付けた。安元三年（一一七七年）正月二十四日の夜、にわかに藤原師長によって左大将の辞表が朝廷に出され、翌日の除目で右大将平重盛は順当に左大将に、空席となった右大将にはいくつもの上級者を超えて平宗盛が任命される。摂関の家でも稀な兄弟が左右に並ぶという人事がなされたのである。『平家物語』はその人事を鹿谷事件の発端として語る。その年の三月五日に任大臣の事があり、内大臣藤原師長は太政大臣となり、大納言兼左大将平重盛は内大臣兼左大将になった。藤原師長の官途は終始、後白河院と平清盛の政治的かけひきの道具として扱われた。

それにしても、藤原師長にそれなりの取り柄がなければ太政大臣まで上りつめることはあり得なかったはずである。『玉葉』承安五年（一一七五年）六月十日の日記で九条兼実は藤原師長のことを「尊貴の家に生まれ、身には経史の学と音楽の才能を備えている」と評している。彼は琵琶をはじめ当代の音楽全般にわたって集大成した中世最大の音楽家の一人で、十三世紀後期に成立した音楽を話題にした説話集である『文机談』でも大きく扱われる人物である。音楽は彼にとって、自らの才能を開発し鬱陶しい宮廷生活で心を解放し得る機会を与えるものであったのだろう。しかし『玉葉』を読んでいると面白いことに気付く。彼は公の晴れの管弦の席で、九条兼実が出席している時には、たいてい箏の琴の役にまわっている。琵琶は、はじめは名人の聞こえのある藤原師長の役に当てられていた。ところが彼はいつも十一歳年下の従弟である九条兼実に遠慮して譲り続けたのか、琵琶は九条兼実、箏の琴は藤原師長の役となったようなのである。公の晴れの席では得意の琵琶の演奏についてさえ、身を慎ましく持していたと思われる。

治承三年（一一七九年）十一月十七日、平清盛のクーデターによって三十九名の親後白河院派の人々の官職が解かれた。藤原師長もまた太政大臣を解任され尾張に流された。尾張時代の話題としては「大臣流罪」のほかにも、『文机談』に弟子の禅生という仁和寺僧が尾張まで尋ねてきて弾弦の法について教えを受け『東屋談』という二巻の書として都に伝えたという話が載せられる。「大臣流罪」については、その話題をもとに江戸時代前期に作成された絵巻が上野学園日本音楽資料室蔵の絵巻一巻『ひわのゆらい（琵琶の由来）』[補2]として伝わる。尾張で彼は出家する。法名は理覚である。二年後、赦されて帰洛、奈良に隠棲して、建久三年（一一九二年）に薨去した。行年五十五歳。

補注

1 本稿の骨子は、「歴史余話⑤　二度流された男―藤原師長―」（『税大通信』一九八五年六月）によっている。

2 青木洋志、磯水絵、スティーブン・G・ネルソン「『びわのゆらい』（上野学園日本音楽資料室蔵）影印・翻刻」（『日本音楽史研究』4号、二〇〇三年三月）

24　巻三　法皇被流　城南之離宮

一　概説

治承三年（一一七九年）十一月二十日、平清盛によるクーデターによって後白河院の院政は停止され、平宗盛を長として、高倉天皇を戴く平家一門が政権を担当するという異常な事態になる。同日、平清盛は後白河院を鳥羽離宮に幽閉した。鳥羽離宮は京都の南口の羅城門を出て鳥羽街道を南へ三キロばかり下った位置にある。鳥羽への御幸には公卿や殿上人は一人も扈従せず、従ったのは後白河院の乳母であった紀伊二位、それに北面の下﨟および金行《かねゆき》という名の力者の三人だけであった。鳥羽離宮では十七日に大膳大夫の官職を解かれた近臣の平信業が密かに待ち受けていて、後白河院に行水などの奉仕をする。行水は後白河院に暗殺の予感があったことを示すものだろう。法勝寺そして後白河院の御願寺の蓮華王院（三十三間堂）の執行《しゅぎょう》でもあった静賢が、翌日、平清盛の許可を得て近侍のため鳥羽離宮に赴く。建物の内はしんとして、後白河院の、例の歌い上げるような読経の声が悲痛に聞こえるばかりである。紀伊二位は静賢に、食事も眠りも拒否する後白河院の生命の心配を訴える。静賢は、天照大神、正八幡それに日吉の神の冥助によって政治は再び御手に戻るだろうなどと言って後白河院を励ます。内裏の高倉天皇は毎夜、清涼殿の石灰の壇で父後白河院のために伊勢神宮を遙拝された。「法皇被流」はあらまし、そうしたことを語る。

二　鳥羽離宮に参入を許された人物

鳥羽離宮に参入を許されたとされる人物は書物によって異同がある。鎌倉後期に著された歴史書である『百錬抄』の治承三年（一一七九年）十一月二十日の記事には、平清盛が強制的に後白河院を鳥羽離宮に移し、武士が門を固めて何人の面謁も許さなかった、信西入道（藤原通憲）の子息の藤原成範、藤原脩範、法印静賢の三人そして女房二、三人のみが参入を許された、と記す。平清盛も一目置いていた信西入道の子息たちだけが参入を許されていたとする、その記事には〈真実らしさ〉がある。

慈円の『愚管抄』巻五には、鳥羽離宮に幽閉された後白河院には「人ヒトリモツケマイラセズ、僅ニ琅慶ト云フ僧一人ナド候ハスル体ニテ置キマイラセテ、後ニ御思ヒ人、浄土寺ノ二位ヲバ、其ノ時ハ丹後ト云ヒシ、ソレバカリハ、マイラセラレタリケリ」とあって琅慶という僧と愛妾の丹後局のみが参入を許されていたとする。琅慶という人物の事績はあまり知られないが、九条兼実のところに親しく出入りしており、後に律師の地位を得た僧であることが、『玉葉』の記事から知られる。

琅慶について何よりも注目すべきは、『玉葉』安元二年（一一七六年）九月二十四日の記事に、彼を能読の僧とする点である。能読というのは読経道の巧者を指す言葉である。歌い上げるように『法華経』を読誦する読経の芸能が読経道で、それを中興したのが芸能好きの後白河院であった。柴佳世乃氏が『読経道の研究』（風間書房、二〇〇四年）で読経道の歴史における後白河院の果たした役割について説いている。読経道の口伝・記録である『明鏡集』によると、鬼界島で憤死した俊寛は読経道の四天王の一人であった。ところで後白河院は念願の阿闍梨位の灌頂を文治三年（一一八七年）八月に四天王寺で受けるのだが、『玉葉』文治三年八月二十三日の記事によると、その時の従僧の筆頭が琅慶であった。先の『玉葉』を合わせて推測すると、琅慶は能読の僧として後白河院の寵を得ていた人物であったことが知られる。静賢が鳥羽離宮に参入した時、後白河院の読経の声が聞こえたと覚一本は語るが、『愚管抄』の伝えが事実であるとすると、その傍らに琅慶が控えていた状況も想像できよう。読経道を通じて後白河院の寵愛を得ていたらしい琅慶が、鳥羽離宮に参入を許されていたとする『愚管抄』の記事にも〈真実らしさ〉がある。参入者について『百錬抄』と『愚管抄』とでは取り上げる対象を異にしているだけで、どちらも事実なのかもしれない。ある時は信西入道の子息たちが、またある時は能読の琅慶がと、平家の許可を得て、入れ替わり立ち替わり後白河院親昵の少数の人々が鳥羽離宮に参入していたのだろう。

鳥羽離宮は白河院によって応徳三年（一〇八六年）に造営が始まり鳥羽院そして後白河院の時代まで拡張整備が続けられた、広い池と美しい中島を持つ百町余の広大な離宮であった。あたかも都をその地に移したような結構の、治天の君の強大な権力を誇示する華やぎに満ちていた。白河院と鳥羽院の五十歳を祝う盛大な御賀が行われたのは鳥羽離宮においてであった。しかし安元二年（一一七六年）の後白河院の五十歳の御賀は鳥羽離宮ではなく後白河院御所の法住寺殿で挙行された。『玉葉』安元二年（一一七六年）三月四日の記事に「鳥羽殿ハ其ノ地、甚ダ荒蕪シ、専ハラ此ノ礼ヲ行ヒガタシ」と、その理由を記している。その後、安元三年（一一七七年）の鹿谷事件によって、藤原成親の州浜殿を始めその地に別荘を構えていた近臣が粛正されて以降、鳥羽離宮のかつての華やかさはすっかり消えてしまった。後白河院が幽閉された治承三年（一一七九年）には、栄華の後の悲しみとわびしさのみを感じさせる場所であっただろう。鳥羽離宮に送られた後白河院は死を覚悟していたはずである。『平家物語』に、大膳大夫平信業が奉仕して後白河院が行水をしたとするのは、後白河院が暗殺されることを予感していたことを示す記事と見てよい。鎌倉後期に臨済宗の僧である無住が著した仏教説話集である『沙石集』巻六に、「鳥羽殿ニ打チ籠メラレテ、今夜、我ハ、失ハレヌト覚ユルナリ、トテ御行水メシテ」と、鳥羽離宮に御幸を強制された後白河院は死を覚悟していたと記している。

本書が底本に用いている覚一本において、鳥羽離宮で後白河院に近侍したとされる三人について簡単に触れなければならない。

三　後白河院に近侍した三人「尼前」「静賢」「大膳大天平信業」

まず「尼前《あまぜ》」と呼ばれる女性についてである。本書が底本にしている覚一本は、その素性を後白河院の乳母の紀伊二位朝子であると記す。彼女は紀伊守藤原兼永の娘で少納言藤原通憲（信西入道）の室である。後白河院は帝位についた初期のころ、院政の基盤を強固にすべく保元の新政と呼ばれる政治改革を図るが、その推進役となったのが少納言藤原通憲であった。身分も官職も低い藤原通憲が後白河院のもとで辣腕を振るうことができたのは、天才的な彼の資質および能力とともに、紀伊二位朝子の夫であるという立場が大きく作用している。

「尼前」を紀伊二位朝子とする覚一本の記述には一見、〈真実らしさ〉がある。しかし事実か否かという点からすると大いに問題がある。『山槐記』治承三年（一一七九年）正月十日の記事に、後白河院が彼女の遠忌に密かに参列したことが記されている。紀伊二位は永万二年（一一六六年）正月十日に逝去したことを寺本直彦氏は検証している（寺本直彦「書陵部蔵『源氏秘義抄』付載源氏絵陳状追考」『源氏物語受容史論考　続編』七一七頁、風間書房、一九八四年）。後白河院の鳥羽離宮幽閉の時期よりはるか以前に彼女は逝去しているのである。覚一本の記事にはいかにも〈真実らしさ〉があるのだが、事実ではない。事実面において信憑性の高い内容を持つ延慶本『平家物語』では、「尼前」を出家前に「左衛門佐」という召し名で後白河院に仕えていた女房であると記す。筑前守藤原隆重の娘で少納言藤原通憲の室となり、後白河院に官女として仕え「尼前」と呼ばれていた女性が『尊卑分脈』に載る。武久堅氏は彼女こそがここに言う「尼前」であると説かれている（武久堅「十二巻本の成立と『自暦記』の著者吉田資経」『平家物語成立過程考』桜楓社、一九八六年）。それは『平家物語』の前半部、巻一から巻六までの成立に関わる意味深長な説と言える。もっとも、「尼前」と呼ばれた藤原隆重の娘が鳥羽離宮に参入したとするのが事実か否かには疑問が残る。『自暦記』の記事を信じるならば、彼女は後白河院の鳥羽離宮幽閉の時は七十五歳の高齢である。その年齢が正しいとすると、事実としては信じがたい。

『平家物語』の前半部は外部徴証また内部徴証から葉室家・勧修寺家の一門の誰かの手によって成った可能性が高い。勧修寺流の吉田資経の日記に「尼前」と呼ばれていた藤原隆重の娘が鳥羽離宮参仕を匂わす昔語りをしたと記し、延慶本にそれが採用されているとするならば、それは実否の問題よりも、『平家物語』の前半部の作者が葉室家・勧修寺家の誰かであることを示す一つの徴証となる点で重要な意味を持つこととなる。鳥羽離宮参入の女性としては、「尼前」のほかに、先に示したように『愚管抄』に丹後局、後の浄土寺の二位の尼の名前が挙げられている。丹後局は後白河院の愛妾であり、養和二年（一一八一年）に覲子内親王を産んだ女性で、『玉葉』文治元年（一一八五年）十二月二十八日の記事に政治にまで口を出す轚蹙ものの女性であると記される、当時、有名な女性であった。彼女は後白河院崩御の直後に尼となっている。その丹後局が鳥羽離宮で後白河院に仕えることが許されていたとする伝えには両「尼前」説を凌ぐ〈真実らしさ〉を認めることができる。

次に静賢である。母は紀伊二位ではないが、信西入道（藤原通憲）の子息である。信西入道は優れた才能を持つ政治家として辣腕を振るう一方、大学者として大きな業績を残す天才的な人物だが、不幸にして平治の乱（一一五九年）の始めに、乱の首謀者藤原信頼によって誅殺された。平治の乱に際してその子息たちの殆どは出家したが、子や孫はすべて僧として抜群の業績を上げ、仏教界に大きな足跡を残している。子息のうち静賢と弟の安居院の澄憲の二人は僧籍にありながら後白河院に政治顧問のようなかたちで重用され、近臣として活動している。静賢は巻三「法印問答」によると、軍勢を率いて上京した平清盛のもとに後白河院の使者として赴き、その意図を糺し非を説いている。また、『平家物語』には語られないが、平家都落ちの後、京都で威を振るう源義仲との間の折衝役を務めたのも静賢である。静賢は、後白河院の側に立ちながらも大所高所に立った判断を下すことの出来る人物として、平清盛にも一目置かれていた優れものであった。巻一「鹿谷」で語られる彼の言動も、そうした人物像に沿ったものとなっている。「法皇被流」において、鳥羽離宮への参向を平清盛が許したというのも、いかにも〈真実らしさ〉のある記事なのである。『平家物語』では、後白河院側の静賢そして平清盛側の平重盛を大所高所に立って事態を判断し行動する優れものとして造形している。

もう一人は大膳大夫平信業である。低い身分からの出頭人なので系譜は定かでない。『尊卑分脈』では彼も彼の子息の平業忠も世系が分からない。しかし信業の娘は九条家の当主である九条良経との間に、後に御室戸僧正と呼ばれた三井寺長吏の道慶を設けている。九条家のような権門の縁者となりえたのは、彼が後白河院の並々ならぬ恩寵を得る身であったことと無縁ではあるまい。『玉葉』寿永元年（一一八二年）九月一日の記事に、八月三十日に信業法師死去と記される。『玉葉』は九条良経の父兼実の日記である。当時、右大臣であり、後に関白となった九条兼実には強い差別意識があった。それ故、普通ならば平信業の身分のものの逝去をわざわざ日記に書き付けなどしない。にもかかわらず記事にしたのは、平信業が後白河院の近臣として勢力を持ち、彼の娘が息子の九条良経の子を産んでいたことによるのだろう。信業法師と記しているのは、平信業が一月半前の七月十四日に出家していたからである。当時、左大弁で参議であった吉田経房の日記『吉記』寿永元年七月十五日の記事に、「昨日、遁世ス」と記されている。死を予感する病勢になったので、当時の習慣に従って頭を剃ったのだろう。その記事には、平信業がその時、四十五歳、父は兵衛尉信重であること、また後白河院の恩寵が並々ならぬものであったことが記されている。彼が亡くなった八月三十日には後白河院の賀茂神社参詣が予定されていたが、後白河院は平信業の逝去を悼むあまり、参詣を取りやめたと、『玉葉』の先の記事は記している。後白河院と近臣・近習者との間は密度の濃い人間関係で結ばれていた。平信業との親密さには並々ならぬものがあった。

解官され、平家に眼を付けられている危うい身を顧みず平信業が鳥羽離宮に潜行し後白河院の行水に奉仕したと語る『平家物語』の記事には、やはり〈真実らしさ〉を認めることができる。

大膳大夫という官職は天皇から臣下に下される饗膳などを司る役所の長官である。食物を扱う官職のうち、天皇の食事の調理や毒味をする内膳は、上古からの料理専門の家筋である高橋氏などが長官を勤める。それに対して大膳大夫は、たとえば『官職秘録』上に「往年ハ諸道ノ博士並ビニ外記ノ史ヲ歴タル輩、多クコレニ任ズ」とあり、古くは四位、五位の身分で医者、陰陽師などの諸道に達した者、あるいは儒学に通じ政務に関わる記録・文書を扱う五位の外記などから選ばれた。実際、『尊卑分脈』を繰ると、和気、丹波などの宮廷医の家、賀茂、安倍などの陰陽師の家、それに清原、中原などの外記を勤める家の人々が多く大膳大夫の職に任命されている。地下の家柄ながら天皇に近侍するので、その人物と能力とを問われる官職であった。平信業は諸道の家の者でもなく外記経験者でもなかった。その彼が大膳大夫に任命されたのは安元二年（一一七六年）正月三十日である。『玉葉』の同日の記事に「大膳大夫　従四位上平朝臣信業」とし、「信業ノ大膳大夫マタモツテ眼ヲ驚カスカ」と記している。彼が選ばれたのは、ひとえに後白河院の依怙贔屓によるものであったのだろう。

平信業は出世の糸口を久寿二年（一一五五年）八月五日、滝口武者に任命された時に得た。彼はその時、十八歳であった。優れた武者という聞こえがあったからではない。また、京都の紀氏、摂津の嵯峨源氏である渡辺氏、あるいは藤原利仁の子孫と称する北陸の斎藤氏のような、滝口武者を輩出する代々の家筋でもない。平信業の任命は彼の姉である坊門殿が後白河院の愛妾であり（『山槐記』治承三年（一一七九年）四月十一日）、その時期までに後白河院の皇子を二人まで儲けていた（『今鏡』「みこたち　第八」海野泰男『今鏡全釈　下』福武書店、昭和五十八年、三七七頁）ことによると思われる。最初の皇子は三井寺長吏の八条宮円恵法親王で寿永二年（一一八三年）十一月十九日の法住寺合戦で木曾義仲の軍勢によって殺された人物である。『平家物語』巻八にも円恵法親王が討たれたことが記されている。次の皇子は三井寺長吏の鳥羽宮定恵法親王である。平信業が滝口に任官したのは、久寿二年七月二十四日に践祚して帝位についた後白河天皇の勅定、つまり後白河天皇じきじきの任命であった（『山槐記』久寿二年（一一五五年）八月二十八日）。

平信業と同日に勅定によって滝口に任官したもう一人の人物がいる（『山槐記』同日）。それは藤原師光、後の西光法師である。藤原師光は阿波国の在庁官人の子と伝えられるが、その母が信西入道（藤原通憲）の乳母であった（『玉葉』承安三年（一一七三年）三月十日）関係で信西入道に仕えて才覚をあらわしていた。後白河院が政治経済の政策面でもっとも頼りにしていた信西入道の推薦によって、藤原師光は後白河院の勅定による滝口任官の栄誉に浴したのだろう。平信業も藤原師光も後白河院の私的な人間関係によって出世の糸口を掴んだのである。もっとも、藤原師光は平清盛を小型にしたような野心家であり胆力もあり、実務も十分にこなす才幹に恵まれていたのに対し、平信業は実直であったのだろうが、平凡な人物であったと思われる。むしろ、その点を買って後白河院が彼を親昵の者としたように思われる。そのあたりのことは、米谷豊之祐氏が『院政期軍事・警察史拾遺』（近代文芸社、一九九三年）において説いておられる。同書は院近臣の下層およびその周辺の人々の官途を網羅的に検証していて、『平家物語』を解釈する上でも実に有益な情報を提供してくれる書物である。

滝口武者が出世の糸口であったが、平信業が後白河院の格別親昵の近臣となり、遠江守、越後守、尾張守を経て従四位上の大膳大夫にまで出世したのは北面に列して後白河院に近侍するようになってからなのだろう。北面を構成するのは武士だけではない。小松茂美氏が氏自身の主催する古筆学研究所の機関誌『水茎』第六号で紹介した「後白河院北面歴名」は下北面の構成員リストだが、それを見ると下北面が一種の職能集団であったことが分かる。彼らは地下の家柄の人々であり、しかも武士以外の職種の専門家が圧倒的に多い。神祇に携わる卜部氏や大中臣氏、外記や内記といった書記官僚の家筋である清原氏、中原氏、小槻氏、宮廷医の家筋である和気氏、丹波氏、惟宗氏、その他の職能をもった人々、それに加えて取り巻き的な性格の人々がいる。それだけではなく伊勢神宮、上下の賀茂神社、松尾神社、稲荷神社、住吉神社、日吉神社といった大社の神主それに京都・奈良および地方の大寺院の僧さらに院尊のような仏師集団の統領までがいる。彼らは私的で特別な関係をもって後白河院に奉仕する人々であった。その末席には隷属的な召使い身分である女性の雑仕そして男性の召次がいた。「後白河院北面歴名」に載せられていないが『平家物語』巻十「請文」で後白河院の密使として八島の平家のもとに赴いた御壺の召次の花方も下北面に列する召次だったのだろう。平信業の名前は「後白河院北面歴名」には見えないが、『愚管抄』巻五には平信業と彼の弟の平信忠を後白河院から格別の恩寵を受けた北面の下臈として、その名を挙げている。低い出自の身で下北面から出頭した人物の代表格が平信業であったのだろう。

後に大膳大夫として後白河院の殊遇を蒙る平業忠は平信業の子であり、後白河院の父平信業への恩寵をそのまま引き継いだ。『玉葉』安元三年（一一七七年）四月六日の記事に「信業ノ子ノ業忠、左馬権頭ニ任ゼラル。去年ノ冬、今年ノ春、今度並ビニ三度ノ除目、皆モッテ珍事カ」と記す。父である平信業（保延四年（一一三八年）生まれ）の年齢から推測してまだ二十代前半で、しかも統領的な武家でもない平業忠が従五位相当の馬寮の長官代行に任じられたのである。後白河院の特別な計らいによるとはいえ、極めて異例の人事であったのだろう。平信業の、彼の没後は平業忠のものとなった邸は六条西洞院にあった。そこは後白河院の六条御所となり、後に邸内に後白河院の持仏堂である長講堂が造立された。寿永二年（一一八二年）十一月十九日の法住寺合戦で木曾義仲に御所である法住寺を焼かれた後白河院は、はじめ摂政近衛基通の五条第に移り、十二月十日に平業忠の六条西洞院の邸に移り、そこを六条御所としたのである。その後、白河押小路殿に移ったが、『平家物語』巻十二「大地震」でも取り上げる文治元年（一一八五年）七月九日の京都の東北部を襲った直下型の大地震で大きな被害を受けたために、再び六条御所に戻った。時期は確定できないが、その邸内に御持仏の阿弥陀三尊を本尊とし、亡き近臣を弔うための過去帳を備えた（『雍州府志』）長講堂が造立された。『平家物語』巻一「祇王」には、祇王、祇女、仏、刀自ら四人の名前もその過去帳に入れられ、供養されたことが見えている。そのような六条御所の経営もまた近臣と後白河院との密度の濃い人間関係なかんずく平信業との格別に親昵な関係を推測させるものとなっている。平信業が鳥羽離宮に潜行し後白河院の行水に奉仕したとする『平家物語』の記事は、事実か否かを検証することは出来ないが、その〈真実らしさ〉は紛れもないことである。『平家物語』の作者が作品世界を筆先だけで作り上げたのではなく、十分な知識と理解に根ざした想像力をもってテキストを織り上げたことが分かるだろう。

四　平清盛の暴挙

平清盛のこの度の暴挙は、強い危機意識によるものであった。平重盛が治承三年（一一七九年）八月に薨去して後、平家の政治力には大きな翳りが生じていた。平重盛の後を受けて平家を公的に統領する立場に立った平宗盛が凡庸な人物であったからである。後白河院はその機につけ込み関白松殿基房の協力を得て、平家の弱体化をはかるが、平宗盛は何の対抗策も打てないでいる。危機を感じた平清盛は、隠退の身であったにもかかわらず、軍勢を率いて福原から上京、十一月十七日に太政大臣藤原師長以下を解官、二十日に後白河院の院政を停止する挙に出る。そして後白河院を鳥羽離宮に幽閉し、関白松殿基房を備前に配流する。それは当代の政治思想であった王権と摂籙権の神授説からすると、政治上の暴挙であるに留まらず、王法創始の神である天照大神と天児屋命を冒瀆する行為であった。神々を恐れぬその所行が平家一門にもたらす恐るべき結果に平家の人々は思いを致すべきであった。その時には、平清盛のクーデターは神々を冒瀆する罪であり、神々による恐るべき罰が平家一門の上に下されることになることを、平家の人々はもちろん誰も想像することはできなかった。「　」（補1）で説く運命悲劇の主題が「法皇被流」の本文のうちにくっきりと刻印されているのである。

平重盛が生きていたならば、父平清盛の暴挙を諫止できたに違いない。鹿谷事件の際、後白河院に対する平清盛の報復措置を脅迫的な手段さえ使って押しとどめたことは巻二「教訓状」に語られている。しかし平宗盛は父の意向に従うばかりで、平家の統領として自ら判断し断行する才覚と強さを持っていなかった。その凡庸さの一端は「辻風」のところでも触れておいた。平教盛、平時忠、藤原邦綱などの、いわば平家の大人たちもまた平清盛を制止できなかった。その結果、平家は王法創始の神々、そして王法守護の八幡大菩薩の神罰を蒙る悲劇の一門となったのである。平重盛ならば抵抗し制止したに違いない平清盛の愚挙に、父禅門の気色に恐れをなすばかりの凡庸で優柔不断な平宗盛は逆らうことが出来ない。歴史の流れの必然、王法創始の神々の意志、天変地異をもって示される天の意志、善悪の因果の応報、そして余りに深い平清盛の欲望、それらが平家の悲劇を決定づけた要因であると『平家物語』は語るのだが、この句において、凡庸さや優柔不断といった平宗盛の資質・能力がそれに加えられることになる。平重盛が生きていたならば歴史の変革期の難局を乗り切って一門は存続し得たかもしれない。しかし凡庸で優柔不断な平宗盛に、それが期待できるのだろうか。彼は〈その時、そこに相応しい〉人ではなかった。『平家物語』が開いて見せる運命悲劇の主題には、平清盛の余りに深い欲望、そして平宗盛の凡庸さや優柔不断といった人間的要素も重要な意味を持つ。この句以後、随所に平宗盛の認識の甘さと優柔不断さを露呈する場面が描かれることになる。

五　城南離宮

後白河院の鳥羽離宮生活を叙情的に歌い上げるのが「法皇被流」の次に配置された「城南離宮」である。平安京は平安城とも呼ばれた。鳥羽離宮は平安城の南にあるので地理的に城南の離宮と呼ぶことが可能である。

「城」とは後世の城ではなく、高い塀に囲まれた巨大な都市を指す言葉である。中国の都市が城と呼ばれたことに習っている。京都そして源頼朝が鎌倉を都市として開発して後は鎌倉もまた城と呼ばれた。『玉葉』寿永二年（一一八三年）閏十月二十五日の記事に「鎌倉城」という呼称が見える。鳥羽離宮を城南離宮と『平家物語』の作者が呼んだのは、そうした地理上のことだけではなく、文学上のイメージを重ね合わせる意図があった。『文選』巻十六に載せる司馬相如の「長門賦」に詠まれる「城南之離宮」に準えてそのように呼んだのである。「法皇被流」に続く「城南離宮」を結ぶ本文、「法皇は城南の離宮にして、冬もなかばすごさせ給へば、射山の嵐のみはげしくて、寒庭の月の光ぞさやけき」(補2)で始まる叙情的な文章は、栄華の光の尽きた鳥羽離宮のわびしさと治天の君としての権力の座を追われた後白河院の侘びしい境地を重ねて謳いあげる、詩的な名文である。『平家物語』は運命悲劇の主題に関わる要所ごとに詩文や和歌を引用した表白風の文章によって、哀れの感動を喚起しようと図っている。「城南離宮」を結ぶ表白風の名文は、荒蕪した鳥羽離宮と零落した王法を重ねて、平清盛のみならず後白河院の政治をも諷諫する「蕪城賦」となっているのである。「城南離宮」の末尾の文は巻三の末尾の文でもある。「年去り、年来たつて治承も四年になりにけり」と結ぶその文は、十二巻本の『平家物語』の殆どの巻に共通の暗鬱さを感じさせるものとなっている。

補注

1 「「　」で説く運命悲劇の主題が「法皇被流」の本文のうちにくっきりと刻印されているのである。」—印刷原稿には、「総説で説いた運命悲劇…」とあり、「総説で説いた」を消して、鉛筆で「「　」で説く」とある。

2 「法皇は城南の離宮にして、冬もなかばすごさせ給へば、射山の嵐のみ激しくて、寒庭の月の光ぞさやけき」の引用について。傍線部、覚一本（旧大系・新大系とも）には「野山」とある。「射山」とあるのは流布本・延慶本など。美濃部氏が意図的に本文を変更したものと考え、氏の引用どおりとした。

使用図版・表・絵一覧

『平家物語』覚一本 全構成（覚一本系の高野本の本文章段名による。頁は旧大系本）

序章部

平家物語 巻第一

祇園精舎
殿上闇討
鱸
禿髪
吾身栄華
祇王
二代后

導入部

「されども、鳥羽院御晏駕の後は、……」（上・107頁）
額打論
清水寺炎上
東宮立
殿下乗合
鹿谷

「其比、妙音院殿の太政のおほいどの、（共時は未だ）内大臣の左大将にて……」（上・121頁）
↓「其比」＝安元三（＝治承元年 一一七七）正月

被斬」まで

俊寛沙汰 鵜川軍
願立
御輿振
内裏炎上 五大災厄①

「重衡　巻十一　以下が主題部 ←

平家物語　巻第二　安元三年（一一七七）五月

座主流
一行阿闍梨之沙汰
西光被斬
小教訓
少将乞請
教訓状
烽火之沙汰
大納言流罪
阿古屋之松
大納言死去
（徳大寺厳島詣）1　（　）の句は、主要な登場人物の薨卒伝にあたる逸話
山門滅亡
善光寺炎上
康頼祝言
卒都婆流
蘇　武

平家物語　巻第三　治承二年（一一七八）正月

赦文
足摺
御産
公卿揃

大塔建立
頼　豪
少将都帰
有　王
僧都死去
颺　五大災厄②
医師問答
(無　文) 1
(灯炉之沙汰) 2
(金　渡) 3
法印問答
大臣流罪
行隆之沙汰
法皇被流
城南之離宮

平家物語　巻第四　治承四年(一一八〇)正月

厳島御幸
還　御
源氏揃
鼬之沙汰
信　連
競

山門牒状
南都牒状
永僉議
大衆揃
橋合戦
宮御最期
若宮出家
通乗之沙汰
（鵼）1
三井寺炎上

平家物語　巻第五　治承四年（一一八〇）六月

都遷　五大災厄③
月見
物怪之沙汰
早馬
朝敵揃
咸陽宮
文覚荒行
勧進帳
文覚被流
福原院宣
富士川

都帰
奈良炎上

平家物語　巻第六　治承五年（一一八一）正月（七月十四日から養和に改元）
新院崩御
（紅　葉）1
（葵　前）2
（小　督）3
廻　文
飛脚到来
入道死去
（築　島）1
（慈心坊）2
（祇園女御）3
嗄　声
横田河原合戦
養和の飢饉　五大災厄④　＊養和二年（一一八二）二月（五月二十七日から寿永に改元）
→巻六までは、承久三年（一二二一）の承久の乱前後に、慈円のもとで成立か。

平家物語　巻第七　寿永二年（一一八三）三月
清水冠者
北国下向

竹生島詣
火打合戦
願　書
倶利伽羅落
篠原合戦
真　盛
還　亡
木曾山門牒状
返　牒
平家山門連署
主上都落
維盛都落
聖主臨幸
忠教都落
経正都落
青山之沙汰
一門都落
福原落

平家物語　巻第八　寿永二年（一一八三）七月

山門御幸
名　虎
緒　環

太宰府落
征夷将軍院宣
猫　間
水島合戦
瀬尾最期
室　山
鼓判官
法住寺合戦

平家物語　巻第九　寿永三年（一一八四）正月

生ズキノ沙汰
宇治川先陣
河原合戦
木曾最期
樋口被討罰
六ケ度軍
三草勢揃
三草合戦
老　馬
一二之懸
二度之懸
坂　落
越中前司最期

忠度最期
重衡生捕
敦盛最期
知章最期
落　足
小宰相身投

平家物語　巻第十　寿永三年（一一八四）二月（四月十六日から元暦に改元）

首　渡
内裏女房
八島院宣
請　文
戒　文
海道下
千手前
横　笛
高野巻
維盛出家
熊野参詣
維盛入水
三日平氏
藤　戸
大嘗会之沙汰

平家物語　巻第十一　元暦二年（一一八五）正月

逆櫓
勝浦　付大坂越
嗣信最期
那須与一
弓　流
志度合戦
鶏合　壇浦合戦
遠　矢
先帝身投
能登殿最期
剣
一門大路渡
鏡
文之沙汰
副将被斬
腰　越
大臣殿被斬
重衡被斬

平家物語　巻第十二

大地震

五大災厄⑤　元暦二年（一一八五）七月（八月十四日から文治に改元）

終　結　部	後　章　部
「平家みなほろびはてて、西国もしづまりぬ。国は国司にしたがひ、庄は領家のまゝなり。上下安堵しておぼえし程に、同七月九日の午刻ばかりに、大地おびたゝしうごいて良久し。…」（下・379頁） 紺掻之沙汰 平大納言被流 土佐坊被斬 判官都落 吉田大納言沙汰 六　代 泊瀬六代 六代被斬 ↓巻七から巻十二までは、醍醐寺で藤原通憲の子孫の周辺で成立か。後嵯峨院の時代（一二五〇～七〇）。	平家物語　灌頂巻 女院出家 大原入 大原御幸 六道之沙汰 女院死去

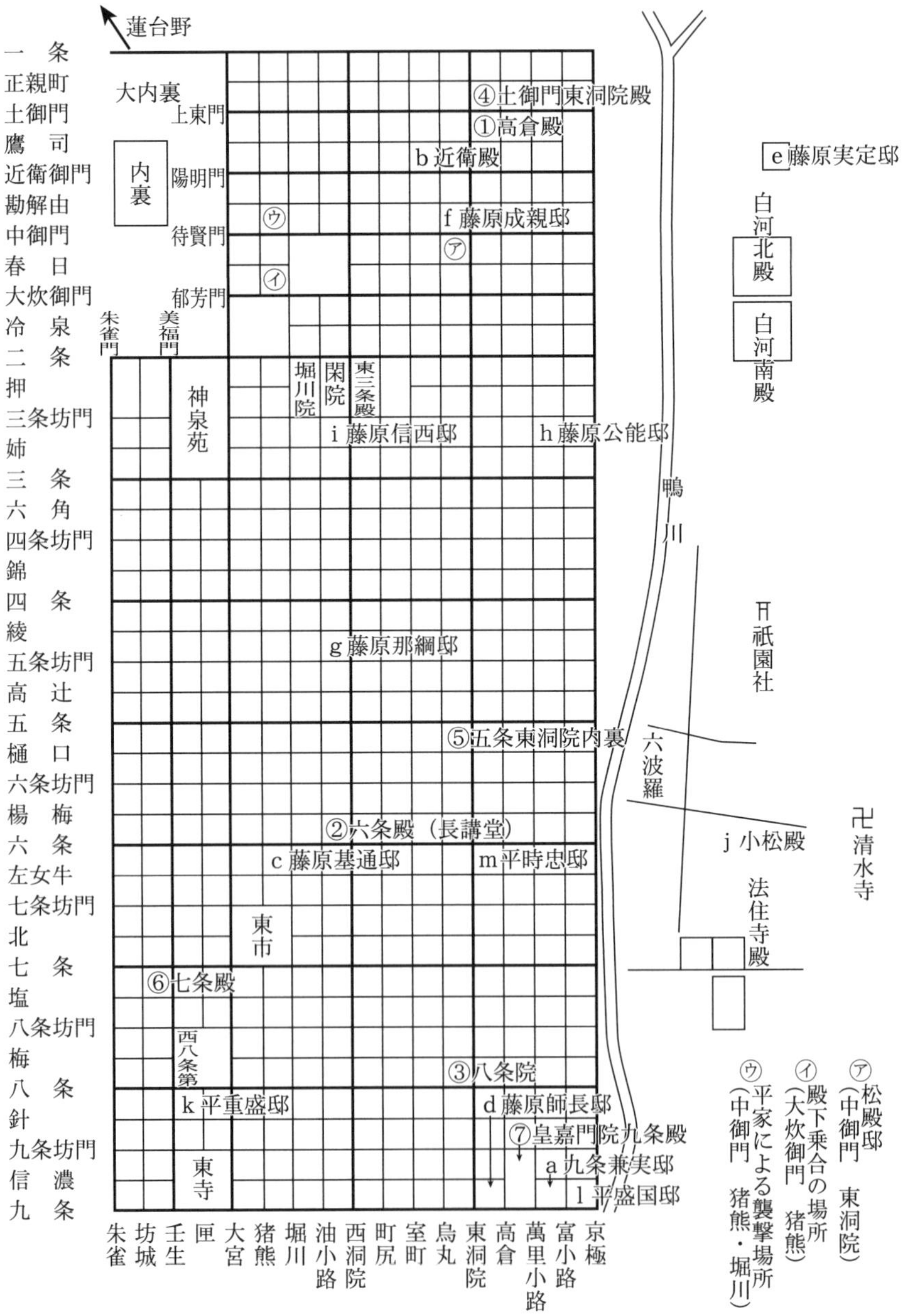

平安京（左京）・洛東（白河・六波羅）図

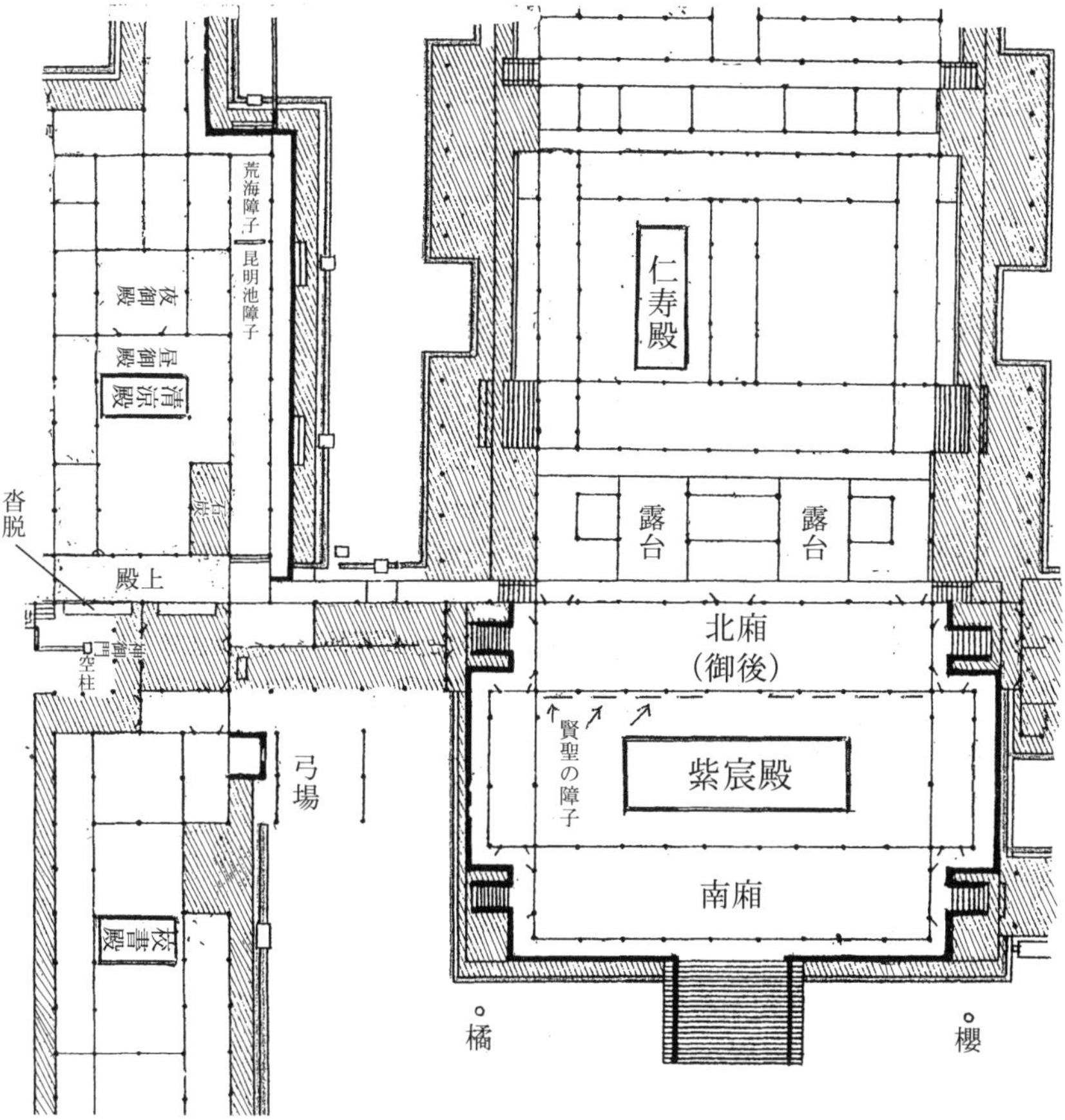

「紫宸殿・仁寿殿・清涼殿・校書殿」
改定増補　故実叢書　38　所収「内裡圖」にもとづく

天皇・公卿系図

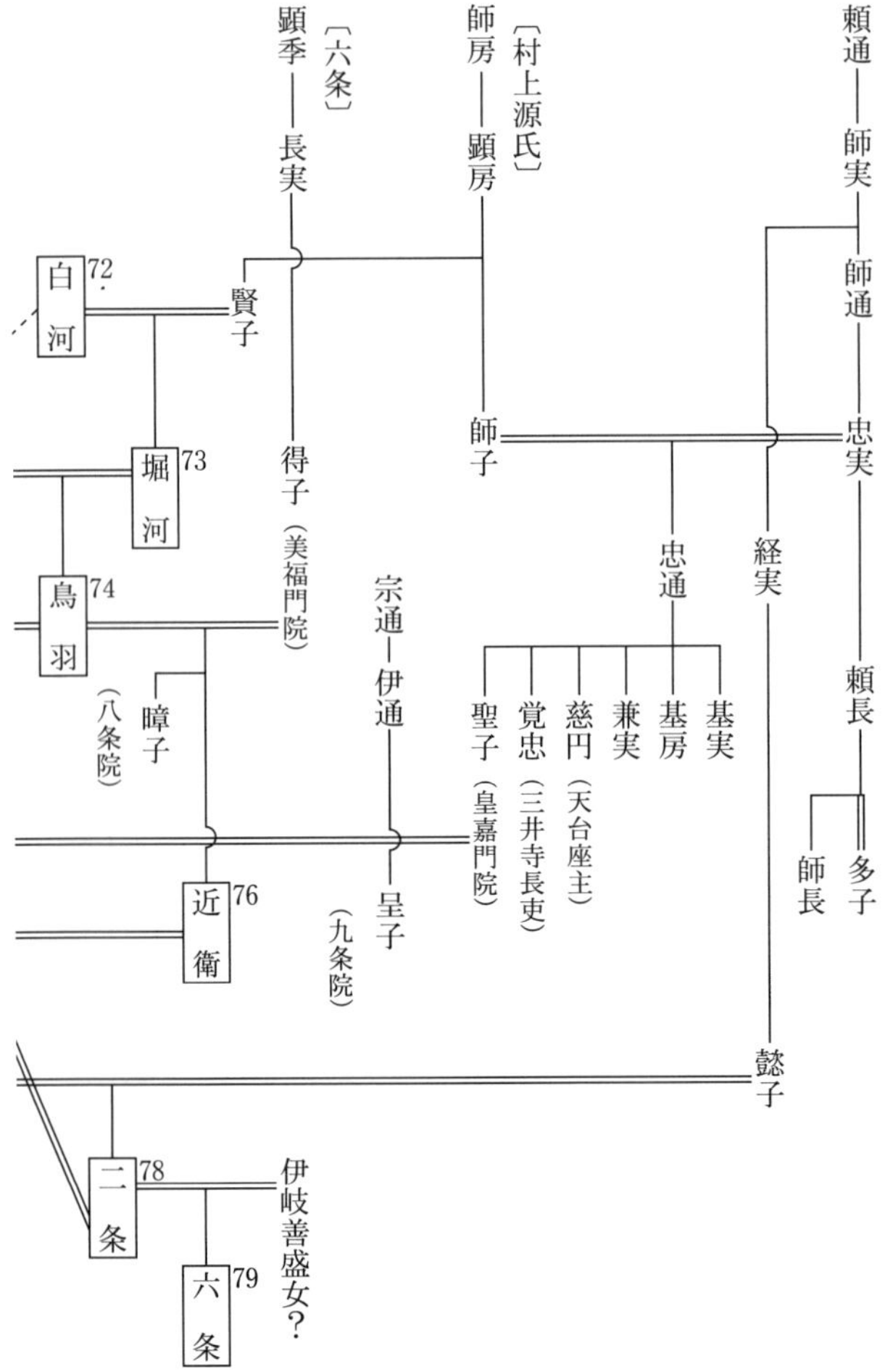

頼通―師実―師通―忠実―頼長
多子
師長
経実
懿子
師子
忠通
基実
基房
兼実
慈円（天台座主）
覚忠（三井寺長吏）
聖子（皇嘉門院）
〔村上源氏〕
師房―顕房
賢子
〔六条〕
顕季―長実
得子（美福門院）
宗通―伊通
呈子（九条院）
白河 72
堀河 73
鳥羽 74
璋子（八条院）
近衛 76
二条 78
伊岐善盛女？
六条 79

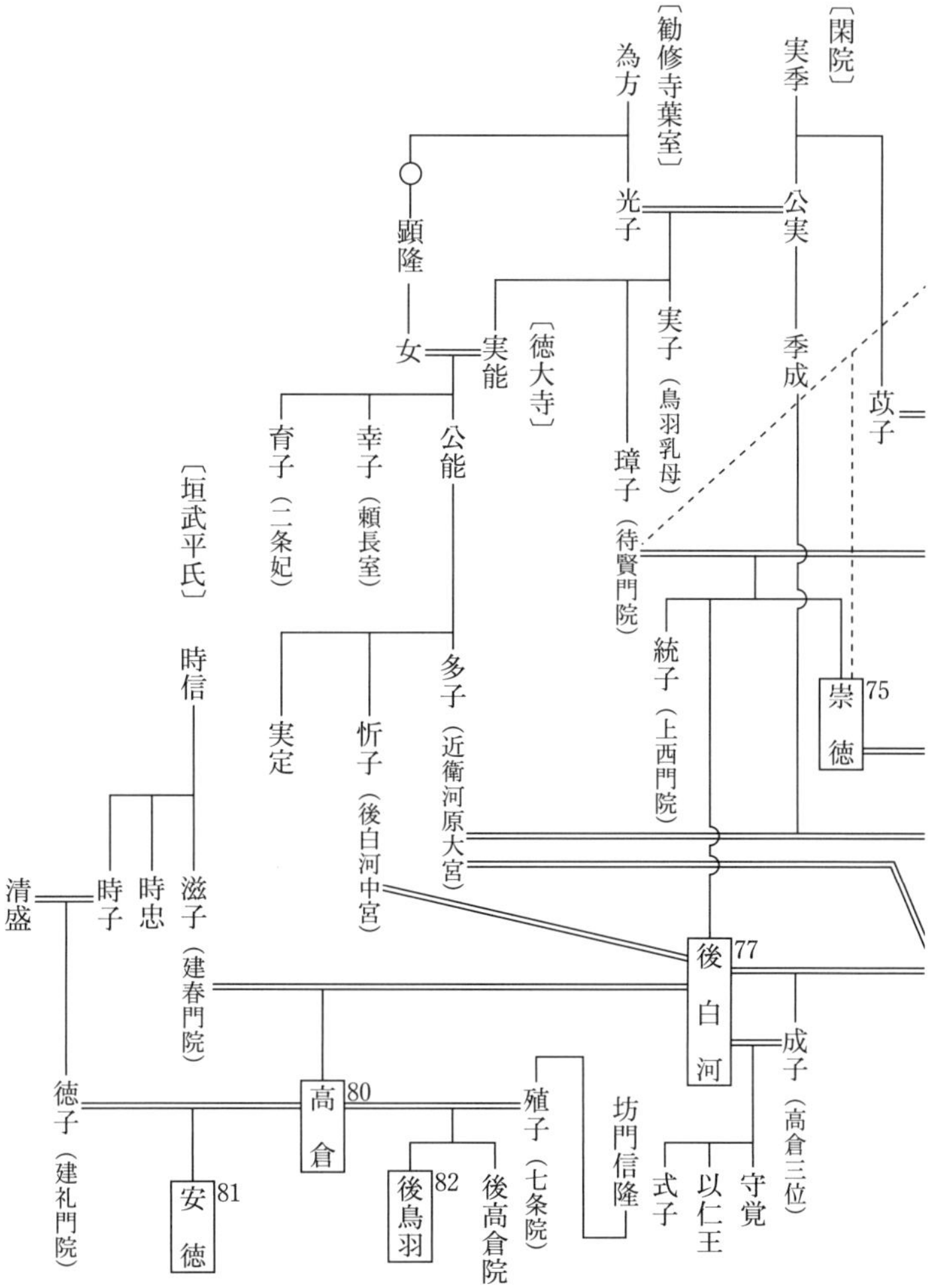
〔閑院〕
実季
公実
季成
苡子
〔勧修寺葉室〕
為方
光子
実子（鳥羽乳母）
璋子（待賢門院）
顕隆
女
実能
〔徳大寺〕
公能
幸子（頼長室）
育子（二条妃）
多子（近衛河原大宮）
忻子（後白河中宮）
実定
統子（上西門院）
崇徳 75
後白河 77
成子（高倉三位）
守覚
以仁王
式子
〔垣武平氏〕
時信
滋子（建春門院）
時忠
時子
清盛
徳子（建礼門院）
高倉 80
安徳 81
殖子（七条院）
坊門信隆
後鳥羽 82
後高倉院

信西系図

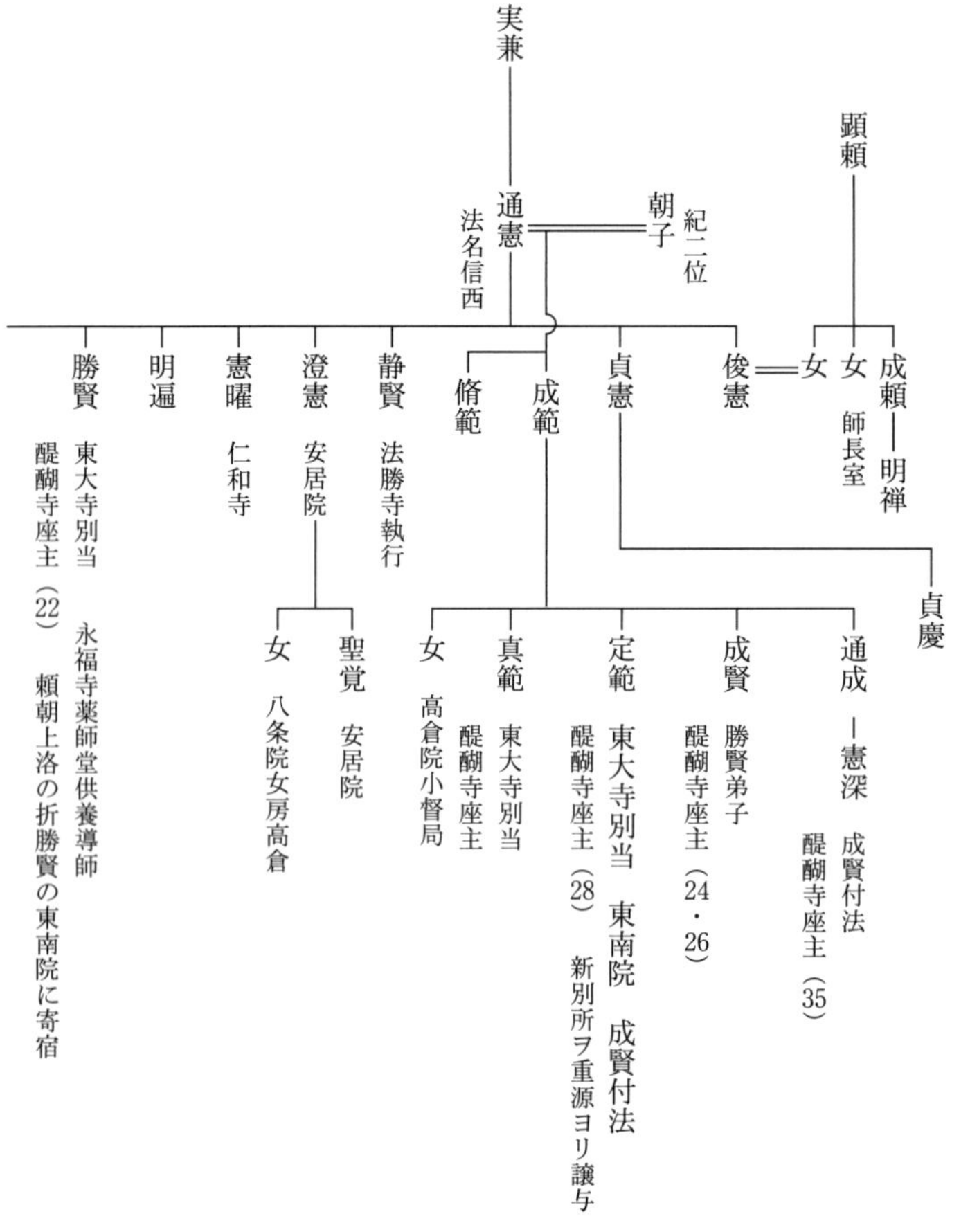
顕頼
成頼
明禅
女
師長室
女
俊憲
実兼
通憲
法名信西
朝子
紀二位
貞憲
貞慶
成範
脩範
静賢
法勝寺執行
澄憲
安居院
憲曜
仁和寺
明遍
勝賢
東大寺別当
醍醐寺座主（22）
永福寺薬師堂供養導師
頼朝上洛の折勝賢の東南院に寄宿
通成
憲深
成賢付法
醍醐寺座主（35）
成賢
勝賢弟子
醍醐寺座主（24・26）
定範
東大寺別当
東南院
成賢付法
醍醐寺座主（28）
新別所ヲ重源ヨリ譲与
真範
東大寺別当
醍醐寺座主
女
高倉院小督局
聖覚
安居院
女
八条院女房高倉

- 女 ＝ 有房
  - 阿波内侍　高倉院中納言典侍　成親養女　成賢から勝倶胝院を譲らる。一言寺創建

- 具平親王
  - 師房　中院流　久我家素
    - 俊房　大地院建立　氏寺とす。
      - 師時
        - 師行　大蔵卿　住醍醐
          - 有房 ＝ 女
            - 有通　母清盛女
            - 道慶　勝賢の師　東南院主
          - 時房
          - 聖慶
      - 勝覚　東大寺別当　醍醐寺座主（18）
    - 顕房
      - 雅実…（二台）…
        - 通親
        - 雅縁　興福寺別当　笠置寺弥勒石仏ヲ宇陀郡大野郷ノ磨崖ニ模彫
      - 定海　東大寺別当　醍醐寺座主（19）　勝覚弟子
      - 覚樹　東南院　石山寺王

あとがき

本書が上梓されましたことを深く感謝申し上げます。

急逝のため未完となりました美濃部の原稿を遺稿集として出版することが出来ました。

監修をして下さいました福田晃先生は、美濃部の急逝の後、時を置かず遺稿集の話を持ちかけて下さいました。二年半の歳月を経て二〇一二年本書の上梓が叶いました。

編集をして下さいました服部幸造先生は、美濃部の原稿を丁寧にご検討下さり、補足訂正をして下さいました。貴重なお時間を頂きました。

三弥井書店の吉田智恵氏は、生前から美濃部の『平家物語』出版に関わって頂き、遺族との橋渡しをして下さいました。

三人の方々の多大なお力添えを頂き本書の上梓が叶いました。深く感謝申し上げます。

急逝のため、本書の原稿は推敲の不十分なまま残されました。長年にわたる準備のため、引用する本文が異なるものとなっていました。原文のままでは上梓が困難とのことで出典を統一する本書の形になりました。服部幸造先生は、読者の方々に統一感のある読み物として読んで頂くことが出来るように、また美濃部原稿の原文のままを希望する遺族の意向に添うように、意を砕いて下さいました。

美濃部は、ライフワークと考えていました『平家物語』の研究を本にまとめたいと長年にわたり執筆の構想をねっていました。

一九八九年から二〇〇九年にかけては南山短期大学コミュニティカレッジで『平家物語』の全巻を通して読む講座を開き、全体を読み通しながら解釈をすすめておりました。その講義の内容は、資料と共に、テープに一部残されています。

一方で、研究の世界を広げ視野を広めて行くことが、『平家物語』研究をより深めることに繋がることになると、さまざまな研究にも積極的に取り組んでおりました。

思うように時間が取れず、執筆を始めたのは二〇〇九年一月になってからでした。巻三「御産」から着手しました。巻三の次に巻四へと進める予定でしたが、変更をして冒頭に戻り、巻一、巻二と筆を進めて行きました。二〇〇九年十二月に巻二「西光被斬」を書き上げました。この句が絶筆となりました。

書き始めて間もなく筆を置くことになり、その無念さはいかばかりかと思います。

巻の最後まで書き進みたいと願うその姿を忘れることが出来ません。

急逝のため、書き上げた章句の推敲が充分でなく、全体の統一を図ることが出来なかったことも心残りであると思います。

書き上げました原稿が、巻一から巻三までとなりましたので、全体の構想を覚え書きしたものを載せることにしました。美濃部が書き込みを入れた原稿のまま誤字・脱字等も訂正しておりません。このような構想のもと『平家物語』の全巻を解釈して本にまとめたいと考えておりました。

美濃部は、『平家物語』の面白さを明らかにし、平安末期の時代相を事実の羅列ではなく意味論的かつ思弁的に描き出したい、「神の怒りを買った人々」「神々との関係における罪と罰」の主題をはっきりさせながら全体を解釈して行く、後の世にも通用する内容にしたい、と常々話しておりました。

巻三までの執筆となり全巻を通しての解釈は未完成のままとなりましたが、美濃部の『平家物語』の解釈が生き続け、学問の流れに位置づけられるものとなりますことを願っております。

本書が上梓されましたことを深く感謝申し上げます。

平成二十四年七月二十三日

美濃部智子

2009. 2. 20

『平家物語』の本に向けて

第一回　２００９年1月２７日

2009. 7. 29

６００頁程度　　４００字詰め原稿用紙１３５０枚

全体像を分かるように。

『平家物語』そのものの文学としての面白さを明らかにし、また『平家物語』を通して平安末期の時代相を政治・経済・宗教・人間・愛情の面において、事実の羅列ではなく意味論的かつ思弁的に描き出す。

人・自然・神々・仏・霊の交差する運命的な世界であるという点に収斂させる。

それは近代以前の人と世界についての認識の仕方である。霊の存在と働きについての認識が自然と人事を一体として捉えさせていた。人の霊、自然の霊。中国の古典医学では<気>。ただし<気>は物理的。近代は霊の存在と働きを排除して物理的また機械的に人と世界を見る故に、人・社会と自然を切り離して、自然科学、人文科学・社会科学に二分する認識が支配的になった。脱近代が志向される状況にある現在、そうした近代的認識が見直す必要に迫られて久しい。中世から学ぶべき点は大きい。

全体の問題　　　　３００枚

１、全体の構成の問題

構成的　主題的　序章は主題の初めに向けて。

導入部と後章部は主題部を換喩的に時代に接続させて。

目次を掲げて、そこに構成と成立に拘わる情報を書き込む。

一巻で１年　一巻で半年、一巻２年など。巻頭は正月あるいは５あるいは６月。

巻末は巻一が「内裏炎上」、巻二が「蘇武」、巻三が「城南離宮」、巻四が「三井寺炎上」、巻五が「奈良炎上」、巻六が「横田河原合戦」　暗い結び方になっている。

前半　清盛物語（道長を手本に）　治承年代記

後半　源氏政権誕生に向けての合戦

重心は平家の亡び　平家哀歌

頼朝の暗影が覆う。

巻十二の冒頭　武士の立場ではない。公家の立場で書いている。鎌倉幕府誕生の物語　武士賛歌ではない。延慶本『平家物語』最後の「頼朝果報目出度事」は作品の内実とはかけ離れた、後での付加である。

視点をカメラとするなら、カメラは前半は京都に、後半は地方を移動

前半は政治・経済・宗教がからみあった大きな歴史の動き全体　後半は戦場の個々の行為が断片的に羅列

前半と後半のスタイルの差　後半、木曾義仲、維盛、重衡について薨卒伝は書かれない。逸話的なものは散在させられている

五大災厄　方丈記　他力・平家の盛衰についての書き方　自然界と人事を一体に捉えた構成

前半部の政治的な動きは後半部の合戦の成因となるもので前後は一種の因果関係をなす。

『平家物語』は実質的には関東の平家と関西の平家の戦いを描くものである。

源兄弟は関東の平氏を利用し、関東の平氏は源兄弟を利用したとも言える。

２、虚構ではない。換喩的文学と隠喩的文学　源氏物語

歴史的な大事件があった。それをどう解釈し表現するか。どこをどのように切り出せばいいか。あるのは断片的な資料だけである。そこから世界を紡ぎ出さなければならない。その制作は琵琶法師の能力を超えている。作家的才能と歴史家的才能そして資料閲覧の便宜を得たものにしか書けない。

日記　地蔵院の置文　文化圏としての僧坊　勧修寺・葉室家などの文庫

写実の精神　　勲功と恩賞　華々しさ

和田系図　群書続７下→写真入手

執筆　毛付け　『太平記』巻七「千早城軍事」２１７頁８行　執筆１２人、昼夜３日

弔いをする人々　建礼門院右京大夫集　右記（青山之沙汰）

巻七以降は<お弔い帳>

句の題も「・・最期」「・・被斬」とされるものが並ぶ。個人の最期を書くことに一つの主眼があったかに見える。過去帳みたいである。

その理由　悲哀　人は運命を自分で決定できない。

歴史のうねりの中で人は生活せざるを得ない。

巻き込まれざるを得ない。どこに生まれたかが本人の意志とは関係なく人生を決めてしまう。その規模が大きい。

私生活が私生活の領域をはみだしてしまう。それを自分でもどうしようもない定めである。

女の役割　千手　明恵の活動　善妙

読み本系統のものが先に出来て、語り本系統のものが芸能の台本として簡略化して作られた。

＊＊人と歴史についての解釈

３、人と歴史についての解釈　解釈の原理

王法観と天変観　　予定調和説

＊＊何故、平家は滅んだのか。

＊＊文学的には運命悲劇のかたちをと

４、成立時期の問題

五期　表化して一目で分かるように

場所　前半は葉室・勧修寺家　後半は醍醐寺前半は承久の乱、後半は両統迭立の時期

文学的ボルテージが高い時代

後白河院　後鳥羽院　後嵯峨院の類似

『徒然草』批判

何故

誰が

５、諸本　『平家物語』には内容と分量の面で相違のある、いくつもの伝本がある。そ

れらを諸本という。歴史的現実と呼応しつつ諸本を作る。

歴史の変革期に大きく添削がなされる。

重要な諸本。『源平盛衰記』も『平家物語』の諸本の一つ。

陀天のテーマ　コードの設定による伝本の作成　『源平盛衰記』と覚一本

【囲み】で陀天のテーマ人間界で盛衰を現出させる力は何か　原動力。天、王法創始の神々。人間の欲望と野心　実現　悪魔的なちから

相輪ドウ

延慶本の末尾「右大将頼朝果報目出事」について。

6、救済と祈りの書

＊＊＊＜お弔い帳＞後半の巻七以後　救済目的の＜過去帳＞を文学にしたもの。

Cf.　石母田氏　年代記を文学化　　　　往生伝の機能

祇園精舎の冒頭句の解釈　浄化

運命悲劇的に書かれている。

7、罪と罰の主題と『平家物語』の構想　鹿谷のプロット　第一・第二の説話

倫理　社会における罪と罰ではない。

自然　霊　神との関係における罪と罰

8、男の文学と女の文学の主題

怨霊　『源氏物語』　女・恋の葛藤・怨霊　　　女流の文学

『平家物語』　男・社会の問題・怨霊　　男性の文学

女の恋情は文化的な装いで秘匿されることがなく、直接的に表出する。

小宰相、重衡の妻・『とはずがたり』の二条

物語と説話　横笛　恋愛の最中の描写に重心はなくて、きっかけとその後の展開に重心がある。

＜あれかこれか＞の主題

夏目漱石『虞美人草』の小野さん

『万葉集』の葦屋のうないおとめ、『源氏物語』の浮舟　女と二人の男　恋愛・自殺

中世は男　家・社会的立場と女への恋情　遁世か自殺（維盛・滝口入道）

小督・二代后は男二人いるが、自殺にならない。

『万葉集』や『源氏物語』のように女中心で＜あれかこれか＞の主題が働かない。

『平家物語』に埋め込まれた女の文学　「小督」　『平家勘文録』『平家公達草紙』『艶詞』『建礼門院右京大夫集』

9、仏法と王法

仏法と王法の変革の時期　日本人の祖師の誕生と武士の価値観（剛の座と臆の座　関東の武者登場　武者像の価値化　使われる身からの脱却）　王法は遊びと儀式　『禁秘抄』（順徳院）　延暦寺対三井寺・興福寺　清盛対後白河院　大衆対衆徒　「額打論」　赤袴騒動　　全体の展開

10、時代の問題　放蕩の帝王　読経道　今様　陰謀　遊び

人物：後白河院と平清盛と成親　今様狂いと近臣政治

時代：院政期　帝王の好き放題、放蕩の帝王による王朝の崩壊　日本的なものの誕生。日本人の祖師誕生。民衆が巻き込まれてゆく。開かれ始めた。

後白河院と清盛の二人に絡めて。政治・経済・宗教　三の面。　教科書的。今様狂いに焦点

身分の垣根が無視される。自由。読経の音楽化。読経道。俊寛は四天王の一人。開かれ始めた。遊びに変えてゆく。鹿谷の陰謀。

『平家物語』と同時代を書いたものとも思えないのが『方丈記』である。そこで『方丈記』を扱う。野心と欲望が衝突して歴史が大きくうねる。その一方で隠遁が流行のスタイルを作る。草庵生活。個人の誕生。『平家物語』と『方丈記』を合わせると時代とそこに生きる人々が分かる。

？１１、『平家物語』の印象　享受者の問題に関わる。制作当時と享受の各時代で変わってくる。興味は合戦、後半部に集中。その場その場の出来事で感情的な反応を喚起する者だが、前半は社会全体にとっては歴史、人にとってはその運命を決定付けた複雑な動きが書かれていて、全体の流れを作る。そこが『平家物語』の作品としての真価を決めるものとなっている。理解することは難しい。絵巻や屏風また工芸品の意匠は多くは後半の合戦。清盛は出てこない。神奈川県歴史博物館蔵の『平家物語屏風』は前半部を画題にしていて特異である。清盛と重盛　御輿振などの場面は屏風では珍しい。前半部から四場面、後半部から二場面（倶利伽羅峠、一谷合戦）。架蔵屏風も風変わりで面白い。『源氏物語』は色好み、恋愛。『平家物語』は武者の勲功と討たれる公達の哀れと合戦、と印象が分かれる。享受の仕方の変化。『源氏物語』と『平家物語』が対になって取り上げられるのは『乳母物語』。公家と武者、女訓の世界。分かりやすさの問題が絡む。享受者の層の問題が絡む。？？

∬　物語を順を追って。

☆話題の句　重要な句を撰びだして、取り上げる。

☆流れ　そこまでの流れを簡単にたどった上で、選び出した句を話題にする。

☆スポット記事　話題にしない箇所で問題となるところにスポットを当て囲み記事とする。スポット記事は流れをたどる文章の後、話題にする句の前の箇所で取り上げる。

話題の句は約３０句。各句を２０枚。

巻七以降の合戦は戦場を一括して取り上げて枚数を調節する。

☆話題の句、３０句が各２０枚で６００枚、☆流れ３０条が各５枚で１５０枚、☆スポット記事３０条が各１０枚で３００枚。合計１０５０枚。

『平家物語』全体を鉄道の路線とする特急停車駅が話題の句、急行停車駅がスポット記事、線路が流れということになる。全句を扱うならば各駅に停車する普通電車となるが、本書は急行電車風に『平家物語』を捉えた本となる。

巻七

☆特急駅

「実盛最期」
謡曲
「忠盛都落」
一門危機的状況　千載集入集への期待　緊張感
四面楚歌で武力的に無理で政治的に切り抜けるしかない状況
☆　急行駅
「木曽願書」
神・人・仏の主題　覚明のこと
「主上都落」
持って逃げるもの　火事の時　時の簡　天皇存在

巻八
☆　特急駅
「法住寺合戦」
鼓判官知康　『源平盛衰記』巻３４
本物の武者と京武者　愚かな公家
鼓判官　いつも晴れの芸人　祭　推参　大嘗会
風流の合戦　道化　後白河院の対応と頼朝の対応の差

☆　急行駅
「緒環」
蛇聟入り型の昔話　　安倍晴明異類婚姻

「水島」
日蝕　将門　政府　科学技術
巻九
☆　特急駅
「木曽最期」
木曽の資質　合戦の技術　統領の資質に欠ける　教養の欠如　運命
勢力が減少して残るのは信濃人々のみ
巴　便女（美女）身分　イメージ　天冠　黒髪　『源平盛衰記』
「敦盛」
謡曲　御伽草子　扇折り　知恩寺　尼寺
☆　急行駅
「宇治川」
先陣争い　承久の乱　　睦月二十日、雪解け水の中、増水
熊谷　法然の弟子　後を見せない。
「小宰相」　一ノ谷　身投げ　未練としての王朝の色込み
武者の時代の色好み　焦点は色好みに置く。
巻十

☆　特急駅

「戒文」

法然の浄土宗　易行　称名念仏　日本人の祖師　日本人の生活感情
親鸞の悪人正機説　天台宗・真言宗と鎌倉の新宗教の違いは密教の有無
秘蹟がない。専門家の宗教とみんなの宗教。秘密。階級。魂の救済・心を安らかにする癒し　中世は霊魂が自然と人間を繋いで、三者が一体。近代は霊魂は無視されて自然は自然科学に人は社会にと二分される。法然の浄土宗は近代的な発想。一般人には癒しのレベルで重衡の求めているのは癒し。

「維盛出家」

高野山　新別所　僧坊　草庵　聖　再出家　寺から出た人々　聖は非専門
専門は制度方法が固縛的　出ることで自由獲得　枷を減らすことが堕落に繋がる　人の性情。

☆　急行駅

「維盛入水」

補陀落渡海　法隆寺の天竺図

巻十一

（1/10）のプリント No.1 「彼ら」の字

☆　特急駅

「先帝御入水」

＊＊清盛のおおけなき願い、野心と欲望の結果　凶事・救済　不吉な星のもとの誕生　男女逆　八歳　海中に入った。法華経　提婆達多　救済の書　「大塔建立」　甑落とし　即位の不吉　教盛書状　　逆縁　宝剣海中
不吉・・最期の救済

「重衡被斬」

＊＊罪の重さ・東大寺大仏の焼失＊＊最も救済の必要ある人物　＊＊救済の書としての『平家物語』で維盛と重衡　大納言佐典　建礼門院　地獄の夫の救済　東大寺大仏（１１８３・５～１１８５・８）　重衡（１１８５．７）
鏡・重源・法然　そうした虚構がされるのはいい人物であった重衡がもっとも救済の道から遠い、もっとも痛ましい人物。　＊＊重衡は絶対に救われない、しかし救いたいという願望　法然上人絵伝　＊＊前半生と後半生の明暗

☆　急行駅

「那須与一」

何故、扇を竿に立てて射落とせるかと女性が平家にもちかけたのか。武芸の試しだけではあるまい。うけひだろう。澪つくし　的に当てること。即成院
二十五菩薩像　五輪塔

「内侍所都入」

三種の神器　宝剣喪失　「剣巻」　王権論　『愚管抄』　清和源氏　八歳の安徳帝が龍のものであった剣を取り戻しに来たのだ。

巻十二

☆　特急駅

「大地震」

への気遣い故の前例無視を山門が憤る。厳島での導師は園城寺の公顕が行っている（「還御」）。山門の反発さえ引き起こす。天台座主は明雲。山門は覚快の勢力、堂衆の勢力を勢いづかせたか。高倉宮の謀反との関係。

「競」

前半の高倉宮の園城寺入御と後半の競を扱う。

高倉宮の令旨　『吾妻鏡』　園城寺と源氏　『寺門伝記補録』１４６頁—１　『園城寺伝記補録』２２５頁—１　高倉宮御持僧房覚が園城寺寛首　園城寺平等院で頼朝が大慈院を建立し平家の怨霊の弔い

渡辺競　渡辺党のこと（『古今著聞集』）滝口侍　源頼光の五代の孫頼政　渡辺綱の六代の孫渡辺競　飾りの身辺警護　一字名乗り　重盛と宗盛の対比　仲綱の馬

「橋合戦」

一所懸命の戦いと戦場を舞台として命をかけた芸能的な武技の披露。

馬筏　『山カイ記』西行『聞書集』『今昔物語集』　板東武者の誇り・使われる身から主導性を獲得する身への転換（忠綱の言葉）と見物を意識した個人芸能としての武技　現在まで風土と文化（集団プレイと個人プレイ）　『山カイ記』９７頁—１に忠綱勢の討ち取った４人の人物の名前あり。

☆ 急行

「南都牒状」（返牒を中心に）　巻七「木曾願書」にも覚明作とあり。「清盛は平氏の糠糟、武家の塵芥」　平家の家筋を貶めること、清盛の人格を貶める。

「若宮出家」

八条院と頼盛　八条院のサロン　八条院と頼盛　都落のとき八条院は頼盛を庇護せず。久我家文書　後に東寺の第４８・５０代長者道尊となる。

「ぬえ」

薨卒伝　源頼政のこと　承安の御輿振り勲功　「深山木の」　ぬえ　『太平記』巻２１・Ⅱ３５０頁　高師直の前で明石検校と真一が『平家物語』を語る．吉田兼好は師直のために塩谷判官高貞の室への恋文を書いている。その時、語られた句は「あやめの前」と「ぬえ退治」である。人気のある句。

巻五

☆ 特急駅

「都遷」

安徳天皇は６月３日に福原の頼盛邸、１１月２３日に邦綱邸から京都に向かう（詫間氏）。遷都の事業に携わった人。行隆が実務のトップ。内裏作成の費用支弁のトップは邦綱。二人の簡単な説明。清盛薨去後すぐに薨去した。安徳天皇誕生の時のこと。近衛家の財産問題。『方丈記』で五大災

考え方と振る舞いをする人物。すべてに一貫して筋を通す。理路整然
それは整ったものを大事とする美意識　灯籠の大臣　忠孝もその一環
ただし「殿下の乗合」のときは私の感情が働いたとされる。『愚管抄』
武士の筋を通したのではないか。

巻三

☆　特急駅

「足摺」

鹿谷のプッロト（罪と罰）　神罰である故に鬼界島に流された　（位置　硫黄　日本領土の西端　『新猿楽記』　流罪は近流、中流、遠流『延喜式』『拾芥抄』）　足摺の動作　上代の葬制（上野）　『名語源記』　『華厳縁起絵』　足摺岬・早離速離　信心の深さが現世および来世の評価、地位、権力、運の善し悪しと比例する。

「辻風」

五大災厄と構成　書陵部蔵『教盛書状』　安徳天皇即位に対する天からの警告

「法皇御遷幸」

『玉葉』寿永２年１２月２０日の記事の「天下の騒動の後５年」とするのは高倉宮挙兵ではなくて後白河院幽閉をさす点が重要。清盛の天照大神を怒らせる行為　運命悲劇　「辻風」との関係　重盛の薨去と後白河院の幽閉　鳥羽殿　後白河院の気に入りの場所　この時期の鳥羽殿　西国への街道筋　美福門院　鳥羽院　近衛天皇を祭る多宝塔　鳥羽殿復元図

☆　急行駅

「御産巻」

高倉院の書状と守覚の返書　写真

「大塔建立」

安徳誕生の契機を語る　平家の厳島信仰　海運業　日宋貿易の便宜
平家の出世の経済面での原動力

「医師問答」

本文（「灯籠の火云々」）の意味『愚管抄』の記事　人魂のこと　呪歌　『とはずがたり』　あこがれる　生命観

「大臣流罪」

運命に流された男　二度流された男（『税大通信』）『琵琶の由来』（奈良絵巻）

巻四

☆　特急駅

「厳島御幸」

院は退位の後の神社詣で　厳島御幸は二度　高倉院のフの源通親の『厳島御幸記』と異なる冷泉隆房あるいは隆季の日記によるか。清盛

「御輿振」　　　13枚

仏法の世俗権力化・良源の墓・『天狗草紙』　梶井・青蓮院

清盛が裏で糸を引いている。

「内裏炎上」　五大災厄の最初　13枚

清盛の動き　宮中の周章て振り。儀式なし。神鏡の扱い　『玉葉』

＊＊＊「鹿谷」「御輿振」「内裏炎上」は清盛の裏での動きを強調する。

☆急行駅

「殿上闇討」

公家の文化・法と武家の文化・法の衝突。白川院は武家に軍配を上げている。院政は王法を破壊した。その最初の事件。この句は序章の中で平家の血統を問題にして、成り上がりであることを示すのがメッセージになっている。院の近臣と摂関のグループの二派の動向を捨象して、公家が平家を卑しめようとしたという話題にしている。

「二代后」

政略結婚と多子の悲しみの実態。巨瀬金岡の絵　『古画備考』

「鵜川合戦」

宗教と政治　利権争いの構図　地方と京都　様々な分裂

巻二

☆　特急駅

「座主流」

強引な後白河院（明雲の監禁と拷問の制度破り　個人的な遺恨　赤袴騒動　強引な公卿僉議）を中心に。祐慶の科白の興福寺・園城寺の嘲り　延暦寺対興福寺・園城寺　仏法の乱れ

「西光被斬」

近臣の問題（「北面歴名」　後嵯峨院）　西光の出自　通憲と後白河　延暦寺の敵（「座主流」で明雲流罪の敵　師高・師経の父　金比羅大将の足の下にその名前を踏ませて呪詛）　御輿振で延暦寺の人々は木幡堂を焼いて入京の噂　六地蔵廻り（『源平盛衰記』）　呪詛と無惨な最期　神との関係の罪と罰の主題の関係

「山門滅亡」

延暦寺における階級闘争　下克上の時代　園城寺・源氏対延暦寺・平家　新羅三郎義光　足利尊氏の寄進　明雲系の延暦寺の大衆・平家対延暦寺の堂衆・源氏　木曾義仲の入京　山上の沸騰　治承の終わり頃は明雲、覚快、堂衆の三勢力

☆　急行駅

「一行阿闍梨」

「火羅図」　九曜曼陀羅　当年星による祈り　当時、日常生活の中で行われていた。

「教訓」

重盛の立場　王法観　摂関家の王法観に同じ　公を大事に筋の通った

鎌倉幕府の源頼朝の不吉な影が朝廷にさしてくる。さらなる争乱が続くこと、承久の乱の予兆、それによって最後の巻である巻十二を開く。朝廷・公家の立場で『平家物語』が作成されたことを示す。　『愚管抄』に龍になった平清盛が揺らしたとする。龍王動と呼ばれた。火山性、太平洋プレートの動きでもない。直下型地震。表現が実際とは違う。たとえば源義経の六条室町屋敷は全く壊れていない（『吾妻鏡』文治元年７月１９日）、法勝寺の九重塔は頽破。真実らしさ。描写・叙述に際しては言葉によるモンタージュ（「殿上闇討」の鈴の綱）

「土佐房被斬」

屏風の『堀川夜討』　『吾妻鏡』の記事を中心に。土佐房の前の梶原景季の義経訪問。平時忠と源行家問題。これが直接の口実。逆櫓の遺恨。

☆　急行駅

「紺掻沙汰」

頼朝　勝長寿院　忠快　文覚　永福寺　義朝　『古事談』巻三・頁３４６に忠快・北条時政の孫娘・崇徳院の護持僧良実の霊

「六代被斬」

作者は平家の中心の家筋を重盛の小松家として『平家物語』を書いている。「六代」で文覚が六代を救った。『若気嘲弄物語』　弁慶と義経

＊＊＊巻１２は頼朝・鎌倉の影についての強調。承久の乱を視界に捉えた巻。

灌頂巻

特急駅

「六道之沙汰」

巻一～巻十二までの『平家物語』の本体箇所では語り手はテキスト内に姿を現していない。「六道之沙汰」は語り手が建礼門院であり、内容は本体箇所の梗概となっている。女の役割は弔いで、彼女の口を通して平家一門の一部始終が語り直されるのは、彼らの救済が意図された故である。

畜生道の体験。覚一本などは竜宮の夢にすり替えられているが、延慶本や盛衰記では近親相姦の内容になっている。王権の問題となっている。平家の栄華の性質。『長谷寺観音験記』の近衛天皇。美福門院　途絶えた皇統近衛・安徳

＊＊＊平家の霊の救済を意図した巻。

巻一

☆　特急駅

「祇園精舎」

「６，救済と祈りの書」で扱うが詳細に。

「祇園精舎の鐘の音」

別紙

「鹿谷」　主題部の初め　　１３枚

近衛大将のポスト争いの内幕　後白河院と清盛の談合

厄の一、人災。その描写。清盛の恣意。＊＊＊遷都期間中、不吉な夢が多い。青侍の夢も関連。神々の怒り。次の句の「物怪」で語られる。還都の予知夢（『北院御室日次記』）。厳島内侍託宣、昆陽野がよい（『玉葉』治承４年６月１７日）。夢の構造。現代の解釈だと遷都を悪いとする思いが下意識にあって、それが悪い夢を見させると解釈する。当代の人々は、神々が怒りを人々に示す手だてとして悪い夢を人々に見させたと解釈している。遷都の意味付けとして悪い夢を記す。現実には平家を滅亡に導く端緒をなす頼朝の挙兵が、この時期に行われたとする意味付けがなされている。

「早馬」

山木合戦・石橋山合戦を語り本系の屋代本、覚一本では簡単に触れるだけ。読み本系の延慶本や盛衰記や長門本では詳しく記される。もっとも、読み本系の古態を示すと従来されてきた四部合戦状本『平家物語』には石橋山の条はない。ただし四部合戦状本『平家物語』が読み本系の古態本であるとする考え方には大いに疑問がある。石橋山の条が後に増補されたのかどうかを判定することは難しい。石橋山の条を欠いた形に、それなりの意味付けがされていると考えるならば、遷都に神々の怒りの現実の現れとして遷都、悪い夢、物の怏、青侍の夢に続けて平家滅亡の前兆の一つとして石橋山の挙兵の知らせが平家にもたらされたとしたと考える。遷都による神々の大きな怒りが現実において、頼朝の影が東国を覆い始めた、とする。「早馬」による石橋山挙兵の報知は「物怪」で記される悪い夢と青侍の夢と同列の内容であると理解できる。夢と報知は同位の内容であると見るのである。清盛は頼朝を生かしておいたのがまずかったと悔やむ。次の「カン陽宮」では清盛によって助命された頼朝が恩義を忘れて平家打倒の挙兵をしたことを、秦の始皇帝と燕国の太子丹の話に重ねて、最期に丹の謀反が打ち砕かれたように、結局は頼朝の企ても失敗に終わるだろうという楽観論が記される。ところが現実はそのように展開せず頼朝は緒戦の敗北から立ち直り、関東の覇者として大勢力となって平家の前に現れれ、富士川の合戦で平家の軍勢を打ち破る。大きく話題として取り上げたのは、その勝ち戦さからであったと考えてもよい。

『源平盛衰記』を使って石橋山の合戦の場面から話題を一つだけ取り上げる。

緒戦を最も印象付けるのは伏木隠れよりも佐奈田与一と文三家安の討ち死にである。頼朝もそのように意識していた。その話題を取り上げる。

「奈良炎上」

平家が治承三年十一月のクーデターで王法の敵、南都炎上で仏敵となった。高倉宮謀反との関係、敵対行為を止めない南都。焼くつもりがなくて焼いてしまった。平家亡びる運命。北風の時期。予測できない。般若寺の意味。火を付けた行為　重源の作善　三昧場　大仏焼失。東大寺と興福寺の国家における地位。これを焼いたのは王法と仏法両方に手を出したということ。人事

はかならず神々、霊の世界と切り離せない。巻五の内容である都遷り以降は冥界が騒ぎ出していて、平家側の行為が予測しない方向に拡大し展開する。冥界の力が乗り出してきている。

本文引用　東大寺のほうは詠嘆調の美文。白拍子のこと　叙情歌の今様を謡うのは後の変化。寺社の縁起を数えるものであった。重源の『東大寺衆徒参詣記』『源平盛衰記』巻四の１９１頁　数える。謡曲の『道成寺』　『長谷寺観音験記』（説草、白拍子の注記）　『とはずがたり』

☆急行駅

「物怪」

清盛の予知夢、物の怪そして早馬　モノノケ　源雅頼の人物像　頼朝に交誼を通じる中原親能（市法師丸　清盛の話に近い）をかくまう（『玉葉』『山カイ記』）。しかし平家は彼に手をださなかった。彼を自分の側にという意図が強かったから。親源氏の雅頼の青侍がこの夢を見たことには意味がある。夢の内容と『平家物語』の成立時期の問題。菅茶山の説。

「文覚被流」

時代にあった荒法師　『平家物語』の中味を簡単に。歌人西行とのエピソード

文覚の三つの功績。

１）頼朝を挙兵に踏み切らせる契機を作ったこと。頼朝の鎌倉幕府成立の精神面の支え。

２）東寺と神護持の復興を成し遂げたこと。

３）明恵を育てたこと。崎山氏。

頼朝は文覚にすごい恩義を感じていた。

「富士川」

平家の側にカメラ　築堤が出来ていない。富士川は湿地帯で川の流れさだかならず、居場所も不確か。聞き逃げ。頼朝の軍勢は『吾妻鏡』、甲斐・信濃の源氏のほうが地理や事情に詳しい　北条氏の働き　『玉葉』『山カイ記』　『源平盛衰記』１４７頁　維盛への実盛の語り　斎藤実盛と小松家　平家都落ちの時　六代

巻六

☆特急駅

「新院崩御」

１）天皇位についたときの状況・＊＊＊運命　後白河院の熊野詣での時、清盛重病。清盛を喜ばせるために。＊＊＊思わぬ方向に事態は展開。

２）源通親『高倉院昇カ記』　邦綱もお参り。夢　通親や邦綱の愛情。愛情の主題　高倉院自身、人情細やかな人物。

「入道逝去」

１）　政治的・軍事的状況。任せることのできる人はいない。後白河院の幽閉は解かれて院政が復活。2月２５日に娘を後白河院に。後白河院の身に付いた処世術・代々のもの。頼朝の言葉、後白河院を大天狗。大

庭早馬と同じ手法で飛脚到来・廻文・四面楚歌　宗盛ほか平家一門は弱体化。後白河院はそれにつけこむ。そういう政治的状況の中で薨去。2）「あつち死に」　『源平盛衰記』延慶本に南都炎上の時の興福寺の一言主のむくろじの木（むくの木のこと）から煙。『玉葉』など日記の記事人・自然・霊・冥界の繋がり。

「横田河原合戦」

木曾義仲合戦の前哨戦。北陸道の状況　「廻文」「喘涸声」　城一族大仏焼失の報い　宗盛と平家の姑息な対抗手段。

☆　急行駅

「小督」

信西の一門　優雅な成範の娘『艶詞』『建春門院中納言日記』　渡月橋のほとりに墓　優雅は想像力の産物　三島由紀夫『金閣寺』　＊＊＊『平家物語』は男中心の世界、女の意志は生かされない。

「慈心坊」

冥界廻り　『能恵法師絵詞』、承久本『北野天神縁起絵』日蔵上人、『三宝絵』中巻奥、『比良山古人霊託記』　知人や有名人のあの世における消息　時代の評価の反映　夢見た人、霊託を受けた人の思い

＊　＊＊清盛は慈恵（良源）の生まれ変わり　比叡山　『天狗草紙』

＊＊＊現世及び来世に拘わての評価、地位は信心の深さと比例

「祇園女御」

実在の人物　『今鏡』　「仏舎利相承血脈」　ダキニ天信仰　『渓嵐拾葉集』　尾張一宮　『中世の貴族』　何故についての説明にダキニ天

著者紹介

美濃部重克

1943年生。南山大学人文学部名誉教授。国文学専攻。

著書に中世の文学『閑居友』（三弥井書店　1974年）、『中世伝承文学の諸相』（和泉書院　1988年）、中世の文学『源平盛衰記（四）（六）』（三弥井書店　1994年・2001年）、『酒呑童子絵を読む—まつろわぬものの時空』（三弥井書店　2009年）。

観想　平家物語

平成24年8月28日　初版発行

定価はカバーに表示してあります

著　者　©美濃部　重　克

発行者　吉　田　榮　治

印刷所　㈱シナノ印刷

発行所　三　弥　井　書　店

〒108-0073　東京都港区三田3-2-39

電話03-3452-8069　振替00190-8-21125

ISBN978-4-8382-3233-8　C0021